利弹穿心

SHOT IN THE HEART

[美] 米卡尔 · 吉尔摩 著　张竝 译

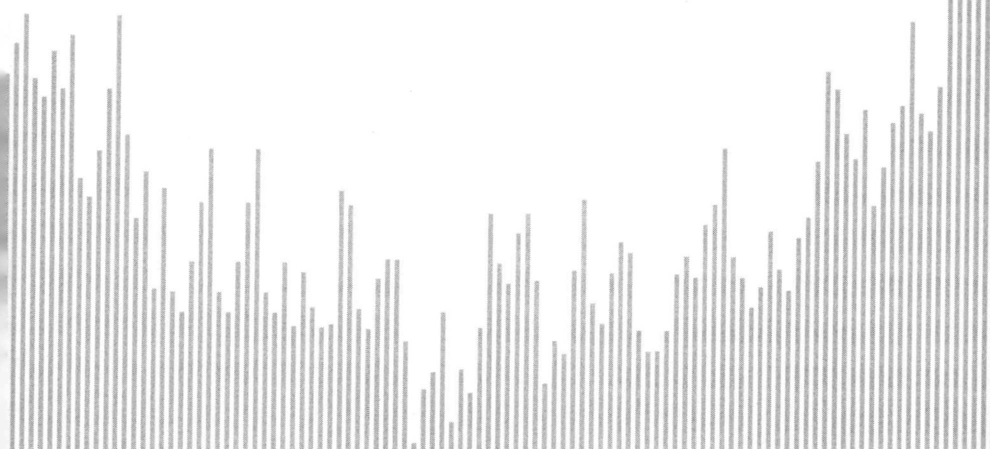

文匯出版社

新经典文化股份有限公司
www.readinglife.com
出　品

本书献给哥哥小弗兰克·吉尔摩。

他强忍悲伤，帮助我讲述了这个故事。

目录

第四部　有些人的死法

第五部　血的历史

第六部　泪之谷

尾声

致谢

前言

死去的人总会留下些什么。

——罗伯特·弗罗斯特①

①Robert Frost（1874－1963），美国诗人，四次获普利策奖，被誉为“美国文学中的桂冠诗人”。

梦

我做过一个噩梦。

在梦中，一直都是夜晚。我们在父亲家——一栋二十世纪五十年代焦褐色的老房子，瓦房，两层楼，年深日久，凋敝不堪，就坐落在一座死气沉沉的美国小镇上，两边挤挨着幽幽的灯光和厂房高耸的烟囱。房前卧着一条月光映照的铁轨，形成一道边界，隔开一片我被禁止踏足的森林。在梦境中的夜晚，自始至终都能听见火车的汽笛声自远方传来，预示着一辆客车正从外部世界驶向这里。不知何故，从没有火车随着这信号而来，只有呼啸声。

房子里人们来来往往，在漆黑的室外与漆黑的室内间穿梭。这些人是我的家人，梦里，他们全都死而复生。其中有我的母亲贝茜·吉尔摩，她这辈子过得惨不忍睹，咯血而亡，临死时还呼唤着她父亲和丈夫的名字，哭喊着祈求他们的宽恕，不想没入这一直令她心惊胆战的黑暗之中，即便他们老早以前就让她希望顿失、爱意全无。有我的哥哥盖伦，他因旧伤复发而英年早逝，当时他的新婚妻子就坐在他身边，握着他的手，眼看着生命从他凹陷的面颊上流逝。

有我的哥哥加里，他一怒之下杀害无辜，生命没给他留下太多时间和爱意，一排子弹将他狂暴不羁、饱受折磨的心从胸膛里撕扯而出。有我的哥哥弗兰克，他对家人的亡故愈来愈漠然而疏离，最后一次见他时，他正沿路走去，路边就是梦里夜色中的这栋房子，他双手揣在兜里，脸上惊现难以言喻的痛苦。还有我的父亲老弗兰克，他死于癌症，饱受病痛的摧残。所有家人当中，父亲在这些梦里出现的次数最少，他出现的时候，我总会因他的在场而产生负疚感：我一向很开心能看见他，结果却发现其他人并不这么想。那是因为梦中和现实生活一样也会存在恐惧：害怕父亲暴戾成性，让家人难以度日，害怕他会想尽办法让那些被杀的人再死一次，哪怕那些人早已因与他一脉相承而付出惨痛的代价。当他现身的时候，有时这梦的意义就是要使他相信，唯一能治愈所有悲惨和嫌隙的良药就是让他重返死亡。躺下吧，父亲，我们会这么说。让我们再一次埋葬你吧。

最后，就是我。我在这些梦里注视着家人，似乎一直游离于手足情谊之外——仿佛挣扎着想要得到爱，想要与家人融为一体，却不知为何总是铩羽而归。于是，我就这样注视着几个哥哥来来去去。我望向窗外，看见他们来到漆黑的室外，穿过灌木林，越过院子，向车道走去。我看见车子穿过铁轨。我看着它们驶来，接走哥哥们，将他们送了回去。我知道他们从阴间来，要到阴间去，我却无缘参与其中。因为，不知为何，我无法离开这栋房子。

这样的梦我做了好多年，然后，一天夜里，加里告诉了我，为什么我没法和家人一起来来去去，为什么他们离开时，会留下我孑然一身安坐于卧室内：因为我尚未步入死亡。他说唯有等我死去之后，才能跟随他们穿过铁轨，进入森林，而他们就是在那里获得了本真的生命。他从外套口袋里掏出一把枪。他将枪搁在我的膝头。

屋子那头有一扇门，他向门走去。穿过这扇门，就是黑夜。我看见铁轨闪烁着微光。铁轨的另一边有我的家人。“在另一边的黑暗中相见吧。”他说。

我没有犹豫。我将枪口朝上，把枪管塞入口中，扣动扳机。我感觉到后脑爆裂。这种感受比我预想的更温和。我感觉到牙齿折断、碎裂，鲜血从口中汩汩涌出。我还感觉到生命正从我的口中流逝，那一刻，我觉得自己坠入了虚无。一片黑暗，却不见另一边。根本就没有什么另一边，唯有倏然而至、像某种急流般涌入的寂灭。我知道自己此刻感受到的正是死亡——没错，我知道死亡必然是这般感受，我也知道，一旦死亡，便根本不可能有另一边。

这个梦我做了不止一次，形式各异。每到这一刻我就会惊醒，心脏狂跳不已，内心凄苦难抑。我知道我横遭摧残的家人正是经由虚无才找到了避风港，而我却从中被硬生生拽出。可虚无是否也通往地狱呢？无论如何，我都想返回梦境，但在夜晚反反复复的噩梦之中，我早已无路可回。

我要讲一个故事。故事与谋杀有关：谋杀肉体，也谋杀精神；谋杀起于心碎，生于憎恨，归于惩罚。故事会讲述谋杀始于何处，如何成形及付诸实施，如何使我们的生命变形，谋杀的传承又如何涌入我们周围的世界和历史之中。故事还将讲述暴力与谋杀的妄言该如何终结——若果真能永远终结的话。

我对这故事熟稔于心，因为我自己也曾深陷其中。故事的因果、其间的细节与难以磨灭的教训，我这辈子都在与之朝夕相处。我认识故事里的死者，也很清楚他们为何欲致他人于死地，自己又为何百般求死。如果我真心希望离开这是非之地，就必须将之和盘托出。

那就听我细细道来吧。

我是杀人犯的弟弟。杀人犯叫加里·吉尔摩，他杀害了两名无辜者，可算得上现代美国最具时代意义的犯罪分子。一九七六年七月，一连两个晚上，他无缘无故地杀死了两名年轻的摩门教徒。这项罪行倒不是他恶名在外的原因。相反，令加里臭名昭著的是他对自己的惩罚。在他杀人之前不久，美国最高法院正好在为恢复死刑清障，犹他——他犯下罪行所在的州——恰好是最初一批通过立法恢复死刑的州。但执行死刑又是另一回事。一九七七年秋，加里被判决死刑的时候，美国已有十多年未执行过死刑，尽管这是新法，但全国仍不太乐见嗜血的法律。而一切都因加里·吉尔摩发生了改变。

一九七六年十一月一日，加里拒绝使用上诉权，坚持要求该州按期执行死刑。很快他便触动了全国人民的神经，接下来的几个月里，他几乎每天都能登上头版头条：辩论，延期，阴谋诡计，无所不用其极，甚至还出现了爱情故事。尽管如此，加里依然抱着求死的决心，甚至还自杀过两回，将犹他和支持死刑的人逼入了始料未及的难堪境地。他不仅和那些人结盟，甚至还招揽他们变成自己的仆人：那些人会听从他的吩咐把他杀了，以此来满足他完成自我毁灭与救赎的心愿。加里坚持要求对自己施行死刑的做法——这么做也确实引导司法机构执行了这次死刑——似乎是在表明：你们根本就惩罚不了我，因为是我在求死，求死是我自己的意愿。你们会助我一臂之力，完成我的最后一次谋杀。

整个国家对加里恨之入骨；不是因为他犯下的那些罪行，而是因为他桀骜不驯、目空一切的态度，似乎他想出了一个能赢得胜利、逃之夭夭的方法。

当然，许多人早已了解这段故事。一九七六年和一九七七年间的好几个月，这件事成了轰动国际的新闻，后来，诺曼·梅勒以此为蓝本，创作了畅销小说和收视率颇高的电影《刽子手之歌》。如果你们读过这本书或看过这部电影，就会知道加里最后几个月的情形：众叛亲离，摧毁别人，又想否定自己。而与加里的暴力势头有关的故事却鲜有人了解，也从未有人就此进行过创作。但这段故事才是我家人的真实历史——深不见底的秘密和饱受挫折的希望创造的传承，在某种程度上成了他杀人的动力。

这部分故事从没有人讲过，因为很简单，没人愿意去谈论这些事情。在加里生命中的最后几周，拉里·席勒——他获得了报道加里生平的独家版权，之后还为《刽子手之歌》做过大量采访——试图想让加里打开心扉，讲讲他的孩提时代和家庭生活。席勒能感觉到往昔发生过可怕的事，但加里坚称实情并非如此，还经常对这样的问题大加嘲讽或感到愤怒，即便在生命的最后时刻仍未松口。几个月之后，席勒与诺曼·梅勒花费大量时间采访了我母亲贝茜·吉尔摩，试图探索这片绕不过去的领域：加里小时候发生过什么，导致他之后大开杀戒？席勒与梅勒竭尽全力想要打开缺口，但面对这些问题，母亲却时常打起令人抓狂的谜语，或者干脆避而不答。她不愿去触碰家庭过往中大片黑暗的部分，宁愿将之包裹于神秘之中。其中有些事与我父亲有关：他这辈子是怎么过的，以及他如何对待自己的孩子。不论在尘封的岁月中发生过什么，加里和母亲都不愿再透露，直到进坟墓时，他们俩仍守口如瓶，仿佛宁死也不愿放弃过往。

我也不愿讨论我家人往昔的种种细枝末节。事实上，在接下来的十五年时间里，我一直尽己所能将自己与家庭、与那段恐怖的历史及不幸的宿命拉开距离。以前，我常对自己说，无论加里的血液里流淌着什么，都不会流淌在我的血液里，无论是什么毁灭了家庭的希望，都不会毁灭我的生活。我和他们截然不同，我知道。我可以逃离。

可现在我更清楚了。认为加里已全部承受了家庭的分崩离析，或者认为我们腐烂至极的命运，都已于那天清晨，随他一起在犹他的德雷珀监狱中化为灰尘——这些想法根本无法捕捉将他送至来复枪下的传承中的实质：这样的传承或遗产究竟是什么，它们又来自何方。

第一部

摩门幽灵

僭越者若了解自身，知晓求得宽恕的唯一之途，便会恳求兄弟们让他们去流血，俾使青烟化作贡品，上达天庭，以平息与彼不利的熊熊怒火，如此，律法方可大行其道。

——杨百翰[①]，《证道录》

摩门教徒构建幽灵，时日已久。

——华莱士·斯泰格纳[②]，《摩门之国》

①Brigham Young（1801－1877），耶稣基督后期圣徒教会（摩门教）创始人小约瑟夫·史密斯（Joseph Smith Jr.）去世后的教会首领。

②Wallace Stenger（1909－1993），美国小说家、历史学家、环保主义者，1972 年获普利策奖，1977 年获美国国家图书奖。

第一章　兄长们（一）

我眼看着他们一个接一个死去。先是我父亲，然后是我哥哥盖伦和加里，最后是我母亲，一个苦涩的被蹂躏的女人。最终，只剩下我，小幺，还有弗兰克，老大。直到有一天，家族的痛苦历史令人无法再承受，弗兰克便步入了一个暗影世界，无论我如何搜寻，都无法找到他的下落。也许是我搜寻得还不够努力。

那是十年前的事了。在接下来的岁月里，我相信自己已不再与家人的精神残骸相牵系，无论我的生命将如何荒芜没落，至少眼下这荒芜没落属我独有。我告诉自己，现在我终于孑然一身：可以自由自在地追逐自己的家庭梦想了。

然而有一天，那梦想分崩离析，化为噩梦。那时候，我才明白自己根本没能从家庭的废墟中逃开。确实，我们的堕落无休无止，唯一阻断它的方法就是终止这份传承，唯一可行的方式就是撬开那令人毛骨悚然的秘密——如果我能找到这些秘密的话。

现在，我想返回我的家人中间，进入他们的故事、迷思、回忆和传承之中。我想返身攀入家人的故事里，同样，我也一直想返身攀入我们从小长大的那栋房子里。回溯与寻觅究竟是什么使梦想变质，究竟是什么摧毁了那么多生命。

对我而言，家庭往昔岁月的构造如今似乎愈发神秘。通过探查我们的历史，我想看一看，自己能否在其中某个地方发现一把钥匙，即凭借某个事件解释究竟是什么引发了如此多的死亡与暴力。也许如果能找到一些答案，我就能想办法使自己从任何进一步的损失中脱身而出。

于是我回溯过去，既担心自己根本找不到真相，又担心找到的太多。有一点我很清楚：我们全都为出生很久以前就发生的某件事付出了代价。那是一件不容许我们去了解的事。或许，它最终仍旧会是一个无人能触及其核心的谜。

我所成长的家庭与兄长们的不一样。他们成长于一个一直在路上的家庭，从没在一个地方停留超过几个月。在他们成长的家庭里，他们眼看着父亲打母亲已是家常便饭，母亲常被揍得鼻青脸肿。在他们成长的家庭里，若稍有冒犯，就会被猛扇耳光、拳打脚踢、狠命羞辱。在他们成长的家庭里，他们因不幸遭遇而被迫抱团，只为寻求一丝再普通不过的快乐。

在我成长的家庭里，兄长们和父母一样，都是家庭组成的一部分。我不得不从他们身上获取体验，汲取教训。我不得不克服他们，回避他们。他们给予了我一些让我渴望去追寻的东西：把握机遇，逃脱他们的命运。事实上，家人让我获益最多的方式之一，就是教我千万别和家庭的价值观、债务或传统紧紧捆绑在一起。

无论如何，我成长在与兄长们截然不同的世界，倒不如说像是在其他人家长大。显然，我真应该感谢那些差异，可事情当然不可能那么顺风顺水。兄长们童年的不幸与我自己的判若鸿沟，可我并没有从他们生活的地狱中逃出生天的感觉，就像我并不会因为没有亲历第二次世界大战，便觉得自己逃过此劫一样。

只需随手翻阅我们家的相册，你就能对这两个家庭——兄长们的家庭和我成长其间的家庭——拥有足够的了解。那一页页照片几乎都是兄长们的，大多数照片上，他们总是以相同造型一齐出镜。在弗兰克和加里的婴儿照中，他们手握着手，乐呵呵地冲着镜头微笑；站姿照上，他们或在战争年代身着相应的陆军服和海军服，或穿着相衬的便裤，配上吊带袜、衬衫、宽领带。那时候，一家人都住在亚利桑那的沙漠里。盖伦出生后，照片就成了三人的。三个男孩，身着货真价实的牛仔装戳在那儿，手握亮闪闪的玩具枪，都想装出凶神恶煞的样子，颇像小混混。等翻到我小时候的照片时，你只能找到我与任意某个兄长合拍的几张照片，大多是圣诞节大清早在树前一字排开，看上去像垂头丧气的罪犯。很明显的是，在那几本家庭相册里，我的独照也就两三张，而兄长们的照片数不胜数。

这些照片清清楚楚地表明了一个确定的真相：我和兄长们居于不同的时空。我们并不了解彼此。我们谈不上彼此相属。我记得自己小时候和盖伦就玩过那么几次，因为他年龄和我最为相近。我还记得小弗兰克很照顾我，他带我去看电影，关心我、爱护我。和我母亲的回忆相反，我记得多年以后，当我和加里都长大成人，我们才一起做过一些事。但加起来也就两三天时间。

我记得大多数时候，我都是独自玩自己的玩具。我很喜欢枪和西部片那一套，这和我的兄长们很像，但他们都不准我碰他们那些酷到爆的镀银手枪，让我非常嫉妒。比枪更令我着迷的是城堡。我有一套做工精良的亚瑟王城堡，连吊桥和炮塔都有。但我并不喜欢配套的那些廉价的塑料骑士小人，事实上，我把它们都扔了。我见过一套很漂亮的金属骑士和金属马，摆出可怕的战斗姿态，它们是由一个名叫“英国人”的高端英国公司制造的。这些金属玩具都是手绘的，美极了，也很昂贵，我好说歹说让母亲给我买了一套。如果兄长们能有珍珠柄的六连发手枪，那我也应该有精美的骑士。我很喜欢把那些骑士放入城堡的大墙内，拽起吊桥，让他们守在堡垒内，那样就没人能伤到他们了。我从来不让兄长们碰我那些身披甲胄的骑士，虽然他们也不怎么想碰。

有可能，我和兄长们一起玩的次数比我记起的要多，但我们四个一起玩的情景在我脑海里也就那么几次。有一次，我们都在俄勒冈波特兰的自家后院里，兄长们对着挂在树上的靶盘扔飞镖。我很喜欢看他们玩，自己也想扔飞镖，但他们并不打算让笨手笨脚的小弟弟掺和进来。我当然坚持要玩，很有可能还噘着嘴。结果，我没记错的话，加里总算发了善心。“好吧，”他说，“你要是想玩，我们就一起来玩。看我们是怎么扔的。”他把我带过去，让我站在靶盘前。“我们来看看谁能把飞镖扔得离你最近。”

我本该跑开的，可我并没有。我很高兴能参与其中。加里先扔，飞镖落到了离我的脚六英寸远的地方。小弗兰克扔的飞镖落点又近了几英寸。盖伦的一掷，落点离我的一只脚不足一英寸。这时候，我开始越来越不想参与。接下来，加里的一击正中“靶心”。飞镖击中了我的右脚，穿过鞋尖，笔直地刺穿了我的大脚趾指甲。我的兄长们慌了，而我号啕大哭。母亲走出来，看见飞镖插在我的脚上而兄长们一副畏首畏尾的表情，就很不高兴。

后来，我总算报了仇。一个旖旎的夏日午后，加里和他的几个女朋友坐在前门的门廊上，哥哥弗兰克和一个女孩也在那儿。这次，我又想掺和进去，自然再次被轰走。我走到房子的一侧，拿起橡胶水管的一头，将它拖到前门门廊。我把喷嘴递给加里，那时他正和一个金发的漂亮姑娘聊得起劲。我说："快，拿着。我马上回来。"他没怎么留意我说的话。他就坐在那儿，握着水管，和女孩聊天。

我跑到后面，猛地拧开接水管的龙头。如我所料，水柱冲加里的面门狠狠喷射，把他的衣服浇了个透。我在后院能听见他的号叫声，也能听见女孩的爆笑声。我急忙跑开，躲进房子后面的石楠丛里，在那里待了好几个小时没回屋。等我回去时，加里仍旧一脸阴沉。"我饶不了你。"他说。

我仔细端详着兄长们的照片。比起家里剪贴簿上的那些贴纸，这些照片更令我五味杂陈。我打量着他们三人，他们的手枪瞄准着镜头，我能感受到他们共享的那个世界，他们所属的那个世界。倒不是他们强硬的立场召唤了我，那些只不过说明他们小时候对为非作歹怀有浪漫的想法而已。相反，这些照片令我触动的是兄长们聚在一起时绽开的笑容——身处那个世界之中，他们似乎兴高采烈。我不记得小时候家里有谁会泛起这样的笑容，不过，那些年事情很多，我都记不太清了。那些笑容就像一个谜：它们让我明白，我对自己家的一整段生活仍一无所知——那段生活时至今日也无人再次提及。

就兄长们经历过的种种磨难而言，至少有一段时期里，他们堪称真正的难兄难弟。我端详着那些照片上的脸庞，内心充满憎恨。我也不想这样，但我情难自已。我憎恨，是因为我不在那些照片里。我憎恨，是因为自己没法成为他们的一分子，哪怕那样会付出可怖的代价。

第二章　血统

我尝试着回忆母亲。我闭上眼睛，从最初的记忆中搜寻她的脸庞。那时，父亲大多数时候都不在家，兄长们也尚未陷入朝不保夕的生活之中。那些日子里，她经常会绽开笑容；每天清晨我一睁开眼，就能见到她的脸似乎因我醒来而满心欢喜。然后，我又看到了她数年之后的脸庞。那时，那张脸已截然不同，怒气冲天，有时还会堕入癫狂，不知不觉就会显现出无尽的失望烙下的印痕。那段时间，我越来越怕看到她的脸——部分是因为父亲告诉我应该对那张脸心怀畏惧——那只让情况变得更糟。

事实上，贝茜·吉尔摩的愤怒大都事出有因。父亲经年来对她又打又骂又嘲讽，兄长们也把自己的家变成了邻居眼中的不洁之所。但怒气来得比这些都要早，而且早得多。

最终，母亲成了我在家里唯一愿意与之朝夕相处的人。随着年纪渐长，我也觉得自己感受着与她相同的悲伤和孤独，以及遭排斥时的怒不可遏。可如今我走到了这一步，必须为这个故事将她重新建构起来的时候，竟惊讶地发现自己对她受伤的程度和缘由一无所知。家里的其他人都是男人；我很清楚我们这些人特有的卑鄙，我们心血来潮的情绪。我甚至能理解贯穿我们生活的那种暴戾之气，至少我能理解人为何会因遭拒而憎恨世界，又为何想施虐或摧毁某些人和事物，仅因他们能品尝我们品尝不到的快乐。可当我试图去想象母亲内心深处无穷无尽的憎恨、恐惧与伤痛时，我却日渐感到害怕。我怕我们内心最深处的东西来自遗传，而母亲的心灵是一种预言。最后，只有当我想象着感受她年轻时的诅咒和晚年的丧亲之痛时，才能进入她的回忆。似乎我只能理解她生命中那些惨痛的时期：成长时的恐惧，濒死时的恐惧。

那个竭力向我灌输我有机会出人头地的想法——换言之，我有可能逃脱家庭宿命——的人正是母亲，而也正是她，比其他任何人都多地帮助我完成了这一梦想。也许确实，事实上她牺牲了自己晚年的一些健康与保障，就是为了我可能的成功；而我的回报却是学着放弃她，就像学着放弃家里的每一个人。她想让我从我们不良的传承中幸存下来，成为她最棒的作品。可若想达成这一目标，我就必须弃她而去，而这么做当然会伤害她。你不可能在进入新世界之后还想满足旧世界的种种需求，而我觉得自己就是那个永远奔向各色新世界的人。

但我并非母亲寄予希望的唯一一个孩子。我总觉得她也将加里视为自己的作品：或许，唯有加里才能替她展现她的怒火，向这么多年来她在犹他遭受的虐待与排斥实施报复。若一位母亲有一个能为她过去的传承实施报复的儿子，那这个组合就非贝茜和加里·吉尔摩莫属了。我记得母亲告诉过我："加里就是那个罪犯。我希望你能成为那个律师。你的几个哥哥需要一个懂法的人关心他们。"

她说这话并无强求之意，但也绝非调侃或嘲讽。

若想解释贝茜·吉尔摩为何想惩罚自己的亲人和家园，我应该先说说与她的成长时期相关的那些人和历史。母亲出生于二十世纪初的犹他摩门家庭，从许多方面来看，那地方与周围的其他美国领土可谓大相径庭。长期以来，摩门教徒秉持着强大且惊人的差异观及统一观：他们不仅认为自己是上帝遴选的现代子民，更觉得其信仰与认同由漫长血腥的历史和惨遭放逐的经历铸造而成。他们是别样的子民，拥有专属的神话与追求，还有令人震惊的暴力史。

母亲记得她童年时期常听人说起教民的传奇故事，他们的神迹与遭受的迫害，她又将这些故事传授给年幼的我和兄长们。其中最主要的是摩门教早期为生存而奋斗的种种描述，特别是殉道的教会奠基者约瑟夫·史密斯那令人难以忘怀的动人故事。小史密斯是一个拥有天马行空的想象力和视野的人——在民族历史中，他确实堪称一位极具创造力的神话制造者——他还想方设法将自己极具个人性的痴念转变成神学与民俗杂糅、如史诗一般的混合体。史密斯将几乎整个复杂至极的神学都建基于血统这一两难的困境之上：人如何才能实现自身传承的梦想，补赎自身传承的罪愆，以免于因无尽的诅咒而凋落衰亡。这个问题进入我家时，已成为生死攸关的大事。

史密斯最常青的作品当然就是《摩门经》。《摩门经》初版于十九世纪二十年代初，长盛不衰，那个时期中能与之相媲美的美国著作与小说寥寥可数。一百六十年来，摩门教能成为现代史上增长速度最快的宗教之一，这本经书起到了至关重要的作用。经书的缘起很有意思，也颇具争议：史密斯声称经书是从一套古老的金板上转抄而来，而金板则是由名为摩罗乃的上帝的天使交给他的。金板上撰有美国古代居民的历史及其与以色列的上帝交往的历史。其实，史密斯的意思是他发现了新旧约《圣经》佚失已久的神圣附经。经书当时——至今仍然如此——对许多美国人的心灵造成了巨大的冲击，这也就不难理解它为何具有如此强大的吸引力。一旦剥开《摩门经》经文神授的外衣，你就会发现其实里面无非是些美国人喜闻乐道的故事，主题无外乎是：家庭和谋杀。

《摩门经》以一种仿效詹姆士王译本《圣经》的口吻写就——或至少是由史密斯向抄录员口述而成。《摩门经》讲述的是犹太部族，即正义的先知利希家族的千年编年史。公元前六百年，耶路撒冷城腐败横行，利希便带领亲朋好友逃离了耶路撒冷。在上帝的指引之下，利希和儿子造了艘船，扬帆远航至一片新大陆。利希在新大陆教导大家，生命最大之目的——通往救赎的唯一通途——便是遵从上帝的律法，赢得上帝之爱。但利希在部族中总是不乏竞争对手。老先知濒死之时，指定由小儿子尼腓担当家族公义的族长及先知，他年长的儿子拉曼和利慕伊勒却为此深深嫉恨。不久，拉曼和利慕伊勒便对父亲的传承、尼腓和旧世界的神恶语相加。他们威胁说要打击弟弟及其追随者，除非弟弟尼腓将自己的部族带离兄长的王国。上帝因拉曼和利慕伊勒的叛乱大发雷霆，震怒于他们的骄傲自大、嗜血成性，上帝将红皮肤的诅咒落到他们身上，并声称他们的子子孙孙都将带着这个污点——让人一看便知这是上帝不悦的标志——作为对父辈罪愆的补赎。因此，尼腓派和拉曼派从此分裂，形成了《摩门经》中经久不衰的中心历史议题。

接下来的一千年间，这两个家族的后代征战不休，一方因是正义血统的后裔而付出代价，另一方则因先祖邪恶，命中注定只能过着忤逆不尊的生活，干着杀人放火的勾当。后来，到了经书中最紧要的关头，耶稣基督前来造访这些子民，接着就是他的受难与复活，再将拯救的教义与和平的倡议交给了他们。但和平维系的时间并不长。暴力重回，杀戮蔓延。至经书结尾处，只出现了一个人的声音，那就是摩罗乃，尼腓派最后的幸存者。他反复思索着子民的堕落与连绵不休的争战史，发现这一切都肇始于一座名为“废墟”的城市。争战结束之时，尼腓派的尸首堆积成山，横亘在血流成河的濒死国度，屈指可数的幸存儿童被迫啃噬父辈的血肉以求存活。最终，什么都没剩下，摩罗乃也只能等着拉曼派的人杀过来，那些实为他离散的兄弟的拉曼派战士，找到了他并杀了他。

谋杀与毁灭在约瑟夫·史密斯书写的前美国图景中处处可见。暴力总是需要得到解释或解决，而《摩门经》未经检验的最大启示也确实令人震惊：当摩罗乃望着四周被鲜血染红的土地，审视导致大规模灭绝的漫长历史时，终于发现数世纪之久的毁灭背后的推手正是上帝本身。正是上帝将这些浪迹的子民带到这片空芜的土地上，也正是上帝创建了只能导致万物消灭的那些传承。在这部美国最伟大的悬疑小说中，屠戮是核心，而上帝则是屠戮背后隐匿的建筑师，正是这位狂怒的父亲要求无数的后裔为他的规则与荣耀付出代价，即便导致数代无止境的堕落也在所不惜。

《摩门经》有一处最强有力的渎神之论：具有超凡能力的无神论者、敌基督者寇里霍站在上帝的判官和国王面前，声称：“尔等因子民僭越其父，便称其有罪、堕落。尔等且听，我欲说孩儿绝不因父辈而染上罪恶。”

听闻如此大逆不道的言论，上帝将寇里霍变成了哑巴。尽管寇里霍全心全意忏悔，上帝仍不愿宽恕他。寇里霍只能浪迹于子民之中，求仁慈，求援助，而那些子民却推搡、踩踏他，直到他死在他们脚下。

《摩门经》视美国为一片始终知晓疮痍为何物的土地，而这成为其最令人难忘的预言。在约瑟夫·史密斯及其子民间，暴力和恐惧如影随形，直至史密斯多年后溅血而亡，甚至在此之后，谋杀仍留存于摩门教的历史之中。

尽管如此，无数男女仍蜂拥前往史密斯处，皈依他的信仰。约瑟夫最终将他创立的这门新宗教命名为“耶稣基督后世圣徒教会”，其追随者便成了圣徒。但他的敌人因憎恨《摩门经》，称他们为“摩门教徒”。

母亲的摩门血统溯沿她所有先祖的道路，可以追溯到这些早期时代。大多数男女摩门教徒都是从英格兰的贫困地区来到美国的摩门社区，心怀前往新的应许之地的愿景。可他们找到的却是一片遍布暴力和恐惧的土地。到十九世纪三十年代中期，摩门教徒已遭到好几个定居地驱逐，其中就包括他们在俄亥俄柯特兰及密苏里独立县创建的几个大型社区。他们的农场被焚烧殆尽，男人和儿童遭到屠杀，女人惨遭强奸——有时，这还得到了州民兵武装的授意。许多美国人怀有如此巨大的敌意，皆因他们认为摩门教徒信仰怪异、社区模式令人不安——据说，圣徒践行一夫多妻制（结果被证实），相信多神与多个天堂（结果也为真）。但似乎最令人忐忑不安的是约瑟夫·史密斯本人的性格。他极有魅力，但也骄傲自负、颇具野心。政客与媒体人之间都盛行这样的推测：史密斯制订了缜密的计划，意图攻占美国中部各州，创建以政教合一为基础的摩门帝国，立自己为国家元首。到十九世纪四十年代，史密斯被玷污抹黑，也被敬仰崇拜。他遭到枪击，进过大牢，被军队行刑队威胁，许多人都称他为“美国境内最危险的人物”。密苏里州长利尔本·鲍格斯甚至称摩门教徒是官方的敌人，应将其驱离领土，或斩尽杀绝。摩门教徒只得远走他乡，在伊利诺伊西部的河对岸建立了一个新的城邦——纳府。在史密斯的领导之下，纳府本该成为中西部规模最大、也最令人惊羡的城市之一。但讽刺的是，城市的发展只给史密斯及其追随者带来了厄运。摩门教徒早已被视为国中之国，其成就在美国的发展中无可比拟。到了一八四四年，伊利诺伊的民众开始像密苏里的民众那样惧怕史密斯及其摩门教徒。当传言说，史密斯的贴身保镖、闻名遐迩的西部枪手奥林·波特·罗克威尔对密苏里前州长利尔本·鲍格斯脑后中弹（鲍格斯竟奇迹生还）的事件负有罪责时，中西部帝国的好梦实际上也就终结了。

又出了几件麻烦事之后，伊利诺伊对史密斯忍无可忍。州长托马斯·福特坚持要求这位先知向当局自首，接受审判。于是史密斯前去自首，被关入卡瑟基小镇的大牢内，与他一同收监的还有他的弟弟希卢姆和其他几名教会领袖。起先，当局并未提出犯罪指控，但很快指控就出现了：叛国罪，这是死罪。

福特州长曾向约瑟夫·史密斯一行人保证，若是投降，可保其不死，但派去保护他的民兵组织却是卡瑟基灰衣队。约瑟夫刚在小镇上出现，该组织就扬言要看着他死，以防止他重获自由。一八四四年六月二十七日傍晚，一小支队守着卡瑟基监狱的同时，一百多名暴民朝监狱逼近。暴民和守卫都是朋友，同属一个民兵组织，故而进攻并未遭遇抵抗。好几个人走进监狱，向关押约瑟夫和希卢姆的楼上冲去。暴民用滑膛枪隔着牢门射击。希卢姆面门上中了一弹，之后，又身中四弹，在哥哥的脚下死去。约瑟夫有一把早先朋友们偷偷塞给他的手枪。他隔着门射尽了六发子弹。三颗子弹击伤了几个进攻者，拖慢了进攻的节奏，他便趁机冲向窗口想要逃跑。他将一条腿甩出窗外，往下一看，密密麻麻的全是刺刀和来复枪。按大多数人的描述，约瑟夫·史密斯在窗台上的那一刻，看到了自己为幻象付出的代价，此时乱弹自门口和底下的人群中射来。他大喊一声："主啊，我的上帝！"便从窗上倒头摔了下来。狱外的暴民聚拢到他四周，踢他、戏弄他，直到确保他再也活不过来后，方才心满意足，一哄而散。

这个约瑟夫殉道的故事，我听了一辈子。不过，也有其他证人对约瑟夫之死给出了截然不同的解释。我最近才得知，此事过去很多年后，他们的版本已被广泛接受。根据先前得到诸多摩门教证人支持、后来又经一个暴民成员自白证实的以下叙述，才是约瑟夫·史密斯在卡瑟基生命的最后时刻发生的事：

就在他跑向窗子的当口，两颗子弹射中了他，他翻身落至窗外等候的暴民脚下。人群中有个人将约瑟夫提起来，将他抵在距监狱门口只有几英尺的井沿上。民兵中校命令四个民兵枪毙他。他们就站在距约瑟夫八英尺开外的地方，子弹同时射穿了约瑟夫的心脏。约瑟夫·史密斯面朝下倒地，鲜血涌入了他曾试图神化其隐秘历史的祖国的土地。他孤零零地在那儿躺了很长时间，最终气绝而亡。

约瑟夫·史密斯虽非我的血亲，但比起真正的先祖，就他对诅咒的恐惧，以及长时间盘旋其上并最终将他吞噬而尽的宿命而言，我都觉得自己与他更像亲属。我觉得他就是我的兄弟。

杀死约瑟夫·史密斯的本意是想终结摩门教，但这样做反而改变了它的进程。约瑟夫遇刺后不到几个月，幸存下来的教会便聚集于新先知、新领袖杨百翰的麾下。他是个神学家，没有史密斯那么有远见，作为领袖却更聪明，而且是个更具天赋的独裁者。摩门教徒在纳府又待了两年，这段时间足以让当时的纳府成为伊利诺伊最大的城市。但摩门教徒一直承受着搬迁的压力，而且遭到暴民的骚扰。自从杨百翰听到传言，说联邦军队正准备发起一场运动来摧毁他们这些圣徒时，他下定决心，认为让教民在美国得以幸存的唯一出路便是远走他乡。一八四六年二月，杨百翰与摩门教徒开始长途朝圣，欲觅得天高地远的新家园。十八个月后，他们在盐湖城盆地定居下来，他们称那地方为“德撒律”。该名取自《摩门经》，意为蜜蜂，象征懂得如何在同心同德的社区内工作的勤劳工人。建立这个新家园部分是为了完成约瑟夫·史密斯在地球上建立上帝之国的梦想。事实上，后来它也成了有史以来在美国境内创建的唯一一个宗教领地。在这片名为德撒律、后改名为犹他的千年王国的土地上，摩门教徒不用再提防曾令他们心怀恐惧的治安军和因害怕惨遭灭族而被驱离美国的唯一种群切罗基人的骚扰，在这片应许之地上，他们可以保护自己免受尾随而来的任何压迫者的侵害。

在盐湖城定居之后不久，杨百翰便放出话来，要求圣徒无论居于何方，如可上路，均应迁徙至这片大盆地，协助教会创建众人翘首企盼的帝国，使之民丰物足。这道敕令将我母亲那辈中最后的摩门教先祖弗朗西斯·柯比带到了犹他山谷。依照某个说法，多年后，他将与惨痛而幻灭的现实面对面相遇。

不久之前，我找到了弗朗西斯·柯比手写日志的缩微胶片拷贝。这份日志与一众后世圣徒的编年史一样，保存于盐湖城摩门教家族史图书馆那无价的档案库内。在我们所有的先祖中，弗朗西斯·柯比（他是我祖母的祖父，属于她的父系一脉）留下了一份极其详尽的个人记录，至少有确切的时间段和地点。一八二一年，柯比出生于延续已久的虔诚的英国圣公会贵族家庭，居住于远离法国海岸的海峡群岛上。一八四九年，弗朗西斯二十八岁时，与妻子玛丽·勒科努·柯比聆听了后世圣徒传道团的布道，通读了《摩门经》，便改宗摩门教。柯比的双亲震惊不已，大发雷霆，尽管他们从未彻底切断与儿子的联系，但也愈来愈不关心他，之后几乎未给他和孙辈留下任何财产。很快，柯比就在英国的摩门教界混得风生水起。改宗后没几日，他便接受了教会领袖的建议，开始写日记，记录每日与每周的活动。这份文献读来冗长乏味，但同时也令人欲罢不能。柯比的日记起自一八四九年，终于一八九三年，与诸多摩门教徒的日志一样，多是平凡的教会事务细节，除此之外少有其他。如果弗朗西斯·柯比与妻子产生争执，或与邻居发生争吵，甚或染上头疼脑热，听闻某个笑话，又或经历了刚刚过去的某个历史时刻，他都不会将它们记在日记里。取而代之的是，他会整页整页地记录教会活动，诸如与某位德高望重的摩门教徒共进晚餐，或参加后世圣徒教会集会。

一八五七年一月一日，弗朗西斯·柯比与妻儿扬帆远航去了美国。三年后，他们加入了最后一批摩门教徒的手推车大军，长途跋涉至犹他（教徒便是这样推着放有家当的手推车横穿美国）。抵达犹他后，柯比显然变了一个人。在英国时，他特别在意所有的教会活动，对此还颇为自豪。事实上，他在英国曾担任高级的教会职位。而到了犹他后，他却对教会内的生活失去了兴趣，似乎对教会活动本身也提不起兴趣。确实，他日记中最后三十三年的记录几乎都是婚礼与生老病死。在这些最终的篇幅中，他对自己的虔诚信仰着墨不多，与在英国担任教职时不可同日而语。

我母亲对弗朗西斯·柯比的转变自有一套看法：她认为柯比出现了信仰危机。“山地牧场大屠杀之后，他就变了一个人。”她曾经这么说过，“他无法相信摩门教会干下这样的事，他得知事件真相后，便不再对曾经深爱的教会倾心相待了。”

山地牧场大屠杀发生于一八五七年，那一年，弗朗西斯·柯比正好抵达美国，但那场悲剧的根源可追溯至摩门教的初创时期。那时候，约瑟夫·史密斯开始酝酿一门神学，这门神学与他为《摩门经》设想的那段历史一样无情且嗜血。尤其是，事件本身很有可能就肇始于纳府时期，当时，史密斯刚刚推广他的理论，也就是声名狼藉的所谓“血赎论”。撇除一夫多妻制不谈，没有哪项摩门教义会像“血赎论”那般复杂而具有争议性。约瑟夫·史密斯的这条原始训诫广为人知，教义是这样的：如若夺人性命，或犯下任何与前者相当的十恶不赦之罪，此人必将以血来偿。绞死或关押已算不上什么惩罚或偿还。处死之时，必须血溅大地，以此向上帝谢罪。

近年来，摩门教会意识到自身给人留下了睚眦必报的历史印象，便不得不费尽千辛万苦否认这样的解释。现代神学家声称“血赎论”的真正信条是救赎，而非报复。耶稣基督为全世界的原罪流尽了自己的血；人若信奉耶稣乃是上帝之子，追随他的教义，遵守他的律法，则将借他的鲜血涤除罪恶。可是，有的罪恶实在太过深重——谋杀便是其中一例——以致若是有人犯下这样的恶行，基督的赎罪对此也无能为力。补赎此等罪行的唯一希望便是让自己鲜血流淌，可即便如此，仍不足以使人在来世获得宽恕。若想使“血赎”被正确操作，我们尚须等待一个更好的世界出现，届时，民法与心灵的律法会由同一个政府管理，只是这样的时代尚未到来。

这是官方说法，但西部却流传着另一个故事。依据某些观察者，如犹他的前几任州长和法官、一些忏悔者与证人的说法，摩门教徒确实在实践“血赎论”，且实际应用范围极为广泛，并不仅局限于谋杀。有些会招致死刑的罪行并非难以想象：十九世纪中期至末期，有无数传言谈及某某悖逆杨百翰，或某某违背摩门教求真求秘的誓言，结果那些人要么被抛尸荒野，要么被草草埋于无名墓地，而且都是头部中弹而亡。但也有一些其他的罪行会被判决死刑：照一些作家的说法，这些罪行包括通奸、乱伦、卖淫、强奸、偷窃、无法医治的精神疾病（患病严重的，有时会被视为魔鬼附体）、公然持续违抗父母。那些故事写道，到了半夜，组成摩门教委员会的长老们会身着黑衣，造访犯事者的家庭，带他前往新挖掘的墓地。当罪人跪于墓地旁，便会有人对其念祷词，接着某个人——有可能是遭冒犯的那家人的丈夫或父亲，也有可能是正义的教会领袖——就会顶住他的头部，俯下身，将其割喉，以便让死者的鲜血倾入泥土之中。

摩门教的犹他领地是否真的践行过“血赎论”的那些行为呢？一个世纪前教会史学家就已否认如此流言，确实，至今也没有可靠的证据证明摩门教会高层以教会之名批准过此类嗜血的处决方式。可是，许多但派成员——摩门教徒的秘密保护者、警察和复仇者——也确实在犹他领地犯下了相当多枪决和谋杀的恶行，且并未因这些行为受到审判或责罚。显然，在大部分犹他领地定居的草创时期，摩门教徒享有不经审查的神权统治，所以处决和刺杀也有可能在严密而神圣的隐蔽下悄然发生，故而很难还原历史真相。华莱士·斯泰格纳在《摩门之国》里写道：“若是假装犹他没发生过神圣谋杀这类事……没有通过流血的方式来荡涤罪人的灵魂……叛教者与攻击性的异教徒从未神秘消失的话，那么这段记叙就是劣史。”

“血赎论”的传说也带有神秘和道德的色彩。在某种程度上，这些故事的传播阐释了两个严酷的事实：一是这些故事由反摩门教者传播，这表明了美国将这些圣徒视为恶魔，认为摩门教徒将他们的宗教变成了极具仪式感的暴行体制；二是这些故事在摩门教徒中长久盛行，这展现了苦难的历史如何将他们变成冷酷之人，以及残酷无情、卑鄙下流是如何风行于他们定居的这片土地上。此外，有关“血赎论”的传言有助于摩门教徒严于律已。我母亲记得，以前一直听人说起犹他秘密的但派成员在夜深人静时干下的那些勾当。她还记得常有人会将这些谣传讲给小孩子听。从那种口气听来，但派成员和他们的“血赎”仪式也许在二十世纪初仍未遭到禁绝。

但山地牧场大屠杀并非虚构之事，也不是什么谣传。它确实发生过，当时的血雨腥风也清清楚楚地记录在案，甚至还有人对此坦白认罪。下面就来简单讲讲这次事件：

一八五七年九月，一列载满阿肯色移民的马车队，即所谓的“贝克－方切车队”正穿越犹他南部地域，前往加利福尼亚。不幸的是，他们途经此处前不久，摩门教徒刚接到信报，说联邦军队正在赶来。杨百翰决意认为部队来者不善，而且他也一直料想圣徒和驱逐他们的国家之间会有场最终对决。从防御的战略目的出发，杨百翰征募了好几个当地的印第安部落，群策群力来助己反抗美国的入侵。

当“贝克－方切车队”行至雪松城南部边区时，该地区的摩门教徒便对这些人抱持极大的怀疑：说不定，这些移民就是联邦军队的先头部队。而且有些之后被称为“密苏里野猫”的移民还大肆吹嘘，说他们也加入了几年前杀死约瑟夫·史密斯的民兵；又说他们一旦抵达加利福尼亚就会招募部队，回来一起灭了这些苟延残喘的犹他圣徒。密苏里人的话让摩门教徒勃然大怒，他们对自己被暴民驱离家园一事记忆犹新，决定不能让这些人离开，再带回杀戮他们的军人。得知那些人要在名为“山地牧场”的酒吧内休息几天，他们便开了个会，讨论是否该将这些人视为要与之开战的敌人。摩门教徒派遣了一名信使前往盐湖城的杨百翰处，征询他的建议。杨百翰的回复是：这些来客肯定不属于联邦部队，应让他们安然无恙地通行。可信使数天后赶回雪松城时，“贝克－方切车队”几乎已被屠杀殆尽。杨百翰得知此次大屠杀后痛哭不已，他没料到自己的子民竟会犯下如此暴行。

山地牧场大屠杀的消息很快就传开了，不久就成了美国向摩门教徒开战的主要理由。这次事件过了十八年之后，据称是大屠杀指挥者的约翰·D. 李（他是颇有名望的摩门教徒，也是享有盛誉的但派成员）最终被逮捕，经过两次审判后，犹他和美国终于对山地牧场事件有了更清晰的了解。李当时是该地区印第安人的传话者，照当地部落的说法，李来找他们时，说“贝克－方切车队”正在向他们库存里的食物下毒，且计划采取更大规模的行动。李自己的说法是，印第安人对移民的种种行为心怀不满，还威胁李，说如果他不愿将马车队交给印第安人处置的话，摩门教徒便会落入危险的境地。不管怎么说，信使出发前往杨百翰处不久，一群摩门教徒和印第安人便向“贝克－方切车队”发起了进攻。战斗打了好几天，为了速战速决，李告诉印第安部落，说如果他们允许让妇孺毫发无损地逃走，摩门教徒就允许他们屠戮那些男性移民。李说印第安人欣然同意，于是，他让“贝克－方切车队”放心，说活下来的人若能投降，就可离开这片区域。李让男性移民先从营地里出来，然后放了个信号，让印第安人开始屠杀。但屠杀一开始，攻击者就失去了控制，待到大屠杀结束，一百多名男女老幼竟悉数遭戮，殁于犹他的尘土之中。许多人死于这不必要的残忍暴行。

李由于参与大屠杀，被摩门法官一致认定有罪，并判处死刑。

约翰·D.李并非犹他领地内第一个被依法处决的人，但无论在他之前还是之后，都没有人深刻理解犹他死刑的意义所在，直到百年之后我哥哥出现。十九世纪五十年代初，摩门教徒占主导地位的领地起草了一份刑法，对一级谋杀规定了相应的刑罚，尤其满足了“血赎论”的教义：谁若犯下死罪，可选择由行刑队枪毙或斩首。后者于一八八八年遭到废止，因为从没人选择斩首，这也不足为怪。对那些不太在乎是否血流涂地，或非摩门教徒的人而言，总会有并不开明的死法——绞刑——等着他们。这样一来，鲜血横流就不可避免了。从一八四〇年末至一九七七年，约五十个人在犹他遭处死：八人被绞死，一人据说被开肠破肚，两人的死法没有被记录在案；剩下的三十九个人都被行刑队击毙。显而易见，其他几个州——值得注意的是，都是在南方——在同时期处死的人要多得多。不过，没人会纯粹为了流血而处死这么多人，美国其他州也不会基于宗教教义来规定死刑的方法。

让李选择死法的时候，他选择遵从信仰：他选择了枪毙。

一八七七年三月二十三日，李被带往山地牧场大屠杀的现场。“我并不畏惧死亡。”那天清晨，他说，“我要去的地方，再怎么样也不会比现在更糟。”然后，他指责杨百翰带领摩门教徒背离约瑟夫·史密斯的教导，并说：“我以懦弱而卑鄙的方式成了牺牲品。对此我无能为力。这就是我的遗言，就这样吧。”（听闻李说的那些话之后，杨百翰以《摩门经》上帝的口吻，对李和他的子子孙孙诅咒了一通。）

李往后坐到自己的棺材上，说出了最后几句话：“孩子们，要瞄准心脏。别打烂我的身体。”

行刑队同意了他的请求。密集的子弹射穿了约翰·D. 李的心脏，他往后翻倒至棺材的另一侧。他的血溅到了犹他的土地上——一代人之前，大屠杀受难者的鲜血也曾溅于此地——然后，他的尸体就被放入木棺之中，交给家人埋葬。

这整个事件是摩门教历史上又一次暴烈的转折点。大屠杀已令他们声誉扫地，所以李就被用来减轻摩门教在此次事件中的罪责。（八十四年后，教会最终澄清了李的名誉，恢复了他的教籍，先前的赐福也可再次加诸其身。）

山地牧场大屠杀之后，摩门教徒不得不承认，在这片上帝的应许之地，处处都充满杀戮：美国已遭遗弃，天国终将到来。鲜血不会停止喷涌，如今，上帝的选民发现自己的双手也已沾染血污。

第三章　约旦巷的房子

前面是我母亲在摩门教犹他领地成长时期听来的传闻，也作为某种传承传给了我们。接下来要讲的是她自己家族的故事。

母亲的母亲，梅丽莎·柯比，是弗朗西斯·柯比的孙女，伊曼纽尔·马斯特斯·墨菲的曾外孙女。到梅丽莎那一代，墨菲和柯比的家族均已在距盐湖城约五十英里的犹他普罗沃定居下来。普罗沃是十九世纪四十年代杨百翰下令在犹他领地设立的第二座城市，比起摩门教在该地区内的大多数移居地，它的历史更加暴虐。普罗沃之名取自一个名叫埃蒂安·普罗沃斯特的人，许多年前，他的远征马车队在约旦河畔遭到蛇族印第安人的屠杀。差不多在最初的十年，普罗沃与当地的印第安人为土地和牧场发生过大量争斗，但通常是印第安人付出生命的代价。

犹他第一起记录在案的行刑（并非正式文件）就发生在普罗沃地区。有个名叫帕措威茨的犹特印第安人胆子大、脾气暴，摩门教徒称他为帕特·苏威特。此人于一八五〇年杀害了一名当地居民，之后又屠宰了好几头摩门教徒的牛马。他还威胁说要杀了当地一名默许摩门教徒抢夺土地的族长。他是被两个犹特印第安人逮到的。犹特印第安人很想改善同新定居者的关系，便将帕措威茨交给了此地的摩门教当局。后者应用了“血赎论”，但花样翻新，将这个印第安人开肠破肚，往里面塞满了石头，再抛入湖中。

在摩门教徒的迷信和印第安人的各色传言中，普罗沃后来被说成是一座鬼城。传闻一到晚上，野鬼就在山间和农场飘荡：那些鬼魂都是因为摩门教徒及其怪异的仪式既丢了土地又丢了命的人。

我的外祖父母就生于这片地区，我母亲和她的兄弟姐妹也在这里出生成长。一八八〇年，外祖母梅丽莎·柯比从附近的沃尔斯堡搬了过来，她是约瑟夫·柯比和玛丽·艾伦·墨菲的女儿。约瑟夫·柯比是个才华横溢的艺术家。他会带上画布和作画的工具，独自躲进犹他的峡谷中描绘群山壮丽的景色，一待就是好几天。此事众人皆知。他常陷入沮丧，脾气说变就变，对独处的要求让家人十分为难。梅丽莎九岁时，父亲让她去附近的赫伯，为替他打工的三个人打扫房间、做饭做菜。后来她说，那段时间她很想家，孤独得很。就是在那段孤独的时期，梅丽莎开始写作以排遣无聊。这习惯后来她一直没放弃；她源源不断地写了大量诗歌、戏剧、信笺、故事和日志，每天都会写这写那，直至生命的最后一刻。

尽管梅丽莎的诗歌和以教会为主题的作品充满了典型摩门教的虔敬气息，但她的短篇小说却别有洞天。有时候，她以第一人称描写一个女孩，女孩的父亲性格孤僻，强迫女儿待在家中照顾他，不让她与外界接触，自己却酩酊大醉、深深自责，喝高了还会无意识地打骂。他会暴打女儿，把家里弄得一团糟，事后又后悔不迭，总是会博得女儿的怜悯和誓言，保证不会弃他而去。她的其他小说都是讲女孩如何让心仪的男孩死心塌地，有时会同时有两三个男孩出现，但结局总是万变不离其宗：女孩将他们一脚蹬开，伤透了他们的心。这让人忍不住想从这些小说中推断梅丽莎·柯比的少女生活，但我不知道这样的解读是否站得住脚。我只是从家人的叙说中了解到梅丽莎年轻时颇具吸引力，有好几个追求者，据说她遇到真命天子之前，也曾伤透好几个男孩的心。

梅丽莎·柯比在威廉·布朗家遇见了真命天子。他生性害羞，身材颀长，比她小六岁，才智上显然没法和她相比。威尔的父亲阿尔马一辈子都住在普罗沃，当过铁匠，也当过铁路工人。一八七五年，阿尔马娶了玛丽·安·杜克，依照摩门教的理想，他们总共生养了十个孩子；威尔是第五个。阿尔马壮年时期在普罗沃火车站滑入移动的车轮底下，失去了一条腿。据说这次事故之后，他整个人就变了，变得难以相处、疯狂专制。阿尔马·布朗大发雷霆时，会把他现在佩戴的木腿拽下来，当着孩子的面抽打妻子玛丽·安。有时候，他会把妻子打得不省人事，至少有一两次，他打得太狠，让妻子住院好几天。威尔小时候有一次试着调停并阻止家暴，结果自己挨了木腿一顿打，腿伤得不轻，也住进了医院。布朗家后来声称威尔从马上跌下来，摔伤了腿。自此以后，威尔就对父亲言听计从，知道不能表露情绪。

梅丽莎遇见威尔的时候，阿尔马人见人怕的日子已经过去了；事实上，老头在这对恋人婚后一两周就死了。两人相遇时，梅丽莎是当地教会监护所的美人。她负责管理监护所的戏剧，还被任命为监护所的诗人和年轻女士协会主席，甚至还被选为普罗沃七月二十四日大型盛典的当地自由女神（此项一年一度的盛典是为了庆祝圣徒抵达盐湖谷的纪念日而设）。威尔也在她负责为盛典排演的戏里扮演了一个角色，他的腼腆和念台词时的磕磕绊绊吸引了她。也许，他的孤独也能令她感同身受。反正，她不忍心伤害这个男人的心。

一九〇七年十二月四日，恋爱一年半后，威尔·布朗与梅丽莎·柯比在普罗沃成婚了。从新婚开始，他们的经济状况就没好过。由于父亲去世，除了照料他的新家庭，照顾母亲、兄弟姐妹和维护农场的担子也都落在了威尔一人身上。此外，玛丽·杜克·布朗坚持要求孩子们住得离她越近越好。有这么多义务在身，一个男人便无法赚足够多的钱、养活好一大家子人。于是婚礼后，威尔和梅丽莎抓住了唯一一个机会：搬入农场，和威尔的母亲住在一起，全身心投入农场。照我母亲的说法，玛丽·布朗是个很难相处的工头。仿佛她这么多年就是在等阿尔马·布朗撒手人寰，好取代丈夫的位置。

一九〇八年，梅丽莎和威尔有了第一个孩子，是个男孩，取名乔治。两年后，他们又有了第二个孩子，是个女孩，取名帕塔。但这次生产让梅丽莎吃尽了苦头，差点丧命。威尔认为母亲家的农场太拥挤，再加上照料两个孩子太累，对梅丽莎来说负担太重。他告诉母亲，他和妻子现在得有自己的家了。玛丽·布朗可不想彻底失去儿子，让他独立生活，于是，她提出了一个建议。在约旦巷以北很远的地方，有条蜿蜒的路通往山顶。这座山坐落于瓦萨奇山脉对面，其山巅因能俯瞰整座普罗沃山谷而得名“美景峰”。玛丽与阿尔马多年前就在山下拥有一块肥沃的农田，一度想搬到这里居住。她答应，只要威尔继续替她照料农场，并且等孩子长到能拎水桶、双手刨土的年纪时也帮着打理的话，她就把肥力最好的一英亩半土地送给他们夫妇。威尔知道这是个获取普罗沃良田的好机会。于是，他同意了母亲的条件，很快就在约旦巷北端的那片土地上建了栋两居室的房子，让他们和孩子有了栖身之所。

帕塔出生一年后，梅丽莎又生下了第三个孩子，是个女孩，取名玛丽。之后，一九一三年八月十九日，我母亲贝茜·布朗来到了人世。接下来的几年中，布朗家又添了五个孩子：马克、阿尔塔、旺达，还有一对双胞胎埃达与艾达。总共九个孩子，一个接一个地挤进了约旦巷这栋两居室的房子。最后大家开始挤挤搡搡，威尔在房子里另添了两居室，一间给自己和妻子当卧室，另一间给女孩们住。在房子后院的几棵树后，威尔又搭了间仓库兼作坊，男孩们晚上可以睡在里面。作坊边上，他搭了间简简单单的大谷仓。威尔和梅丽莎的家如今成了一座朴素的农场。但他们的收成并不多，这大多是因为威尔和孩子们要花更多时间照料威尔母亲的农场。

和许多普罗沃的小农场一样，威尔家的农场出产的水果和蔬菜能够家人饱腹，但再多就没有了。至于牛奶，家里倒是有一头名叫贝茜的奶牛。我母亲对这头奶牛恨之入骨，总想修理它。她竟和一头奶牛同名，简直岂有此理。更糟的是，她还得知奶牛取名在先，于是大家就拿她取了奶牛的名字这事整天开玩笑。过了几年，甚至一直到死，我母亲都在大张旗鼓地给自己正名，说自己和家里的奶牛并不同名。“我的真名是贝蒂，不叫贝茜。”她说，“这是伊丽莎白的简称。我取的是英国女王的名字。”我从未想过去问她取的究竟是哪一位伊丽莎白女王的名字，但应该是现在的女王——女王出生于一九二六年，比贝茜·布朗晚生十三年。

岁月流逝，布朗家的孩子大多数时间都是自己照顾自己。除了在母亲的农场忙活之外，威尔还接了其他活儿，在本地学校当看门人，还做了美景峰的水源负责人，管理该地区灌溉渠的水流。还有，不管什么时候，只要有人叫他，他就会去干铁匠活儿。可与此同时，梅丽莎却因为要照管这么多孩子，越来越手足无措。此外，双胞胎出生后，梅丽莎的听力开始减退。简言之，家庭成员太多，责任太重，时间又太少。威尔和梅丽莎之所以生这么多孩子，是因为作为摩门教徒，他们有这个义务。但他们根本就没做好准备，给孩子们的个人成长时间实在太少。他们态度很明确：孩子们必须努力干活，彼此照料。如果有谁跑得太偏，干了让人无法容忍的事，有谁胆敢挑衅、反抗或亵渎他们所在社区或教会的价值观，他们就会被踢出家门。情况也只能是这样。

我还是孩子的时候，总觉得母亲在农场长大是件很令人着迷的事。母亲显然并无同感。“我恨在农场里干活，手会弄得很脏。”她说，“我的手以前很漂亮。我怎么忍心毁掉双手去摘黄瓜、矮菜豆，只为让坏心眼的布朗老太婆高兴。而她甚至连句感谢都不会说。”只要有可能，母亲就会想出各种各样的诡计，不去干农场的活儿。她在布朗外祖母的农场里发现了一个小小的流沙坑，把那里作为藏身之所。她在那里一待就是好几个小时，把小树枝和石头、姐妹们的洋娃娃埋进沙里。沙坑似乎就是个无底洞。

其他时候，贝茜会穿过约旦巷，下山去山谷里。有些吉卜赛人会应季前来扎营。没人会跟着她下山。“吉卜赛人会偷孩子。”她母亲警告过，“不过也别担心：他们只偷漂亮的孩子。”但大多数时候，贝茜都会黏着父亲，在他身边玩，看他在铁砧上砸马蹄铁，再把马掌钉入马蹄里。她喜欢看他干活时的那双大手和专注的神情。贝茜打定主意，一定要成为威尔·布朗最喜欢的女儿。这样一来不管她要什么，他都会给。一天，她测试了一下这个想法。每天早上贝茜望向前门外时，看见的第一样东西就是瓦萨奇山的轮廓——绵延高耸的山脊仿佛拔地而起，保护着上帝的子民不受外界侵扰。其中有一座山特别出众。后来就是在那座山上，杨百翰大学用亮白色的石头竖起了一个硕大的“Y”；一到晚上，只要学校的橄榄球队打赢了比赛，队员们就会爬上山，在石缝间竖起明亮的火炬，使“Y”亮彻整座山谷。贝茜爱这座山胜过犹他的任何东西。她会凝视它好几个小时，和它说话，诉说自己的秘密。说实话，她向这座山祈祷时比向他们的上帝祈祷还热烈。她坚信，如同父亲的爱一般，这座山也是仅属于她内心的奖赏。

“爸爸，”一天下午，她看着父亲对着铁砧忙活时说，“我能得到那座山吗？我能说那座山属于我吗？”

她父亲停止敲打锤子，长时间凝望着山峰，然后耸了耸肩：“行啊，我看不出有什么不行的。”说完，又埋头锤打起来。

“好的，山啊，”贝茜说，“你是我的了。”

几周后，贝茜在谷仓里玩耍，挨着正在干活的父亲。她看见一只被钉死的老旧木盒。“里面是什么东西？”她问。

她父亲走过去，撬开盒上的钉子。“打开来看看。”他说。

我母亲打开盒子，看见里面有条木腿，阿尔马·布朗以前经常用它打老婆和儿子。贝茜尖叫起来，砰地关上盒盖，哭了起来。威尔·布朗站在她边上，哈哈大笑。

家里就我一个人从没在母亲家的农场待过。在父亲经常玩消失的那几年里，兄长们跟着母亲在农场住过几次，对农场的脾性和历史了解得不比母亲少。

后来，一九五九年年初的一天，母亲得知她父亲中风的消息。她父亲估计活不长了。从我出生起，母亲就没回过家，于是决定让

我和她一起坐火车去犹他，看看外祖父母家的房子。

那时我八岁，直至现在我都惊讶，自己对那次旅程竟然记忆犹新。我记得母亲的哥哥乔治——我的中间名就来自他的名字——晚上去老火车站接我们。老头子似乎有些害羞，人挺滑稽，身材纤瘦，留了撮胡子，穿了件法兰绒衬衫，戴了顶护耳的厚帽子，外罩一件冬衣。他带我们上了斑驳的车厢。火车在普罗沃的丘陵间行驶时，乔治对母亲说，跟他们的母亲讲话时要大声点。如今，梅丽莎的听力几乎全部丧失。有时，就连助听器都派不上什么用场。

我们沿着绵长又崎岖的铁轨，经过一栋小房子，进入场院，驶入了站台。月光下，我能分辨出谷仓和大树，我早已按捺不住迫切的心情，想把它们据为己有。我们从后门进入房子，来到厨房。一切仿佛都还如母亲年轻时那样，同样花纹的墙纸，同样挂在墙上的老式电话，外祖母坐在厨房角落的摇椅里，歪着脑袋睡着了，放大镜耷拉在鼻子上。她并不知道我们在房间里。乔治握着她的肩膀，轻轻将她摇醒。她猛地睁开双眼，倏忽间显得恐惧、忧伤，好像一觉醒来发现，现实竟还是如此痛苦。然后，她看见了我母亲。梅丽莎立马跳起来，搂住了女儿。对她们俩而言，这个动作算是迅速和解，克服了经年来难以调和的疏远。她们聊天至深夜，而乔治则领着我在黑暗中参观了农场。

到了睡觉的时间，梅丽莎领我们来到卧室。贝茜和姐妹们在那间卧室里住过很长时间。我睡不着，为身处犹他而感到兴奋，就这么待了好几个小时。我尽量不动，因为母亲睡眠很浅。过了一会儿，我发现她在哭，就转身看着她。她虽背对着我，但我能分辨出她用手捂着嘴默默啜泣。之前我从未见过她这么控制不住地哽咽，当然也未见过其他人这样哭泣。我心想还是别去打扰她为好。我猜测她之所以哭，是因为她父亲已经奄奄一息，也许情况就是那样，又或许是此处的回忆搅动了她的心绪。

第二天早上我醒来时，母亲早已起床。我发现她在外面的院子前。她凝望着许多年前她宣称属于自己的那座山。最近再见到这座山时，我终于能理解她为什么对它情有独钟。这山骄傲、孤单，和贝茜·布朗一样。

“那就是你的山吗？”我问。

“对，那就是我的山。我一直都和它聊天。我知道怎么听它说话。今天早上，它对我说，我爸马上就要不行了。”

“妈，他会没事的。”我虽这么说，但也知道她很可能说得没错。这将会是我与死亡的第一次照面。死亡如此迫近，我既兴奋又恐惧。过不了多久，我对死亡的兴奋感就会消退，而恐惧感大增。

“不，”她回答道，“他不行了。他这次真的要死了。”她双臂抱于胸前，用这个惯常的姿势表明她已决定结束讨论。她站在那里，又凝视了一会儿那座山，然后从我身边走开，眼睛盯着地面，绕到老房子的后面。我没跟着她。我就这么站着，注视着母亲的那座山，试图想象该如何与这样一座山聊天，如何去倾听它的启示。

这之后和转天的大部分时间里，我都忙着和犹他家族的人见面。他们大多是阿姨，外表看上去很亲切，但对餐桌礼仪和晚餐祷词一窍不通。我和很多表亲都处不来。他们显得很拘谨，却又很不友好——只有家教良好的摩门教徒家的孩子会这样。我记得自己还和其中一个打过架。唯一的例外是艾达一家。还在世的姐妹中，母亲最喜欢的就是这个妹妹。在几代人之前，当梅丽莎被九个孩子压得喘不过气的时候，她便让玛丽照顾埃达，让我母亲照顾艾达。玛丽怂恿埃达和她的双胞胎姐妹竞争，还说双胞胎里，艾达长得更丑

（我母亲是这么说的）。我母亲贝茜因此特别向着艾达，给她穿漂亮衣服，买别致的缎带给她扎头发。许多年以后，母亲和艾达的关系也出现了问题。部分原因是艾达嫁了一个为人稳重的好丈夫；她的孩子可爱又懂礼貌，顶多惹些小麻烦。相比之下，母亲却嫁了一个时常离家不归的酒鬼，而她的孩子……不管怎么轻描淡写，我们这些孩子都是丧门星。

但我们去犹他那次，没人再提起这些分歧。事实上，往昔的情感与忠诚似乎又复苏了。贝茜和艾达一见面便说个不停，笑个不停，哭个不停。我们在那里的第二天，艾达坚持要我们搬去和她同住。她和丈夫弗农·达米科及女儿住在一起。弗农个子颇高，体格壮实，走起路来有点瘸——以前打仗留下的副产品。他在普罗沃中央大街上开了家生意不错的鞋店。我在那里看着他用大手纳鞋底，度过了在犹他最快乐的时光。这大概和母亲小时候看她父亲干活差不多。弗农是个大好人，好姨父：块头大，性情温和，很会保护人，脾气又好。他还有一副美髯，看上去像极了喜剧演员厄尼·科瓦茨。那时候我还不懂，他留胡子其实是为了遮盖兔唇。因天生缺陷，弗农承受了许多不幸，成长经历十分艰苦。但我在他身上却见不到一丝苦，我一见到他，就希望自己能有一个这样的父亲。

弗农和艾达还有两个十几岁的女儿，布伦达和托妮。我那时八岁，但也喜欢可爱和性感，而布伦达和托妮显然就是这种类型的女孩，不过在她们身上完全不见那种沾沾自喜的优越感。她们甜美，懂得关心人，是唯一让我感觉像姐姐一样的女孩。在弗农和艾达的房子里，我觉得很安全。我记得自己想过：要是能待在这个家里，该有多好。后来我才发现，多年来这个想法或许也多次出现在兄长们的头脑里，这最终给我们带来了可怕的后果。

在普罗沃的第三个或第四个晚上，我、母亲和外祖母坐在外祖父母房前的门廊上。杨百翰大学的橄榄球队那天傍晚打赢了比赛。队员们长途跋涉，去贝茜的那座山上，把“Y”字点亮。母亲很兴奋我能见证这个仪式。我们坐在那里，注视着“Y”熊熊燃烧，直至火焰减弱，变成一簇白光。几分钟后，在通往山下玛丽·布朗家旧农场的那条路上，我们看见白色的东西自黑暗中闪现，正朝我们前来。那东西速度奇快，愈来愈近，似乎在离地一尺的空中飘荡。白色的形体似一件大氅，在夜风中瑟瑟作响。在白色的形体上，我们看见两只闪闪发光的眼睛正朝这边看过来。贝茜和梅丽莎同时站了起来。“是鬼魂。”外祖母说。母亲抓住我的肩头，将我带入房内。我想走近去看，毕竟我还从没见过鬼魂；我想看看，如果向它走过去，它会作何反应，但贝茜和梅丽莎绝不容许我这么做。于是，我从前门的窗户观望了一会儿。我们进屋后，鬼魂便不再向房子走来。它来来回回好几次穿过马路，仿佛正在等待某件事情发生，又或在琢磨着我们。后来，过了一两分钟，它飞快地没入来时的夜色之中。事后，我对父亲说了鬼魂的事。他哈哈大笑。“那不是鬼，”他说，“有可能就是邻居家的狗，身上披了条从晾衣绳上拽下来的白布，想找人显摆显摆。你那都是老摩门教徒愚蠢的迷信。”

鬼魂现身后的那天夜里，外祖父威尔·布朗死了，享年七十三岁。他的床头站着教会主教、他的妻子、他所有活着的孩子。我不记得他去世时，我有多难过，毕竟，我从没见过这个人。但三十多年后，阅读梅丽莎最后的日记时，有一段简短的文字令我动容。梅丽莎最后的日记读起来枯燥至极，一页页都是关于给孙女们织小垫子、给客人做饭、给小摆设掸灰尘，就连讲述丈夫中风都木然而呆板。写到威尔·布朗的最后一晚时，梅丽莎用五个字描述了他滑入黑暗的那个时刻："看他死。心痛。"读过这些话后，我再也无法看轻他人的感情了。

威尔·布朗的葬礼据说是普罗沃多年来规模最大的一次。显然，每个人都很尊敬这位以前的学校看门人。不知何故，所有的孙辈，再加上其他小孩们，全都坐在教堂的前几排，正好面对外祖父敞开的棺椁。这是我第一次如此近距离观看亡者。我细细打量着威尔·布朗的白发，试着去感受。大多数时候，看着死者，我会浑身起鸡皮疙瘩。长时间凝视死亡有种非现实之感，但这种感受就像观看生猛的性爱那般禁忌。后来我才意识到，死亡远比性爱要龌龊得多。

之后，一长列豪华轿车和汽车驶往城外的普罗沃市公墓。我们站在新挖的空荡荡的墓穴四周，而外祖父的棺椁就停放于深穴的一侧，上面覆满花圈。威尔家的孩子们一个个走到棺材旁，往花堆里添上单支花朵。轮到乔治舅舅时，他笨拙地摸索着，似乎在找地方放花。最后，他将花放到花堆上，襟花优雅地滑至其他花朵边上。那时候，我觉得外祖父好像死而复生，将玫瑰揽入自己的怀中。多年来，我一直在思考那个画面。这画面也时常出现在我梦里。

离开墓地时，我偶然踩到了一块墓石。然后，我又刻意往一块块墓石上踩去。离死亡如此之近，也许，我这是在驱散心中的恐惧吧。究竟为什么，我也说不清。这是一种不尊敬死者的孩子气的做法。姨表们对此很不满意，一把将我抓了过去。接下来一名严厉的摩门教族长拎起我，提着绕圈，还用手指戳我的脸："千万不能不尊重死者，小伙子。"他戳着手指告诫我："千万不行。要记得你活着，是欠了他们的。"

第四章　阿尔塔与死去的印第安人

不久之前，我又去了一趟布朗家的农场。

表姐布伦达载着我向北绕着美景山区行驶一圈。如今那里到处都是干净美观、方方正正的房屋。曾经的约旦巷如今成了约旦大道，大道尽头就是我外祖父母以前的产业。现在这里归表弟家了。表弟是我母亲妹妹的儿子，他（或者是其他人）用篱笆将这片土地与外界隔绝起来，还竖了块牌子：死路，私家财产。这道藩篱给人不真实的感觉：这里怎么可能是死路；你会觉得被隔绝起来的与其说是财产，不如说是一段应该被遗忘的历史。可这里明显不见历史的痕迹。曾经在此地的每一样东西如今均变了形，或被夷为平地，变成现代都市风和世俗风格。当然，对此你无法指责任何人。谁会愿意入住一栋老式两居室的农场房子，并保持原样，就因为他们的外祖父母曾经在此居住？谁愿意将旧日贫困与破碎的家庭希望原封不动地当作艺术品保存起来，让老房子变成一座无人参观、无人欣赏的博物馆？可换个角度来看，任何转变都不重要：过了近一个世纪，这里仍旧弥漫着失落感。空气里有些东西并没有因为土地改变而随之消散。

我和布伦达在前面停了车。几个男孩正在摆弄一辆汽车，由于我们停在私家财产上，他们投来了好奇的目光。布伦达要找表弟，他便走了出来。他走到前门的草坪边缘，很礼貌，但也很警惕，或许见到我并不怎么高兴，毕竟这会令他想起那段恐怖的历史。我们客客气气地寒暄了几分钟，但没被邀请入屋，看看如今农场变成什么样，或查看一番这片老旧的产业。过了一会儿，布伦达便告辞了。我们返回车内，开走了。离开时，布伦达指了指那栋房子前的一小片地——地面从那里翻转，往陡峭的山下而去，直至底下的山谷。“那件事就是在那儿发生的。”她说。我立马就明白了她的意思。六十年前，就是在那里，布朗家的生活发生了一个突如其来、恐怖至极的悲剧。这悲剧的影响令人难忘，也从未彻底根除。在落日余晖的映衬下，那地方仍像有一摊血渍——那血曾令无数希望破灭。照我母亲看来，这件事造成的灾难难以撼动，风吹日晒都无法使之消隐模糊。

随着岁月流逝，布朗家族分裂为两个阵营：好孩子和叛逆的孩子。前者在农场勤劳干活，听父母和教会领袖的话，如马克、玛丽和旺达。后者有自己的意志，骄傲自负，如乔治和帕塔，后来又加上我母亲。两派中间是阿尔塔，她比贝茜小五岁。阿尔塔是家里大孩子和小孩子之间的分界线。就其他方面来说，她也是一条分界线。

我在照片里见过阿尔塔。她看上去平凡普通，不苟言笑，和许多自主性很强、长相严肃的孩子没什么区别。但从她的眼神里，你可以看出她很聪明，思维也很活跃。她看上去哪怕不动声色，也能胜过周围任何人。这一点很可能使她成了布朗家最受宠爱的孩子，连她的死讯都上了普罗沃的头版头条。在父母眼中，阿尔塔是个理想的孩子：谦逊、驯从，叫她干什么她就干什么，毫无怨言。她也总是能从学校和教会里带回好成绩和口碑。但我母亲认为，阿尔塔绝没有这么简单。她懂得怎么表面一套，背后一套，懂得怎么假装满足别人的要求，但在顺服的背后，却按自己的意愿生活。与帕塔和我母亲一样，她也是爱干什么干什么，只不过是在背地里干，不像别人那样肆无忌惮。贝茜和帕塔会不遵守父母的教导，在外面待到很晚，回到家就挨一顿揍；而阿尔塔会等到父母睡着才悄悄溜出去和姐妹或男朋友碰头。要这么干很容易：梅丽莎耳背得厉害，根本听不见隔壁卧室窗户开合的动静。

即便我母亲比阿尔塔大了快五岁，她仍然觉得自己与阿尔塔最亲近；阿尔塔也与我母亲关系最好，至少贝茜后来是这么说的。她们会互相倾诉最隐蔽的秘密。但贝茜没有阿尔塔在待人接物上的圆熟，这点令贝茜很羡慕。"我们之中，就阿尔塔最强，"母亲说，"就属她最有前途。失去她，我们一直都没缓过来。从此以后，我们家就不像家了。"

一九二九年万圣节前数周，阿尔塔十二岁，贝茜十六岁。一天下午，两个女孩和家里的其他成员都坐在主日学校里，听主教斥责通灵板和其他显灵的玩意儿。主教说摩门教徒对提防招魂术有种特殊的使命感。圣徒比大多数人更清楚魂魄的真实。毕竟魂魄以摩罗乃天使的形式引领约瑟夫·史密斯在宗教草创时期写下了那些之后代代相传的金箔经文，而魂魄也无数次以多种方式向摩门教徒显现。但主教警告道，有些魂魄和人一样爱惹麻烦，品质卑劣，会经由通灵板或降神会达到附体的目的。任何一种神秘的通灵方式都是撒旦的杰作。一旦某个魂魄进入人的生命，就会引领他走向歧途，犯下十恶不赦之罪，甚而招致惨死。主教就认识几个误入歧途的年轻摩门教徒。他们本想联系亡者，招来的却是恶鬼。其中一两人后来被钉在墙上，头发全白，而他们脚下就放着通灵板。

主教最后祝大家万圣节快乐："穿得漂亮点，好好吓自己一回。但要记得你们都是圣徒，而圣徒是不会邀请撒旦的魂魄进家门的。"

大约一周后，贝茜、阿尔塔和其他人前往普罗沃中央大街，购买万圣节派对要用的摆设。贝茜在一家五元店里发现了一块通灵板，就买了下来，把它混进其他物品，藏在购物袋内，偷偷带回了家。那天深夜，父母入睡后，贝茜和阿尔塔就在卧室里点上蜡烛。她们坐在地板上，彼此挨着，双腿盘坐，把通灵板搁在膝上。其他人都坐在床头看着她们。帕塔也加入贝茜和阿尔塔的行列，玛丽却义愤填膺。"你们要干什么？"她说，"你们都知道主教说的话。难道还想把魔鬼带进自己家里来？"

旺达开始抽泣："我要去告诉妈妈。"

贝茜抬头对她怒目而视："你试试，看我不扇你一顿。"

贝茜转过身对着阿尔塔和帕塔。三人把手指放在通灵板心形的占卜写板上。姐妹们站在边上看着，呆住了，又怕得要命。"我们要说什么？"帕塔问。

贝茜看了看阿尔塔，耸了耸肩。阿尔塔紧紧闭上眼睛，脑袋歪向一侧，朗声问："有人在吗？"

屋子里很静。每个人都盯着占卜写板。没过一会儿，女孩手指下的写板就动了起来。缓缓地，一顿一顿地，它挪向通灵板的角落，那儿有个"是"字。

贝茜、帕塔和阿尔塔面面相觑，双眼圆睁。他们通灵了。没有哪种祷告会这么快、这么可触可感地得到回应。

阿尔塔再次闭上眼睛，问道：“你是谁？”

这次，占卜写板很快就移向一个个字母，拼出它的回答：我－是－死－去－的－印－第－安－人。

“死去的印第安人？”贝茜说。

这时，女孩们听见了一声凄厉的号啕，吓得屁滚尿流。其实是旺达在哭，浑身发抖。没等大家让她停下，她就尖叫着冲出了房间。

梅丽莎听力确实不行，但还不至于太糟。她猛地冲入卧室，看见了搁在女孩们膝盖上的通灵板。“啊？”她说，“你们把什么玩意儿带回家了？”

没人吭声。

梅丽莎转向阿尔塔。“帕塔和贝茜这么干，我并不吃惊，”她说，“她们就喜欢惹是生非。可你不是很懂事吗，阿尔塔？你怎么也会把这种邪恶的东西带回家？你难道不知道你这是在嘲笑上帝吗？你难道不知道嘲笑上帝要付出什么代价吗？”

阿尔塔看上去很受挫：“对不起，妈妈。我们就是想玩个游戏。我们这就把它放好。”

“不行，”梅丽莎说，“不能就这么算了。你现在就把它拿到外面，扔进焚化炉里烧了。阿尔塔，得你去做。而且得你一个人干。”梅丽莎站在那里，看着女孩们套上衣服。然后，她就跟着阿尔塔出了卧室，砰地在身后关上门。

她们一走，贝茜就数落旺达：“就知道告密。”

旺达又抽泣起来。“别惹她了。”玛丽对贝茜说，“麻烦是你自找的，是你把这种该下地狱的东西带到这儿来的。”

半小时后，阿尔塔回来了。等女孩们全都睡着后，她悄悄对贝茜说："妈妈上床了。我把通灵板藏到了谷仓里。"

布朗家为通灵板事件苦恼了好几天，也祷告了好几天。罪恶感静悄悄地实施着惩罚，只有阿尔塔像是在真心悔过。

万圣节之夜来临了。布朗家去美景教堂监护所参加化装舞会。每个人都在唱歌跳舞，纵声大笑，就这么傻乐着，直到头晕眼花、疲惫不堪。

约凌晨两点，阿尔塔和贝茜从卧室窗口溜了出去，来到谷仓。那是一个宁静的秋夜。贝茜点上煤油灯，阿尔塔挖出通灵板。两人准备找回鬼魂。

谷仓里只有贝茜和阿尔塔两个人。她们将通灵板搁在膝头，把手指放在占卜写板上，问了和上次一样的问题。这次，她们指下拼出了这样的字眼：我－是－死－去－的－印－第－安－人。我－因－为－杀－了－人－而－被－人－杀－死－了。他－偷－了－我－的－东－西。我－想－要－回－来……

贝茜和阿尔塔听见谷仓门嘎吱响了一声，看见一个人影从门缝里溜进来，来到幽暗的光线底下。是父亲。贝茜本想松一口气，但她在父亲那儿吃过苦头。威尔·布朗平常很和蔼，但把他惹怒的时候，他就不是那样的人了。

他朝她们走来。"你们在大晚上招魂？"他问，"你们还是我的孩子吗，难道你们已经把自己交给了魔鬼？"威尔抄起一把斧子，从她们手里夺过通灵板，把它劈成了碎块。"要是再让我发现你们崇拜魔鬼，"他说，"我就把你们交给但派成员。"

布朗家的通灵板就这么完蛋了。在接下来的几周，贝茜和阿尔塔又试了一两次，躲到离家很远的隐蔽处所，在黑暗中手握着手，想和鬼魂接上头。但什么事都没发生：没有声音应答，没有鬼魂显形，还不如好好祷告。

圣诞节来了又去，之后是新年。一九三〇年的第二周，普罗沃下雪了，漫山遍野一片银白。接下来的一周里，雪下个不停。

一天晚上，下雪后，一匹白马溜达进了普罗沃农舍的后院。美景是个小社区，所以谁家有什么马大家都清楚，就像不论谁家的孩子大家都认识一样，但布朗家却不知道谁家有这样一匹失魂落魄的漂亮母马。贝茜和姐妹们都跑到外面盯着这匹马。阿尔塔走过去，拍拍它的马鬃。梅丽莎见女儿们和这匹陌生的马在一起，就命令她们进屋。她想把马轰走，但马只是盯着她看。

马站在那里盯着房子看了好几个小时，在冬日的月光下闪着微光。威尔·布朗从学校下班回家后，就把这匹马赶走了。那天深夜，我母亲听见了她父母的交谈。“你知道白马来到人家里是什么意思吗？”我祖母说，“说明家里有人会死。”

“我觉得，”威尔说，“上帝不会这么干。”

之后的礼拜日傍晚，一个邻居骑着他的马拉雪橇绕美景山跑，他让布朗家的女孩挤坐在雪橇上跑一圈。阿尔塔和旺达跑去找她们的母亲，问是不是可以坐雪橇去街上玩玩。梅丽莎认识那个人，也认识那匹马——那匹马温和友好——但还是摇了摇头。“我没理由不同意，”她说，“但我并不打算同意。我只是有种奇怪的感觉。”女孩们很失望，但也没争辩。梅丽莎接着忙活了，阿尔塔就去找贝茜。“走吧，贝茜。”她说，“我们可以悄悄绕过弯口，再坐雪橇上山。妈妈不会知道的。”

这一次，贝茜的预感和她母亲一样。“不行，”她说，“我觉得这不是个好主意。”

阿尔塔就去找旺达。“你和我一起去吗？”旺达犹豫了。她还不习惯违逆母亲的话。可是，坐雪橇有什么错？于是两个女孩跑出前院，下了山，离开了农舍的视线范围。

贝茜站在前门廊上，看埃达和艾达堆雪人，等着雪橇驶来。不一会儿，那匹马就绕过弯口，稳稳地小跑过来。阿尔塔平躺在上面，抓着雪橇，旺达就叠在她身上。这匹马在房前停下来时，不知怎么受了惊吓。马夫想让它平静下来。可那马却尥起蹶子，把雪橇蹬飞至空中。女孩们呈弧线形抛出，撞到了电线杆上。旺达的左肩被撞得很猛，院里的人都听见了断裂声。阿尔塔先是迎面狠命地撞了上去，又摔落到了地上。

有人跑回屋里，找到梅丽莎。她急忙跑到路上，发现两个女儿躺在雪地上，溅了一地血。旺达不省人事，看上去像是死了，但阿尔塔却在地上挣扎着，想翻过身来。梅丽莎跪在她身边，将阿尔塔的头枕在自己膝上。阿尔塔的额骨碎裂陷了进去，梅丽莎都能看见里面的骨头。“哦，妈妈，”阿尔塔说，“对不起。我应该听你的话。”然后，阿尔塔就哭了起来。她脸上剩下的骨头太小，一哭，把眼珠子都挤出了眼窝，挂在了脸颊上。梅丽莎待在雪地里，来回摇晃着心爱的女儿，轻抚着她的头发，直到生命离她而去。

贝茜的弟弟马克从谷仓骑马去教堂找父亲。威尔和马克带着主教和医生返回布朗家时，两个女孩已被移入前面的小房间里。医生看了看阿尔塔，说她已经死亡。他仔细检查了一番旺达。“这孩子还活着，”他说，“但如果不去医院，她恐怕也撑不了多久。”

旺达虽从这次事故中恢复了过来，但她下半辈子都烙下了身体左侧半身不遂的毛病。

几天后，到了埋葬阿尔塔的日子，地面冰冻得厉害。只能把棺材留在墓穴边上，等地面解冻。接下来的两天里，布朗家的孩子都会前往墓地，坐在棺椁的周围，为死去姐妹的灵魂祈祷。

数周后，鬼魂终于又出现了一次。“晚上，姐妹们都在卧室里，”表姐布伦达告诉我，“她们看见黑暗的房间里亮起一道白光。那道光离她们的床头越来越近。是阿尔塔。她就坐在女孩子们的床边，说她现在挺好，一点都不痛，很开心。她想让女孩们知道这一点。她很爱她们。然后，亮光就暗了下去。她消失了，但女孩子们还能看见床上她落座时的凹痕。”

没人能想明白，在那个冬日的黄昏，究竟是什么吓到了那匹马，但我母亲坚信是她和阿尔塔招来的那个死者的恶魂。正是这个鬼魂，以后会把她们家搅得鸡犬不宁。

许多年以后，在丝毫不知此事来龙去脉的情况下，我问母亲是否可以买一块通灵板。那时候，父亲刚去世没多久。那段时间，我没读别的，只读埃德加·爱伦·坡、布莱姆·斯托克[①]的作品与维多利亚时期的鬼故事。那些阴森恐怖、超自然的故事以我自己都解释不清的方式安抚着我，令我着迷，而母亲却忍受不了那些故事。她否决了我的请求，和她许多年前做的一样，我也跑出去，买了块通灵板，藏到房子里。唯一的问题是，我找不到兄弟和我一起玩。于是，我就像个傻瓜似的，自己坐在那儿，把通灵板搁在膝上，问它问题，等着占卜写板在我的手指底下移动。我不记得是否从魂魄那儿得到过回复。

一天下午，母亲发现我在聚精会神地玩通灵板，气得脸色发

①Bram Stoker（1847－1912），爱尔兰小说家，著有以吸血鬼为题材的小说《德古拉》。

青。“我要你现在就把这该死的东西从房子里拿走，再也别拿回家。而且我要你别再读那些关于妖魔鬼怪的阴森恐怖的书。我不想让自己的儿子全都变成魔鬼！”说完，她就哭了，哭了好长时间，哭声很响，十分悲切。于是，我走出家门，只想离这哭声越远越好。

第二部

害群之马与弃儿

孩子最初爱他们的父母；等大一些他们评判父母；有些时候，他们原谅父母。

——奥斯卡·王尔德，《道连·格雷的画像》

第一章　害群之马

这一辈子，贝茜·吉尔摩绝大多数时候谈起父亲，总将他视为典范。他安静、谦虚，朋友或家人若有需要时总会做出牺牲，不求任何回报。他爱得深沉，工作起来没日没夜，只为让孩子有衣服穿、能上学，还教导孩子们对待邻人与陌生人都要慷慨。

但在母亲人生的最后几年里，她对威尔·布朗的看法发生了急遽的变化。这是加里被处死之后发生的事，那段时间里，她愈来愈沉湎于往昔的岁月。我打给她的电话越来越少，看她的次数也越来越少，其中一个原因是她总在谈论我们家集体悲剧中的那些重大事件。我觉得是失望和死亡的枷锁此时让她发了疯，让她想在头脑中重新审视每一处关联，寻得那把钥匙，找到究竟是哪里出了错。这和我在近年来所做的事情不无相似。也许，她觉得所有这些事从一开始起便已注定，她只能细细审视命运残酷的玩笑，等一辈子，就为了那一点点从来不会兑现的希望和解救。无论如何，当我母亲回首往昔岁月，她对年轻时代往事的追忆与她先前的讲述已判然有别。

特别是有关她父亲的事。母亲说，布朗家的孩子都长大后，威尔·布朗的脾气越变越差，与他自己的父亲那有名的暴脾气有着可怕的相似之处。他挑两个孩子当出气筒，一个是我母亲，另一个是她哥哥乔治。我不太清楚乔治和他父亲之间有什么分歧，但我知道家人和美景社区里的居民都认为乔治是布朗家的异类。他确实有些腼腆、笨拙（很像他父亲年轻时的样子，威尔无法容忍他或许也有这部分原因），因此有些邻居家的孩子常常打趣他，说他长得丑，笨手笨脚。所以乔治大多数时间都是一个人待着，就像他的外祖父约瑟夫·柯比一样，利用孤独时光发展自己的艺术特长。他描绘普罗沃地区丰饶的自然风景，还为州内各地的弓箭手精细雕刻漂亮的拉弓。

但有时，乔治的孤独似乎会激发他内心的狂野。每到这时候，他就会脱下衣服，将它们整齐地堆在布朗家的前院，然后沿着约旦巷一路跑去。有一两次，他一丝不挂地一直跑到了普罗沃的中央大街，把那些摩门教徒看得目瞪口呆。最后警察就会逮住他，叫来威尔·布朗把他接回家。这种情况发生后，威尔无一例外地会暴揍乔治，虽然威尔其他时候的暴揍常常毫无缘由，只不过出自他内心的火气。在这种情况下，威尔会把乔治拽到后院的一棵大树旁，用结实的绳子把他绑在树干上，用皮带猛抽尖叫的儿子，直到儿子因疼痛和羞辱昏死过去。偶尔揍得太狠，贝茜或马克会跑到隔壁搬救兵。威尔的哥哥查理就住在那儿。他们求查理过去帮忙，让威尔别再打乔治。这种时候，查理是这世上唯一一个能夹在威尔·布朗和他的怒火之间却安然无恙的人。

毒打一直到四十年代乔治和马克参加二战时才终止。乔治所在的美国军队解放了德国的纳粹集中营，他因此在法国驻扎了短短的一段时间。乔治从战场上刚回来的那几天，恰好碰上父亲脾气不好。威尔冲着儿子就是一拳，但乔治抓住了他的拳头，把父亲的手拧得动弹不得。“你再也打不了我！”乔治对他说。照母亲的说法，从此以后，威尔·布朗再也没打过乔治或任何人。

经年累月的暴怒与疯狂在乔治身上留下了烙印。他从没谈过恋爱，一辈子没结婚，虽在家里饱受摧残，但他从没离开家庭。乔治房内的一只箱子里保存着他从战场上带回来的照片。有些是他拍下的集中营里的尸体和骨瘦如柴的幸存者，其他的都是他在巴黎街头买的色情明信片。有时，乔治会把侄女和她们的一些朋友哄进自己的房间。然后，他就锁上门，不让她们出去，直到她们看过这两组图片才能离开。现代世界里最为恐怖的杀戮影像与偷尝禁果的图片混合在一起，给孩子看这样的东西实属怪异。毫无疑问，正是这些并置的图像把乔治舅舅撩拨得心痒难熬，但从中也能看出，他人生中承受的这一切多么令人心酸。

乔治从未离开过农场。他母亲去世后，他就继承了农场，独自生活在那里，直到一九七四年去世。他死后过了三天，别人才发现他孤零零躺在床上的尸体，而边上就是保存着他那些图片的行李箱。

照我母亲的说法，她开始憎恨威尔·布朗的那天正好是行刑日。这是个很有意思的故事，弥漫着恐怖色彩和不可能性，我到现在都没法确定这其中的真正含义是什么。但正因为这个故事导致了某些后果，它才值得被讲述。

偶尔，犹他的行刑会成为公开或半公开的盛事。有时候，数百人会前往观看，甚至多达数千人。有些情况下，父母会带全家来见证死亡，以此证明忤逆上帝宝贵的律法会导致何等惨重的代价。对二十世纪初在犹他长大的孩子而言，执行死刑时的氛围很是恐怖。我母亲以前常对我们说，她最恨的就是听人谈起即将执行的死刑，一听到她就会捂住耳朵，试图将那些可怕的消息，以及她父亲与其他教会人员讨论死刑时冷酷却兴奋的语气屏蔽在外。她说，到实际执行死刑的那天，她天不亮就会起床，藏到谷仓黑漆漆的角落里，有时会在那里待一整天，直至夜幕降临，这样就能避免听到那些可怕的消息和谈话。

但有一次，她没那么幸运。我母亲说，她小时候的一个夏日清晨，大概是她生日前后，威尔·布朗摇醒她，趁着夜色，开车带她和兄弟姐妹们前往距州监狱不远的一处草坪。她说他们看见一个命数已定的男人被领着走上台阶，来到绞索和行刑手前。她说观看绞刑让她受不了，于是她紧闭眼睛，把脸埋在她父亲的身侧。但她听见了活动门咔嗒打开的声音，也听见了瞬间传来的可怕的断裂声——那人的身体往下坠，绳子紧绷，脖子也就断了。然后，她听见更可怕的声音：欢呼声和鼓掌声。他们一家离开行刑场时，她偷偷回头看了一眼，只见那人的尸体晃荡着。她看着身边草地上的人群，他们握着孩子的手，对尸体指指点点，告诫孩子要记住这个时刻、这个教训。

贝茜·布朗自然会记得这种事。确实，摩门教徒对待死刑的态度让母亲开始对那些教民心生怨憎。或者，至少是憎恨允许他们参与死刑仪式的这一信仰。无论如何，她都憎恨死刑。小时候，我们住在俄勒冈的波特兰，她会忐忑不安地关注那些即将执行死刑的新闻。她会给州长写信，指出死刑有多么不道德，要求州府对死刑犯轻判。她还要我和她一起坐在餐桌旁，让我也给州长写信。她曾经向我解释，既然我们知道这些将要发生的杀戮事件，并且知道具体实施的日期，那我们就有可能阻止这样唯一有计划可循的杀戮。我认为她真心相信自己的论点在道德上站得住脚，但最主要的原因是，她根本无法克服观看他人赴死时的恐惧。她认为从某种意义上来说，那些带家人去观看死刑的人比谋杀者更坏。毕竟，那些人也相当于让自己的孩子参与了杀戮。

这么多年来，我听过母亲无数次谈论犹他的死刑——我敢说我们都是如此——但直到她还在世期间、我见她的最后一面时，我才听她详细叙述了那个故事，她揭示了一个隐藏的重要细节。那年圣诞节，离母亲去世还有几个月，她说起那天清晨观看绞刑时，她并没有一直将脸埋入父亲的身侧，在活动门打开前的一刹那，父亲揪住她的头发，猛地把她拽起来，逼迫她看着那人坠入死亡。她说回程时，她决心再也不会原谅父亲，这一辈子都要去挑战他那不近人情的“美德”。她对我说这些的时候，脸上显现出难以言表的憎恶，双眼圆睁，眼神犹如看到了本来永远不该看的东西一般燃起怒火。她说完后，话语中那种可怖的感觉令我感同身受，让我觉得她对那件事的回忆也成了我自己的记忆。她的故事也使我不由得思索起来：如果她的父亲没有逼迫她观看死亡，加里是否仍然会成为一个暴力成性的人？可怖的宿命是否已在那时播下种子，是否仍会导致兄长在五十多年后最终犯下谋杀这等可怕的罪行，将他自己的鲜血洒在养育母亲的那片土地上？

直到我一两年前着手写这本书，阅读有关犹他死刑的历史后，我才了解到令人更不安的事实：母亲讲述的这些故事不可能是真实的；她应该从未见证过她声称亲眼见过的那些场面。在约一九一九年之后，犹他便已不再半公开执行死刑。那时，母亲也就六岁，之后的好几年，无论是孩子还是家庭应该都不可能再观看行刑。更重要的是，据我所知，在母亲的童年和青年时期，犹他全境都已取消了绞刑。那个时期共执行了约十二次死刑，其中就包括一九一五年处死世界知名的工会活动家乔·希尔——我们在家里也常听说这个人。而死刑犯都由行刑队在犹他糖厂监狱的墙壁后枪决处死，之后才邀人前来观看。

我思考着母亲的故事时才发现，给孩子或年轻人讲这些事该有多么可怕、不同寻常。从某个层面来看，这些故事必定会对我们造成冲击，我为此惊愕不已。我认为这些形象不仅引起了一种厄运感，更帮着在我们的心里注入了某种异质感。我认为我们听到的并不仅仅是在某个残酷的地方发生的某个遥远的故事，而是在听我们被预先注定的命运。或者，换句话说吧，你小时候绝不可能在听过这样的故事后，还会想与围观死刑的那个世界有任何瓜葛。故事里唯一可供你栖身的地方就是成为死刑犯，或是成为那个被迫凝视自己命运的孩子；我哥哥加里选择前者，我觉得我会选择后者。我知道自己永远不会选择成为刽子手。不管怎么说，在我成长的这个家庭里，绞索乃是护身符；它悬垂于我们头顶，不大具有威慑作用，而更像是某种宿命的标志。结果，毁灭一切的理想成了家庭的契约。这样的话没人大声说过，但那时候，也没必要这么说。

我试图去想象母亲究竟是如何在心中将这样的理想酝酿为我们神话故事固有的一部分。她的身上究竟发生了什么，使她如此惧怕“血赎论”；究竟发生了什么事，使她的恐惧转化成某种几近预言的看法——认为她心爱的儿子终会死亡？有时，我们说起往事会撒谎，说自己功成名就，说自己犯下了某某罪行，以此来提升我们的重要性；有时，我们会虚构故事作为遁词，来保护内心隐藏最深的秘密。我相信母亲告诉我们犹他执行绞刑的故事时，她内心肯定有其他想法：我认为她是想传达给我们这样的感受，即在这片无情的土地及其子民之中成长，究竟有多严酷。我也相信，她原本一直想告诉我们她自己可能遭受父亲摧毁、被暴力凌虐的其他方式——那些事，她或许没别的办法说出口，抑或她不愿再想起。

那究竟会是些什么方式呢？我的确说不清楚。我所能给出的只有猜测与流言。不管怎样，可能与性有关。贝茜小时候，被视为布朗家最漂亮的女儿。她喜欢穿雅致的服装，在漂亮的黑发上戴大蝴蝶结，显然，这在教会的舞会和野餐会上成了一个秀丽的小亮点。那时候，威尔对贝茜感到很骄傲。有人认为他甚至对她有些占有欲。但等到贝茜长大，她的美貌却开始成为布朗家的不利因素。据一些人说，贝茜开始装腔作势。她的言行举止像是大家闺秀，好像她有多娇贵，干不得其他人不得不做的艰苦农活。她不想让自己的纤纤玉手起泡——那会不好戴戒指的，也不想让自己的秀发变得脏兮兮。她说不想将自己的漂亮衣服弄脏，那些衣服是她专为教会舞会和普罗沃犹他纳舞厅的周末舞会做的。更糟的是，贝茜在举手投足间总显得不把家里的规矩放在眼里。她喜欢和其他人在外面待到很晚，想获得男孩子的关注，尤其是那些在杨百翰大学读书的大男孩。最后这一点尤其让贝茜的父亲无法忍受。据说威尔·布朗很爱自己的女儿，不想失去她们。在他看来，贝茜的恋爱谈得实在是太早了。

布朗家的其他孩子都学会了如何与父母的家规相安无事，要么就偷偷摸摸，留神不被逮到；但贝茜却特意要藐视权威。当然，这会给其他孩子树立反面典型。阿尔塔死后，贝茜越发变本加厉。在家里其他人看来，贝茜本来还有的那点克制已经随着妹妹的死亡消失了。她似乎把对妹妹的悼念变成了彻头彻尾的反叛，或者说，她似乎将父母或农场视作那件事的罪魁祸首。她开始在外面待到深更半夜，回家后，和父母的争吵也越来越厉害，越来越离谱。威尔和梅丽莎指责她整天和男孩谈恋爱，行为不端。贝茜从没说过她在谈恋爱，很有可能确实也没这回事，但她却喜欢利用这一手段来招惹别人的怀疑，喜欢当她说“你们难道不想知道”时，父母被气到发疯的样子。但这是一个危险的游戏。除了谋杀和悖逆对上帝的证言之外，摩门教的世界里没有哪个罪行比淫乱罪更十恶不赦。在这一点上嘲笑父母，贝茜冒着被驱离家庭的风险。若是再早个一两代人，她就会遭到但派成员的管制。

事实上，一天晚上，贝茜差点就被这样判决。几周以来，她一直在和一个来自盐湖城的年轻人约会。据说这人嗜酒，而且生活不检点。当时，禁酒正如火如荼，但普罗沃还有一两家地下酒馆，没有哪个摩门教家庭会不顾脸面让自己的女儿去那里喝酒。贝茜的父母告诉她，别再和那个年轻人来往，他不被这个家庭欢迎。但贝茜仍坚持和这个男孩见面，仅一周时间里，她就三次违反了父母设定的宵禁时间，结果引发布朗家有史以来最激烈的争吵。第四次，当贝茜凌晨三点站在自己家的前门门廊上和男朋友吻别时，房门被猛地打开了。威尔·布朗站在门口，手上端了把霰弹枪，对准女儿。他脸上满是恐惧和疯狂。“我要把你淫荡的灵魂轰到地狱里去！”威尔说着，把枪管上的撞锤往后一拉。这时候，乔治从他父亲背后站了出来，拽住枪管。“不准开枪打人！”他说。在接下来的争执中，乔治和贝茜被父亲狠抽了一顿；其他孩子则站在周围大哭，求父亲别再打了。而这时候，贝茜的男朋友已被布朗家的疯狂吓得屁滚尿流，后来再也没出现过。

我有少量母亲的照片，应该是乔治舅舅拍摄的，大约在一九三三年，当时贝茜二十来岁。在母亲生前，我从未见过它们。照片是拉里·席勒给我的，在母亲去世后短短的一段时间里，他对我的家人进行了密集的采访。我第一次见到这些照片时，心里很难受，立刻就把它们放到一边，好几年都没动过。我花了一段时间才想明白自己为何会有这样的反应。我从没见过母亲年轻时的照片。脸绝对是她的脸，可看上去如此不同，完全不见后来年龄、痛苦和死亡的经验带给她的印痕。

母亲向来是个勇敢的女人，即便那些时日世界让她胆战心惊，她也仍然怀有勇气。若是没这勇气，她就没法忍耐她承受的一切，直到生命的尽头。可她一向不太乐观。事实上就我所知，我根本不记得她脸上闪现过任何纯粹的希望之光。所以这些照片令我震惊之处，恰恰是拍摄的那个时刻她脸上流露出的那道希望——并不多，不似骄傲那么明显，却也足以令人恍然大悟——缺乏希望近五十年之久，竟会对一个人的外貌造成如此大的影响。看着这些照片我才意识到，母亲去世的时候本来可以有另一种面相。这不仅使我又对她生出新的感伤之情，也使我担心起暮年之时自己的脸。

母亲看着相机的神情，能让你清楚地明白她是如何看待生活的。这些照片中，我最喜欢的是贝茜·布朗坐在椅子上的那张。她望向左侧，露出四分之三的侧脸，双腿优雅地交叠着，双手平静地置于膝头。她穿了条朴素的及地白裙，相当合身漂亮，脖子上还戴了条珍珠项链。她将黑色的长发系于脑后，露出的秀发打着卷，凸显出她的智慧与美貌。

照片是在室外拍摄的。贝茜坐在农场的椅子上，背景就是她心爱的那座山。她边上站着一个女人，手里捏了只钱包。她可能是贝茜的姐妹，也可能是朋友。她长相也不错，但照片的主角是贝茜。贝茜深知自己的姿势有种奇妙的不协调感：精致的五官后是乡村的背景。她脸上透着隐隐的笑意。置身于这样的背景，可见她对自己、对生活已相当了解。这个浅浅的笑容带些困惑，有那么点不耐烦，而她的眼神却透着坚定的、于黑暗中凝视的希望之光。

在一九三三年，尽管已经发生了这么多事，但母亲尚未开始憎恨相机从她的思想与灵魂中揭示的事情。

这张照片最终成了贝茜离开布朗家农场的告别照。表姐布伦达曾告诉我："你母亲一直都渴望过上好日子。"这里的好日子指的是距普罗沃以北五十英里的盐湖城。三十年代中期，贝茜离开家，和三个朋友搬到了盐湖城。她们在离市中心不远的地方租了间公寓，四个人都找了份家政服务的活儿干。他们在那里还不到一个月，其中一个朋友回到普罗沃的家，告诉别人，说她不喜欢贝茜和其他几个人在盐湖城的生活方式。她说，她们全都辞了工作，但房租却能照付不误。

布朗家有一段时间没怎么收到贝茜的消息，他们也从未去北边看过她。偶尔，贝茜会回家一趟，主要是看看小妹妹艾达。回家的时候，她会刻意穿戴上新买的漂亮衣服和首饰。她会在每个手指上都套一枚戒指。父母问她怎么买得起这么贵的东西，她就告诉他们自己找了份试戴首饰的工作。他们根本就不相信，于是又爆发了争吵。结果，贝茜一怒之下夺门而出，而她父亲往山下跑去，冲进山谷的酒馆。威尔·布朗这位诚实守信的摩门教家长，竟也学会了买醉。

有传言说，贝茜像一条没人要的流浪狗。一九三六年，她消失了一段时间。后来，有人说她和一个朋友搭便车去了加利福尼亚，在那里，她和一名服务生打得火热。但这段罗曼史结局不佳，贝茜又回家了，伤心欲绝，身心俱疲。之后，她便独自生活，开始与老友疏远。

所有那些流言都对她造成了影响。谣言本身就是一种审判，是对她的价值与善意的消解。贝茜因此内心受到极大的伤害，怒不可遏。但表面上看，她仍努力摆出一副甘愿受逐的骄傲姿态。她自尊心太强，不可能屈服于满足父母与他人，表现出他们期望之中的悔恨与谦卑。她所能做的就是努力向前。布朗家这个任性乖戾的女孩，从此便步入了禁忌的前沿。

于是贝茜·布朗成了她家三代人中第一个离开摩门教犹他避难所的孩子。

第二章　弃儿

我要坦白一件事。

直到我哥哥加里死去之后，我才了解到我父母是如何相遇的，或者说了解到我家人的早年生活。我觉得这多多少少说明了我的漠不关心，但有关我家人的神秘事件和死亡，我却是真真切切地知道。我之所以了解摩门教的暴力史，了解阿尔塔被鬼索命而死，是因为这些母亲时常会说给我听。我也知道父亲的过去晦暗不明，知道他的父亲以无力弥补的方式错待了他，近半个世纪以来，他一直在逃离那致命的秘密，因为这些故事也是我们生生不息的神话中的一部分。

但我确实不知道、也没人告诉过我父母是如何结识的，或者说是如何爱上彼此的（我甚至从未想过他们曾爱过彼此，因为我整日所见的就是他们之间形同陌路，怒目相向）。我并不知道兄长们出生的那几年里发生了什么。我知道家人生活过的各个小镇的名字，但对家人在那些地方的生活却一无所知——父母为何频繁搬家，为何前往如此偏远的地方，住在那些小镇上，父亲究竟靠什么来养活一大家子。最主要的是，我并不知道那是否曾是一个完整的家：父亲是否和儿子一起做运动？他们是否一起上教堂，周末一起去看电影或外出野餐？兄长们小时候，父母是否会读故事给他们听？（反正我不记得有人给我读过。）他们是否彼此相爱，除了习以为常的恐惧或憎恨，他们之间是否还有凝聚力？

到一九七九年，我才对那究竟是种什么样的生活有了初步的认识。那时候，诺曼·梅勒的《刽子手之歌》出版了。拉里·席勒和梅勒采访了我母亲，巨细靡遗地了解了加里的童年生活，那是我们过往家庭生活的核心时期。在那本书的后半部分，梅勒勾勒出了我家的背景，写得颇有意思。在寥寥几页里他揭示出的东西远比我二十五年来了解的还要多。不过，说实话，几乎没有什么内容给我留下印象。最初几次阅读时，我草草翻过这些段落，一目十行。我并没有逗留在父亲前几次婚姻的细节上。书中提及他惹下的一些大麻烦，我也没怎么在意。不管什么内容都与我自己的记忆风貌无法契合。那看起来更像是别人的世界，只在书中存在的世界。

待到时机成熟，是时候写下这些故事来驱散我家人过去那些秘密了，席勒显得异常慷慨，将他和梅勒十五年前采访我母亲和我哥哥加里的录音带借给了我。不知为何，通过母亲的声音聆听家里尘封的往事，以往的岁月在我眼前开始变得可触可感。自从她去世以来，我自然再没听过她的声音；我从未听过她用这样的声音讲故事。但每有新的真相被揭示出来，许许多多新的问题又产生了。席勒与梅勒已尽了最大的努力，但母亲回答他们的询问时却时常哑谜套哑谜，或者干脆避而不谈。

有一处，席勒问她究竟为什么不愿向他和梅勒详谈。他问道，父亲和加里已经去世，坚守这些秘密究竟还能保护谁呢？她回答说，这么做是为了我。“这些事，米卡尔一点都不知道。”母亲说，“我怕他一旦知道了这些事，就会恨我。我怕他会恨自己的父亲，那样就太可怕了。这么多孩子里，他是唯一一个真心实意爱着他父亲的，我真的不想剥夺他这份爱。”

在席勒和梅勒那些录音带的协助下，再加上其他一些人——主要是我哥哥弗兰克，我后来总算找到了他——无价的帮助，真实的故事在我眼里逐渐成形。至少部分如此。无论是好是坏，在父母和两个哥哥过世之后，我们过往的大部分真相也就永远地遗失了。

母亲和父亲是这样相遇的：

那是一九三七年的夏天。那时，贝茜·布朗独自住在盐湖城市区的一家小旅馆里。她做些家政工作，此外还兼职当珠宝广告的手模，赚到了足够的钱养活自己。

和如今一样，那时候盐湖城也是犹他最大、最活跃的城市。不过说到犹他，活跃也只是相对而言。比起州内大多数地方，在盐湖城可干的事要多得多，可以让你一直忙到夜幕降临。母亲住在那里的时候是二十四岁。她发现城市的马路宽得离谱，街区连着街区，永无尽头。由于身上没什么钱，贝茜就每天步行。她会经过法院大楼，走路前往老图书馆，她喜欢坐在阅览室，看星象学的书和医学书，还有其他一些在普罗沃根本学不到的知识。有时候，她会步行至广袤的自由公园，坐在湖边，看恋人们无忧无虑地踩着脚踏船一圈圈地驶来驶去。她还会买些爆米花或面包片喂鸭子。她喜欢鸭子，因为它们很清楚自己的界限。它们会留意到你，但绝不会走得太近。

城里大多数地方到了傍晚就关门。太阳一落下，贝茜就步行穿越许多街区，返回酒店房间。有时候，她会和女友吃晚餐，或去当地的舞厅跳舞。巡回演出的大牌乐队时不时会到那里表演。

但总体而言，那是一个孤独的时期。自从加利福尼亚那次惨痛的经历之后，贝茜对男人就多了点提防。她并不着急寻觅真爱，和许多摩门教的年轻女孩不同，她并不急于为自己找个丈夫。

这段时间，贝茜最要好的朋友是一个名叫阿妮塔的女人，在当地海鲜餐馆当服务生。阿妮塔刚刚结束一段糟糕的婚姻，还是个酒鬼，这给她们的关系带来了天然的限制。贝茜不喝酒，不喜欢头昏脑涨犯傻的感觉——她以前喝过几次，所以有过一两次这样的体验——但她对评判他人的弱点没什么兴趣。阿妮塔算不上什么好人，但贝茜依旧喜欢她。也许她对阿妮塔有那么一些惋惜之情。

一天，贝茜在离寺庙街不远的犹他旅馆里遇见了阿妮塔。阿妮塔和她男朋友就住在那里，她管男朋友叫"爹地"。两个女人本打算去购物，但那天早晨阿妮塔喝了酒，而且喝得还不少。"贝茜，看！"她说，"看看爹地送给我的打字机。"阿妮塔自豪地拎起打字机，却手一滑，把打字机掉到地上摔坏了。就在那时，"爹地"走了进来。他一身的行头很不错，年纪在四十七八岁，面露不悦之色。贝茜一眼就看出这人很自负。这时候，阿妮塔结结巴巴地既想道歉，又想介绍一下贝茜。"爹地"立刻瞥了贝茜一眼，说："你好，我是弗兰克·吉尔摩。"然后对阿妮塔说："我跟你说过别碰我的打字机。现在可好了，你把它摔坏了。你现在给我打包，立马走人。"

贝茜觉得此地不便久留。"阿妮塔，我们以后再谈吧。"她说完就离开了。走到电梯旁时，贝茜还能听见阿妮塔的哭声。

几天以后，贝茜沿着寺庙街步行前往图书馆，恰巧在路上遇见了弗兰克·吉尔摩。他就站在犹他旅馆的门口，穿一件棕褐色的运动装，天蓝色的衬衫上打了一条细窄的领带，一顶脏兮兮的白色软呢帽盖住了他略长的灰白头发。自从上次酒店房间里发生的那件事之后，贝茜就没了阿妮塔的消息，她有些担心。“嗨！”她说，“你和阿妮塔言归于好了吧？”

“没，没有，没有。”弗兰克说，“她现在很可能已经和其他人好上了。”弗兰克稍稍打量了一下贝茜，然后说：“介意一起喝杯咖啡吗？”

他们去了街角的一家小饭馆，喝了一杯咖啡，接着又喝了一杯。贝茜对弗兰克大致介绍了自己，也对他有了些了解。他在《犹他杂志》做广告销售，在全国各地跑。他说，总有一天，他要创办自己的杂志。贝茜认为他说话时显得很自信，很聪明，也特别有魅力。刹那间，贝茜觉得自己喜欢上了这个男人。她记得有句老话是这么说的：双眼一对上，顾虑全抛光。坐在盐湖城的小饭馆里，和弗兰克·吉尔摩喝着咖啡，贝茜心想：我愿为眼前的这个男人抛掉那些谨慎。

弗兰克想必也感觉到了这层想法，因为他设法在谈话间抛出了一句惊人之语。他说：“我明天就要结婚了。”

贝茜坐在那里，彻底愣住了。她喜欢上了一个三天前刚和她最要好的朋友闹掰的男人，而这个男人却又准备和另一个女人结婚。她以前可从来没遇到过这种事。

贝茜没多问，弗兰克·吉尔摩也没多说。他不是这样的人。

“恭喜。”她说。

差不多一年以后，贝茜又遇见了弗兰克，他仍旧站在这家旅馆的门口。“婚结得怎么样了？”她问。

“哦，没多久，”弗兰克说，“就掰了。”他耸了耸肩，仿佛这是个早已被忘却的错误。说完，他冲她笑了笑。“我今晚想去看电影。”他说，“你想一起来吗？”

贝茜想起让她痴迷不已的初恋男孩。那孩子是意大利人，名叫乔。她还待在普罗沃的时候和他同在糖厂上班。对贝茜而言，他堪称完美：高个子，身材匀称，棕色眼睛。在流水线上和几个人一起干活，把滚烫的糖果包好，放入包装袋内，贝茜觉得这种按部就班的工作还挺有意思。时不时会有女孩“不小心”把工具落在工厂的传送带上，表现得慌张不安。工具传送到乔这里，他就会捡回来，优雅地还给那个女孩。贝茜决定也要试试这样的小把戏。一天，她把糖果盘推到传送带上，看着它被卷走。当乔把糖果盘拿给她时，她觉得自己连正眼都不敢看他，甚至连谢谢都说不出口。接下来的一天里，她一直骂自己。那之后她就决定：如果我想得到一个小伙子，就要看着他，冲他笑；我得让他觉得他自己很突出，非常特别而美好。我不能再拿过盘子就走开，对他视而不见。

贝茜·布朗站在犹他旅馆的门口，对弗兰克·吉尔摩露出了灿烂的笑容。“我很乐意和你去看电影。”她说。

事实上，贝茜对看电影并不怎么感兴趣。电影院一片漆黑，会令她想起坟墓。但坐在弗兰克身边看电影，她还是感觉挺好的。他身材壮实；和他离得这么近，她觉得不怎么怕黑了。多年后，她还记得那种感觉，思忖着这种感觉究竟去哪儿了。

过了一两晚，他们第二次约会，弗兰克带贝茜去了酒吧。贝茜不喝酒，但弗兰克喝。他稍微谈了谈自己的过去，说得并不多，却足以让她知道他是个生活过得挺有意思的人。

显然，他从小就混迹于演艺圈，自己也当过演员。一九一〇年，贝茜甚至都没出生，弗兰克就在巴纳姆与贝利马戏团当小丑、走钢丝，他的曾用艺名是“小丑拉佛”。他会像个醉鬼一样摇摇晃晃着，滑稽地从钢丝上走过。其他时候，拉佛会把椅子堆成高塔，小心地使之平衡，再以醉醺醺的模样攀上椅子，登到顶部，在上面用双手倒立。一天晚上，拉佛的真身真的喝醉了。他爬到金字塔般的椅子顶部，底部有把椅子打了滑。这么多年来，弗兰克已经摔过无数次，知道该如何落地翻滚，以免受伤。但那天晚上，酒精令他反应迟钝，他左脚先落地，把脚踝摔坏了。等骨折痊愈后，马戏团已经找了个新的高空杂技小丑，弗兰克的走钢丝生涯从此终结。于是他干起了新的特技：驯狮。他喜欢和大猫们一起玩，喜欢抚摩它们的毛发，感受它们紧绷的肌肉。但一头暴脾气的豹子抡了他一巴掌，在他的脸颊至脑门间留下了一道疤痕，弗兰克便认为猫科动物都不太可靠，于是离开了马戏团。

弗兰克告诉贝茜，几年后，他搬到了洛杉矶，给默片当特技演员。他曾给哈利·凯瑞和弗朗西斯·X.布什曼当过替身（“他们都是浑蛋。”弗兰克说。)，还替好莱坞的首席大牌、西部牛仔英雄汤姆·米克斯干过活儿。弗兰克说他和米克斯成了好朋友，是喝酒的好搭档。一天晚上，弗兰克在开车，米克斯在喝酒，也有可能正好反过来。反正不管是谁在开车，总之车子撞到了好莱坞山上的电线杆。米克斯没受伤，弗兰克却住院了。等他醒来时，发现腿痛得厉害，还发现自己一半的牙齿都没了，只剩下右侧的那半边。自此以后，弗兰克便觉得看够了好莱坞，就去了其他地方，干了些别的工作。

如果贝茜仔细思考弗兰克·吉尔摩所说的那些有关他自己的故事，可能就会注意到一些事：首先，他绝大多数的故事都以灾难收场，而且通常都是由醉酒引起的；她应该也会注意到，弗兰克现在已经四十七岁，而那些故事仅解释了他的一小部分生活，并且，那些经历似乎弯弯绕绕地横穿了整个美国的版图。她对弗兰克·吉尔摩的许多往事还一无所知，他似乎也不急着和盘托出。即便酩酊大醉的时候，自己的事他也就讲了这些；清醒的时候，他又什么都不说。也许，贝茜确实注意到了他含糊其词，可她对此感到释然。摩门教谱系存续了这么多年，所有的家族传奇故事都是在纪念筚路蓝缕的先祖，可在这些夸大其词、信仰虔诚的迷思背后，那些先祖真的很有可能只是些浑球和杂种。弗兰克·吉尔摩对自己的身世缄口不言，或许是个很不错的对照。

不管怎么说，弗兰克与贝茜见过的其他男人完全不同。当然他年纪大了，但从某种角度来看，贝茜觉得在精神上他要比自己更年轻。他过去的人生很丰富，已历经世事，但与此同时，贝茜又觉得弗兰克·吉尔摩仍在探寻世界，想要找到自己的一席之地。她想和他一起去探寻世界，这念头远超一切。

一天晚上他们出去看电影时，弗兰克转身对贝茜说："我们为什么不去萨克拉门托呢？你可以见见我母亲，我们可以在那儿结婚。"

她注意到他并没有下跪求婚。这男人还真挺自负的。但她还记得糖果盘的教训。"好啊。"贝茜说，"没问题。"

于是，贝茜和弗兰克去了萨克拉门托，接着就是一桩又一桩的意料之外。他们一到镇上，弗兰克便去西摩旅馆订了房间。旅馆就在市中心一座大花园的对面。他急着要见他母亲，她住在萨克拉门托乡村医院疗养所的女士区。去那里的路上，弗兰克说了几件事。他母亲名叫菲伊·英格拉姆。和弗兰克一样，她以前也在演艺界待过。他最后一次见她时，她嫁给了当地的一名心理医生，但弗兰克听闻那名心理医生已经去世了。

“你有多久没见过她了？”贝茜问。

“十八年。”这次也一样，他说这话的时候，就好像没什么可解释的，也没表现出歉意。

在医院的礼品店，弗兰克买了一盒巧克力和几朵白玫瑰，就带贝茜去了菲伊所在的楼层。他打开母亲房间的门，走进去说：“嗨，女士，我有个包裹给你。”

菲伊坐在牌桌边的轮椅上，正在写信。她是个六十七八岁、个头小巧的女人，有着云白色的头发和湛蓝的眼睛。和弗兰克一样，她显得既年老又年轻；也和弗兰克一样，她身上立即显现出一股威严劲儿。菲伊瞥了一眼刚走进房间的人，摘下老花镜，略带情绪地问道：“十八年了，你到底去哪儿了？”

弗兰克笑意盈盈地放下花和糖果：“哦，也就这儿走走，那儿转转。”

菲伊看了看贝茜：“这位是谁？你的新妻子？”

“马上就是了。”弗兰克说。

弗兰克办好手续，把菲伊接出了女士区。他在P大道上给她租了栋漂亮的维多利亚式房子，房子离他所在的旅馆不远。他告诉菲伊，很快他和贝茜就会跟她住在一起。将菲伊推往新家的路上，贝茜得知了一些弗兰克没告诉她的事：菲伊现在还在做灵媒和算卦的行当。从菲伊谈论这些的口气中，可以看得出她似乎很在行。她可以让鬼魂现形，发出噪声，显现它们的形体，让鬼魂和活着的人细聊来世生活，为生者带去慰藉。她还知道如何接近一个麻烦缠身的鬼魂，解除它的痛苦，让它不再羁绊于尘世。“答应我，”贝茜说，

“你千万别在我身边做这些。我有过和鬼魂打交道的糟糕经历。它们让我害怕。”

后来她发现，菲伊还是加利福尼亚招魂会的注册牧师，所以有权主持婚礼。她想亲自给儿子和新娘主持婚礼。贝茜对这个主意感到有点不自在。家里人会怎么看待这件事：堕落的贝丝[①]，嫁了个年龄是她两倍的男人，主持婚礼的婆婆还是个巫婆？尽管如此，她却不想伤了菲伊的感情，便同意了这个想法。她对自己说，一有机会，她就让弗兰克再娶她一次，让合适的牧师或治安法官来主持婚礼。在弗兰克与贝茜抵达萨克拉门托的第二晚，菲伊在新居安顿下来后，这位老婆婆就给自己的儿子和他的新娘举办了婚礼。她点了些蜡烛，说了几句话，念了几句咒语，仅此而已。没有证书，没有验血，也没有文件。（在萨克拉门托县或加利福尼亚其他任何地方，我都没找到这次婚姻的官方记录。）

两人结婚后没过几分钟，菲伊就转身对弗兰克说：“你知道，罗伯特住的地方离这儿不远。这几年，他设法找过你两次。我本以为你会早点问起他的。”

弗兰克没有应声。相反，他脸上显出一些苦涩。

“罗伯特是谁？”我母亲问。

弗兰克和菲伊交换了一下眼神。过了一会儿，弗兰克说：“他是我儿子。”

“你儿子？”

“对，是早前的婚姻留下的。”

“他多大了？”

弗兰克转身问菲伊：“我也不清楚，他多大了？”

---

①Bess，贝茜（Bessie）的简称。

“罗伯特现在十九岁了。”菲伊说，灿烂地笑着，露出了漂亮的牙齿。

“你上次见他是什么时候？”贝茜问。

“嗯，差不多十八年前吧。离婚后，我就把他带到这儿来了。那女人不适合抚养孩子。我便让菲伊照看他一段时间。”

“当时我就很清楚，你是不会回来的。”菲伊说，“所以我收养了他。他现在叫罗伯特·英格拉姆。”

弗兰克做了个手势，表明这事可以就此打住了。“告诉罗伯特我现在的住址，”他对菲伊说，“让他有空来一趟。”

然后，弗兰克就带着新娘返回西摩旅馆。婚姻生活就此开始。

几个小时后，大约凌晨四点，弗兰克和贝茜正在享受婚姻生活的第一次睡眠时，一阵敲门声传来。贝茜感觉到身边的弗兰克紧张起来。“是谁？”他说。

“是罗伯特。”

弗兰克似乎松了口气，但有些恼火。“该死，这么晚你来干什么？”

贝茜说：“唉，快起来，让他进来吧。”

弗兰克起床，打开门，看着儿子。贝茜躺在床上，也在看着他。罗伯特一头深棕色的卷发，和菲伊与弗兰克一样，眼眸也是湛蓝色。她心里想：这是我这辈子见过的最帅的男人。弗兰克二十五年前应该也是这样。一个帅气的小伙子。

弗兰克说：“那好，我们散步去公园吧，彼此熟悉熟悉。我们去过道里，等贝茜穿好衣服。”

三人坐在公园的长凳上。一开始，谈话很尴尬。罗伯特告诉弗兰克，十四岁那年，他离家去找弗兰克，被逮住后，又回到了菲伊那里。弗兰克没有应声。过了一会儿，罗伯特转身对贝茜说："你让我想起了我的女朋友。你的头发真漂亮。"这比她从弗兰克那里得到的恭维话更好听。贝茜立刻就喜欢上了罗伯特。

弗兰克和罗伯特坐在那里，试图增进了解，但弗兰克表现出很无聊的样子。天慢慢亮了，罗伯特问弗兰克知不知道怎么能找到他母亲。

"不知道。"弗兰克说，"就算知道，我也不会告诉你。她不是什么好货色。"

他们的第一次见面就这么收场了。之后两人也从未亲近过。贝茜猜想，弗兰克一直在让罗伯特为他母亲十八年前的所作所为付出代价。

第一次简短的交谈之后，弗兰克与菲伊之间先前的那些芥蒂显然仍旧存在。贝茜认为，弗兰克或许非常爱他的母亲，只要一谈起她，他就不吝赞美，但当他和菲伊实际在一起时，气氛却总是那么紧张而冰冷。反过来，菲伊也经常扭捏作态地提出无止尽的要求，借此来嘲弄儿子。贝茜还注意到，当他们四个，也就是弗兰克、贝茜、罗伯特和菲伊在一起，而有别人来拜访时，菲伊总是介绍说罗伯特是自己的儿子，介绍弗兰克只是弗兰克·吉尔摩而已。菲伊似乎是真心喜欢罗伯特和贝茜。也只有一起喝威士忌的时候，她和弗兰克才会坦诚相见。贝茜了解到了关于弗兰克的一点：他能一个劲儿地喝，一旦喝起来，就会醉得一塌糊涂。他很幽默，会讲引人入胜的故事。等弗兰克和菲伊喝开了，贝茜只要竖起耳朵听就行了。她听他们说了在演艺圈和当马戏团演员时候的一些荤段子。她还听说了著名的已故魔术师和逃生艺术家哈利·胡迪尼的许多事情。显然，菲伊对他很了解，事实上，她在他职业生涯的初期还帮助过他，但后来他对菲伊做了些亏心事，导致菲伊对他心怀怨愤。贝茜猜想，应该是胡迪尼有关灵媒都是江湖骗子的言论惹怒了菲伊。不管是什么，弗兰克也和母亲一样，对这个已故的人恨之入骨。他们两人喝得酩酊大醉，污言秽语，辱骂胡迪尼。此时，他们可谓休戚与共。

弗兰克与贝茜结婚刚没多久，一天，弗兰克突然宣布要出城办事，得离开一段时间。当贝茜问他去哪儿、要办什么事时，弗兰克便有些着急，没怎么解释。"我欠别人一点活儿，"他就说了这些，"你就待在这儿照顾菲伊吧。"

那是他第一次消失。弗兰克简简单单地打了一个包，不到一小时就走人了。在此之后的那些分别更是毫无预兆。贝茜在这里，离家五百英里，照料着一个她根本不了解、虽和蔼却怪异的老太太，而且这老太太有个脾气，喜欢指使人干这干那。贝茜这人向来一身反骨，怎会屈从于他人颐指气使。菲伊第一次给贝茜下命令时，贝茜说："听着，这一套或许对弗兰克和罗伯特很管用，但对我没用。我知道你坐轮椅，但这不意味着我就得当用人。"看来这番话赢得了菲伊的尊重。那之后，她们两人相处得挺好。

弗兰克不在家的时间长达好几周，贝茜开始担心起来；当然，也有点生气。她问菲伊是否知道弗兰克去了哪里，怎么才能联系到他。菲伊用锐利的蓝眼睛打量着贝茜，仿佛在评估这位年轻女孩有多大的勇气。然后，菲伊说："告诉我，贝茜，你认识弗兰克多长时间就决定嫁给他了？"

贝茜明白了她话里的暗示。也许，她应该多了解一下这个男人和他的经历，再决定是否该和他共度余生。贝茜解释说，弗兰克对自己的过去总是守口如瓶，所以知道他母亲还活着时，她吃惊不小。菲伊只是坐在那里，默默地看着她说话，没插嘴。于是贝茜决定更直截了当。

“那就跟我说说弗兰克的第一任妻子吧。”她说，“她为什么会把孩子丢给他？”

贝茜说出这话的时候，满脸的无辜天真，令菲伊猝不及防。“弗兰克的第一任妻子？”她说着，笑了起来，“哎呀，宝贝，他是真的什么都没告诉你，是吧？让我来数一数，你有可能是他的第六七任妻子了，但你得记住，有好些年我失去了他的行踪，当中发生过什么事，他也没告诉我。所以，罗伯特不是弗兰克的第一个孩子，很有可能是第五个。弗兰克的家庭遍布全国。”

菲伊继续说下去，提及弗兰克与罗伯特母亲的那段婚姻，但贝茜当时惶惑不已，所以只记住了一些细节。那女人叫南，弗兰克和她于一九一九年在芝加哥结婚。菲伊听说她是个大美人，出生于伊利诺伊颇有名望的摩门教家庭。她本来是不会和弗兰克结婚的，但他让她惹上了麻烦，即便弗兰克不是摩门教徒，南的父母仍坚持要她嫁给他，以弥补她的罪孽。有一段时间，弗兰克甚至考虑过改宗摩门教，尽管在菲伊的养育下，他成了一位坚定的天主教徒。菲伊说他偶尔会和南去主日学校，甚至阅读那可怕无比的《摩门经》。一九二〇年，弗兰克和南有了个儿子，取名罗伯特。菲伊说弗兰克之所以喜爱这个儿子，仅仅因为他深爱着孩子的母亲。菲伊从没见过有谁能像南那样亲近自己的儿子。他的信里充满了赞扬和希望。

后来，信件不再来了。菲伊往他在伊利诺伊的地址写了信，但信都被退了回来。几个月后的一天，弗兰克带着一岁都不到的罗伯特来到她门前。弗兰克看上去一团糟：几天没刮胡子，一直在喝酒，还问人借了钱。看来是有人帮他，他才来到了萨克拉门托。然后，弗兰克将前因后果告诉了菲伊。他当时在做报纸广告销售员，一天，他下班早些，到家后发现漂亮的南正和教会里一个年长的人同床共枕。他把那人打得很惨——弗兰克是个斗士，能轻而易举把人打得从房间一头跑到另一头——然后，他带走了牙牙学语的罗伯特，踏上了归家之路。那是弗兰克和这个男孩最后一次见到南。他把孩子带到了菲伊这里。这是他对妻子的惩罚。所以说，多年以后，看到弗兰克又带了个摩门教女孩突然出现，菲伊确实有点吃惊。“上次我见他的时候，”她说，“他对摩门教徒恨得不得了。”

贝茜问，警察难道就没设法寻找弗兰克和罗伯特吗？他们难道不知道菲伊住在哪儿？

“是啊，”菲伊说，“我觉得他们不知道。他那次婚姻应该不是用弗兰克·吉尔摩这个名字，所以没人知道该去找谁。唉，弗兰克用过的名字比他结婚的次数还要多。其实，”菲伊又笑着说，“我确信你大概是唯一一个他以从小到大的名字与之结婚的人。不过，说实话，吉尔摩也不是他的真姓。”

“那他的真姓是什么？”

菲伊细细打量着贝茜的脸，许久才回答。“姓韦斯。”她终于开口说道，“但我告诉你的话，你对谁都别说，就连对弗兰克都别说。”

此刻，贝茜的疑问一个接一个地涌出：弗兰克的其他几任妻子都是谁？他还用过哪些名字？那些名字都是怎么来的，他为什么要用那些名字？贝茜劈头盖脸地提出这些疑问时，菲伊的脸色立即沉了下来。老太太这才意识到自己说得太多了。“我来告诉你几件事，”她说，“我认为你有权利了解更多。但弗兰克平生的某些事和恋情我永远不会告诉你，不管你多想知道。你得从你丈夫那儿了解那些秘密。”

菲伊愿意让贝茜知道弗兰克的一些别名，她觉得反正夫妇俩应该很快就要用到那些名字去生活了。她说弗兰克在同时使用弗兰克、弗朗西斯、富兰克林、哈利和沃尔特这些名字。他在用的姓有英格拉姆、塞维利亚、沙利文、兰克顿、拉夫、科利尔和科夫曼；他甚至有时会用韦斯这个真名，不过菲伊一向都会让他打消这个念头。至于为何他会选择那些名字，贝茜还得去问弗兰克。接下来，还有前妻和孩子们。弗兰克的第一个儿子叫克里斯多夫，一九一四年出生于巴尔的摩，比贝茜小一岁。他是私生子——据菲伊所知，也是弗兰克唯一一个非婚生的孩子——后来被巴尔的摩一户好人家收养了。即便那个孩子被人领养，弗兰克后来仍一直和他保持着联系，菲伊也是。克里斯多夫如今也在演艺界工作，偶尔会给菲伊写信。他甚至还会过来拜访她。她说，正是通过克里斯多夫，她才想方设法了解到一点弗兰克抛弃罗伯特后这些年来的行踪。

克里斯多夫出生几年后，弗兰克在纽约与一位著名的歌剧演员闪电般相恋，然后闪电般结婚，又闪电般不愉快地取消了婚约。然后弗兰克就和南结婚，再过后他带着罗伯特出现，又和菲伊中断了联系。几年之后，她从克里斯多夫那里得知，一九二八年，在亚拉巴马的格林维尔，弗兰克以沃尔特·科夫曼这个名字娶了一个名叫芭芭拉·所罗门的十七岁女孩。菲伊认为，之后他又在西雅图以兰克顿这个名字组建了家庭。很有可能，至少还有一两次没有孩子的婚姻。据她所知，弗兰克总是合法结婚，合法离婚。在离婚方面，罗伯特的母亲南可能是唯一的例外。然而，他从未使用同一个名字和不同的女人结婚，菲伊也不清楚这些细节有什么差异，尽管弗兰克觉得这么做很有必要。

菲伊说，婚姻只是弗兰克生活的一部分。“你嫁的这个男人很有意思。”她告诉贝茜，“没人能把他长时间留在身边。但我觉得你会比其他人做得更好。”

轮到菲伊讲起自己的过往时，贝茜便发现老太太和儿子一样，也变得三缄其口，神秘莫测。菲伊声称自己出生于法属加拿大，父亲是法国波旁王族的后裔。照菲伊的说法，十九世纪七十年代，她父母受情势所迫，不得不举家搬迁至内布拉斯加的林肯，更姓为兰克顿。菲伊没说他们原来姓什么，也没说为什么要举家搬迁。和贝茜一样，菲伊也有几个姐妹，她们都很厌倦小镇的生活。十九世纪八十年代末，她们组成一个歌舞表演组合，离家上路。十九世纪九十年代早期，她们打着“伊娃和兰克顿姐妹团”的旗号在芝加哥博览会上表演。菲伊就是在那里遇见了后来成为弗兰克父亲的那个男人。那人的名气很响，但菲伊没亮明他的身份。“如果我说出来的话，”她说，“肯定会吓到你。”菲伊对这个男人的爱很短暂，恨意却绵绵不绝。她怀上他的孩子后，他便与她一刀两断。她只能灰头土脸地回到林肯，于一八九〇年十一月二十三日生下了弗兰克。

“那吉尔摩这个姓是怎么来的？”贝茜问。

“是我在内布拉斯加认识的一个人。”

突然间，贝茜记起了弗兰克谈及自己父亲时说的一些事：他说父亲是被人捅了肚子而死的。指的是姓吉尔摩的男人，还是他的生身父亲呢？

“没想到弗兰克把那件事告诉你了，”菲伊说，“不，那人不是吉尔摩。他在我们生活中出现的时间并不长，我也不知道他后来怎么样了。被捅死的那人正是弗兰克的亲生父亲。关于这件事，我只说这么多了。”

十九世纪九十年代中期，菲伊一家离开内布拉斯加，搬往东部。菲伊把弗兰克放到寄宿学校，和姐妹们复出表演了一段时间。她们在波士顿和纽约演出，最终分道扬镳。菲伊因陷入一段错误的恋情而去了西海岸。她说二十世纪二十年代，她在萨克拉门托定居下来，因为这座城市是唯心论者及通神论运动的天堂，菲伊当时在这些领域积极参与。然后，她嫁给了城里最杰出的心理学家威廉·英格拉姆，并担任他的助理。几年后英格拉姆去世，菲伊仍会去看望他的父母。这时，她发现自己不知不觉迷上了招魂术。她相信许多人之所以深受困扰，就是因为缺乏与另一边的联系——另一边即指那些通过死亡而进入灵魂世界的人。如果生者与亡者能经由菲伊这样的媒介建立联系，对两者而言都有将极佳的疗效。“比如，”菲伊说，“我能看见一个温柔的鬼魂时刻围绕着你。我们说话的时候，她也在。我感觉得到她想保护你免受潜伏在周遭的恶灵的侵袭，而且时常试着更靠近你一些。”

“够了！”贝茜说，“别说了。菲伊，我不在意你谋生的那套东西，但如果你还想和我待在一起，就别招来那些鬼魂，让它们深更半夜敲我的墙。信不信，要是你还这样，我会头也不回地离开你。一讲到这些东西，我就宁愿自己这辈子当个懦夫。”

菲伊于是同意不再管贝茜和她身边的鬼魂的闲事。

关于弗兰克的名人父亲的一切引起了贝茜强烈的好奇心，菲伊话里那些乱糟糟的暗示和细节让我母亲为之触动。她弄清楚了以下几点：据菲伊的说法，弗兰克真实的姓是韦斯，他父亲是因腹部受伤而亡。一天下午，怀揣着这些信息与满腔疑问，贝茜来到萨克拉门托公共图书馆，查阅资料。没花多少时间，她便找到了自己想要的讯息。一八七四年，著名的魔术师哈利·胡迪尼——就是被弗兰克和他母亲鄙夷的那个人出生了，得名为埃里奇·韦斯。后来，他将名字改为胡迪尼，以对知名的法国魔术师罗伯特·胡迪聊表敬意。一九二六年巡回演出时，时年四十八岁的胡迪尼允许一个热心过头的粉丝猛击他的腹部，以表明自己身为魔术师的精力与力量永不会衰减。击打造成了难以治愈的伤害。一九二六年十月三十一日，胡迪尼死于腹膜炎并发症。

根据这些信息，贝茜推测，哈利·胡迪尼就是弗兰克·吉尔摩的亲生父亲。

当贝茜告诉菲伊自己了解到的情况时，菲伊肯定了她的猜测。菲伊说多年前，在胡迪尼声名鹊起之后，她曾联系过这位魔术师，试图让弗兰克与生父相认。但苦于妻子无法生育的胡迪尼怕闹出丑闻，拒绝了菲伊的请求。尽管如此，她还是让儿子知道了自己的生父。她觉得这么做才公平。菲伊说："那是弗兰克生命中最大的悲剧。一个人最愤怒的事莫过于没法说出自己究竟是谁。"

菲伊说，在得知生父不愿与自己相认这个苦涩的事实之后，弗兰克就变得很不安分，处处惹麻烦，也没法真心实意地对待自己的孩子。"贝茜，如果你和他有了孩子，一定得让他对孩子真心实意。只有这样，才能使他平静下来。现在让他成为胡迪尼的儿子太晚了。他眼下能做的，也只有为自己的儿子当好一个父亲。"

第三章　菲伊的秘密

多年来，菲伊与我家族史中的任何人一样，也令我着迷和困惑。显然她对神秘事件的实际力量了若指掌。往昔的神秘力量极其强大，在决定你命运的同时，又不会泄露它的秘密。那是属于死亡世界的神秘。

菲伊善于散布她那方面的学问。我们小时候一直都在听有关她的那些传奇故事，听关于胡迪尼的传承和我们失落的皇室谱系。与摩门教先祖及“血赎论”一样，菲伊的神秘故事也是重要的一部分，它使我们了解到自己究竟来自何方。我们的过去充斥着秘密与债务，我们被剥夺了与生俱来的权利，我们的脚步后有鬼魂紧随，我们历史的深处遍布黑暗。这是一种我们全然无法理解的黑暗，我们只知道那是我们最古老、也最真实的一部分。

从某种意义上说，那些故事无论真假都无关紧要。我们相信有关自己生命的那些说法，于是便依此行事。尽管如此，当我着手写这本书之时，仍然希望能尽己所能，从这些传奇中还原事实。我必须承认，菲伊对掩盖自己的踪迹相当拿手，她成功地隐藏了自己的大部分生平及她儿子生平的关键部分。但她也在身后留下了一丝证据。我想这也许就是其中一把令人黯然神伤的钥匙，由此通向整个可恨的悲剧。

下面就是我所了解到的菲伊的世界，以及我父亲出生时的情况：

一八六九年十一月七日，在马萨诸塞的马尔堡，菲伊的母亲，一个名叫约瑟芬·圣·路易斯的十七岁女孩，嫁给了名叫刘易斯·拉伏瓦的二十七岁鞋匠。两人均出生于法属加拿大，但他们的法国血统无从考证。就算他们的谱系中尚存任何王室血统，也已无甚紧要。我从来没找到菲伊的出生证明，据说她生于一八七一年一月八日，可能出生在加拿大，也可能出生在马萨诸塞，后者的可能性更大。

菲伊一家之后出现在一八八〇年的美国人口普查记录中，他们住在内布拉斯加的兰卡斯特。当时，他们取了一个新的姓氏，即兰克顿，而她父亲此时已改名叫彼得，四十六岁，木匠。一个帮我追查这些历史的经验丰富的谱系学家认为，十九世纪七十年代从马萨诸塞消隐不见的刘易斯·拉伏瓦和八十年代内布拉斯加的彼得·兰克顿（有的记录中也记作彼得·兰克托）是两个人。首先，兰克顿登记的年龄比拉伏瓦大十岁。这一点我并不确定。考虑到菲伊说他们家经历过身份转换，也根本没有提及第二个父亲，我不敢确定拉伏瓦和兰克顿不是同一个人。不管怎么说，有一点是相当确定的：即在一八八〇年的内布拉斯加，乔茜和一个名叫彼得·兰克顿的男人生活在一起，而他们家也正是以这个姓氏为外人所知。

兰克顿一家同布朗一家一样贫穷，孩子也有好几个。住在林肯的那段时期，他们频繁搬家，通常围绕着城郊，搬来搬去都是些小房子。最近驾车驶过附近的老区时，我发现他们曾居住过的这个凄凉的地方极有可能没怎么改变过。无论是当时还是现在，对任何一个地方的年轻人来说，这里的环境都太单调乏味。若想生存下来，你就得像周围的土地那样沉闷无趣，或者你得用想象力来超越这种平庸。

菲伊的故事从下面开始瓦解：据我所知，她从未和姐妹们在一八九〇年的芝加哥世界博览会上表演过。相反，一八八六年七月三十一日，在林肯居住时名为范妮的她，还在内布拉斯加的奥马哈嫁给了一个名叫哈利·努尔·吉尔摩的人。哈利出生于伊利诺伊，不是什么有名的人物。依据林肯市名录里当时的名单来看，哈利与范妮大多数时间都和自己的家人住在一起。有时哈利会给木匠彼得·兰克顿当助手，有时他又会在林肯市当有轨电车驾驶员。

一八八七年八月二十六日，他们婚后也就一年多一点，范妮和哈利有了第一个孩子，是个男孩，取名克拉伦斯。然后，一八九〇年十月三十一日，哈利与范妮的儿子克拉伦斯夭折，被埋葬在林肯的尤卡公墓。葬礼后三周，即一八九〇年十一月二十三日，我父亲弗兰克·哈利·吉尔摩出生。至少我认为这是他出生的日期。由于内布拉斯加并未保存那时的出生记录，我一直没能为弗兰克·吉尔摩找到出生证明、受洗证明或施洗证明。

此后，内布拉斯加的故事就没什么可说的了。一八九三年初，范妮起诉丈夫，要求离婚，这在当时可是件足以被报道在《内布拉斯加报》上的新鲜事，通栏标题是“离婚市场大好”。一八九三年二月二十八日的报道这样写道：“范妮·吉尔摩要求区法院准许她与哈利·吉尔摩离婚，为达成此目标，她于昨日递交了诉状。她声称一八八六年七月，哈利与她在奥马哈成婚，从那时起，他便不尽任何抚养之责。她还说自己被迫靠干体力活儿和亲戚的接济来勉强维持生活。吉尔摩夫人请求法院将孩子交由她抚养。”

离婚后，范妮和儿子搬回去与父母同住。一八九六年，兰克顿一家搬到了东部，姐妹们在那里一起工作了好几年，在东北部巡回表演歌舞。同时，哈利·吉尔摩直到一八九五年才又出现在林肯的名录中，当时他在林肯酒店当门童。人们最后一次听说他的消息是在一九一一年六月十一日，《内布拉斯加报》上有一则报道：“斯科茨布拉夫，六月十日。哈利·吉尔摩因伤寒症昨日死于斯科茨布拉夫县医院，享年四十岁。他的随身衣物中不见任何朋友和亲戚的线索，也不能确定他是何方人氏。他生前在糖厂工作，工厂的工人将于明日为他举办葬礼。”

十九世纪九十年代之后，菲伊便从家族档案中消失了，或者说之后的许多年，任何档案中都找不到她的踪影。直到一九二〇年左右，才有人听说她的踪迹。当时，她已在萨克拉门托，以芭比·菲伊·拉佛之名从事招魂术。与此同时，弗兰克·吉尔摩也继续过着被隐匿的生活。

据我判断，这便是关于我父亲出身的真实故事。我并不相信他是哈利·胡迪尼的私生子，尽管我怀疑父亲深信此事。就算弗兰克·吉尔摩还记得自己的亲生父亲，或对哈利孑然一身的命运有所了解，他也从未提及。不过，菲伊的故事也并非全都是编造的。比如，她对兰克顿一家早年生活的描述有许多真实的成分，说明她的某些神秘生活很有可能存在。再者，她所讲述的弗兰克的历次婚姻及他所用的诸多姓氏，最后证明也全都是真的。

但这样做反而让菲伊的虚构故事变得更令人困扰。她为何要捏造儿子是私生子这样的奇闻，为何要尽其余生坚守这样的虚构？显然，弗兰克·吉尔摩为此付出了巨大的代价，且这份代价不会与他一道销声匿迹。我有时觉得，菲伊编造这样的故事或许是为了弥补她自己的失望。也许，一段婚姻及其失败对菲伊这样拥有天马行空想象力的人而言实在太过庸俗。也许，她需要依靠更大的失败——诸如与名人之间有一段失败的爱情，并与之养育了一个私生子这样的故事才能生活下去。也许，她只是很享受此类故事给她带来的出人头地的感觉，或许多年后，她会意识到这故事已成为她最成功的尝试，让她在身故之后，仍被人忆起。

也许如此，但说不定还有其他原因。

不久前，我拜访了尤卡公墓。公墓就在林肯市郊，父亲的哥哥克拉伦斯三岁时就葬在那里。尤卡公墓是内布拉斯加其中一座最古老、最大型的公墓，一个世纪以来，接待了络绎不绝的死者与吊唁者。公墓排布得像一片马赛克。狭窄的车道沿着广袤的地块与花园蜿蜒盘绕，每一块都是一座坟墓的孤岛。克拉伦斯的墓地坐落在公墓的最远处，位于最古老的区域。一个冬日的早晨，我将车停在那个区域附近。天气寒冷刺骨——新闻说那天早晨会有暴风雪——一道薄雾悬垂于地面之上，让人很难看清被时间侵蚀的古老墓碑上的碑文。我搜寻了好一会儿才找到地方：一小块隔绝开来的墓地，与一片空荡荡的土地相毗邻，四周环绕着诸多家族的坟墓大军。一块平躺的墓石便是兰克顿一家在内布拉斯加仅剩的历史，也是父亲的第一个家庭仅剩的历史。墓碑上刻着：**我们的宝贝**。

我站在那里，忍受着寒冷，久久凝望着它。我试图想象菲伊和哈利将儿子埋葬于此的情景。也许，那段婚姻已经变质；也许，孩子的夭折杀死了这对年轻夫妇的全部希望。我是这样认为的：你有一个孩子，你很爱他，为了这孩子，你将自己最好的一面和希望化作勤勉的努力。然后，孩子死了，你的希望破灭殆尽，你的伤痛无穷无尽。之后，过了三周，你又有了一个孩子（那孩子将成为我的父亲），希望与爱意似乎再次复生。可如果不是这样呢，如果这一切为时尚早，又该怎么办？如果倾注于那孩子身上的情感并非是希望的重生，而是巨大的恐惧和悲伤，甚至是怨憎，又会如何？当菲伊注视着新生的儿子，这孩子在她的头生子葬于地底之后迅速出生，她看着这孩子的脸，是否会觉得安慰？她是否会觉得像爱头生子那样爱这个孩子会冒极大的风险？她因克拉伦斯而遭受的刻骨铭心的伤痛，是否超越了她想给予小小的弗兰克的爱与安全感？

无论答案为何，吉尔摩一家的婚姻并没有维持下去。不到几年时间，婚姻便告终结，菲伊远遁他方，哈利遭人遗忘。我认为内布拉斯加的那段生活之后，菲伊并没有将弗兰克·吉尔摩放在心尖，将他视为自己生命中的珍宝。反之，她把他送到一个又一个寄宿学校，只偶尔才和他在家里同住。与孩子保持距离总好过爱他、再将他埋葬吧。弗兰克·吉尔摩被每一个人彻底否定。他无父无母地长大。三十年后，当他将罗伯特带至菲伊家的门口时，他有可能是在说：看，我把我自己带回了你的身边。然后，弗兰克又将儿子推开，推入也曾将他推离的母亲的手中。

这有助于解释菲伊与弗兰克之间的疏离，可又怎么会出现胡迪尼的传言呢？我也不确定。也许，菲伊确实和他有过恋情。也许，她在某个时候和他相识，因他做的某件事而觉得遭到了背叛。有什么能比生了个杂种儿子这样的丑闻更能报一箭之仇？也许，她之所以让弗兰克相信那样的奇闻，只是为了将自己悲伤过往的真相藏得更深一点点。

我又看了一眼克拉伦斯的墓石，心想：我很有可能是百年以来唯一一个造访这座特殊坟墓的人。这个想法足以让我立刻充满绝望。我返回车里，从狭窄的路上尽可能飞快地驶离此地。就在我离开墓园之前，我在办事处门口停了下来，打听了一下婴儿坟墓边上那块空空荡荡的地块。对这座一个世纪以来总是填得满满当当的墓园而言，有一块空闲的墓地看来有点奇怪。一位和蔼的老人坐在办公桌旁，抽出几本古老的本子，手指在花名册上点着一路看下去，然后对我说："那块地属于一个叫哈利·吉尔摩的人。他是克拉伦斯的父亲，埋葬孩子之后没几年，他就为自己买下了这块地。但他从没回来过，也没葬在这儿。"

没人在克拉伦斯·吉尔摩的坟墓边上安息。他孤零零地躺在那里，成了一个被抛弃的小小的秘密。

也许，在这个时候，贝茜应该对自己说：哎呀，看来和我逃离的那户人家相比，我嫁的这家人麻烦事竟然更多。但她并没有这么说。尽管存在这么多可怕的秘密，还有吉凶未卜的前途，贝茜仍然留了下来。甚至当酗酒、家暴、失踪真的开始出现时，她竟然还是留了下来。

她自有她的理由。

而我们，这些儿子，也就成了那个决定带来的后果。

第四章　居无定所的岁月

如今弗兰克不在家的时间已长达一个月，这期间，菲伊的灵媒事业又开始办得风生水起。这工作的大部分内容被菲伊称为“白日招魂术”：读牌、占卜，主要服务那些因爱伤神或生意办砸的人。这些客户最需要有人给予信心和建议，而菲伊做这些简直驾轻就熟。每到晚上，菲伊会做那些“正经事”：降神会、招魂、使鬼魂现形。这时她召集来的人，都急于与已置身幽冥的深爱之人取得联系。通常，菲伊能召集大约十几个人参与这种降神会，不过有时候，她的客厅里也会满满当当地坐上四十来个人。其中大多数都是老人，和菲伊年纪相仿。他们迫切地想要与已逝的心爱之人化解痛苦的矛盾；或渴望听取离世者对尘世种种事务至关重要的建议；或只是想获得某些迹象，来证明冥界亦会有生活和解脱。他们身处菲伊的客厅，在她的指引之下找到了这些迹象。熟悉的声音从黑暗中传来，或者说从菲伊的口中传来。此时此刻，她也会让自己成为通往死亡的通道。亡者的双手与气息掠过生者的脸庞，奇异的声音自地板与四壁咚咚响起。有时，幽暗中会浮现闪亮的面孔，犹如挣脱束缚的幽灵进入了真实的世界。

菲伊招魂的时候，我母亲不会待在旁边。那些时候房子里的气氛让她很不舒服，况且，那些事所暗含的意义也让她忐忑不安。要么菲伊的客户是确实有难的可怜之人，被玩弄于股掌之间；要么菲伊真的是这块料，真能进入上帝专属的领域，与死者交谈。对贝茜而言，后一种情况比前一种更令她不安。每逢晚上的降神会，贝茜常常会去看望罗伯特，他就住在几个街区外的一个小房间里。她已经喜欢上了弗兰克的这个儿子，如今他已凭着自己的能力长大成人。他很腼腆，有礼节，而且帅得一塌糊涂。再者，弗兰克不在家的时间愈长，她就愈发觉得自己与罗伯特同病相怜，因为从某种意义上说，他们都被同一个男人所抛弃。贝茜看得出罗伯特受伤很深，心怀困惑。他在灵媒诡异的阴影世界中长大，故而急切地想要得到父亲的相认。但他知道的关于父亲的一切，不过是父亲在杂耍团和马戏团里长大，因为某些神秘莫测的事件，没法回来与罗伯特相见。但秘密事件的这种说法并不会让罗伯特好受多少。事实是，弗兰克·吉尔摩觉得离开儿子轻而易举，没给他打过一次电话，也没写过一次信。罗伯特仍然想亲近父亲，但又发现这比登天还难。

许多晚上，贝茜与罗伯特都在谈论这样那样的事，与此同时，鬼魂正在菲伊的房子里接受生者的朝拜。

秋天过了一半，在消失了六周后，弗兰克回家了。贝茜看见他朝菲伊家走来，尽管她焦虑不安，但内心里仍然波澜起伏。他有办法治住她，让她明白他就是她唯一真心爱着的男人。然而，她也必须让他知道她并不喜欢独守空房，并且她已了解了一些他身世的细节。贝茜告诉弗兰克，菲伊对她讲了他的另外几任妻子和他用过的许多假名。她告诉他，她已经猜出埃里希·韦斯就是他的父亲。

弗兰克就这么听着，不动声色。贝茜心想，和他母亲一个样。

“菲伊还告诉你什么了？”弗兰克问。

“没别的了。她告诉我，如果我想了解你的其他秘密，就得问你自己。”

弗兰克似乎松了一口气。他看了母亲一眼，意思是让她知道他压根儿不想再多透露一句了。

贝茜决定再进一步：“弗兰克，你去了哪儿？你都在干什么？”

“如果我觉得和你有关，”弗兰克说，“我早就告诉你了。你不必什么都知道，这也许是件好事。你就这样想吧。”

但还有件事她得知道：他是否在其他地方组建了其他家庭？他是否是去看望别的妻子，或是照顾别的孩子去了？“许多事我都能接受，但要是你还在见其他女人，我就离开你。”

弗兰克哈哈大笑，轻柔地抬起她的下巴。他直视贝茜绿色的眼睛，说道：“相信我，你对我来说已经足够了。再说，同时讨几个老婆，傻瓜才会这么干。见鬼，我又不是什么摩门教徒。别担心，我不会再去见其他女人。偶尔我会联系某个孩子，去看望他。就是这样。”

不知何故，贝茜就这么相信了他。

弗兰克在离开的时日自然赚了些钱，所以他花起钱来大手大脚。他带贝茜去市区，给她买新衣服、新戒指，给罗伯特买了辆他一直想要的二手福特。然后，他付了菲伊接下来六个月的房租，还给了她一个装着现金的信封，作为生活费。他说他现在有些坐不住，想趁他们还没有孩子之前，带贝茜去全国各地走走。他对菲伊说他们几个月后就会回来。他对贝茜的解释是，自己不喜欢腻在菲伊那些超自然的古怪举动里。多年来，他见过太多这样的玩意儿，对那些将她的蠢话信以为真的傻子，他只有蔑视。他说，这都是骗人的。他说菲伊在桌子和地毯底下安了开关，这样，她就能用手脚暗中操控，弄出点状况来。

贝茜不太相信。她的信仰告诉她，生者与死者之间只隔了一层薄纱。贝茜说亡者一直都在附近徘徊，比你想的还要近。而且，菲伊坐着轮椅，怎么能弄出这么多把戏？

弗兰克哈哈大笑。“她根本就不需要那玩意儿，”他说，“那都是做做样子。再说了，这还能让别人伺候她。”

贝茜认为弗兰克在开玩笑。她见过菲伊坐在轮椅里有多么无助，见过她的双腿根本没法动弹。菲伊下身瘫痪这一点毋庸置疑。

反正，弗兰克与贝茜没在这件事上较真儿。弗兰克买了辆内镶木壁板的新庞蒂克旅行车，他总是对木质情有独钟。他在几只行李箱里塞了一些衣物，就开车载着他们俩返回了犹他。他想去那里要回《犹他杂志》仍欠着他的钱，贝茜则认为正好可以让家里人见见她丈夫。她从萨克拉门托给家里人写了信，告诉他们自己已经结婚。她在信中写道，她丈夫是个成功的广告销售员，曾在默片和马戏团里当过演员。她没告诉他们别的事，比如他的年龄几乎是她的两倍，有过一大堆老婆孩子。她觉得这种事她自己知道就行了，担心邻居知道了会嚼舌头。几周后，她收到了母亲简短却愉快的回信。“自从你离开犹他后，我们有点担心你，但能听到你的消息，我们都很高兴。”梅丽莎写道，“你也知道，女人只有通过婚姻才能感受上帝的完整存在，感受天国的荣耀，我们很高兴你走出了这样重要的一步。回来后，就请快点来看我们吧。我们很想见见弗兰克。”

从一开始，这次拜访就很不顺利。那男人比贝茜大这么多，竟然只比她父亲小四岁。无论是梅丽莎还是威尔对此都心烦意乱。当着贝茜的面，梅丽莎没多说什么，但她也没向贝茜的姐妹们隐瞒，这话自然就传到了贝茜的耳朵里。弗兰克有些地方让她父母感觉不自在，就好像他们能嗅出他身上散发着犯罪分子的气味。特别是威尔，对贝茜竟嫁给这样一个人感到很失望。一天，他们在后院散步时，他对贝茜说："这人蹲过监狱。你为什么没告诉我们？你为什么要嫁给这种男人？"

"他没进过监狱。"贝茜说，往日的怒火又浮现在她脸上。"弗兰克的日子过得并不轻松。他刚出生，就被父亲抛弃，母亲得在演艺圈里混，好供他上学。那些年，他只能靠自己，被迫在那种环境里坚强地成长。但我丈夫不是什么犯罪分子。你怎么能那样说？"

可贝茜的抗议没什么用。布朗家对弗兰克并不热情，她的小妹妹们似乎也都特别怕他。贝茜比以往任何时候都更能感受到来自家人的审判和嘲笑。事实上，她感觉这些情绪在她身上以最为恶劣的方式得以呈现。在摩门教的世界里，没有什么比婚姻关系更重要，只有在婚姻这块基石之上才能建立家庭，这也是获得永恒赐福的关键。贝茜现在觉得自己在这最为重要的事情上犯了错。她坚信自己如今经受的蔑视与弗兰克·吉尔摩完全无关。她就算嫁给富兰克林·罗斯福，也不会有什么差别。她认为，这么多年来，她从家庭中得到的讯息都在表明她这人毫无价值，在他们的世界里、在上帝的眼里她什么都不是。现在，这条讯息好似最终的谴责，正在发送给她。

贝茜和弗兰克驾车离开普罗沃的农场时，贝茜坐在庞蒂克的前座上，双手掩面，哭得伤心欲绝。她觉得就算以后再也见不到这些人，她也不会在乎。弗兰克用手臂搂着她，把她向身边拉过去，让她把头靠在他的肩上。“那群该死的摩门教徒，”他说，“从他们那儿你还能指望些什么？”

正是从那时起，居无定所的日子开始了。接下来几个月，贝茜见识了加利福尼亚、内华达、亚利桑那和科罗拉多的许多小镇和人迹罕至的公路。他们搬到一个地方，住上几周，又继续上路。在任何地方，他们都很难待上一两个月。每次要离开的时候，总是急急匆匆。弗兰克总是对贝茜说，不必费神打包攒下来的东西，上车就走。“到下一个地方，我们再买新的。”他会这样说。他不想被拥有的物品拖慢脚步。

原来，确实有充分的理由频繁迁徙。贝茜开始明白过来，弗兰克的主要事业是诈骗。他们来到一个镇子，弗兰克做的第一件事就是用他的某个名字在旅馆房间或公寓里安装好电话。然后，他会去各家企业四处走动，为即将出版的杂志或特殊出版物招募广告。他会展示杂志的样本，留下名片，返回酒店，等待那些商人打来电话投放广告。有时，他会让贝茜扮他的秘书来接听电话，说“你好，这里是科利尔先生的办公室”，或“你好，这里是米勒出版社，弗兰克·科利尔的办公室”。然后，弗兰克就会回去与那些商人会面，把广告资料、全额或部分金额广告款拿到手。这些出版物自然是永远不可能出版的。弗兰克拿到钱后，就会跑路。这种拉广告的方式叫“全额百分百”，因为卖主会将所有利润捞到手，拍屁股走人。

干这种勾当自然是只能今天去这儿，明天去那儿，两地之间相差几百英里都很正常，但诈骗也并非他们四处迁徙的唯一理由。对贝茜而言，弗兰克似乎总是想赶在紧随其后的莫名鬼魂的前面。从他睡觉的样子，她就能看出这一点。他躺在床上的时候身体紧绷，半夜一听到过道上传来脚步声，就会猛地从床上坐直。很快，弗兰克的呼吸节奏也成了贝茜的呼吸节奏。如果他们在某个地方待得太久，她也会如坐针毡；而当他们开着旅行车驶往下一站，要开始下一场骗局时，她才会如释重负。

这种东奔西跑、担惊受怕的生活，后来被贝茜称为他们婚姻生活中最美好的时光。那时候，只有他们两个人，像小镇罪犯一般在美国西部飘来荡去。“那时候，我们还没孩子，相处得很融洽。我真的不太想要孩子，也没这个打算；弗兰克却想要。搞笑的是，他想要孩子，后来又整天和孩子对着干。而我呢，根本就不想要孩子，却拼了命地保护他们。真希望我们就停留在没有孩子的状态，永远如此。”

说这话就是为了让我们难受，目的也确实达到了。我们觉得一切糟糕的情况，责任都在我们。在我们心里，没有孩子的家庭才是理想的家庭。

好景不长，确实，也就几个月而已。一九三九年初，贝茜怀孕了。他们俩在她预产期前一直在奔波，等到孩子马上就要出世，他们才在洛杉矶的格兰岱尔地区找了间平房安顿下来。我的大哥哥小弗兰克·哈利·吉尔摩就在那里出生。贝茜没料到，与菲伊的警告相反，弗兰克竟然迫不及待地想要当爸爸。他在医院里坐立不安，又略带自豪，还有点喝醉了，顺便拖来了几个老朋友。他礼节做得很到位，给视线所及的每一个人都发了香烟，送给医生一瓶口扎丝带的威士忌，与这个楼层的护士愉快地聊天。我母亲第一次看见他抱着小弗兰克，便心想自己从没见过丈夫如此开心，好像抱着这个孩子，他便觉得自己是个真正的男人了。弗兰克低头看着小弗兰克的脸，转身对贝茜说："看，我给了你一个儿子，让他在你老了以后照顾你。"

有一件事很肯定：弗兰克对付婴儿似乎很有一套。给孩子喂奶、换洗，他从来不会手忙脚乱，孩子晚上哭了或生病了，他也会陪伴一晚上。贝茜后来说他能把孩子哄得服服帖帖，这堪称是她对他最美好的回忆之一。弗兰克会和孩子坐在椅子上，嘀嘀咕咕地说话，轻声细语地聊天，用他沙哑的嗓音给孩子哼唱摇篮曲。没多久，孩子就会像一只小猫咪蜷在他膝头沉沉睡去，在父亲的港湾里倍感安全。

他们在洛杉矶待了几周，弗兰克照顾孩子和贝茜，然后就北上去看菲伊。看见弗兰克对这个新生儿如此体贴，罗伯特很不爽，故而他们俩时常争吵。但争来争去，却几乎从不明言罗伯特缺少弗兰克给予的父爱。反之，罗伯特开始怀疑他父亲对母亲南不公，也不爱她，因为弗兰克把南说得一文不值。他会用难听至极的话骂"我以前的婊子老婆"，直到罗伯特中断争吵，眼含泪水地离开。然后，贝茜和弗兰克就互相指责。贝茜觉得弗兰克不应该这样贬低罗伯特甚至没见过面的母亲。弗兰克则会说："我知道你对罗伯特心软，但你要是能学会闭嘴，我就谢天谢地了。"

"好吧，弗兰克，"贝茜会说，"我年纪大了，学不会。"

第二年年初，贝茜再次怀孕，但这次的情况似乎并没让弗兰克感到开心。事实上，他喝得烂醉如泥，在附近奥克兰的旅馆里独自一人住了好几天。回到家的时候，他很不耐烦，动不动就发火。他向贝茜宣称，现在他们俩得再次上路。贝茜听到这话一点也不激动。马上要到夏天了，她带着一个七个月大的婴儿，又怀着近三个月的身孕。在这种情况下，她可不想开着车在全国各地跑。得知这次他们要去亚拉巴马时，她就更不乐意了。她难道还看不出来弗兰克跑这么远就是想重操愚蠢的诈骗勾当吗。这整趟冒险中总有种不对劲的感觉，甚至包括弗兰克设计好的路线。这次不走直线，而是先折向南部，再抄近路走得克萨斯，弗兰克还想往北去一趟犹他，让贝茜给她父母看看新生的孩子。之后，他们会驾车穿越科罗拉多、堪萨斯和密苏里，再往南穿过阿肯色和密西西比，驶往亚拉巴马。贝茜很清楚她丈夫根本不在乎威尔和梅丽莎是不是能看到小弗兰克。她总觉得弗兰克有别的打算，但究竟是什么，他也不会说。

当他们到达亚拉巴马时，情况也没见好转。此时正是夏季，贝茜从未体验过如此黏滞的炎热。况且，这地方的气氛也把她吓得不轻。也许是因为这么多年来她听了太多关于南方的隔绝与暴力。但她觉得每当她露出北方口音时，当地人总会冷冷地打量她。一天，在免下车餐馆点餐时，女服务生恶狠狠地看了她一眼说："你们到底是哪儿来的？"

弗兰克也没法让她平静下来。他们在该州中部塞尔玛南郊路边，一家小镇汽车旅馆里租了个小房间。在那里没什么事可做。有两家电影院，一家有冷饮柜台的杂货店，贝茜可以去那里吃午饭。此外，弗兰克就整天让她独自待在房间里，让她别和邻居走得太近，特别是不能和人聊起他们的身份和生活，也别回答任何陌生人的询问。"这些人特别爱打听。"弗兰克这么说过，"他们表面上彬彬有礼，可你要是与众不同，他们就打骨子里恨你。你是个北方佬，北方佬都是不受欢迎的入侵者。贝茜，千万别搭理他们。他们白天看上去很正常，但到了晚上，他们就会割破你的喉咙，让你消失得无影无踪。"

一天晚上，弗兰克喝醉了酒，对贝茜说了些他早年在亚拉巴马的事，那是十年前了，当时他娶了个犹太女人芭芭拉·所罗门。他们搬到了一个名为格林维尔的镇子上，弗兰克做报纸广告推销员的工作。一天，几名当地的三K党[①]成员过来，邀请他参加一场集会。弗兰克拒绝了，他们想知道为什么，他就对他们说他是天主教徒，他妻子是犹太人，而且他这一辈子和黑人相处得都很好，所以他真的不能参加三K党的各种活动。几天后的晚上，他下班回到家，发现妻子和孩子在黑暗里坐着。芭芭拉告诉弗兰克，有几个男人来过，死命敲门，还威胁他们。他们对她说，犹太人和天主教徒在这里不受欢迎，明天日落之前他们一家要是还在，他们就会当着她的面把她老公的蛋蛋割下来。弗兰克觉得他们不是在虚张声势。那天半夜，晨曦未露，他和妻子就离开了格林维尔，前往蒙哥马利。那段婚姻也只维持了一两年。

不管这次弗兰克在亚拉巴马做什么，在贝茜看来时间都太久了。她一直催他快点离开，说她想在加利福尼亚的洛杉矶生孩子，要不就在萨克拉门托的菲伊家生产。弗兰克说："快了。我们就要离开了。我得把这里的事弄完，拿到钱，我们就走。"

那年感恩节，天还没亮弗兰克就起了床，穿好衣服出了门，一直到半夜才回来。贝茜和孩子坐在小屋的黑暗中，和十年前的芭芭拉·所罗门一模一样。她心想，要是再也见不到弗兰克她该怎么办，要怎样才能离开这个可怕的地方。说不定那些人晚上也会来找她。约凌晨两点，弗兰克回家了，说："都忙完了。我觉得我们应该现在就走。我开车的时候，你可以在车里睡。"她累极了，但他说话的样子让她觉得再精疲力竭都无所谓了。又一次，他们趁着月黑风高，

①Ku Klux Klan，美国奉行白人至上主义运动和基督教恐怖主义的民间团体，也是美国种族主义的代表性组织。

什么都没打包，就离开了镇子。这次，贝茜不在乎。她很高兴离开这片可怕的土地。

弗兰克又想走远路回去，彻底绕过得克萨斯。贝茜说：“我们可以直穿过去，这么做没道理。弗兰克，我不想坐在车后座上，在路边生孩子。我想回加利福尼亚。”仅此一次，贝茜赢了，于是他们开始穿越无限广袤的得克萨斯。这一次，可以明显看出，弗兰克根本不想踏足得克萨斯。一路上他似乎每一英里都在提心吊胆，由于得克萨斯大得出奇，弗兰克的紧张心情也从未休止。他试图连夜开车，以便更快穿越这个州，但想要不停歇地穿过得克萨斯，就算没日没夜开车也做不到。贝茜和孩子坐在后座，清晨醒来，发现她丈夫在前面因睡眠不足而昏倒。由于一门心思想快点离开，贝茜只能挺着八个半月身孕的大肚子亲自驾驶，尽管她几乎不怎么会开车。

后来，沿着六十七号公路行驶的时候，他们发现显然到不了加利福尼亚了。孩子马上要降生，他们得找家医院。加油站的员工说可以沿着公路驶向麦卡米；他说那是座石油工人居住的小镇，有家挺不错的医院。当车子驶上医院的车道，贝茜坐在后座，一手攥着门把手，一手扶着圆滚滚的肚子，弗兰克转身对她说：“在这该死的地方什么话都别对人说。让我来说就行了。”贝茜能记起的只有这些。接下来她只知道自己躺在轮床上，置身于走廊的灯光下，被推入了产房。

几个小时后，一名得克萨斯护士略带鼻音的声音唤醒了她。“科夫曼太太？”护士说，“科夫曼太太，你还好吧？听得见我说话吗？”贝茜晕晕乎乎地想：*科夫曼太太怎么不回话呢？科夫曼太太还好吗？*

然后，她感觉到我父亲的手放在了她的肩头，轻轻摇晃着她。“贝茜，听得见我们说话吗？没事啦，是我，沃尔特。”

贝茜睁开眼睛，看见她丈夫就站在她那张床的右侧。另一侧站着护士，抱着她新生的孩子。一看见孩子，贝茜就缓了过来，伸手去抱她的孩子。

“科夫曼太太，这是你的孩子。你生了个健康又漂亮的儿子。事实上，可以说小菲伊是我在这儿见过的最漂亮的孩子了。”

贝茜一下子醒了过来。“小菲伊？”她问。

“对，”弗兰克说，“出生证明上的信息，我已经填好给他们了。我告诉他们，就用菲伊·罗伯特·科夫曼这个名字。”

“名字起得真好，”护士说，“你有一个真正尽心尽力的好丈夫。他坚持要待在你的床头。他希望你醒来的时候他就在你身边。”

贝茜只能凝视着新生的孩子和他那湛蓝的眼眸，心想：我一醒来就成了另一个人？难道是我自己疯了不成？

之后，只剩下他们两人了，一切再次涌上贝茜的心头：他们不顾一切地驾车穿越得克萨斯，最新情况是还用了另一个名字。她觉得这一切都能说得通，至少在眼下这个时候都说得通，但她实在琢磨不透弗兰克给新生儿起的这个特别的名字。她问：“你怎么会给孩子起这个名字：菲伊·罗伯特·科夫曼？”

“我觉得这名字也不错。你也想不出更好的名字。再说，我在拼写上做了点小改动，在菲伊后面加了个字母‘e’[①]。”

“怎么拼我不管。你甚至不爱你母亲和另一个儿子，却还是用他们的名字给你儿子命名。你到底是怎么想的？”

---

① 把“Fay”拼写为“Faye”。

“冷静，”弗兰克说，“我们不会一直待在得克萨斯。但只要还在这儿，孩子就叫菲伊·罗伯特。我叫沃尔特。千万别忘了。”

几天后，他们住进了当地一家名为“道尔”的旅馆，打算等贝茜恢复后再继续上路。旅馆经理是个老太太，在他们入住的第一晚，老太太就对孩子体贴备至。当贝茜把孩子的名字告诉她时，那女人表现得很平静，但看得出她还是吃了一惊。“没错，是他爸爸起的名字。”我母亲说，弗兰克——也就是沃尔特——还显得很自豪。第二天下午，弗兰克出去买吃的，那女人又过来了。“孩子的名字起得太糟了。”她说着，抚摩着孩子的脑袋。

“是啊，我知道。”贝茜说，“我不打算一直用这个名字。你有好的想法就告诉我一声。”

此后每一天，那女人都会过来报上几个新名字。最后，她认为贝茜应该给孩子起名道尔，来纪念这家酒店。之后，那女人只要一见到小菲伊，就会称呼他小道尔。弗兰克都快被气疯了。

几周后，我父母带着两个儿子向西行，离开了得克萨斯。穿过艾尔帕索与新墨西哥的边界时，弗兰克扭头对贝茜说：“好了，现在你可以把那张该死的出生证明撕了。我们再给他起个新名字。”

“好呀，”贝茜说，“我已经想好了。我们就叫他加里吧。加里·吉尔摩。我给他起的是加里·库珀的名字，希望他长大了像那个演员那么帅。”

弗兰克很不满意，立马回斥道：“才他妈不要叫加里！我的儿子怎么能取这样的名字。”

“为什么不行？”

“把罗伯特她妈从我这里偷走的那人叫格雷迪。‘加里’这个名字会让我想起他。[①] 我恨透了那个人，也恨透了这个名字。我可不想每次叫我儿子的时候都得想起他。”

“弗兰克，两个名字根本不一样啊。”

父亲才不管这个。他们两人驶往萨克拉门托的路上一直都在争论该给孩子起什么名字好。

父亲关于这件事的最后一句话是：“我可不养起这种名字的儿子。”

母亲的最后一句话是：“就起这个名字。”

我得在这里稍微打断一下。眼下，一件大事刚刚发生：我们故事中的杀人犯诞生了。此刻，他还只是个小娃娃，有着大大的蓝色眼睛，人见人爱的脸蛋。从这时起，再过三十六年多一点，他就会杀死至少两个人，成为美国最著名的被判处死刑的杀人犯，因为他是美国唯一一个自己主动要求受死的杀人犯。那一刻，你凝视着他湛蓝的眼眸，他回眸的眼神中有一种让你本能会感到深入骨髓的凉意。这眼神聪明得可怕，极其致命。拥有这种眼神的人什么都怕，就是不怕死。如果你把他惹恼，他就会杀了你，就算你根本没惹怒他，或许他也会这么干。将婴儿的这张脸与杀手的这张脸区隔开来的唯一一样东西，就是那段将他摧毁的历史。

或许，是其他某些原因最终让这个婴儿变成了杀手。最近几年，我发现自己一直在思索两个简单的问题：谋杀何时开始？谋杀如何开始？或换句话说：我是否能找到某个让一切误入歧途的时刻——一个时刻或一段时间——可能让一切变得大不相同？如果我能找到这样一个时刻，那它是否存在于加里的生命中？或者这个时刻远在他的生命之外，在他父亲隐秘的黑暗过往中便已存在？面对这样的

① “加里”的原文拼写为“Gary”，与“格雷迪”的原文拼写“Grady”相近。

问题，根本没有简单的答案，唯有无尽的争论与猜测。即便如此，我仍忍不住为想要获得答案而在我们的历史中搜索找寻，就像我的母亲，她于临终之时仍在细细审视这致命链条中每一个可怕的环节。我们能在哪个节点改变这段历史呢？我们怎么才能让哥哥的灵魂免于谋杀，也使无辜者的生命得以幸免？你告诉自己可以从这样的时刻中了解到，只要理解了它，种种毁灭都能解释得通，就能不再重蹈覆辙。但当你凑近细看故事中的所有环节，就会发现情况反而更糟：每个时刻都有影响，糟糕的环节实在太多太多。若想挽救他那致命的人生历史架构，唯一的方法就是将所有的时刻全部丢弃，构建一个由美好的环节组成的崭新链条。

显然，这孩子生命的初始就不吉利。生下他的两个人各自携带着糟糕的传承，都想从各自未知的恶魔身边飞快逃离。如果父母的恐惧能自孩子出生起便传递给他，那加里的生命从一开始便毫无安全感。除此之外，他还被起了两个名字：一个名字来自永远无法爱他父亲的女人；另一个名字会令他父亲想起自己苦涩的过往，而他也将以此名字广为人知，变得臭名昭著。名字换来换去实在极具讽刺意味：这表明加里·吉尔摩根本没有出生，他只能死去。（事实上，多年以后，联邦监狱体系仍然拒绝让我查看我哥哥的档案，因为我没法证明叫这个名字的人是否出生过，或是否正式更改过姓名。）

他出生时如此复杂、愚蠢的情况让我叹为观止，尤其是两个成年人竟将一个孩子置于惴惴不安的氛围中，强行给他安上那些身份，但不管使用哪个身份，他注定都会失去爱。这些因素真的这么重要吗？为给孩子起名争来争去这么一件无关紧要的小事，果真会在孩子鲜血淋漓的命运中起到关键的作用？我也不敢确定，毕竟我已深深陷入家庭的神秘泥淖之中，无法自拔。对我而言，从每种命运的古怪之处读出意义实在轻而易举，恐怕我在此也是在做类似的事。然而，我知道名字这件事以后会对加里产生极大的影响，尽管到那时，他已踏入了那条通往地狱的特殊路途。

在加里出生、他们返回南方以后，弗兰克开始变得有些野了。他似乎总想去不同的地方。一九四一年年初的几个月里，他们每过几周就会搬家，在各小镇之间辗转。与此同时，弗兰克与贝茜间的争吵也变得愈发频繁和激烈。一次，在圣巴巴拉，弗兰克出门喝了整整五天的酒。此时，贝茜已对这种情况司空见惯。她很清楚只能带着孩子原地不动，等待弗兰克回家。这次他回来的时候，情绪格外地差。他走进他们住的旅馆，挪到新生儿在睡觉的床边，往下指着加里。“他不是我儿子，对不对？”

贝茜没想到他会冷不丁地说出这么一句话。“你在说什么？还会是谁的？”

“不是罗伯特的儿子吗？你以为我不知道我不在萨克拉门托的时候，你们在捣什么鬼？”

贝茜看着弗兰克，看了很长时间，然后哈哈大笑。“你真是疯了，”她说，“你喝酒喝得太多，脑子都不好使了，就是个糟老头子。”

弗兰克揍了她一下，狠狠地打在脸上。“敢对我撒谎，你这个蛇蝎心肠的女人！我已经听够谎言了！”

他一直打她，直到把她打倒在地，满脸是血。孩子哭了起来。尽管受此折磨，她仍然坚称孩子是弗兰克的。但这件事过后，父亲就不大抱这个新生的儿子了。

他们拖着两个孩子，在美国各地奔波，走到哪儿，打到哪儿，吵到哪儿。春末的一天，他们开车穿过密苏里的北部。弗兰克一整天都情绪极差，对我母亲又吼又叫，开起车来莽撞得很。孩子们整天待在车子里，也很闹腾。这次，贝茜觉得好像有什么东西在追着弗兰克跑。也只能这样解释他的行为了。她觉得似乎有人在他们的衣领上哈热气。傍晚时分，贝茜坚持要弗兰克在公路的加油站停车。她需要给小弗兰克换尿布，她自己也想活动活动腿脚。她能看出弗兰克对停车很不高兴。“快点！”他说着，人就待在车里，盯着孩子。

几分钟后，贝茜和小弗兰克从洗手间里出来了。她左右张望：汽车不见了，她丈夫不见了，孩子也不见了。

“那个坐在那儿等我的男人出了什么事？”她问加油站的服务员。

“他几分钟前刚走。好像很急。”

“他走之前说什么了吗？他说没说过一会儿就回来？”

“没有，夫人。”服务员说。她能从小伙子瞧她的眼神中看出他肯定也没见过这档子事。身为男人，带着一个孩子开车离开，把妻子和另一个孩子留在这荒郊野外。贝茜心想，好啊，就因为我要求停车，弗兰克就发了狂，现在他已经离开好一会儿了，想给我来点教训。真是个实打实的浑蛋。

她和小弗兰克在加油站待了好几个小时，等着弗兰克回来。太阳落山了，月亮和星星升起，服务员开始把招牌和设备往里收。他正准备锁门、打开夜间照明灯的时候，对她说：“夫人，我觉得你丈夫不会回来了，我真的不能把你留这儿。我开车送你和孩子去奇里科西吧。那儿有家旅馆，还有公交站。”

贝茜在公交站给父母打了电话，让他们多汇点钱过来，好让她回普罗沃。她到家后，威尔·布朗要她报警，但贝茜没答应。她告诉父母弗兰克应该在担心什么事，这时候她不该再给他找麻烦。他不辞而别都是她自己的错。她很有信心，认为他会回来，她肯定他不会做出什么伤害孩子的事。

“他要是跑这儿来，”她父亲说，“就有麻烦了。没有哪个男人会无缘无故离开妻子孩子，让他们陷入困境。”

几天后，贝茜接到一个从爱荷华得梅音的一家孤儿院打来的电话。加里在他们那里，是孩子的父亲交给他们的。孩子的父亲现在正在邻县的监狱里坐牢，他犯了支票诈骗罪，要坐牢三十天。他们问“拉佛夫人”是想过来把孩子接走，还是留给他们照看，或再找别人领养？母亲后来说：“要是当时没那么悲惨的话，一听到‘拉佛夫人’这个称呼，我真想放声大笑。还是头一次有人这么称呼我。”

贝茜从家人那里又借了些钱，带上弗兰克，去了爱荷华。她把加里从孤儿院里接了出来，找了份打扫房间的工作，赚取食宿费，同时等候丈夫坐完牢出来。

他从监狱里出来的那个早晨，她带着弗兰克和加里在监狱外等他。“到底怎么回事？”她说，“你不解释一下？把我们抛下，带着孩子跑得无影无踪，你到底是怎么想的？”

“那天有人一直在追我。”他说，神情很疲惫，“我只能离开。这就是全部的解释。”

贝茜开始怀疑。也许，弗兰克逃避追捕什么的都不过是借口。也许，根本就没人追他，他只是害怕和家人待在一起，害怕当个称职的父亲。也许，菲伊说得一点都没错。“弗兰克，”她说，“不管是什么事，你都可以告诉我。要是因为其他女人、其他家庭，让我知道就好。我不会找你麻烦的。只要告诉我实话就行。”

弗兰克摇了摇头。“不，”他说，“绝对不是那种事。贝茜，真相太可怕。你还是别知道比较好。”

那年接下来的日子一如既往。弗兰克载着妻子孩子在美国西部穿来穿去，从一个阴沟赶往另一个阴沟，一路狂喝滥饮，从未止歇。假日季刚开始的时候，贝茜、弗兰克和孩子们住在一个到处都是麦田和牧牛场、叫作霍利欧克的小镇上，那地方就位于科罗拉多最东北端的角落。弗兰克仍旧干着百分百全额诈骗的老本行，印假名片，用假名登记电话——这次他们叫“哈利·F. 拉佛夫妇”——还去到邻近一座更大的、名叫斯特林的镇子上，在那里的一家银行开了个支票账户。他跑遍了那个地区，假借为《亚利桑那公路》之类的地方旅游杂志广告集资。一天，他向其中一个广告客户兑现了一张支票。那位商人起了疑心，立马给银行打了电话。结果证明那是张空头支票，账户里只有三美元，而支票兑付金额有五十美元。弗兰克被那个人跟踪至旅馆，于是被捕了。那是一九四一年十二月初。日本袭击珍珠港那天，我父亲因为支票诈骗罪正在蹲监狱。

警察稍微调查了这桩案件相关的情况，才发现弗兰克在那个地区为并不存在的出版物虚假招募广告。这可就不只是支票诈骗这么简单了；指控罪加一等，成了欺诈罪。审判在圣诞节前三天举行，检察官竭尽所能弄到了弗兰克犯有前科的案底副本。那天下午，地方检察官详细追溯了弗兰克先前犯下的罪行，令贝茜震惊不已。罪案记录始自一九一四年五月，弗兰克那时叫哈利·塞维利亚，因未成年人的违法行为在加利福尼亚弗雷斯诺被捕，在县城的监狱里待了九十天。第二项已知罪行发生于一九一九年八月，弗兰克·吉尔摩在萨克拉门托被捕，罪名是职务侵占。法官要求起诉方澄清。检察官说：“很显然，被告设法从其工作的地方盗窃了一卡车毛皮大衣。”

虽然是职务侵占罪，弗兰克却想办法获得了缓刑（贝茜后来得知，菲伊聘请了一个人脉颇广的律师），条件是必须待在本州。但他并没有照做。之后不到两年，他又在西雅图作为逃犯被捕，被押回了萨克拉门托，当时他叫沃尔特·塞维尔。他一回到加利福尼亚，量刑法官就取消了缓刑，判他十年徒刑，收监于圣昆汀监狱。服完了两年强迫劳役后，他获得了假释。

检察官说："我们相信在各个司法管辖区，拉佛先生应该还有使用其他假名犯罪的案底。被告有可能还在本州或全国各地犯下其他欺诈和职务侵占的罪行，或许犯罪性质更为恶劣，只是尚未被侦破，或在被正当逮捕时逃脱。他显然在使用各种假名方面得心应手。事实上，甚至现在，我们都没法确定他的真名是什么，也包括这一次。我们建议延长刑期。虽然这次并非是特别严重的罪行，但哈利·拉佛显然是个惯犯，尽管没有其他案子的确证，我们仍然希望能将他关押足够长的时间，以便其他各州彻底追查他是否以我们现在掌握的那些名字犯下了其他罪行。"

法官 H. E. 门森判处哈利·F. 拉佛五年有期徒刑，关押于科罗拉多州立监狱。看着丈夫绝望的神情，贝茜发觉自己的怜悯多过愤怒。他看上去像是完全被压垮了，她第一次发现他真的老了。"实在太可恶了，"她心想，"他已经为其他罪行付出了代价，可这些小镇上的无名小卒却还要逼他，显得自己有多高尚似的。"

几天后，贝茜做出了一个艰难的决定，即弗兰克在卡农城监狱服刑期间，她将不再待在科罗拉多。她没准备好在一个陌生地方养活自己和两个孩子。新年一过，她就带着弗兰克和加里返回了普罗沃父母的家里，等待丈夫服完刑期。

我有一张父亲在科罗拉多惩教记录部门的档案记录。档案上内容不多，但至少就父亲而言，这么一点内容也透露了很多信息。比如，档案中包含了他使用几个假名的证明文件、跨度至少达二十五年的犯罪记录、暗示他可能涉及其他未知或未侦破案件的建议书。

除此之外，这些档案对我之所以重要，还有另外两个原因。首先，这些档案并不仅仅是我能找到的关于弗兰克·吉尔摩的最早的文件；事实上，除了他的死亡证明、各城市的名录及电话簿之外，它们是我能找到的关于父亲在这地球上生活过的唯一确实的信息。他的学校档案全都没能保存下来，他也从未服过兵役，工作经历同样不可考。就连他的税单或社保记录都查不到。

这些监狱档案对我来说如此重要的另一个原因，是其中包含了我能见到的父亲最早的照片，我可以从中看到他的面庞。那张脸不算特别年轻。他拍这张入案照的时候差不多五十一岁（科罗拉多州立监狱 22470 号），由于掉了几颗假牙，过早花白的头发乱蓬蓬的，他倍显老态，看上去更像六十岁的人。我试图从他脸上读出点什么。关于他的秘密或照片上他恐惧的源头，我自然所知不多，但我能清楚地看出，一九四二年年初的那一天，深深的悲伤与无力感在他的心中相互缠斗。他看上去就像一个无法理解自己的罪行却又害怕承担严重后果的罪人。

哥哥弗兰克认为我和父亲长得像，我却丝毫看不出相似之处。但只要看到这张照片，我便总会想起我想要忘却的某件事：我忆起几年前对镜自照的那个夜晚，那是在我喝了好几小时的酒、很可能还哭过一场之后。我相信就是在那天晚上，我丧失了组建自己的家庭、享受天伦之乐的最后一丝机会。我已无心去实现这样的梦想，现在也就不得不抛开这个梦想生活下去。如果在那一时刻我真的已经有了孩子，我怕我最终也会犯下父亲犯过的那个傲慢自大的错误：毕竟等到太晚才有孩子，我肯定没法活得足够长久以恰如其分地爱护他们。我恨我意识到了自己生命的真相，我恨自己脸上显现出对此了然于心的样子，这使我看上去空洞、衰老、丑陋，而这副模样，我绝不想被世界上任何人看到。

我的神情与监狱摄影师镜头下弗兰克·吉尔摩那张破碎的脸颇为相近。那天，他从家里被带走，他很清楚，这一走也就与自己的未来一刀两断了。父亲当然不会知道五十年后，他的一个儿子会看见这张照片，从中发掘出自身的一些情况，认出由父亲留下的那份传承。

这确实挺滑稽的。多年来，我总认为自己同父亲已尽可能地亲近——正如我母亲所说，我是家里唯一一个在父亲去世时仍深爱着他的人。尽管青少年时期我与母亲生活在一起，但抚养我的正是我父亲而非其他人，这让我感觉到安全。可如今，只要看着照片上他的脸庞，我便会想起他当时及以后对母亲和兄长们做过的那些事。我试图将这种感觉——他犹如避风港般的存在与他对其他孩子粗暴、弃如敝屣的做法相调和。我无法理解一个如此有爱的人怎会将自己的孩子留在停车场的长凳上，自己却跑去搞什么空头支票。但那天在爱荷华的亚特兰大，这件事确确实实发生了，也就是那次，他失去了加里的抚养权，把孩子交由州立孤儿院抚养。我没法相信那个人竟然是我的父亲，那个我爱他胜过世界上任何人的人。我至今仍然深爱着他，因为我实在不知道怎么才能不去爱他。

父亲给人的感觉既亲近又遥远。他是这段历史中最大的谜团，我很担心若是无法解开这个谜团，无法揭示他的秘密、解释他的恐惧，我便无权讲述这个故事。也许，若想了解父亲，我就得审视自己的内心与面容，直到看出他在其中留下的影子。然而，我最大的恐惧就是我与这个男人太相似，我害怕自己早已拥有他的罪孽。

回到普罗沃后，贝茜的父母让她住在后院的棚屋里，乔治和查理舅舅则同住隔壁的屋子。威尔和梅丽莎对不孝之女回家来住并不感到惊讶。他们没什么钱，认为该养的孩子他们都养了，房子也给孩子住了。彼时年幼的双胞胎埃达和艾达都已结婚，不在家住。贝茜是第一个离开布朗家的人，甚至在他们看来，她离家时还把拇指放在鼻子上做了个鄙视的手势。然后，她嫁了个自己并不了解的非摩门教教徒，毫无疑问那人就是个罪犯，正如她父亲猜测的那样。如今，她又回到曾遭她唾弃的家里筑巢，等待她丈夫刑满释放。布朗家认为自己不是小家子气、假正经的人，不会为一些小错揪着别人不放；这么多年来，他们见过太多摩门教男孩误入歧途，也见过及时的惩罚与爱的宽宥如何拯救了这些人。但在他们看来，弗兰克·吉尔摩的错误绝非小事，他不可能赎罪。他一再犯罪，辜负了妻子的信任，威胁到孩子的安宁，显然对社会的基本法则不管不顾。他们认定他是个卑鄙小人，远比他们上当受骗的女儿所想的还要邪恶。与弗兰克·吉尔摩相关的一切，威尔与梅丽莎夫妇一概不喜欢，他们家的其他人也都不喜欢。“我很怕他。”多年后，贝茜的小妹妹艾达说，“只要他在，我就躲开。我甚至都不想看见他。”

贝茜觉得家人的非难将她紧紧围裹，仿佛那判决也落到了她自己身上。她觉得自己因丈夫的所作所为而受到了羞辱。父母打发她住在后院，像对待畜生一般，这着实让她心头生恨。没过多久，所有的怨恨——她感受到的来自家庭的责难，对自己尚年轻的婚姻的不满——搅得她不得安宁。痛苦和愤恨相混合，变成了怒火。她母亲认为她的生活一团糟，而她会说姐妹们多么虚伪、父亲多么卑劣，于是她和她母亲就扯着嗓子互相吼，比谁吼得更响。梅丽莎忍无可忍了。“你要是敢这么说家里人，”她母亲说，“这么说那些出于心中的爱和善良为你祈祷的虔诚子民，那你就走吧，自己到后院待着去。我绝不允许你在我家里这样说自己的家人。”

贝茜冲回自己和孩子睡觉的那间棚屋，猛地关上身后的门。她打量着四周少得可怜的陈设。坏了的桌椅，快塌了的床铺，这些破东西甚至都不属于她。她想到姐妹们住在自己漂亮的家中，家里摆放着新买的家具，她简直恨透了自己生活里的一切，它们让她沦落到如此丢人现眼的地步。我哥哥弗兰克那时快三岁，却已在心里怀着一种习得的惊惧，看着他母亲的一举一动。贝茜从桌上拿起一只碗，朝墙上摔去。然后又抄起椅子，往门上扔去。砸东西的声音吵醒了加里，他哭了起来。贝茜冲着他吼，要他别哭，他却哭得更响了。她暴跳如雷，转身冲着弗兰克。“你让他闭嘴！”她大吼道，“快让他闭嘴！”弗兰克走过去，想让弟弟安静下来，就轻轻拍拍他的脑袋，但加里仍一个劲地哭。贝茜就从床上抓起一个枕头，猛抽弗兰克的脸，每抽一下，就会吼出同一句命令：**“你、快、让、他、闭、嘴！”**母亲用枕头不停地打弗兰克，直打得他跑到外面，她就跟在后面追。弗兰克在地上摔了一跤，捂着脑袋，趴在那里哭，贝茜就一下又一下狠命地打他。后来，弗兰克告诉我，挨打并没让他觉得有多难堪；让他受不了的是贝茜的尖叫声，是她那彻头彻尾的疯狂。

她就这么一直揍他，直到她半聋的母亲听见了孩子的哭声，来到外面，叫她住手。“你要是再不住手，”她说，“我就把孩子们从你身边带走。”于是梅丽莎把弗兰克和加里抱起来，带回她温暖的家里。她擦干弗兰克的眼泪，给他吃饼干，搂着加里摇晃，而贝茜就坐在后院的棚屋里，孤零零地哭泣着，孩子和父母都不在身边。

据我哥哥弗兰克的回忆，这种打孩子的行为成了家常便饭。一次，贝茜和母亲又争执起来，弗兰克插了句嘴，要他们别吵了。“我根本就不爱你。”贝茜告诉弗兰克，说完，就推了他一把。弗兰克失去平衡摔倒了，脑袋狠狠撞在了墙上。看着孩子脸上茫然恐惧的神情，贝茜跪了下来，搂住他，轻轻拍着他金色的头发。“弗兰克，我是真心爱你的，”她边说边哭，“对不起，宝贝，对不起。”

梅丽莎觉得不能再这样下去了：“够了，贝茜。我们只能把孩子从你身边带走。我们不能再袖手旁观了。”

那天，贝茜给弗兰克和加里穿好衣服，逃离了农场。深夜，贝茜的小妹妹艾达发现她在普罗沃的街上徘徊，一手抱着加里，一手牵着弗兰克。艾达和她丈夫弗农借给贝茜二十五美元，在离他们家不远的市中心的汽车旅馆找了间房间，让她住上几晚。过了很长时间以后，正是在这家汽车旅馆里，加里犯下了第二起谋杀。他走入汽车旅馆的办公室，朝旅馆经理的后脑勺开了一枪。相距仅几英尺远的隔壁房间内，那男人尚年幼的儿子还在酣睡。一九四二年的时候，那男孩与加里住在这里时的年纪正好相仿。

贝茜与母亲的争吵平息后，她被允许再次回到后院的棚屋。一九四三年七月三日，在监狱待了十八个月后，我父亲因表现良好，在科罗拉多卡农城获得了假释，来到了普罗沃。贝茜一见他便如释重负，但弗兰克·吉尔摩回家时，性格变得比他的家人最后一次见到他时还要强硬。哥哥弗兰克告诉我：“他离开了这么久，我觉得我们都不太记得他了。他就像我们生活中出现的陌生人，还差劲得很。一次我们在一起吃晚饭，我把蛋糕掉到了地上，没想到他就发狂了。他要我趴下去，把每一粒碎屑全都捡起来，我一边捡，他还一边揍我。就因为掉了一块蛋糕到地上，他就一直冲我又喊又叫。也许，他那天过得不顺心，但这样对待一个小孩子，做法很不成熟。”此后，孩子们因为一丁点小事就会受罚，比如吃饭太慢、哭得太响、打翻东西。显然，要让父亲发火打人，一点都不难。

当我父亲得知贝茜的父母最近正考虑采取行动，要把弗兰克和加里从他和贝茜身边带走、交由布朗家抚养的时候，他一天都没回家。在随后的争吵中，弗兰克和威尔几乎打了起来，威尔给弗兰克下了逐客令。那晚，弗兰克、贝茜和孩子们流落街头，搭便车返回了萨克拉门托。贝茜心里明白，如果弗兰克没回家的话，那他们很可能已经失去了儿子们，只能把孩子交给她父母和沉闷的农场生活。这想法使她浑身上下都充满了新的恨意。

我父母返回加利福尼亚后，弗兰克想去参军打纳粹，但他年纪太大，加上还有案底，没有获准。于是父亲就在各家船厂和钢材集散场做船舶装配工。战争接下来的几年里，我们家的生活是这样的：贝茜和弗兰克会搬到有战时规划的地方，两人各找一份工作，直到规划结束或弗兰克在一个地方待得太久而感到不自在。之后，一九四四年十二月十二日，母亲在洛杉矶生了第三胎，就是盖伦·诺埃尔·吉尔摩。盖伦出生时，他杏仁状的眼睛呈深棕色，不停地笑，父亲很快便对他关爱有加。仿佛一夜之间，他对其他孩子都不感兴趣了。

接着，战争结束了。母亲说，当纳粹反犹的暴行被揭露时，父亲坐着，哭到深夜。尽管他是个天主教徒，但因为关于胡迪尼的传言，他相信自己也有部分犹太血统。我记得多年后，当阿道夫·艾希曼因负责管理党卫军的死亡集中营而被揭发、逮捕时，父亲为此欢呼雀跃。每天晚上，他都会坐在宽大的安乐椅上，观看艾希曼受审的新闻，他会让我坐他身边，用胳膊搂着我。我记得他说："他们要把那人埋在他自己亲手挖的坟墓里，那坟墓有六百万个灵魂那么深。"

战争一结束，弗兰克·吉尔摩的假释也随之结束。父亲又走上了老路，干些偷鸡摸狗的诈骗勾当，我们一家人又开始了漂泊的生活。在几乎整个四十年代，父母和兄长们从一个州漂泊至另一个州，从一个小镇搬到另一个小镇。

不久前，我和一个朋友说起这些年来发生的事，我朋友说："我实在无法想象这种吉卜赛式的生活竟然维持了这么多年。想想那些孩子就这样生活了那么长时间，这实在令人心碎。再想想你母亲，带着三个孩子和一个酗酒的丈夫整天在路上东奔西跑，兜里肯定一分钱都没有。那种生活过了十年，对一个女人，尤其是对成长在传统环境里的女人来说，究竟意味着什么？她肯定会觉得这种流浪的生活简直生不如死。"

这么多年来，我也听其他朋友说过类似的话。可是，说实话，因为我并没有参与这一段居无定所的生活，所以我一直有种自己被排除在外的感觉。那是我们的家史一段中至关重要的时期。尽管这种生活方式可能十分悲惨，但它用共同的经历将我父母和兄长们连接起来，而我却从未分享过这种滋味。我没生在那个时期，从许多方面来看，这让我在兄长们中间像个外人。

早先，我对我家是否曾像个真正的家提出过疑问：他们是否参与娱乐活动，是否一起去教堂？答案为否，他们从没这么干过。下面是一些我家人分享的生活体验：

从前，父母在加利福尼亚圣佩德罗的造船厂干活的时候，那里有家餐厅，专为穷人和政府雇员提供便宜的餐食。弗兰克经常带家人去那里吃晚餐。一天晚上，饭馆供应意大利面和肉丸，有位老人——是个流浪汉——围着桌子打转，吃别人吃剩下的东西。当这人绕到哥哥弗兰克的餐盘旁，问也不问，抓起肉丸就吃了起来。父亲很生气，吼道："你个傻 ×！你这么喜欢吃意面？"弗兰克·吉尔摩抓起自己的意面盘子就朝那人脸上砸去。然后，他抓住那人，摁着他的脸把旁边其他盘子上的意面抹了一遍。几个厨子从后面出来，把弗兰克和那人拉开，告诉弗兰克带上孩子出去，再也别来这里。他们回家后，弗兰克给了贝茜一些钱，说道："拿着。带孩子回那儿吃去吧，但得提防那头猪。他就喜欢意大利面。"

另一次，是在奥克兰旅馆的房间里，父亲决定重新表演他在马戏团当杂技演员时那有名的椅子金字塔绝活。他把餐桌拖到房间中央，在上面堆上椅子，再加上两个茶几、直立的烟灰缸和花架，然后就开始往自己搭建的塔上爬。哥哥们在旁边看得很起劲。其间，贝茜一直在说："弗兰克，小心点。"弗兰克设法爬到了最顶上。他站起身，得意扬扬地张开双臂。后来自然地，整个结构突然坍塌，家具和父亲全砸了下来。弗兰克背部着地，摔得很重，眼睛愣愣地盯着天花板。贝茜和孩子都朝他俯下身。贝茜摇晃着他，说："弗兰克，你没事吧？快说话，弗兰克。"弗兰克应了一声，发出"嗷嗷嗷"的声音。

旅馆经理闻声赶来，她看到摔坏的椅子，还有一个四脚朝天的人，很不高兴。"很抱歉，"她说，"你们还是走吧。这地方名声一向很好。我们不希望有人把这儿搞乱。"

贝茜指了指躺在地上的醉汉，他现在呻吟得更响了，还在咕哝：“我觉得我要死了。”

“我丈夫现在这个状态，”贝茜说，“我们怎么走得了？”

“你早该想到这场面，”经理说，“就在你丈夫在我旅馆里四处乱撞之前。如果半小时之内你们还不走，我就报警，把你们赶出去。”

贝茜没办法，只能把孩子和醉醺醺的丈夫带到马路上。她花了整整一个小时的时间才把大家带到四个街区外的公共汽车停车场。她拎着袋子往前走几步，又反身把孩子带过去，让他们看着包和小婴儿，然后再回去扶起丈夫。在那种情况下，他说不定随时会在马路上睡过去。就这样，他们总算来到了停车场。贝茜的钱刚好够买票，就领着他们前往萨克拉门托的菲伊家。

上车的时候，贝茜先领孩子们上去，再反身把跌跌撞撞、口里咕咕哝哝的弗兰克弄到公交车台阶上。

公交车司机说：“嗨，女士，你不能把这人带上车。他喝醉了。”

贝茜看看司机，又看看已经趴在台阶上睡着的丈夫，坐到弗兰克身边，号啕大哭，把自己的委屈全都讲给司机听。

司机也许是心软了，也许是听得不耐烦了。“好吧，好吧。”他说，“你可以把他带上车，但得让他保持安静。要是他闹出什么乱子，那就只能出去睡马路了。”

贝茜说好，抹去眼泪，把丈夫拽到了座位上。他立马就昏睡了过去，在去母亲家的一路上都安静得很。

那还算是过得很不错的一晚。其他晚上，我们一家都睡在流浪汉之家、廉价旅馆、停车场或救世军避难所。有时，他们会开自己的车，有时，他们会坐公交车或火车，最常搭便车。哥哥们的这段成长时期都是和生活绝望的陌生人一起度过的。那些人一无所有，或疯疯癫癫，或嗜酒如命，或暴力成性，或三者兼而有之。他们亲眼见过有人被刺伤，也见过有人挨饿而死或不治身亡。

有时候，父亲说要去商店，结果几周都不见人影。母亲就去当地教堂，求别人给点车马费，好让她带儿子去下一个镇子，或是返回普罗沃。十年来，这种状况就这么日复一日循环着。

你可能会觉得这些故事令人悲痛又绝望，事实也的确如此。尽管这样，我还是愿意倾尽所有，让自己置身于那段时光中。

那些年，神秘人物一直尾随着弗兰克。母亲记得有一次确实看清了那个跟踪父亲的人的脸。

那是一九四六年初夏的一个晚上，在萨克拉门托。弗兰克和贝茜带孩子们去附近的市区吃晚餐，他们坐在亭子里，吃着饭。贝茜看见一个瘦瘦高高的男人梳着光滑的大背头，走到柜台边坐下。他点了杯咖啡，从凳子上转过身来，盯着弗兰克。那人穿得不错，身着开司米外套，戴着崭新的呢帽，但表情挺猥琐。他绝对是在盯着弗兰克，就好像认识弗兰克似的。贝茜捅了捅弗兰克的胳膊。“柜台边有个人在看着你。”她说。

弗兰克抬头瞥了一眼陌生人，立即往其他地方看去。“别看他，”他说，“假装看不见他。”她看得出弗兰克突然冒汗了。几分钟后，他站起身。“我去趟洗手间。”他说。贝茜和那个穿外套的男人都注视着弗兰克朝后面走去。不一会儿，那陌生人也跟了上去。一分钟后，那人匆匆返回，结完账，看了一眼贝茜，就离开了。那人看她的眼神让她好几天都担惊受怕。

贝茜等着弗兰克从洗手间里回来，等了好长时间。她心想：他倒在那儿了吗，受伤了，还是死了？她让柜台后的服务生去看看她丈夫是不是还好，因为他去了很长时间。服务生回来说洗手间里没人；窗子是开着的，像是有人从窗户爬出去了。他希望不是有人为了逃单。

贝茜结了账，带孩子回到旅馆。弗兰克不在那里。她等了一会儿，然后就去见菲伊。她婆婆听过这件事后，摇了摇头。"贝茜，"她说，"我认为你现在真不该来这儿。我也没多少钱，但我能给你多少就给你多少，我劝你快回普罗沃的娘家吧。弗兰克会去那儿找你的。我认为他暂时不会回来了。"

"菲伊，出什么事了？到底是怎么回事？"

"贝茜，我没法说。我知道的也不多，没法告诉你。但我觉得你现在不该再待在这儿了。"

贝茜给孩子收拾妥当，准备再次出发。去普罗沃的钱不够。他们乘上巴士，去了能到达的最远的地方雷诺，再从那里搭便车前往犹他，省下的钱用来买吃的。

几天后，贝茜和儿子困在内华达洪堡县的公路上，试图搭便车。他们离上一个吃饭的地方有好几英里路，离下一个还要远得多。他们全都疲惫不堪，孩子们走得又累又饿，哭个不停。"孩子们，"贝茜说，"我希望你们和我一起跪下祈祷。上帝不会弃我们于不顾的。"

他们四个人跪在路边，贝茜请求上帝带他们脱离困境，让他们填饱肚子。当她睁开眼，往马路一端望去，望见几百码外有个人正朝他们走来。那人越走越近，母亲见他中等身高，长相普通，是个秃子，看上去很像一个修道士。他走到我家人面前，把一个小纸袋递给我母亲。"拿着，夫人，"他说，"你是不是想吃点三明治、水果和纸杯蛋糕？前面的公路上有个陌生人给了我这些吃的，可我已经吃过了，不饿。"

"哦，谢谢你，先生，"贝茜说着，哭了起来，"我们无依无靠，实在太饿了。”

那个人把袋子放到她手中，拍了拍她的肩头，说：“夫人，情况会好转的。你和孩子会没事的。”说完，他就继续上路了。

贝茜把三明治从袋子里拿出来，分成几小块，给自己和孩子们吃。她往路上望去，却看不到那个人了。她又朝另一头望去，还是什么人都没见到。人就这么消失了。

她认为那个人肯定是尼腓三人中的一位。《摩门经》中有个故事讲的是耶稣的三个美国信徒，这三人被耶稣赐福在人间以得永生，就像他以前赐福约翰那样。这些人将永远生活在这片大陆上，见证基督的真理，帮助困顿者。依据摩门教的民间传说，这些信徒即所谓的尼腓三人，变身为人类的天使，仍旧行走于大地之上，时常出现在穷苦饥饿和无家可归的人身边。这些天使会祝福帮助他们的圣徒，告诫或诅咒反其道而行之者，随时帮助那些身处迷途和绝望的上帝子民。

她很确定：这位正人君子就是尼腓天使。或许，萨克拉门托餐馆里的那个恶人加诸她身上的诅咒，就是他给解除的。或许，这次经历能使她的儿子成为真正的信徒。或许，如天使所说，情况会马上变好。

但就算那陌生人是个天使，天使也会撒谎。

第五章　安顿下来

现在要讲另一个鬼故事。之后再讲一个。

第一个鬼故事是父亲被萨克拉门托餐厅里的陌生人吓到不久后发生的。贝茜和孩子们终于返回普罗沃的娘家。弗兰克已经往那里寄了封信，说他很好，让她在普罗沃等他。她等了三个月，当他来接她的时候，他的行为还是和从前遇到类似情况时一样。餐厅里那个人是谁，他为什么要跑，去了哪里，他什么都不会告诉她。后来，菲伊是这样跟我母亲讲的："我认为那人就是弗兰克的一个儿子，他们一起去了什么地方，把欠他们的东西拿回来。"贝茜就这件事问了弗兰克，他回答道："和你无关的事，你就别老是打听。"

弗兰克来普罗沃接贝茜和孩子是在一九四六年年中。他手头有了点钱，还有了辆车，他说自己找了几份活儿，需要独自外出一段时间，想接贝茜和孩子回萨克拉门托的菲伊家。弗兰克很担心他的母亲。她现在已经七十五岁了，近几年，总是进进出出医院。"也许，"贝茜说，"你才是应该陪着她的那个人。也许这时候，她就需要你待在她身边。”

“不，”弗兰克说，“她很容易对我失去耐心。她只会冲着我嚷嚷。她更喜欢你和孩子们。”

于是，他们回到萨克拉门托，贝茜、弗兰克、加里和盖伦搬进了 M 大街上菲伊那栋古老的大房子里。弗兰克待了几天，贝茜觉得菲伊和弗兰克之间焕发出新的温情。弗兰克要外出办事，菲伊便郁郁寡欢，这贝茜还是头一次见。贝茜心想，真可惜，以前弗兰克需要菲伊的时候，菲伊却抑制自己的爱。现在，菲伊终于想要和儿子亲近，他又若即若离。这让贝茜不由得琢磨起来，人心是否真的能息息相通。

贝茜和孩子搬到了菲伊家的楼上，卧室和楼下的客厅仍旧是老太太的天下。弗兰克给每个人都留了一大笔生活费，但菲伊仍然坚持要办降神会。贝茜觉得这种活动将老太太的精气神差不多都吸干了，可她又觉得若是不做这些，菲伊也活不下去。菲伊就是通过召唤亡者的方式，想方设法延缓自己的死亡。办降神会的时候，贝茜仍然不想待在房子里。她会带孩子们去麦金莱公园，一直坐到暮色四垂，有时也会给小弗兰克和加里一点零钱去看电影，她自己则和盖伦坐在咖啡馆里等着。但偶尔在楼下办降神会的时候，贝茜也会把孩子留在菲伊家的楼上。那时候她总是觉得毛骨悚然，有时会感觉房子里到处都有无形的鬼魂在飘动，但她也不想晚上离菲伊太远，毕竟老太太身体不好。

有一天晚上，菲伊告诉贝茜，说她将举办一场不太一样的降神会。菲伊解释道，她得到特别的感召，要联系一个被控谋杀、含冤而死的鬼魂。她让贝茜那晚带着孩子们去看电影，晚点再回家。

我的母亲和哥哥们深夜回到家后，却发现菲伊待在厨房里，她坐在轮椅上，脸色苍白，浑身战栗，贝茜从没见过她这样。母亲觉得那晚房子里有股不安的气氛，事实上，空气中散发着某种古老而悲惨的气息。把孩子送去睡觉后，贝茜慢慢地将菲伊挪到床上。她说当她替老太太盖好被子的时候，看见菲伊的脸上显现出她从未见过的神情：极度的恐惧与无助。

几小时后，贝茜·吉尔摩拖着三个儿子离开了那栋房子，此后直至菲伊去世，彼此都再未相见过。直到近两代人之后，加里已去世很久，母亲才详细地对我讲述了那个闹鬼的晚上究竟发生了什么。

凌晨时分，她听见房子里有人走动。起先，她很警觉，但后来又想起我父亲一两天前打来电话，说他可能很快就会来接她。他通常很晚回家，喝得醉醺醺，走路跌跌撞撞。于是，她又睡了过去，希望他上床后别打扰她。过了一会儿，她又醒了过来，这次是感觉到亲密的抚摸。后来她告诉我，一开始，这抚摸比父亲通常的手势更轻柔，黑夜里她半梦半醒，就紧紧地贴着他。可后来，她觉得这只手抚摸的动作与那只多年来既让她心醉神迷、又让她满身伤痕的手截然不同，以前从没男人这么摸过她，她便生气了。她一把推开那只手，睁开眼睛，她说她看到那个爱抚她、让她大惊失色的人竟然不是父亲。它甚至看上去都不像一个人，脸上却又挂着饥渴难耐的挑逗。

贝茜飞快跑下床，动作从没这么快过。她挣扎着跑向走廊，去找弗兰克和加里。就是在那里，她又受到了惊吓。有个人缓缓飘向母亲，满头白发披散着，垂于肩头，犹如野马的鬃毛。那人竟然是菲伊，她神色恍惚，喃喃自语，嗓音惊恐。菲伊——母亲已知她残疾了这么多年——竟然来到了楼上的走廊里，正朝贝茜走来。起先，母亲的愤怒超过了震惊。难道菲伊这么多年来都在假装残疾不成？

但接下来菲伊的话却将母亲的火气冻结了。“贝茜，”她说，“你必须离开这儿。你必须现在就离开这栋房子。它都知道，贝茜，它知道你是谁。”

母亲告诉我，当时，弗兰克就在走廊里，抓着母亲的手，将她往自己的卧室里拽。他一边哭，一边指着房门，说：“妈妈，加里。妈妈，加里。”于是，她又飞快跑去。一进卧室，她就发现那个在她床边的身影此时正向加里俯身，凝视着他的眼睛。贝茜怕极了，但她还是走了过去，一把将加里从床上抱了过来，拽上我其他的哥哥们，离开了那栋房子。母亲和孩子们在公交车停车场待了一晚上。她很担心菲伊，但没法让她离开那栋房子。况且她觉得菲伊知道如何对付鬼魂。

第二天，贝茜和孩子住进了附近的一家旅馆。白天，她去看望和帮助菲伊，但天一黑，她绝不会待在房子里。几天后，父亲回家了，听闻那个鬼故事后，哈哈大笑。不久，我们一家搬往圣地亚哥，父亲在那里找了份建筑工人的活儿。一九四六年圣诞节前夜，父亲收到了一封信：菲伊又住进了萨克拉门托县立医院——最近几年，她在那家医院进进出出好多次——已于十二月十五日在那里逝世。那天晚上七点半，她的心脏停止了跳动。这之后没多久，加里就开始做噩梦。总是同一个梦：他梦见自己被砍了脑袋。

通知弗兰克菲伊去世的那封信寄到了圣地亚哥的邮件候领处，所以等弗兰克听说这个消息时，菲伊早已入土了。住在纽约的一个大伯支付了二百五十六美元四十五美分丧葬费，罗马天主教会的神父也在她的坟前念了祷词。罗伯特想找到弗兰克，告诉他这个消息，通知他葬礼的安排，但他并没有父亲的地址和电话号码。

菲伊的去世显然是父亲生命中最艰难的一段时期。“他花了好几周去适应。”我哥哥弗兰克回忆道，“他一听到这消息就号啕大哭，喝得酩酊大醉，立马辞了职。他只会枯坐着喝闷酒，讲关于她的故事，呼唤她的名字。他说完，又会坐下来接着喝。我觉得那时候许多事情浮上他的心头。他一向觉得自己被她排斥，就连她的去世和葬礼他都没参与。”

那是所有人眼中父亲酗酒时间最长的一次。母亲和哥哥们会在马路上找到他，他四仰八叉地瘫在路灯底下，一只酒瓶子攥在手里，其他未打开的酒瓶把他的外套塞得鼓鼓囊囊。他们会扶着他踉踉跄跄地返回公寓，一路他都喝个不停。这种情况持续了好长时间，弗兰克把所有钱都花在烈酒上，一家人每晚不得不去救世军组织那里吃饭。“通常他都是个坚强的人。”哥哥说，“但那个时候，他只是一个劲儿地喝，整天都在哭。他对菲伊失望透顶，但又对她特别在乎。归根结底，他就是没法应付永远失去她的事实。”

一天晚上，我父亲让妻子孩子在酒类专卖店外等着，自己从店里出来后在人行道上跌跌撞撞地走，摔了一跤，脑袋撞到了一根铁管。这次他破了相，贝茜和孩子就把他带回家，弄到床上。三天后，他还卧床不起，贝茜叫来了医生。她担心他摔坏了身体，或是喝酒太多导致了酒精中毒。医生取走尿样和血样，带回了体检报告：如果弗兰克·吉尔摩再这么不要命地喝下去，不到一两年就会丧命。由于长期饮酒，他的肝脏受损极其严重。

这个建议总算把父亲给唬住了。那天之后他基本上不喝酒了，尽管接下来的几年里还有几次故态复萌，但很久以来他标志性的狂喝滥饮之举倒是没再出现过。这本该是个好消息，可也有不利的一面：虽然他醉酒后一副蠢相，但狂饮期间弗兰克倒显得相当和蔼可亲。那些时候，他会讲演艺圈的故事，讲怎么赚钱怎么花钱，讲他在马戏团里的日子，他当杂技小丑和驯狮员时的精彩表演。喝到兴头上，他还会异常慷慨，给儿子们钱，让他们想买什么玩具就买什么。他还大度地向孩子和我母亲宣布，他们最近违反他的规矩、触犯他自尊的行为，他都不计较了。可一旦断了酒，他就成了名副其实的魔鬼。那些时候，若是孩子们稍有违拗，他就会用皮带抽打他们。在哥哥的记忆中，他就像杰基尔与海德[①]，只有喝醉时的弗兰克·吉尔摩才更像是个文明人。

现在父亲一直保持清醒，他也就更加卑劣、更加暴力。贝茜一直以来都是他的出气筒，但在接下来的几年里，他们的较量更如噩梦般残暴。哥哥回忆道："我不记得那阵子有哪怕两周没大吵大闹、拳打脚踢。很多次我都看见妈妈鼻青脸肿。唉，她看上去就像刚打过职业拳击赛，遍体鳞伤，嘴唇肿得老高。那种情况我见过太多次了。他打她的时候就是往死里打。

"我记得有一次，在我九岁那年，我走进去，让他住手。我不知道自己当时是不是疯了，但不知怎的，这让他吃了一惊。那天，他用怪异的眼光看着我。他不敢相信竟有人会出来说话。但他确实停了下来，转身走到书桌旁，不知道干什么去了。"

每次发生这种事，孩子们都是一边看，一边号啕大哭。弗兰克记得加里甚至都睡不着觉。父母打架的场景和他被处决的场景都出现在他的梦里。他夜里经常会尿床，尖叫着醒过来，坐在自己的汗水和尿液中。

---

①Jekyll and Hyde，英国作家罗伯特·路易斯·史蒂文森的长篇小说《化身博士》（*The Strange Case of Dr. Jekyll and Mr. Hyde*）中的人物，分别代表主人公两种迥异的人格，这也成为心理学上"双重人格"的代称。

父亲重返清醒状态还有另一个副作用：他不再整天不安分地往外跑。现在，他会在一个地方待上几周。贝茜觉得这样挺好。她早已厌倦了搬来搬去。她想要一个家和归属，就像她在犹他的姐妹们那样。她也想看看孩子们有了稳定的生活后会怎么样——在同一所学校上满整整一个学年，可以拥有未被打断的友谊——对母亲来说，这就是理想的生活。

一九四八年，我家搬到俄勒冈波特兰，在城北的住房规划区住了下来。弗兰克想做一项出版生意：他要把波特兰和远郊的摩特诺玛县各种各样有关居住区建筑规划和商业所有权的法规条例全都找来，把它们重写一遍，变成易懂的语言，然后印成手册出版，上面会刊登承包商、承建商和建筑师的各类广告。出版物由广告商派发给自己的客户，并由县及市的官方执照申报局派发给计划合作的开发商及建筑商。这点子很快就吸引了广告商，弗兰克每周都能筹到几百块钱，家人还从没见过这样稳定的收益。弗兰克攒到几千块钱后，就对贝茜说是时候赶快走人了，再到另一个城镇如法炮制。他说用这种方式可以赚到一大笔快钱。

这一次贝茜·吉尔摩提出了异议。“不行，”她说，“你完全可以把这本书做出来。所有需要的资料你都搜齐了。广告商信任你，市里也为你背书，你有这个能力。弗兰克，你这个点子相当好，而且是你自己想出来的。你就试这么一次也没什么大不了：你可以每年或者每隔几年出版一本，定期赚上一大笔钱。我们也总算能有一个家。你要是在这儿合法出版这本书，我也会帮忙，你要是想去其他地方做，我也支持你。但你要是故伎重施，带着钱跑路，我们就再也回不来了，那我还不如和孩子待在这儿。我已经厌倦了跑来跑去。”

弗兰克不喜欢别人给他下最后通牒，但他确实喜欢贝茜那个每年出版一次的想法。一九四九年，弗兰克·吉尔摩出版了第一本《建筑法规摘要》，并用赚来的钱在波特兰西南部的水晶泉大道上付了首付，买了栋小房子。房子不怎么样：有两间卧室和一个小院子，坐落在城市工业区边缘，周边都是荒地，没什么邻居。房子不算大，也不算漂亮，与贝茜梦想的有出入，不过她也意识到，弗兰克野心勃勃，仍不安分。弗兰克和贝茜给院子围上篱笆，养了条狗，还买了辆全新的庞蒂亚克。他们让孩子上了学，圣诞节的时候，还立了棵圣诞树，布置了耶稣诞生的场景。结婚十年，有了三个孩子后，这是我家第一栋真正拥有的房子，也是他们距传统意义上的幸福最近的时候。

弗兰克的儿子罗伯特如今已是陆军中尉，驻扎在刘易斯堡，靠近华盛顿塔科马，相距一百五十英里。罗伯特现在已有了妻室和三个孩子——两个女孩，一个男孩。他每过几周就会带家人到父亲家走走，有时也会单独过来。罗伯特喜欢父亲身上发生的变化。那段日子，他们俩相处得很好。他们可以聊上十多分钟，不会像几年前那样言语刻薄，互相猜忌。一天，梦想当个专业摄影师的罗伯特将父母和孩子们聚到水晶泉之家的后院，给他们拍了张全家福。那或许是我最珍贵的家庭纪念了。照片上的每个人都扮演着各自在生活中的最佳角色。父亲看上去一本正经，母亲显得有些严肃，哥哥盖伦洋溢着可爱又迷人的微笑，加里则早已练就虎视眈眈的眼神。但哥哥弗兰克在这么多人当中表情最相称：他那傻呵呵的滑稽笑容，意思是在说：这难道不可笑吗，我们摆拍得像个真正的家庭。照片里的每个人和其他人都没有身体接触。当然啦，我不在那里，不在照片上。事实上，我一直都没上过这样的照片。这是我们曾有过的最接近全家福的照片了。后来就再也没聚在一起拍照。

但并非家里的任何改变都是好的。比如，新养的狗的问题。照我母亲的说法，那狗有一半阿拉斯加混哈士奇血统，四分之一松狮血统，四分之一德国牧羊犬血统。本来是买来给加里的，他给它[①]取名“女王”。从许多方面来看，那条狗最后变得与主人很像：一开始她小巧玲珑，人畜无害，后来却肆无忌惮，凶神恶煞。本来是父亲很想养这条狗，而母亲坚决反对。狗成为家庭的一员后，父亲老是看它不顺眼，还惩罚它，而母亲则想方设法保护它。父亲最拿手的惩戒方法，就是把报纸卷成棒球棍的模样，用来揍那条狗。“他打狗的理由和打别的东西一样。”哥哥弗兰克说，“他哪需要什么理由？”那狗一开始逆来顺受，长大后就不乐意了，开始反抗。只有母亲才有能力对“女王”发号施令，避免弗兰克·吉尔摩受到严重伤害。

“女王”与父亲总是保持距离，但她对贝茜和兄长们都特别忠诚。弗兰克和加里经常带狗在附近散步，如果其他孩子找他们麻烦，或有其他狗威胁，“女王”就会保护他们。母亲算过，“女王”至少攻击过十五个人，其中几个被咬得很惨，还至少杀死过两条狗。一次，加里和弗兰克在路上搞恶作剧，把邻居惹火了。他抄起一把切肉刀，沿着水晶泉大道对哥哥们狂追不舍。母亲那天把“女王”锁在了房子里，听见孩子的哭喊后，往窗外一看，发现有人在追他们。她说这是她唯一一次故意放狗咬人。她打开前门，指着那人，“女王”便如猎豹一般冲出。她从后面把那人扑倒在地，把他整条胳膊咬得鲜血模糊，要不是母亲把她叫住，她可能会把那人的喉咙都咬断。

那时候竟然没人开枪射杀这头凶猛的动物或它的主人，这倒是个奇迹。正如我一个朋友对我说的，那狗不是宠物，更像是武器，

① 译文中指代狗的“它”“她”，均依照原文用词一一对应。

嗜杀成性，会摆出防御姿态保卫家人，狂吠不止，在我父亲冒险安定下来时将世界阻挡于外。

我出生后，狗便不得不迁入后院。

盖伦出生后一两年，母亲又有了一个孩子，但那孩子只活了几天或几周就夭折了。我最近才知道这件事，是哥哥弗兰克告诉我的。照弗兰克的说法，那孩子生下不久就死了，下葬后，就没人再提起过他。直到如今，我也不知道孩子叫什么名字，在哪里出生，在哪里死亡。这是一件从未被讨论过的事，若非弗兰克对这件事还有点印象，我可能永远都不会知道。

之后，母亲被告知大概再也不能生育了。但她眼看着父亲让每个孩子都信了天主教，就开始觉得很内疚，她想为自己的宗教信仰做点事。她想生一个孩子，把他培养成摩门教徒；而父亲只是想再要一个孩子而已。两人达成了妥协：只要母亲能平安地再生一个孩子，父亲就允许她把孩子培养成摩门教徒。

一九五一年二月九日，我出生于伯特兰圣文森特医院。父亲时年六十一岁，母亲三十八岁。（顺便说一下，我出生时名叫迈克尔，不是米卡尔。我上高中时改了名字的拼法，只对如今这个名字情有独钟。为了保持一致，我在整本书里采用现在的拼法。）

“我记得你出生的那天，”不久前，哥哥弗兰克告诉我，“爸爸穿着短裤跑到楼上说：‘小伙子们，我不知道怎么跟你们说，反正你们又有个小弟弟了。’无论是之前还是之后，我都没见他这么开心过。”

快乐极其短暂。一天，就在我为这本书进行调研，几乎每天都要和哥哥聊他对往事的回忆时，弗兰克来到我家，神情惶惑。“有件事我得告诉你，”他说，“我每次来都想和你说。我不想伤你的感情，但总得想个办法来告诉你。”

下面就是哥哥告诉我的故事：

“他们把你从医院里带回来后，起初每个人的确都很开心，就那么回事。但几周后，情况变了。妈妈一直读那些愚蠢的医学书，却不知道如何应用。有本书讲到如果你刚生了孩子，把新生儿往空中抛，逗他玩，孩子应该会产生特定的反应：往某个方向动动胳膊，用某种方式微笑或大笑。但每个孩子的反应自然略有不同。妈妈抱起你，往空中抛，可你没出现她认为该出现的反应。你很可能早已习惯了别人把你往上抛这一系列的把戏，书上那套话对你不怎么管用。反正，妈妈继续把你抛上抛下。‘这孩子有点问题。不对劲啊。肯定出毛病了。’她不停地抛啊抛，直到爸爸让她闭嘴。

“有一天，我们发现她拿了个枕头站在你的摇篮边。她准备把枕头压在你脸上闷死你。爸爸抓住了她。她却勃然大怒，说着‘我们不能让这孩子活着’这样的话。而爸爸……就把她打翻在地。他打得极狠，叫她以后千万别这么干。这件事发生的时候，我们——我、加里和盖伦都在。

“我得承认，从那天起，我对她的感情就再也没法像以前那样了。”

弗兰克终于讲完了这件事，我看得出他没想到自己还是把这些话讲出来了。对于这种情况，我却很难感情用事。几乎可以肯定，当时折磨母亲的应该是产后抑郁症。有时，产后的化学反应会引发严重的抑郁。但在那个时代，我父亲又是那种脾气，贝茜根本没机会得到适当的诊断或帮助，反而招来一顿毒打。

我现在才意识到，这个插曲对接下来的事和我与父母的关系产生了至关重要的影响。那些年，父亲一直把我带在身边，很大一部分就是出于这个原因。它让我成为父母之间愈演愈烈的战争中的焦点，尽管我对那个时刻没什么特殊的感觉，对于母亲想要把我闷死这件事，我没觉得有多恐惧或愤怒，但我意识到我后来对她产生的恐惧感都是那个时刻可能发生的事情引起的。我记得父亲经常指责母亲疯疯癫癫，丢人现眼。那些指责明显伤到了她，让我真的很可怜她。但那些指责也让她怒火中烧，而她表现出的怒火似乎又证实了父亲的观点。我觉得从她的脸上可以看到癫狂的迹象，这令我毛骨悚然。

后来，父亲把这件事当借口，拒绝兑现母亲将我培养成摩门教徒的诺言。“哪天他受洗成了摩门教徒，我就把你们俩赶到大街上去。”

“哪天你把他变成天主教徒，”母亲说，“我就趁你睡着的时候，用刀子把你恶毒的心脏剜出来。”他们就这样吵来吵去，而我直到父亲去世后很久，才见到一座教堂里面是什么样子。

弗兰克的《建筑法规摘要》在波特兰成功推行了两年，后来，他又在西雅图出了一版，也赚了不少钱。可即便在两座城市之间流转，这种规律的生活仍然让他觉得自己是在妥协。弗兰克想再过一次天翻地覆的生活，回到他和贝茜最初开始的地方：盐湖城。贝茜对这想法暴跳如雷。家人总算安定下来了，孩子们也上了学，有了好朋友，为什么要把这一切斩断？再说她也不想回到犹他。她不想住在傲慢自大的姐妹们身边，听她们吹嘘自己的丈夫和家庭多么优越，她也不想再被父母评判。

弗兰克可不在乎这个。他在盐湖城有个老搭档，他觉得在犹他肯定能把生意做大。而且他觉得他和贝茜父母不愉快的经历都已经过去了，现在他可是个成功人士，做的是合法生意。

贝茜认为实情是另一回事：弗兰克很难逃出过去。在一个地方待得久了，他就如坐针毡，总想看看有谁会追上来。

我出生后的那个春季，父母卖掉了水晶泉大道的房子，把家什装上车后前往犹他。在弗兰克的一再坚持下，贝茜将“女王”安置在隔壁邻居家。她知道那女人酗酒，喝醉了脾气很差，所以贝茜告诫她千万别打狗。她离开时，“女王”眼神悲哀地望着她，冲她吠叫。贝茜伤心欲绝。她实在不想离开“女王”。她以前从来没爱过动物。

弗兰克和贝茜在前往盐湖城的途中一路争吵，弗兰克、加里和盖伦坐在后座，只能用手指塞住耳朵，扮起鬼脸。父亲从后视镜看到了，转身抽他们巴掌，他们就笑不起来了。一千英里，一路争吵，一路扇耳光。

不过，母亲从这次旅途中也得到了好处。一九五一年六月七日，我家来到内华达的埃尔克，那天，在镇治安法官的主持之下，我父母办了个简单的婚礼，总算合法地结了婚。他们从没让任何孩子知道这场迟来的婚礼，直到母亲临死前几个月，才把这件事告诉了弗兰克。弗兰克告诉我时，我有点怀疑，我想象不出母亲竟会像其他人那样，长期忍受“不合法的”婚姻。后来，我找到了一份婚姻证书。“看来我们都是私生子。”我给弗兰克看了这份文件，对他说。我们因为这句话笑了好长时间。

“天哪，”弗兰克说，“真没想到过了这么长时间，才明白自己的生活是怎么一回事。”

在盐湖城，父母住在城郊一栋三居室的房子里。房子靠近铁轨，铁轨差不多将城市一分为二。北边住的是虔诚的人，都是摩门教徒和被接纳的异教徒。南边住的是流浪汉、移民、少数民族和绝望的贫民。在那个年代，那里是一片广袤荒凉的无人地带。我家就住在铁轨以北几个街区的地方。我认为父亲喜欢居住在边境的感觉。也许，这让他觉得自己只要穿过铁轨，便又能消失在美国内陆地区，安然无恙。我家安顿下来后，父亲立刻上了路，在整个犹他及爱达荷为他的新书销售广告位。

没过多久，贝茜就发现新家闹鬼。她开始觉得身边有邪恶的东西出现，不管白天黑夜，她都能听见毫无来由的声音。不仅是她，孩子们也能在黑暗中感受到有东西朝他们脸上吹气。过了一阵子，母亲注意到发生在房间里的绝大多数怪事似乎都围绕在家里最新、最小的成员——我的周围。后来我得知，我一个人在卧室的时候，母亲和兄长们能听到我在咿咿呀呀，他们还发誓，亲耳听见有人在和我对话。但当他们走进房间，却发现只有我一个人在叽叽喳喳、用手指指点点。这种情况持续了一段时间，后来有一天晚上，只有母亲和我在家，她又听见了另一个声音，这次比以往都要清晰。她蹑手蹑脚地向房间走去，一进门就看见了一张脸，和多年前她在菲伊家见过的那张脸极其相似，她信誓旦旦地说那张脸还想凑过去吻我。她大声叫喊，那东西就消失了。父亲回到镇上后，母亲试图把这些事讲给他听，但他根本不当回事。他说自己这辈子都在和"鬼"相关的人事纠缠，可从没见过或知道哪一例是确有其事。

"很有可能，"他说，"你晚上听见的是老鼠的声音。我们要是弄只猫回来，就能把你的鬼赶跑。"

"我可是亲眼见过那玩意儿的，弗兰克。"母亲说，"要是老鼠，那就是只很大的老鼠，还长了一张阴森可怕的脸。"

照我母亲的说法，也是在盐湖城居住的那段时间里，加里开始学坏了。他和小弗兰克很想念在波特兰交的朋友，而现在，加里结识的那些新同伴，小弗兰克却一点都不想和他们来往。新朋友都是些小混混，喜欢骂街、抽烟、偷窃、谈论枪支。但不管他们有多少坏习惯，加里却总想比他们更厉害。弗兰克记得曾见过他和一些小孩用手枪玩俄罗斯轮盘赌。弗兰克极少告兄弟的密，但这次是例外。加里坚持说枪里没装子弹，但还是被狠狠地揍了一顿。另一次，加里和附近的一个人结下了梁子。那个人追着十一岁的加里跑，等他抓住加里，就把加里的脑袋往车库的墙上撞。小弗兰克跑回去找母亲。她越过篱笆，抓住那个人，把那个人的脑袋往车库墙上猛撞，直到邻居过来把他们拉开。后来她将这件事告诉了父亲，父亲又找到那个人，把他反摁在锯木架上，揍得他灵魂出窍。我觉得我们一向和邻居相处得不太好。

那段时期，有几个月，加里偷东西，把它们藏在车库里。他偷的都是些小玩意儿，像饼干、悠悠球、漫画书，都是从马路那头的大 C 杂货店顺来的。他做这种事似乎也没什么理由。他就是喜欢偷，把东西囤起来，再显摆给朋友和兄弟们看。不知道父亲是怎么发现的，这下麻烦大了。他把加里打得半死，要他把偷来的东西全都装进盒子里，再偷偷地归还，从哪里拿的，还哪里去。没人发现这事，也没人提出指控。哥哥弗兰克认为这件事把父亲吓得不轻，加里反倒觉得没什么。也许，他就是在那个时刻从孩子身上发现了自己鲜活的影子，想在萌芽的时候将它扼杀。

但到了半夜一片漆黑的时候，加里又成了小孩子。几乎每晚他都做噩梦，他会醒来，呼唤母亲，一直说房间里有东西跟着他，他都看见了。

一天晚上又一次出现这种情况后，贝茜在加里睡着后细细打量他。母亲心想，或许他在菲伊家和那些该死的鬼魂待的时间太长了。或许那晚那个可恶的鬼魂不知怎么进入了他心里。又或许栖息于这栋房子里的鬼魂已进入了他脆弱的灵魂。贝茜相信，加里脸上的神情和他最近的不良行为都和以前截然不同，实在难以理喻。

肯定没错。现在，有个恶灵就活生生地住在她儿子体内。

新年夜，母亲的娘家在普罗沃的家中举办派对。母亲好几周前就知道这件事了，但她和我父亲以及我们几个孩子都没被邀请。直到最后一刻他们才接到通知，开车前往布朗家的农场。到那里后，他们遭到了无礼的对待。没人和我父亲说话，即便他还给贝茜的父母买了一台新收音机作为礼物。那晚，尽管其他人可以偷偷摸摸地喝烈酒，弗兰克的啤酒瓶却被收走了。

哥哥弗兰克和加里都不喜欢见到父亲被如此对待，就再三对母亲说要回家。新年的钟声还没响起，他们就离开了。

第二天晚上，也就是一九五二年一月一日，我们一家坐在盐湖城的客厅里，被普罗沃的那趟行程弄得疲惫不堪，沮丧消沉。那个晚上四周传来奇怪的声音，每个人似乎都有点紧张。随后声音自阁楼传来，我们听见一声悠长的呻吟，好似濒死之时的哀号。家里所有人都聚到阁楼的天花板底下，往上张望。贝茜转身对丈夫说："你想上去和那只大老鼠聊聊吗？"弗兰克一言不发。他和家人就这么站在那里，盯着声音传来的地方。但贝茜能看出房子里黑暗的存在终于也影响到了他。"弗兰克，我们要是再不离开，"她说，"就会死在那个恶鬼手下。"

第二天，父亲就把盐湖城的房子挂牌出售了。

大约一年前，我和哥哥弗兰克去了一趟从前在盐湖城住的地方，想着能否到我们曾经住过的那栋房子里看看。弗兰克环顾那几条马路，沿着街区走来走去，再三核实我们找到的地址。弗兰克说附近的区域他记得很清楚。他指着那些房子，说所有的老房子都在，唯独一栋不见踪影。就是那栋我们曾经住过的房子。它所在的地方已成了一块平坦的不毛之地。

我讲了很多鬼故事，现在必须把事情说清楚：所有这些故事都来自母亲的回忆或其他家庭传说的版本。它们都不是我自己记得的经历，我觉得它们只是伴随我成长的、关于我饱受折磨的家庭的夸张神话故事的一部分。母亲给我讲这些故事时，我听得聚精会神，但我认为她很清楚尽管我们之间充满爱与同情，我却没有——事实上是不能——相信这些故事。她也清楚我会认定就算有什么东西纠缠着我们和我们的梦境，那也只能是我们自己——我们并不需要靠恶灵将罪恶、暴行和愚蠢带入自己的生命之中。我们拥有自己的历史，黑暗的心灵，对我们来说那已足够。

不，我根本不相信那些该死的鬼故事。我不相信鬼杀死了母亲的妹妹，或在那个焦灼的夜晚伏于加里床侧，又或在多年后跑来亲吻我这个小孩子。我也不像母亲那样相信鬼会一路尾随加里，直到一九七六年四月加里返回犹他、铸下大错的时候刚好追上了他。我知道有些东西比夜里遭非人之物触摸更可怕。那是充满暴怒、失落与渴望的回忆，它们极具毁灭性，能使人彻底改变，只有将它们带入坟墓，它们才会弃你而去。人很容易因未知而恐惧，也很容易被迷信支配。相比之下，面对真正的魔鬼却要困难得多。所有那些人的脸庞，无论是深爱着你的人还是其他人，都会塑造你的性格或你的历史。我认为处理那些脸庞的回忆与传承就足以令人感到鬼魂附体。我并不需要其他鬼魂。但我允许母亲讲她的鬼故事。她来自另一个时代、另一种文化，也许那些信念有助于她厘清这些年里的损失与毁灭究竟有多少。

是的，我从没相信过任何鬼故事。许多年以后，我尝试着回到自己家中，终于与小黑屋里某种可怕的东西四目相对，它在我人生最绝望的时刻将我牢牢控制，说道："我认识你：你是仅存的一个，现在我就要来找你了。"甚至那个时刻，我也不确定自己是否相信。对，我告诉自己，根本没有鬼，附体的感受来自别处，来自内心某个黑暗幽深的所在。即便在那时候，我仍然告诉自己，将我牢牢攫住的不是鬼，而是更为可怕的东西。

不过那又是另一个故事了，现在还不到讲它的时候。

我们一家回到了俄勒冈的波特兰。这又是一段伤心的旅途，弗兰克与贝茜一路争吵不休，互相指责对方是搬去盐湖城的罪魁祸首。他们到波特兰的时候，贝茜坚称要做的第一件事就是把加里的狗"女王"接回来。

他们到寄养狗的那户人家门前敲门，没人应声。他们就去了另一户邻居家，问他是否知道狗在哪里。"实在不想对你说这件事。"那个人说，"几天前，'女王'被开枪打死了。"原来，几天前，照顾"女王"的那个女人喝醉了酒，用皮带抽狗，狗反咬她一口。"女王"让那个女人住进了医院，于是她开枪把狗打死了。

贝茜为"女王"之死哭了好几天。她简直不敢相信有人竟开枪打死了加里的爱宠。那狗仿佛是我们家灾难的化身，让她看见等待他们母子的宿命是憎恨与惩罚。贝茜后来说，从那一刻起，她明白了未来究竟会怎样。

第三部

哥哥们

人的仇敌就是自己家里的人。

——《马太福音》10:36

第一章　陌生人

我对哥哥加里最初的回忆是这样的：

那时我应该三四岁左右。那是个炎热的夏日，我在波特兰家里的前院玩，跑回屋想喝杯水。我跑进厨房，却看见母亲和哥哥弗兰克、盖伦坐在餐桌旁，和他们坐在一起的还有个陌生的少年。我记得那人一头棕色短发，眼珠湛蓝明亮，冲我腼腆地笑了笑。

“那是谁？”我指着那个陌生人问。

餐桌边的每个人都哈哈大笑起来。“是你哥哥加里。”母亲说。她想必看见了我脸上困惑的表情，那表情像是在说：*我哥哥加里？他到底从哪儿冒出来的？*她又补充道：“我们把他在车库旁埋了一段时间。最后发现还是得把他挖出来。”大家又哄堂大笑。

真相是，他上一年进了少年管教所，没人想把这事解释给我听。

在之后的几年里，我就是那样看待加里的：他就是一个曾被埋在我们家后院、后来又被挖了出来的人。

一九五二年，我家在波特兰远郊又买了栋房子，父亲重新干起了出版建筑法规摘要的老本行。这次，“远郊”这个词并非言过其实。那栋房子坐落在一条叫约翰逊溪大道的乡郊工业区的高速公路尽头，基本上就在摩特诺玛县与克拉克马斯县的分界线上。其实，那条分界线正好穿过我三个哥哥睡觉的卧室。在决定孩子究竟该上附近的哪所学校时，县里有个官员还来审查过。他决定，孩子被分配到哪所学校读书取决于他们睡在县界的哪一边。结果，加里和弗兰克去了摩特诺玛县的初中，盖伦则去了克拉克马斯县的初中。

房子本身破败，父亲却莫名地喜欢它。房子有两层楼，铺着深棕色墙面板，外表很不讨喜。它与另一两户人家当中还隔了两座大型工厂。一到晚上，厂区里就发出仿佛另一个世界的柔和光亮。马路对面横亘着铁轨，年久失修的有轨电车在波特兰市区与克拉克马斯县的俄勒冈城之间来来回回。过了铁轨就是约翰逊溪。在那个年代，小溪恰是游泳、捕小龙虾的好地方。再远处则是一片广袤浓密的树林。传闻一些青少年晚上会聚在树林里喝酒，跑到极难发现的小树林里做爱。还有传闻说，以前树林里发生过可怕的谋杀案，被害人的残肢始终没被找到，仍旧埋葬在树丛间的某个地方。

树林远端有一长排廉价的小房子，是邻镇密尔沃基的贫民区。再远处则是连绵的群山，有许多私家豪宅，是密尔沃基的富人区。我们家后山上的那片地区被当地人称为“棚屋镇”，住的是工人家庭。驾车开过几个街区，你就会闯入古老而富庶的伊斯特莫兰德区，在那里可以找到该州最有名望的学校——里德学院。假如你在地图上画两个同心圆，外环是一圈富人区，内环是一圈穷人区，那我们在约翰逊溪大道的家就坐落在两个圈的核心点，处于城里最落后地区的核心圈内，一无是处。

我最初的记忆就来自这个家。这也是我们全家居住时间最久的地方，直到监禁、死亡与憎恨开始将我们生生割裂。

我家住进新房子后，父亲便老是执着于一个想法，即他的儿子需要严加管束。也许那是多年在路上漂泊导致的结果——那几年里的家庭没有任何稳固、可靠的结构。但父亲开始在几个大儿子身上发现了他不喜欢的任性苗头，甚至盖伦身上也开始出现了胆大包天的迹象——已满七岁的盖伦也因此失去了爱子的地位，由我取而代之。弗兰克·吉尔摩很爱自己的儿子，除非他们公然违抗或挑战他定的规矩。一旦发生这样的事，他就会待他们如仇敌。我父亲似乎将儿子的任何违拗行为都视作他们不爱自己的证据，爱的缺失已让他这辈子伤透了心。作为一个身强力壮的成年人，他用不着容忍孩子对他的拒绝。

父亲发脾气的模式与以前全家人整天在路上的时候没多大区别，也就是说，任何违拗或惹他不高兴的行为都会招致惩罚，但他矫正错误的方式倒是变了很多。父亲不再打屁股，而是用磨刀皮带和腰带狠揍一通，有时握紧拳头暴打一顿。每打一下，便等于父亲在发号施令，要孩子爱他。每落下一拳，孩子却学会了憎恨，消减了他们对爱的信仰。

“这是你从来不曾见过的他的另一面。”一天，哥哥弗兰克告诉我，“爸爸一旦发起火，拉也拉不回来。他不会在乎自己都干了什么。他会拿着磨刀皮带冲你走来，真的用那东西打你。那个时候，他显得冷酷无情。最后，我们浑身上下都布满伤口和瘀青，尽管他也会留意，不在我们脸上或任何别人看得到的地方留下疤痕。”

显然，打人已是家常便饭——这是说，如果你真觉得打孩子能用“家常便饭”这个词形容的话。至少每周，父亲都会抽打小弗兰克或加里，也有可能两人一起揍，直到母亲再三让他住手。通常，惩罚都是因为小事，比如某个孩子忘了给后院里树后的草坪除草，但惩处还经常因父亲的暴脾气而起。小弗兰克向我说起过一个例子。“一次，”他说，“加里和我放学回到家，爸爸就藏在门后，我们一点都不知道。我们进了门，听见门砰的一声关上，接下来我们大概知道的就是后背挨了磨刀皮带一顿抽。那天晚上，他像发了疯一样，就因为我们大约晚到了五分钟——我说五分钟，真的不是在开玩笑。我甚至都不记得我们为什么会晚回家，也许是学校老师把我们拦下谈话，也许我们遇到了朋友。我真不记得了。我只记得他拿着磨刀皮带藏在门后。我们甚至都没机会解释，就被劈头盖脸地抽了一顿。这种情况不知道还有多少次呢。”

又有一次，父亲的书桌里少了钱。他把弗兰克和加里叫到面前，问是谁偷的。弗兰克知道是加里偷了钱，尽管他很不喜欢弟弟这么做，却不愿告发弟弟。“要是你们还这样，我就把你们俩一块儿抽。”父亲说道。他那种逻辑和教官、中士或类似的小官没什么两样。那天晚上，他把皮带对折，那么做会伤得更深，直打得儿子牛仔裤都渗了血。每打一下，他就说他们是贼。后来，弗兰克问父亲，要是他说是加里偷的钱，自己还会不会挨打。“我当然还是会抽你，”父亲说，“没人喜欢打小报告的人。”那晚，弗兰克终于明白，不管怎样，他都得为弟弟的罪行付出代价。

“爸爸抓起磨刀皮带，把我们狠抽一通。”弗兰克告诉我，“他却不说我们做错了什么事，也不告诉我们该如何改正。只因为我们让他心烦意乱，他就对我们发火，这就是他采取报复的手段。他这么做不是要教导我们，可能只是为了让我们怕他。那才是他惩罚我们的原因：不是为了使我们变好，而是要让我们感到抱歉。”

“可一旦受到那样的惩罚，”弗兰克继续说道，“你还怎么对自己的所作所为感到抱歉？如果你把从商店里偷了一条面包的人带到外面去，阉了他，他还会为自己偷了那条面包而抱歉，然后哭哭啼啼吗？他不会在乎那件事的。他对自己的所作所为根本就不会留下什么印象，因为这种惩罚的方式并不会使他停下来，意识到：哎呀，我偷了别人一条面包。他只会觉得为了那条破面包，自己竟然被弄成了残废。于是，他开始仇恨。我们内心建构起来的就是那种怨恨，哪怕当时你是个小孩子，也很清楚自己因为一些小事被过度惩罚。比如把桌上的东西碰到了地上，清扫院子却没扫干净，或者放学回家晚了几分钟。”

小弗兰克现在认为，他们遭到的毒打既和父亲想要管束不听话的孩子有关，也和父母之间的关系有关。弗兰克·吉尔摩打孩子的时候，只有当妻子介入，他才会停手。她会走进来，让他知道她很生气，说他打过了头，接着他们俩就会开始争吵。小弗兰克记得自己被打的时候，会祈祷母亲能鼓起勇气让父亲住手。“我会数鞭数。背上被磨刀皮带抽个十七八下后——实在真他妈疼——她就会从椅子上抬起屁股，过来说点什么。”

他补充道：“有时，我总觉得那真的都只是他们俩之间的冲突。我和加里就夹在当中，等着他们其中一人找我们的茬儿，这样，另一个人就能说点什么，或者做点什么。他们彼此好像都挺想得到另一个人的关注，而我们只不过是替罪羊。”

最终，弗兰克找到了一种忍耐惩罚的方式。他小时候就发现，自己越是一副害怕或提心吊胆的样子，父亲打得就越狠。“要是你哭了，或者叫唤了，”弗兰克说，“爸爸就会知道打疼你了，他只会打得更狠。所以我强忍着不哭不喊。随他怎么打我。结果，我被揍的次数比加里少了。因为加里一般都是又蹦又跳，扯着嗓子尖叫，爸爸就会失去控制，根本停不下来。他会往死里抽啊抽，而加里就不停地哭喊，求他别再打了，可那只会让他打得更狠、时间更长。”

我觉得弗兰克是把自己情绪的大门给关上了，尽管这么做会导致精神上巨大的代价。然而，加里却封闭不了自己：遭到如此暴打，狂怒和不公之感成了他心中的一根难以拔除的刺。似乎他接下来的日子就是要和他遇到的每一个当权者较劲，重演父亲施罚的那出好戏。多年后，加里坐牢的时候，会格外频繁地挑战周围那些看守的权威。那些人大多都很愚蠢，很残暴，他们会把加里放倒、揍他、踹他，直打得他嘴肿得厉害讲不了话、腿疼得站不起来才作罢。尽管如此，他还是想尽办法站起身，朝他们啐唾沫，冲他们骂难听至极的话，心里很清楚他们会跑过来再打他一顿。他知道这场战斗自己赢不了，可他就是要不停地斗争下去。

后来，他们都长大成人了。哥哥弗兰克去俄勒冈州立监狱看望加里，加里告诉他：“我恨当权的那些人，唯一的原因就是他们让我想起了爸爸。还是承认吧，老头子用那愚蠢的磨刀皮带抽我，根本就没让我少惹麻烦，对不对？”

尽管后来我发现父亲有明显暴力成性的迹象，我却从未体验过哥哥们遭受的那种毫无节制的惩罚。事实上，我记得自己只被父亲揍过一次。他打我的理由很含糊，这正好可以支持弗兰克的看法，即真正从这些事件中得到的也只有受罚时的苦涩。我想我应该是用蜡笔在墙上画了画，或和母亲顶了嘴，父亲就觉得这种行为该打。我记得他脱了我的衣服，让我站在他面前，然后解开皮带——一根又粗又黑的皮带，银色的皮带扣闪闪发光——从腰间把它抽了出来。

他一直在说用皮带抽我是怎么一回事，会如何如何痛。我记得那个时候我怕得要命，之前从来没人出于任何理由抽过我，因此那种恐惧感就像面临死亡一般。父亲要打我了，会很痛。这看起来可怕极了，我仿佛觉得自己可能逃不过这一劫，还觉得特别不公平。

父亲将皮带对折，握在手里。然后，他坐回椅子上，伸手拉着我的胳膊把我拽过去，让我趴在他的膝上。只有接下来的那部分我不记得了。我知道自己被抽了，还大喊大叫，但对怎么打的、是否痛得厉害或伤得严重一概都不记得了。我只记得过后没多久，我又在他面前站定，这次是被母亲搂在怀里。“够了，弗兰克，”她说，“你太过分了。你不能再像打别的孩子那样打这个孩子。”我站在那里，望着父亲，揉搓着裸露在外疼痛难忍的屁股，哭泣着。我记得让我感到最受伤的是我觉得自己失去了父亲的爱，我最信任的这个人竟然以始料未及的方式伤我这么深。父亲冲我微笑，意思是让我知道他为刚才的所作所为感到自豪，他很享受此刻拥有的权力和优势。我回望着他，说道：“我恨你。”

我知道这是我这辈子唯一一次对他说这种话，我无法忘却他听了这话后脸上的那种表情。他的笑容消失了，真的，他的整张脸似乎都陷入了沉痛的恐惧或失落。他把皮带放到书桌上，坐在那里打量着地板，现出疲惫与哀伤的神情。

母亲将我领出房间，给我穿上了衣服。

父亲再也没打过我。此后，他只会满怀爱意地触碰我。我现在才意识到我是家里唯一一个他以此种方式触碰的人，直到今天，我都因这种特殊的对待而备受愧疚的折磨。

事情就是这样，我是家中唯一一个童年只挨过一次打的人。如若像兄长们那样每周都挨打，我也不会记得这么清楚。而且，如果我被打得特别狠——尤其像加里那样，他流露出的疼痛与恐惧似乎只会招来更野蛮的抽打——很有可能最后我也会一辈子都想开枪杀人。当我想起兄长们在童年和青少年时期几乎每周都要受的那份罪时，唯一令我吃惊的是他们小时候竟然没杀过人。

加里在盐湖城惹的麻烦都不是什么大事。“他做的那些事，许多孩子也会做。”哥哥弗兰克说，“别人也就拿那些事情说上几个小时，说完也就忘了。他们觉得孩子在成长中都会这样。”加里本来有可能在盐湖城惹上大麻烦，但真要惹那种乱子也不容易。而在波特兰，要惹麻烦就容易多了。

到二十世纪五十年代早期，波特兰成为俄勒冈最大、最重要的城市已有一个世纪之久，但这座城市对如何定义自己，仍在全方位的探索中。同西雅图、旧金山或洛杉矶那样的其他西海岸城市不同，它没有历史，也没有野心，事实上，波特兰这座城市还特别谴责野心。城市的守旧氛围都是早期遗留下来的。那时，新英格兰最初的定居者想要建造一个地方，作为西北部蛮荒地区文明舒适的避风港。这种洋洋自得的态度支配波特兰数代人之久，使这座城市变得保守呆板、与世隔绝。结果，波特兰对二战末期大批人口的涌入及随之而来的文化变迁完全没有做好准备。我们在那里安家的时候，波特兰大部分地区仍然一如战前，根本不想让任何东西来搅扰它胆怯拘束的内核。

然而，些微扰乱不可避免。战后的释放感加上崭新的公民群体，暂时在这座城市维多利亚时代的外饰上撕开了一个裂口。白天波特兰市区仍然是循规蹈矩的购物商业区，但和许多美国的都会中心一样，其重要性已开始向远郊地带转移。一到晚上，波特兰市区就变了个样。百老汇通衢大道的两侧遍布熙熙攘攘的酒吧和餐馆，其中许多还是通宵营业。进入这个地方，你就会发现有意思的夜间社交生活：波特兰的有钱人和放荡不羁、怀揣雄心的人混杂一处，还有各类形迹可疑之人混迹其间。离百老汇几个街区远的地方，往南向威拉米特河走去，有各种通宵不打烊的商场，你只要知道如何找到它们就行。还有像二十四小时营业的电影院之类的场所，而人们在那里最不可能做的就是看电影。各种各样的妓女不是在拉客，为了几块钱干着口交或手淫的营生，就是在向胆大的顾客兜售大麻或更厉害的毒品。还有通宵不散的赌场和人满为患的妓院，就算是青少年，那里也来者不拒。我真希望能亲眼见见这样的波特兰。它那时候虽然肮脏，却不似后来那般，挣扎着成了一座沉闷平庸的城市。

警察对那些犯罪巢穴心知肚明，但只要能从中捞到回扣，他们就睁一只眼闭一只眼。可同时他们也不会让大型犯罪集团在这片地盘上站稳脚跟，只因为他们不喜欢有人来竞争。后来，一场由媒体主导、政治驱动的道德运动彻底改变了这座城市的夜生活。通宵营业的酒吧关门歇业，妓院迁到了城市的西北角，不打烊的影院成了酒鬼和过路客的廉价歇脚处。同时，城市的谋杀率也开始飙升。简而言之，波特兰和西部中等规模的城镇倒是很像：它执着地坚信，黑暗的夜生活并不见得比在美国受到保护的正派家庭生活更为激进。

二十世纪五十年代初自然也是青少年犯罪激升的时代。许多人用“青少年犯罪”这个词来描述美国青少年日益心怀不满并诉诸暴力的现象。到五十年代中期，摇滚的兴起代表了青少年群体的不断反抗，这让美国的流行文化从此天翻地覆，至今仍未完全适应或从中恢复。那个年代，我的哥哥们均已成年，特别是加里和盖伦，他们不仅享受或挥霍那种反叛，还把它带回了家。他们把头发往后梳得油光锃亮，唱“猫王”埃尔维斯·普雷斯利和“胖子”多米诺[①]的歌曲。他们身穿斑驳的机车夹克和大头靴。他们抽烟，喝烈酒与止咳糖浆[②]，要么翘课，要么退学，一到晚上就和穿紧身衣的女孩外出厮混，或在波特兰城外的乡村街道上飙车，和帮派里不成气候的小混混在街头游荡。大多数时候他们会花时间寻找禁忌生活的入口——那是他们从犯罪传说中得知的匪徒和杀手的生活——一步一步，他们的搜寻变得愈来愈危险和惊悚。

那时候，我也想和兄长一道流连夜场，分享他们的笑声和友谊。我还记得自己很怕他们。他们一副致命的模样，仿佛与爱无缘，一心只想让周围的一切受伤或去死。

对加里而言，这些都不仅仅是青春期这么简单。这种感觉将他紧紧围裹起来，犹如被远古冰河封冻的生物，永久保存于另一个时代。加里恶的理想就是在那时候形成的，并成为始终引领他的理念。

正如我之前所说，在这个故事里寻觅究竟哪里出了错——比如找出一个例子，让我家开始分崩离析，尤其让加里的人生走向毁灭——确实极具诱惑力。母亲坚信加里的堕落从搬到盐湖城起即已注定，甚至我哥弗兰克也认为加里是在那个时期发生了关键的变化。而我则认为遭到毒打是决定性的转折点，但我也猜想有一个简单的（却也令人倒吸一口冷气的）真相，即加里的命运从我父母怀上他的那一刻起便已终结。

但加里本人对那改变一切的时刻有自己的看法。这个奇异的时

①Fats Domino（1928－2017），美国钢琴家、创作型歌手，摇滚音乐先驱之一。

② 含有使人上瘾的药物成分。

刻差不多在我们住到约翰逊溪的头一年发生。哥哥生命即将终结之时，拉里·席勒通过加里的律师问他："你是否还记得早年生活中有哪个事件至关重要，可能最终彻底改变了你的一生？"加里回答说是在他十二三岁的时候，他从教区学校往家走，决定抄一条近路。第四十五街弯弯曲曲，路很长，将约翰逊溪大道和他就读的学校相连。他穿过这条马路，爬到我们家后方一个街区的山头上。加里往山下走的时候，撞上一大片荆棘丛，里面满是黑莓。从山顶望去，荆棘看上去相当小，但加里置身其间时，发现它们一点都不小。有的荆棘显然已长在那里许多年，形成了纠缠交错的刺丛，一直延伸至斜坡上，离他头顶有三十英尺高。加里越往山下走，荆棘丛便越密，他发现要穿过这么一大片荆棘丛，着实没有容易的路线。

起先，加里想返回山头，但后来还是决定继续前进。一个半小时后，他无望地陷在了半道的荆棘丛里。他想喊叫，但应该不会有人听得见。他觉得要么继续前进，找到出路，要么就会死在这里。几个小时后，加里从另一边走了出来，衣服被扯成了破布条，身上血迹斑斑。"我回家晚了三个小时。"他告诉席勒，"我妈说，你怎么回家晚了，我说，是啊，我抄了近道。"

席勒后来把这个故事讲给我母亲听时，她说："那件事之所以改变了他的生命进程，就因为他觉得自己能卷入什么事情又从中平安地脱身？难道是这样？他这么做真的很危险，这么想也很危险。"

加里告诉席勒，说这故事代表了正是在一个时刻他意识到自己无所畏惧。"这让我有一种独特的感觉，"他说，"就像克服了自我。"当然，无论我哥哥自己意识到了没有，他只说对了一半。谈到克服自我这件事，加里应该是指战胜内心恐惧的能力，但我并不相信他真的做到了。在他生命的最后几周里，我每天都会看见他的脸。我知道该如何凝视他的眼睛，因为我这辈子一直都在对着镜子凝视那样的眼睛。那些眼睛从未摆脱恐惧，一刻都没有过，哪怕它们曾惊吓过其他人。

事实是，与其说加里在谈论克服自我，不如说他谈论的是学会将体内想要因恐惧或疼痛而号叫的部分杀死或消除。当加里以这种方式克服了自我，他终于在内心中发现了摧毁自己生活的能力，对于可能在这种毁灭上产生影响的任何人，加里也会将他们的生命一并消灭。

我最近住在俄勒冈，去约翰逊溪大道走了走，发现那个地区已物是人非。以前的街景几乎无从寻得。我们住过的那种昏暗脏污的棕色房屋早已消失，附近其他类似的房屋也是如此。它们已被夷平，取而代之的则是成片的工业厂房。也许这样也没有区别。约翰逊溪从来就只是长条状的不毛之地。如今，它只不过是又一处丑陋的城郊马路，人们开车不耐烦地从一片荒芜驶向另一片荒芜。唯一从那个时代遗留下来的就是那片荆棘丛，它们一直绵延到约翰逊溪上方山坡的背阴处。那些荆棘丛与四十年前无异，仍如此原始，如此致命，但不知为何，没人想把它们清走，这并不令我感到吃惊。它们仍旧兀立不动，像一处丑陋遗迹，让一个男孩在某一刻意识到自己的人生就是一片灌木丛，无论他如何大喊大叫，也没人能将他从恐惧中拯救出来。

在当地的天主教学校读完文法学校课程后，兄长们都转到了约瑟夫巷小学就读，他们都在波特兰上到了初中。他们的许多同班同学后来要么杀人，要么被杀。这里就是那样的学校，那样的地方。

“约瑟夫巷学校学生众多。”汤姆·莱登说。他曾在那个时候教过我的哥哥。莱登如今已退休，但在一九五二年，他还是个新婚不久的年轻人，想好好教教那些难以管束的孩子。“学校有九百个学生。”一天早晨，在离那所学校不远的小餐馆用早餐的时候，他告诉我，“我记得那些学生里只有一户人家可以被叫作专业人士，那家的家长好像是医生或律师，或者有大学学历。学校里绝大多数都是外来工人的子女，其中有些家庭在当地的船厂上班。因此，约瑟夫巷成了波特兰最难管束的两所学校之一。当时盛行体罚。孩子打人，老师也打人。我们打孩子，但我不觉得我们对他们很暴力。”

莱登递给我一张他在约瑟夫巷学校教过的第一个班级的学生照片，是他自己拍的。加里就站在正中间，看向一边，脑袋歪着，闪光灯反射在他后面的窗户上，将他的轮廓从背后照亮。“他就在那儿，背后有一圈光晕。”莱登说着，轻轻笑了笑。过了一会儿，他继续说道：“我对加里的第一印象是他很安静。他写得一手好字，艺术才能突出。我觉得学习对他来说很轻松。但没多久他就开始惹麻烦，成了我所见过的最爱捣乱的学生之一。他本来天生聪明，才能过人，但他不愿好好发展。比起其他孩子，我常常更生他的气。我只要一转身，他就会让整个班级都乱套。”

哥哥弗兰克对加里的不端行为记得很清楚。这就是他的日常生活。“加里老是打架，”弗兰克说，“就是不学习。他上学穿皮靴皮衣，留马龙·白兰度那样的发型。上课一坐下就睡觉。有时候，我们在不同的班级，只要听见走道上的喧闹声，我就明白是怎么回事了。我听见老师把学生拽出课堂，出去一看，被拉出来的总是加里。他经常捣乱：睡觉，吹牛，骂老师去死之类的。他什么都不在乎。考试能考多差，他就考多差。他觉得这样才有面子。其实根本没必要，因为加里是个聪明人。他本可以考出很好的分数。在约瑟夫巷学校读书的时候，他让我真的很难堪。我到了那个年纪，一点都不想当个傻瓜，他可不管。”

弗兰克继续说道：“一天，加里和其他几个学校的小混混在操场上把一个人的裤子扒了下来。他们把那人按在地上，把他的长裤和短裤全脱了下来，还把裤子升上了旗杆。我没亲眼见到这件事，要是让我见到，我肯定会和加里吵，阻止他。但这件事在整个学校传得沸沸扬扬。加里这么干不为别的，就为了找乐子。但我可以看出，那时候他变得越来越残忍。把某个可怜人的短裤拽下来，再挂到旗杆上，让人家光屁股站那儿想办法找东西遮住自己。那样一点都不好笑。那个人挺好的，我和他一直处得不错。

“几年前，我在马路上碰见了那个人。他问我是否还记得那件事。我看得出加里的随意之举给他留下了烙印。自己的兄弟做过这种事，让我到现在都觉得难堪。”

娄子越捅越多，莱登就会揍加里，或者威胁要打他。“加里总是和我杠上，我很清楚这一点，”莱登说，“到了某个点你就只能对那孩子说：‘好吧，够了，你这么干就得承担后果。’”

那天晚上十一点半，莱登接到我父亲打来的电话。他在电话里暴跳如雷。我父亲告诉莱登：“你明天要是去学校，我就把你那该死的脑袋打开花。”

“奇怪的是，”莱登告诉我，“第二天我去了学校，也没感到什么恐吓或威胁。也许是我这人太天真吧。”弗兰克·吉尔摩并未兑现他的威胁，但他确实又给老师捎了条信息：“别再动我的孩子。要打也是我来。”

莱登停了停，又瞥了一眼那张班级旧照。“我记得我对你哥哥弗兰克总是感到很遗憾，”他说，“但对加里就从来没有这种感觉。学校舞会后的一天晚上，我和妻子开着车，看见弗兰克在黑暗中独自走回家。我记得当时想，他要是和加里关系好，难道不该一起回家？那天晚上，弗兰克一个人走回家，脑袋耷拉着，肩膀塌着，看上去好像全世界的重量都压在他的身上，可他不过是个孩子。我记得当时想：‘这孩子从来就没引起过什么注意。’加里却总是得到过多的关注。大多数关注都是负面的，但负面关注毕竟也是一种关注。”

许多年以后，加里上了犹他的死刑名单，这成了轰动全国的新闻。汤姆·莱登对这条新闻一直跟得很紧。加里被枪毙的那天，莱登心痛如绞。不管加里干了什么，他一点都不愿看到他迈向这样的结局。就在那天，他接到拉里·席勒从犹他的普罗沃打来的电话。席勒想同了解加里童年生活的人谈谈。起先，莱登很惊讶加里还记得他，但席勒接下来说的话却让这位老师崩溃了：加里告诉席勒和他的律师，汤姆·莱登是他最看重、最敬重的老师。事实上，他将莱登视为他曾求助过的屈指可数的几个人之一。但哥哥意识到自己对莱登来说可能太过叛逆，令莱登如此失望让他感觉很糟糕。

“一九七七年，”莱登说，“我在波特兰的玫瑰城公园学校当校长，当时有个孩子，对我们、对他自己、对整个学校来说都是个大麻烦。我希望相关的两个老师能多帮帮这个孩子，但他们受够了，只想对他动粗，把他扔给相关机构。接到席勒先生电话的第二天，我们召开了员工大会讨论这个孩子的事，我在会上把这件事说给老师们听。我说：‘昨天我接到了一个和加里·吉尔摩有关的电话，加里告诉别人他八年级时有个老师，他曾向他寻求帮助，可那老师没有伸手帮他。他说他觉得那个老师说不定本可以改变他的生活。而那个老师就是我。现在，你们准备对那个孩子怎么办？’之后，他们争先恐后去帮助那个孩子。”

莱登又说：“从那以后，我一直没忘记加里给我上的那一课，我总是告诉老师：‘要尽你所能，然后再进一步。如果是你们自己的孩子，你们也会希望别人能伸手帮帮他。’”

我细细打量着汤姆·莱登让我看过多次的那张上面有加里的照片。没有哪张哥哥的照片如此让我心碎，让我觉得与他息息相通。照片捕捉了加里生命中的某个我能认同的时刻，因为那是为数不多能让我轻而易举地从中发现自己的时刻。最初照片打动我的地方，是我的脸与加里那时候的脸竟如此相似。加里在照片上没有笑，他看上去并不属于那个地方的那些人，我在学生时代一直也有这种感受。他在照片里的种种神态——与其他学生拉开距离的姿势，聚精会神向照片外凝望的眼神，被某个东西吸引而分心、不愿像他的朋友们那样凝视相机——所有这一切都表明他觉得自己与众不同，与周遭的人和他们的价值观毫无共通之处。毫无疑问，其中的一些东西是一种表态。加里想要受到尊重，但他又不愿被人视为循规蹈矩，或是老好人，又或是平庸之人。相反，他想使人畏惧，或许只有这样，他才能在自己的生命中寻得一点点平等。大多数时间他都担惊受怕、饱受摧残，所以对于周围的世界他也准备以牙还牙。

我看着这张照片，既觉悲哀，又觉愤怒。就我自己的一生而言，我无法理解为什么有些人不能给予这个孩子足够的尊重，而是以嘲笑和棍棒待之。加里是个聪明的孩子，可那时候却没人看重他的天分。他聪明、勇敢，想要起而反抗，想要宣告“你们不让我好过，我也不让你们好过”，但这世界并不准备适应或包容这样的反叛。它简单将之视为不服从，这样的精神必须要加以摧毁，或施以报复。

当我看着这张照片，看到的是一个受尽蹂躏的男孩。或者说得更精确些，我所见的是一个折翼天使的脸。它远离众人期待的简单明确的生活，戴上了一副适用终身的魔鬼之面。

在春天的晚上，日照延长，放学后，加里和他的朋友会在约翰逊溪后面的树林里晃悠。他们会把姑娘带到隐蔽的树丛里，还会在那里藏啤酒或威士忌。加里有架从父亲那里偷来的小相机，他抓住一切可能的机会说服少女们脱光衣服摆姿势让他拍照。不出几天，加里就会把这些照片在学校里四处传播。“那时候，这可是件大事啊。”弗兰克说，“大多数孩子都没有这种东西。加里的生活方式和二十多岁的小青年没什么两样。那样看来，他在男孩里特别受欢迎，因为他像是比我们超前了一个世纪。”

树林深处有座老式的火车栈桥，栈桥穿过小溪的戏水塘。有时候，加里喝了点酒后，会爬上栈桥，等火车驶来。他会站在桥中央，直到火车即将撞上桥头的那一刻，才跑向另一端，在最后一刻跳到另一侧，这时，火车正好驶到对面的桥堤上。他经常这么做，有好几次，火车轰鸣而来，差点撞上他。加里的冒险经历在约瑟夫巷学校里流传，孩子们会在傍晚时分登上栈桥，看他和火车赛跑。别人都不敢冒险这样尝试。有些孩子很钦佩加里的不顾一切，但其他人看他这么跑过后，就和他拉开了距离。他们意识到这男孩连撞上火车都不怕，和他走得太近可能会很危险。

一天，弗兰克去看弟弟在栈桥上赛跑，当他看见火车差点撞上加里时，弗兰克吓傻了。“我想找他谈谈，”弗兰克告诉我，“我不想看他这么被撞死。炫耀是一回事，可这绝对是自杀。”加里一直在和火车赛跑。最后，弗兰克跑到母亲那儿，说出了自己的担忧。“我们不会互相打小报告，”他说，“但我真怕加里被撞死，所以就让她去找他谈谈。但我让她别告诉爸爸，因为他准会拿出磨刀皮带把事情搞大，那样还能有什么好结果？”贝茜最终说服了加里，说他的脚很容易卡在轨道里，最终会死在火车剃刀般锋利的车轮底下。加里答应母亲和哥哥再也不和火车赛跑了。但我敢打赌他还是会在栈桥上等待火车，直到另一个同样虚无的念头捕捉住他的奇思异想。

那时候，在波特兰，如果你是个无法无天或坚忍强横的少年，最潮的事情就是加入“百老汇帮”。百老汇帮又称百老汇男孩帮，是街头帮派和汽车俱乐部的结合体，成员身着帕乔风格[①]的服装，深更半夜在波特兰通衢大道上一家名叫“乔利·琼”的餐馆外头闲逛。有些帮派成员偶尔会偷汽车、卖毒品、拉皮条。百老汇帮本质上并不危险，只不过令人憎恨。“他们就是些街头小混混，”加里的一个朋友告诉我，“在市区惹是生非，你懂的，欺负欺负人，都是些小痞子。偶尔会有人亮出弹簧小刀。但他们只是用刀子来吓唬人。我从来没听说过任何百老汇帮的成员用刀子捅过人。”

哥哥加里特别想加入这个帮派。没人知道他那时候是否真的认识帮派成员。不过，仅在口头上谈论要加入这样的帮派，就能提高他在同辈眼中无法无天的地位。放学后，加里和他的朋友们会聚在戏水塘边喝啤酒，哥哥吹嘘说他知道百老汇帮的成员想要枪。如果加里能给他们提供几把手枪，就能加入帮派。

加里接了份放学后送报纸的差事，这样他就能沿途寻找有枪可偷的人家。他懂得如何在送报途中仔细观察那些人家，了解居民的

①Pachuco-style，20 世纪 30－40 年代墨西哥裔美国青年中流行的着装风格。他们通常身着阻特西装（Zoot Suit），将头发梳成固定发型，戴装饰链子，文身。

作息习惯，比如他们什么时候吃晚饭、什么时候外出度假。那时候，加里才十二三岁，就开始入室盗窃了。他会找没锁住或容易撬开的窗户，撬开后爬进去。他很喜欢闯入别人家最初的时刻，站在静谧与黑暗中，感受着自己侵入他人世界的力量。很快，他就发现撬门入室是了解他人秘密的好方法：居民会把钱、色情书刊或照片藏在哪里，教室里的金发女孩穿多大的胸罩，她父母是酒鬼还是狂热教徒，或两者皆有。他会感受那些内衣的私密感，品尝他们的烈酒，顺走几本色情书刊。但令加里失望的是，他在那些人的家里根本找不到手枪。那时候，大多数美国人还没开始武装自己，还不太畏惧外面的世界。

出于某种理由，加里愈发坚信在我们家那条马路转角处、小杂货店边上的那栋房子里，有些枪就藏在车库的箱子中。一天晚上，加里叫上一个名叫丹的朋友，一起闯入车库，撬开了箱子的锁。枪没找到，但那户人家却不知怎么知道是加里入侵了他们的住所，去警察局报了案，说出了自己的怀疑。邻居们一下子炸开了锅，但由于没有东西被偷，罪行无法得到证实，青少年管教中心便释放了加里，给他一则口头警告：他们告诉他，他现在名声很差，只要出了这门，他们会时刻监视他。

一九五四年万圣节前后的一天晚上，加里在波特兰市区的停车场等着乘坐有轨电车回家。那里离波特兰的贫民窟很近，电车一小时一班，等待时间很长，足够把附近街区的商店橱窗看个遍。车站往南一个街区有家当铺，橱窗里放了许多支点二十二口径的步枪。加里看到一支他很喜欢的温彻斯特半自动步枪。枪很漂亮，但那价格他根本付不起。此时已过午夜，马路上一片静谧，空无一人。他独自一个人，就算吼一嗓子也没人应声。他晃到空荡荡的大楼附近，在碎石堆里找来找去，捡到一块砖头后反身回去，用砖头砸开了窗子。没有报警声，也没人有反应。他爬了进去，抓起那支温彻斯特，再用纸袋装了几盒子弹。爬出窗子的时候，他的手割破了，但他满不在乎。

加里在店里找来一张报纸，把枪拆成两部分包入报纸，塞进大购物袋，看上去就像拎着只装着换洗衣物和杂货的纸袋。然后，他等候电车，带着步枪和子弹返回了约翰逊溪。下了电车后，加里走入树林，把枪和子弹藏在他经常藏匿从邻居家和杂货店偷来的东西的地方。他没有冒险把枪放在家里，以防被父亲发现。

第二天，加里将偷枪的事告诉了弗兰克、丹和另外两个朋友查理和吉姆。弗兰克不想掺和这件事，连枪都不想看。但加里的其他几个朋友不这么想。一天晚上，当俄勒冈的天空从靛蓝转为黑色，加里就和几个朋友在约翰逊溪的戏水塘碰头，把枪秀给他们看。这一小帮人穿过树林，来到铁轨边，接着爬上铁轨，来到约翰逊溪有轨电车车站。车站就在马路对面，距我们家几百英尺。那是一座三面木质建筑，明灯高悬，是遮风挡雨的好地方。加里趴在铁轨上，朋友们跟在他身后。他隔着楼侧的窗户，瞄准车站的灯。他一扣扳机，灯就爆开了。一个女人飞快地冲出了车站。加里冲她一路射击，边射边笑。

接下来几周，加里和他的那些朋友都在戏水塘碰头，加里会用步枪射锡罐和纸靶。他枪法很准。但他很快就厌倦了藏枪的把戏。一天下午，他和查理、吉姆坐在戏水塘边，盯着那支步枪看。他觉得很没意思，不想要这支枪了。于是他问朋友：“听着，要是我把这支枪扔进水里，你们有种跳下去捡吗？”

“别他妈废话，”查理说，“你就快扔吧。”

加里看得出他们以为他在开玩笑。他一手提起枪管，把枪扔进了小溪。枪撞到离岸六英尺开外的地方，越过了戏水塘上一大块突起的尖利岩石。他的两个朋友愣在那里，盯着枪消失的地方。他们没想到加里会把这么心爱的枪给扔了。“快跳啊，”加里说，“谁找到枪，枪就归谁。”吉姆跳进了枪沉没的地方，但膝盖撞到了尖利的岩石，腿划开一道大口子，查理不得不把他扶回堤岸。加里笑抽了，觉得这简直是他见过的最搞笑的事。没人找到这支温彻斯特。它仍旧躺在尖利的岩石边上，在约翰逊溪的戏水塘底。

加里与查理和吉姆的友谊没维持多长时间。几周后是加里的十四岁生日，父母允许他在家里举办派对。唯一受邀的两人就是查理和吉姆。至于礼物，他的朋友说会请他看电影。在他们仨去电影院的半路上，他们告诉加里，他们是开玩笑的，钱当然得花在自己身上，不会花在他身上。他们跑掉了，把他留在了第四十五大道的一头，从那里可以望见缠结的荆棘丛，几个月前，他曾从那里披荆斩棘而过。加里走回了家。他从厨房后门溜进去时，母亲问他发生了什么。他说：“只要我活着，就再也不办什么该死的生日派对了。”说完就上楼回自己的卧室了。

几天后，加里和查理与吉姆在吉姆父母家玩。他们待在屋后的老式拖车里。孩子们常去那里玩耍，比试摔跤。加里在学校学过几招，想显摆显摆。他告诉吉姆：“用双肩锁式卡住我，让你看看我怎么快速脱身。”结果那招没起作用，吉姆死活都没松手。加里告诉他：“好了，松手吧！”但吉姆更用力了，看来想真的给加里一个教训。加里被卡着，快要气疯了。他从吉姆身下钻出来，爬到他身上，掐住吉姆的喉咙，把他的脑袋往地上撞。吉姆昏了过去，加里还在继续打他的脸。查理站在那里看热闹，后来发现打过了头，才跑进房间，找人帮忙。吉姆的父亲跑了出来，他是个大块头，名叫巴克。他对着加里就是一拳。然后，他一只手掐着加里的后脖子把他提了起来，另一只则捏紧了拳头。加里看得出那人想狠狠揍他一顿。但他没打。相反，巴克扶起了满脸流血、一个劲儿喘气的儿子。加里打他打得够狠的。吉姆的父亲问儿子是否想到院子里把这件事给了结了，但吉姆当着他爸爸的面退缩了。加里什么都没说，但他做好了再打一架的准备。他看得出巴克对儿子不想再打了感到很不高兴。这位父亲转身对加里说："你现在就走，以后别再来了。"

加里一言不发，骑上自行车就离开了。这件事没给他带来什么困扰，但他记得吉姆的父亲看他的眼神不像是大人看孩子的眼神。不知为何，这让我哥哥感觉很爽，像是达成了某种成就。

第二天上学，吉姆没有出现。课间，查理去找加里，想和他谈谈这整件事，但又不知道该怎么说。他走到我哥面前，看着他，又转身走开了。二十三年后，把自己同查理和吉姆的友谊告诉拉里·席勒之后，加里说："查理是个特别敏感的孩子，那次他就像看见了不想看的东西。一开始他还挺开心，结果发现那不仅仅是打一次架那么简单。尽管我们一直都打打闹闹的。但那次是我小时候打得最狠的一次，我不知道要是查理没进去找吉姆的爸爸，到底会有什么后果。第二天查理看我的眼神，就像看见了他没法理解的东西。"

加里的灾难仍在继续。

一九五四年初，他离家出走，被爱达荷伯利的警察送回了家。对加里生平早期的这件事弗兰克毫无印象，所以我对加里为何会离家出走一无所知。极有可能是他挨打太多次，决定去其他地方寻找更美好的现实。也许他和其他人一样，要是没被逮到的话，说不定会过得更好。但也有可能他会自己回来。毁灭已融入他的血液，他无法摆脱。

自此以后，加里的生活便是一连串不间断的麻烦，直到他死亡的那一刻。

第二年夏天，学校放假，傍晚时分，加里和几个朋友去了约瑟夫巷学校，朝学校窗户扔石头。“我们要打破那地方的每一扇窗子。”许多年以后，其中一个朋友这么说。学校提出了指控。尽管在这起事件中加里毫无疑问有罪，但父亲雇了个私家侦探，证明儿子在事件发生时没在镇上。他还花很多精力请了位律师，在青少年法庭上为加里辩护。法庭被我父亲的放肆行为激怒了，但就像菲伊许多年前使儿子免于牢狱之灾一样，弗兰克·吉尔摩也帮加里洗清了破坏公物的罪责。

哥哥弗兰克回忆道：“爸爸和其他人最关心的是不让加里蹲监狱，生怕那会玷污家人的名声。我觉得所有人都认为加里是在自寻死路。他们认为那是板上钉钉的事，注定会发生。我不记得有谁把他拉到一边说：‘听着，你要是再这样下去，会害死自己。’我不记得有谁对加里的命运有过丝毫关心。他们只在乎如何维护家庭的名声。”

我家在约翰逊溪买了新房子的头一两年，有一次，一个客人过来拜访。母亲打开前门，发现正是六年前在萨克拉门托小餐馆里见过的那个人。他仍旧很瘦，仍旧打扮得很体面。站近时，贝茜发现那人的眼眸是淡蓝色的，抿嘴笑的模样还挺迷人，很像她丈夫。她看着这张让她既害怕又着迷的脸，心想，没错，这人肯定是弗兰克·吉尔摩的某个失散的儿子。

“我是来见弗兰克的。”那人说。

没等她回答，父亲就已站到她身边。“没事，贝蒂，”他说，“我就是在等这个人。”

父亲领着陌生人进了他的办公室，关上了门。母亲已学会了接受丈夫鬼祟的行事方式，至少她学到了刺探完全是无用功：如果弗兰克·吉尔摩不愿多谈，他就一个字都不会说。这么多年她一直生活在他秘密的重压之下，对背后的真相一无所知，可她的好奇心又实在太强，忍都忍不住。父亲办公室边上是通往楼上卧室的楼梯间。母亲可以坐在那里，神不知鬼不觉地偷听办公室里的大部分谈话。

那人和父亲谈了大约一个小时。母亲得知那人名叫克拉伦斯。他们说的那些事她一点也没听懂，但听到了足够多的信息，关于父亲和此人在做什么生意、他为什么在路上跑了这么长时间。“我再也不偷听了。”她这么想着，从楼梯间里出来，坐到厨房餐桌边。

那人离开后，父亲发现母亲坐在桌边，盯着一杯已经冷了的咖啡发呆。他给自己倒了杯咖啡，坐到她身旁。他突然像是年轻了十岁。“算是好消息吧，”他说，“那人过来谈我欠下的一笔旧账。不过，现在都搞定了。只要我们不愿意，我们就再也不用东奔西跑了。我认为我们现在可以住在这儿，让波特兰成为我们的家。”

母亲盯着桌子没动。“弗兰克，”过了一会儿，她说，“你想发火就发火吧，我听到了一些你和那人的谈话。我真心觉得还是没听到的好。”

仅此一次，弗兰克没发火。他反倒显得如释重负。“都是很久以前的事了，贝蒂。”他说，“那时我还年轻，喝酒喝得比你见过的厉害多了，而且那时我还很蠢。我觉得当时我真的已经走投无路。一开始好像很简单，等意识到自己真的卷进去了之后，我就开始逃了。从那时起，我只知道逃跑。东躲西藏，用各种名字伪装，一方面要和某些人保持联系，一方面又要和其他人断绝来往。这么多年来，我一直都在想办法弥补这一切。”

他叹了口气，抿了口咖啡：“不管怎么说，这次见面，意味着我总算解脱了。我们再也不用担心了。就别再提这件事了吧。”

“别担心，”母亲说，“我什么都不会对别人说的。再说也没人会相信我。但下次你因为加里惹麻烦打他，就先扪心自问他都是从哪儿学来的。弗兰克，我认为他这么爱惹麻烦，简直和你一脉相承。我觉得他活脱脱就是你的影子。”

母亲遵守了诺言。无论她那天了解到弗兰克·吉尔摩的什么秘密，她从没对任何人说起。但有一次，在父亲去世之后几个月，她和父亲的律师通电话说起这件事。她打电话的那天晚上加里在家，那也是他和家人度过的最后几天自由时光。母亲压低嗓音说话，这让他觉得这场谈话一定要偷听一下。贝茜在楼上说话，加里拿起楼下的电话，了解到母亲多年前得知的那个长久隐藏的秘密。

母亲来到楼下，看见加里坐在黑暗中，手还放在电话上。“你偷听了我的电话？”她问。

加里点了点头。

“该死，加里，你为什么总是出现在不该出现的地方？”

起先加里什么话都没说。这个时候，他已在监狱待过很多年，早已铁石心肠。他对偷窃、贩毒、暴力或犯罪的动机了若指掌。但母亲看得出偷听到的谈话明显震动了他，让他悲从中来。“唉，”加里说，“我就知道爸爸是个彻头彻尾的浑蛋。那件事确实办得够差劲。但记住他是那样的人也没什么大不了，反正这浑蛋根本不爱我。

老头子的这种事，我也没必要知道。”

“我很抱歉让你了解到你父亲的这件事，”母亲说，“但你不应该这么严厉地评判他。这么多年来，他一直在想办法保护我们不受这件事影响。我觉得你还是不要和哥哥弟弟说起。千万别破坏了他们对父亲的美好回忆。”

和母亲一样，加里也保守了这个秘密。不管其他人的罪行多可怕，加里永远都不会泄露他们的行踪。无论在家里还是在监狱，他对缄默法则了然于心。但我一度认为，母亲和加里了解到的弗兰克·吉尔摩的那些事对他们产生了某种影响，让他们无法忘却，却也无从接受。在母亲生命的最后几年里，她再三提及围绕父亲的那个可怕的秘密，她似乎觉得它仍会兴风作浪，伤害我们。在加里生命中的最后一天，他曾评论父亲，说得最多的，就是作为弗兰克·吉尔摩的儿子，他付出了惨重的代价。“我最初想杀人就是想杀父亲。”加里在临刑前几个小时这样告诉弗农姨父，“要是能杀了他又不受惩罚，我一定会这么干。”

第二章　角落里的男孩

一九五五年上半年，我哥哥加里一直试图在生活中体验尽可能多的事情。现在回看，让人感觉有一丝悲凉的意味。那是他少年时期自由自在的最后几个月。从接下来的二十年来看，那也是他最后几个月的自由生活。

二月，经过父母同意，加里辍了学，和一个朋友搭便车去了得克萨斯。加里在富兰克林高中的头几个月是彻头彻尾的灾难，母亲认为加里若是离开，将鲁莽的脾性消耗殆尽，也许很快就会安定下来。那时，父亲则纯粹认为让加里离开一段时间是个好主意。

旅途虽短，却成了后来加里很喜欢讲述的一段青少年时期的传奇故事。他主要是想去看看麦卡米，他出生的那座石油工人的小镇。他后来说，他和朋友在路上搭了一个男人的车，那个人想和他们发展性关系。加里说他揍了那个人一顿，把他扔到路边，然后开着那个人的车去了敖德萨。好几天里，加里和朋友都在旅馆打扑克，赚到钱就买酒喝、嫖女人。后来，男孩们开始想家，便搭便车或扒火车返回了波特兰。

回家后，加里和几个朋友开始形成一个偷汽车的小集团。他们偷来车子，给它重新上漆，开个几天便弃之不顾，然后再偷一辆。一次他们闹着玩，一连十晚偷同一辆车，总是在拂晓前把车再开回人家的车道上。五月初，他们栽在了这项危险的嗜好上，被送上了法庭。父亲坚信这是个巨大的误会，加里在整起事件中只是个不知情的小角色。法官仁慈为怀，释放了加里，仅给予警告。

两周后，加里因另一起窃车案又上了法庭，他偷了辆一九四八年的雪佛兰。这次，父亲还是坚称加里无罪，但法官不再宽容。法庭下令将加里无限期送入俄勒冈伍德本的麦克拉伦少年管教学校，并判父亲每月为加里向该机构支付三十五美元住宿费。父亲勃然大怒，变着花样骂了法官一通，法官就把父亲轰出了法庭。

判决后，法官给麦克拉伦的监事寄了一封信，信文如下：

> 该男孩因屡次行为不端被数次送上法庭。吉尔摩夫妇一再拒绝听取法庭的建议，丝毫不愿相信他们儿子的数次违法犯罪是清晰无误的事实。吉尔摩先生的态度尤其使法庭别无他择，只得将该男孩送入麦克拉伦管教所。他在支票背面签字时，亦持同样的态度："因遭强制，不得不将血汗钱交于国家，在此提出抗议。"每月三十五美元当比吉尔摩先生在家中照料儿子付出的金额更少，我相信吉尔摩先生不用为此义务而支付更多的金额，这实属幸运。若他不愿支付此笔应缴的费用，我定会将他传上法庭，告诉他为何不该如此蔑视法庭。

换句话说，加里受到惩罚，也是给父亲一个教训，让他知道自己犯下的错误。这确实是父辈之罪过，但也是法庭之罪过。

宣判后，加里和另一个男孩被铐在一起，带到州警的警车后座上，驶往向南四十英里远的伍德本。那时候，麦克拉伦管教所离高速主干道并不远。它占地颇广，有成片的绿草坪和胡桃树，门前围了一圈八英尺高的石墙。警车驶入学校的入口，经过行政大楼与各色宿舍小屋，来到后面的接待室。就在那里，加里和另一个男孩被转交给一个壮实的光头男人，我称之为布鲁先生。布鲁身边站着一条大块头的德国牧羊犬，那条狗一见有人来就上蹿下跳，把爪子搭在加里的胸上，冲他龇牙咧嘴。加里想抬起戴了手铐的双手挡住那条狗，但布鲁先生提出了严厉的警告。“你们不准碰狗，就算自卫也不行。”布鲁先生说，“事实上，你们要是敢乱动，或者做出任何威胁性的举动，这条狗就会把你们撕成碎片。”狗将男孩们挨个嗅了一遍，回到主人身边坐下来。“布鲁先生用的就是他那套荒唐理论。”多年以后，麦克拉伦管教所的一个犯人告诉我，“他坚信如果我们能和狗搞好关系，我们也会和其他人搞好关系。这个想法也许没错，但我觉得如果那条狗个头更小，没有那么强的攻击性，效果反而更好，也不会让人觉得它总想瞅准机会狠命地咬你一口。”

加里和其他男孩之后就被赶入了隔壁房间，一同进去的还有其他员工。监事们要求男孩们脱光衣服，仔细用手指爬梳他们的头发，检查有没有跳蚤。“好，”布鲁先生说，“现在弯下腰，把手伸到背后，掰开屁股。”布鲁手上拿了根直尺，在男孩们背后走来走去。他用直尺轻拍男孩们的阴囊，然后再抬起尺子，轻敲每个男孩的肛门。“看来他们的肛门都很紧啊。”布鲁对其他员工说，他们都哄堂大笑。

接下来，每个男孩都要冲澡，配发制服，即平脚裤、蓝色牛仔裤和绿色牛仔布衬衫，然后加里和其他人轮流坐到椅子上，一名监事挥动电动剃刀，将男孩们的头发剃得一根不剩，类似海军式的平头。之后，男孩们被领入所谓的寝室。寝室也就五十乘五十英尺大小，住满了差不多五十五个男孩。他们有的在地上走来走去，有的就坐在几张桌子上。房间一侧有一排马桶，没有墙将它们同屋子里的其他地方隔开，也没有屏障来保护隐私。所有麦克拉伦管教所新来的男孩都得在这里度过最初的几周，再由辅导员决定将哪个男孩分到哪栋宿舍。屋内有几张棋盘和牌桌，以供娱乐，仅此而已。没有书，没有电视，没有收音机。

到了半夜，男孩们被带往宿舍楼上的睡觉区域，新人分配到了床铺。房间的每堵墙边都排列着小单人床，挨得相当紧密。房间中央矗立着岗亭，配备了防弹玻璃和监狱铁栅栏。晚间定期会有监事进来，巡视床铺，或坐在岗亭里，监视入睡的孩子。岗亭内有部电话。监事只需拿起电话，就能立即接通马路一头的州警局。

晚上九点，男孩们挂好制服，匆匆穿上睡袍。“待在床上别动。”布鲁告诉新来的男孩们，“如果你们想要用洗手间，得等监事过来时向他提出请求。一旦熄灯，禁止说话。”

几分钟后，加里就躺在了一片漆黑之中。他应该已经在考虑如何逃出这地方了。过了一会儿，他听到一个奇怪的声音，像是有人在用力摩擦，还伴随着急促的呼吸声和几声怪异的笑声。接下来他知道的，就是有什么发烫的黏糊糊的东西飞到了他脸上。然后，又一阵湿热的液体落到了他身上。

这就是加里说的麦克拉伦管教所的“射精大战”。新来者成了活靶子……射精大战的时候，监事们都不在房间。也许，他们根本就不知道这项活动。不管怎么说，麦克拉伦管教所的档案里从来就没承认过这等事。

刚过凌晨一点，加里就被黑暗中的响动惊醒了。他抬头一看，发现布鲁先生在床铺间的过道里走来走去。他随身带了个小凳子，像是挤牛奶时放在奶牛旁边的那种凳子。他停在加里的床边，加里闭上眼睛，假装睡得很熟。布鲁走开后，又去了另一个男孩的床头。借着屋内昏暗的光线，加里看见布鲁往凳子上一坐，对男孩耳语着什么。加里翻了个身，又闭上了眼睛。

根据与加里同时期进入麦克拉伦管教所的某人所述，布鲁经常在夜间来访。“我在那儿的第一晚，”这人告诉我，“布鲁先生就拿着凳子过来，坐在我的床边。他伸出手，抚摩我的大腿，还捏我，用非常轻的声音说：‘还好吧？’我抓起他的手，把它挪开。布鲁就发火了，又抓住我，这次很用力，说：‘我想捏你的腿，就捏你的腿。’我说：‘不行。我有家人。他们不喜欢这样。’布鲁盯着我看了一会儿，又特别狠命地捏了我一下，就把手移开了。

“‘好吧，’布鲁对我说，‘你想这样就这样吧。’布鲁先生那晚的行为把我吓得半死。我敢肯定如果有人问他，他会说他想看看我是不是个同性恋，但我觉得这么做真的没必要。我认识的其他几个男孩也说过类似的经历。在我认识的麦克拉伦管教所的所有辅导员和风纪员里，我记忆中最瞧不起的就是布鲁先生。他这个人冷漠，喜欢施虐，就是个狗娘养的，非常吓人，我最后一次听说他的时候，他还在俄勒冈的监狱系统里工作。”

这就是加里远离家庭被关起来的第一晚。

加里进麦克拉伦管教所时年仅十五，聪明，有才华，却正踏上麻烦不断的人生旅途。一年多一点后出来时，他已完全听命于为非作歹的宿命。“管教学校传播了某种秘传知识。”多年后，他告诉拉里·席勒，“这很复杂。孩子从管教学校出来后，在其他地方是学不到那些知识的。他通常都会对知道同样的秘传知识，也就是具有犯罪特质的人产生认同感，那种特质随便你怎么称呼。所以去伍德本在我的人生中并非小事。”

这倒不是说管教学校是加里堕落的罪魁祸首。我读过麦克拉伦管教所关于加里的档案，没想到在加里被处死后，学校竟还完好无损地保存着那些文件，偶尔也会让好奇的执法人员与管教所的教官过目。尽管学校不让我看哥哥的精神评估报告（那可能是他档案中最重要的一部分内容），但我仍然觉得那些记录很有意思，有时对加里及其家庭充满了洞见。那些文件中确实浮现出一个主题：加里的麻烦与他父亲的影响有着根深蒂固的关联——这位父亲似乎完全不愿面对艰难的真相以拯救自己的儿子。和我父母第一次面谈之后，有个监事这样写道：“辅导员发现了这样一个事实，即在和母亲面谈时，父亲坐在车外，这表明他要么缺乏兴趣，要么感到羞耻，要么觉得对解决这样的问题感到无能为力。当然，也应该忠实地记上一笔，四岁的迈克[①]当时也在车里，父亲也许认为母亲接受面谈时他最好和那个小男孩坐在一起。”过了几段，辅导员又写道：“吉尔摩先生……似乎极有控制欲，像是（一个）……专制君主……遗憾的是，年轻得多的母亲在这方面却黯然失色。如果加里被遣送回家，在如何执行加里的假释计划方面她应该起不到什么作用。”还有一份记录这样写道：“家庭的物质生活水平极好，但由于父亲偏执的态度，男孩已受到严重伤害。”

加里被关在麦克拉伦期间，我父亲仍然对学校想要给哥哥营造

① 前文提及，作者出生时的名字为“Michael（迈克尔）”，“Mike（迈克）”是其简称。

良好家庭氛围的努力保持敌视态度。父亲坚持认为我家不应该为加里的麻烦受责；加里是被其他人设套陷害的，受到了错误的惩罚。父亲告诉学校的官员，应该免除加里的罪责，还他自由之身，问题自然就会得到解决。有个辅导员很聪明，认为父亲始终不渝地捍卫加里，并不表明他有多爱自己的儿子，或想要保护儿子，这只是我父亲思维的延伸，他认为这个世界想毁灭弗兰克·吉尔摩，甚至通过毁灭他的家庭这种手段。“无论（加里无辜）与否，”这名辅导员写道，“加里在家时无可避免地会认为学校、法官、地位高的社区居民，也许还有其他人都在想方设法摧毁他们整个家庭。”

但档案并未说出整个故事。我和当时与加里一起住在麦克拉伦管教所的几个人交谈过（或读过他们回忆的文字）。将这两种观点（官方的叙述和曾在学校待过的人的回忆）结合起来，就像是在观看同一段历史两个差别极大的版本。一方面，学校的某些辅导员显然想尽己所能理解我哥哥，想要转变他的人生。但对他们的努力，他回报以一连串的逃跑和暴力行为，迫使他们对他施以最严厉的惩罚。但我从听说的这些故事里也能看清一点，即尽管每个人都有良好的意图，但二十世纪五十年代在管教学校的经历确实在许多方面都惨无人道。男孩们被锁进寒冷的屋子里独自关禁闭，在辅导员的授意下遭到毒打，环境中盛行令人震惊的暴力和性侵行为。对有些孩子而言，被关在这样一个世界里只会加深他们的恐惧和憎恶。“普通人绝对想象不到这种事，”一个当时被收容的人这样告诉我，“只要被关进去，你就会恨天恨地。要是无法将这种憎恨发泄出来——或者不满足于拿支冲锋枪闯入银行，把里面的所有人都干掉这样的幻想——你就会恨自己。到了一定程度，你会自残，会真心希望别人把你干掉。有时候，能做到这一点的唯一方式，就是尽己所能地伤害和激怒别人。”

我发现在麦克拉伦管教所这件事上最可靠、最具条理的观察者是一个名叫杜安的人。他待在管教学校的时段与加里几乎相同，和我哥哥也很熟。一天早晨，杜安来到我在波特兰的公寓，和我分享了他的一些回忆。杜安在学校里曾是个优秀学生，直到十五岁时，继父开始狠狠地打他。之后他就开始和其他混混在外面鬼混，偷车和别的东西。一次他们犯了个错误，闯进了条子的家，偷了把左轮手枪。于是他们遭到了大追捕，最终被逮捕归案。这件事当时在《俄勒冈人报》上闹得沸沸扬扬。结果，杜安和一同被捕的朋友被送入麦克拉伦管教所，成了那里的大人物。其他男孩认为他们是羽翼丰满的法外狂徒。“其实，我们就是群傻×，”杜安说，“但那些孩子并不知情，我们当然也不会说，因为在那个地方你说的话百分之九十都是用来唬人的。到了那儿，你就是和一些歪瓜裂枣待在一起。要是他们发现你根本就不是像他们想做的那种杀人狂魔，就会让你哪儿凉快哪儿待着去。”

加里进去的时候，杜安已在那里待了一周。杜安对我哥哥的第一印象与给男孩们做的心理测试有关，测试用来决定该把他们放到什么位置，今后该适用何种假释。“管教所里有个特别肥的心理医生，”杜安说，“那家伙的体重很可能超过三百磅。我的天哪，他竟然是个医生，还和管教学校里的学生打交道，所以他能好到哪儿去？不管怎样，你总得进去，坐到那家伙桌子的对面。他坐在那儿，盯着你看上二三十秒，脸上还一直冒汗，然后他会冷不丁地问出第一个问题：‘你干过多少女孩？’基本上我在麦克拉伦管教所认识的每一个人都有过这段经历。对我而言，我觉得哪怕说干过一个女孩，刑期就会增加六个月。可要是说自己还是个雏儿，我的威信又会大大降低。所以很纠结啊。但我去那儿的时候，还确实是个处男，于是我选择实话实说。大多数家伙都会胡吹乱诌一通。他们会说：‘五十个吧。’然后，那个心理医生就会要名单，他会耐心地写下所有的名字。我记得有个叫雷蒙德的家伙说干过两百来个女孩，医生就让他把两百个女孩的名字列出来。雷蒙德签好名后，麦克拉伦管教所就会把这份名单寄到他就读的高中。我可以想象得出那些女孩被学校找去问话，被问及是否和雷蒙德有过性关系，该有多糟心。是吧，他们以前对青少年生活的干涉比现在厉害得多了。那时候，女孩要是有过三个男人，就是个鸡。有五个，就成了女魔头，永远别想嫁出去。”

杜安说：“那个心理医生接下来会做的事，就是给你一支铅笔和一张纸，说：‘好，给我画栋房子。再在房子里画上你自己。’诸如此类。我立刻就明白了他想干什么。他想看看那栋房子，看看我住在房子里的什么地方。他期待我给他提供有关我自己的线索。我就画了起来，跟他直来直去的，因为我早已听说要是心理医生认为你这个人麻烦很多，就会把你分配到最差劲的宿舍去。我想进好一点的宿舍，那儿的孩子能尽快出去，所以我不想搞砸自己的心理档案。

“我回到营房后，和朋友们坐在一起，嘲笑那个心理医生，想一些能整他的法子。我就是在那时候遇到加里的。我记得他这人不错，有点腼腆，很想和我们相处，想让自己显得出众。他见我们这么做后，就想要要那个心理医生和他那套不中用的理论。我认为他也想在我们面前显一显。他比我们都小，也许小个一岁半岁吧。”

杜安讲故事的时候停顿了一会儿，摇了摇头。“这件事我记得很清楚，事后感觉很不对劲，尤其是听说了加里后来发生的事。我的意思是，这事说起来很可笑，但如果我能在当时所做的事中——也包括我那些所谓的罪行——只能改变一件的话，我肯定不会这样对待加里，因为我发现他上了我的当，还真那么干了。我告诉他：'那好，现在你来画一下你自己，画上小嘴巴，大眼睛，大耳朵，没有手。你知道这样画能让那傻× 心理学家明白什么吗？你说不出话，也没有手，很无助，什么也改变不了。可什么都听得清楚，什么都看得清楚，于是你就成了个妄想狂。'虽然加里并不完全是那样，你明白我的意思吧？但他还是照做了，他进了那儿，就那样画了。"

杜安说："我真不应该那样做，我总以为能让那些傻孩子对我言听计从，让自己显得很牛，尽管我也知道那个肥佬心理医生在许多方面都让人瞧不起，可他有权把加里分配到最差的宿舍。等后来你意识到自己还是个孩子又被关了起来，就全完了。我明白那里每个月都有很多人在等待被释放。我得确保自己能被列入那个名单，尽快出去，所以我觉得自己得和其他孩子竞争。进了那种地方，你就会那样想。我当时在玩一个不该玩的游戏。"

麦克拉伦少年管教所给孩子提供辅导和教育，如果孩子有这个意愿，还会得到职业培训，主要是干农活。而加里多半选择麦克拉伦管教所未列出的第四个选项：全天候的惩罚。事实上，加里进了麦克拉伦管教所没几天，就开始惹是生非。他第一次就栽在了布鲁先生手里。"布鲁先生喜欢把那种惩罚称作'扇靶子'。"杜安告诉我，"我被扇过几次。不用干多大的坏事，就是冲其他孩子大吼大叫，或推推搡搡，只要是任何好斗的迹象。我知道你哥一开始就挨过不少扇靶子。我记得还亲眼见过。"

我问杜安，什么是扇靶子？

杜安咧了咧嘴："布鲁先生在接待室有间全玻璃的透明办公室。你要是违反规定，或者只是把布鲁给惹恼了，他就会把你单独叫进他的办公室，关上门。他会让你脱掉衬衫，脱掉裤子，光着身子。然后，他就让你弯下腰，握住自己的脚踝。这时候，他便拿起硬邦邦的乒乓球拍——拍子上钻了个孔，以减少风阻——用这拍子扇你的屁股。挨过扇靶子后，你的两瓣屁股就会溃烂。我们把这叫作前照灯。我不知道为什么不叫尾灯。我猜是因为屁股很白，就像汽车的前照灯。布鲁最少得扇二十五下，你要是把他气得不轻，就会被扇五十下。我知道你哥受过好几次这样的惩罚，因为我亲眼见过。

"奇怪的是，布鲁先生在那儿没有感情。那就像是有股力量在和你作对。他说要扇你靶子的时候，脸上还挂着笑。他用单调的嗓音对你说：'加里，我很抱歉得这么做，但我只能这么做，因为你这是自找的。'然后，就是啪的一下。我从没被打成那样过，这辈子都没。真的，那种体验太可怕了。"

但扇靶子只不过是开了个头。麦克拉伦管教所还有更严厉的惩罚，加里就领教过。

进入麦克拉伦管教所之后几周，加里和一名辅导员以及其他几个男孩去俄勒冈海岸的海滨区附近野营。这其实是场测试：如果男孩们在那样的场景里懂得合作，证明他们有责任心、值得信赖，他们就能更早获得假释。孩子们早晨去钓鱼回来的途中，加里和另两个孩子落在了队伍最后面。三个男孩一发现已走出了辅导员的视线，就拼命朝反方向狂奔。他们穿过灌木丛，直奔海滨区，在那里搭上车去了波特兰。那天晚上，加里和其他人就睡在一栋空荡荡、脏兮兮的平房里，就在约翰逊溪我们家的后面。次日清晨，趁父亲外出干活，加里就进屋告知母亲，说自己逃了出来。学校早已打来电话，告诉她警察正在寻找加里，她试图说服他返回学校，但加里拒绝了："我在那儿都快疯了。"然后就把自己在麦克拉伦管教所的所见所感说给她听。母亲给了加里五十块钱和一套换洗衣服，让他一定要小心，不管去哪儿落脚，都要给她写信。她没给警察或麦克拉伦学校打电话，没说逃走的儿子来过家里。她当时就决定，不管出于什么原因，她再也不会将自己的儿子交给执法当局。

那天其余的时间加里和其他人躲藏在电影院里，晚上睡在废弃的汽车里。翌日清晨，加里在迪威臣街偷了辆一九四七年的雪佛兰，开了两百英里路去了俄勒冈的彭德尔顿，车子在那里抛了锚。然后，孩子们又偷了辆一九五五年的雪佛兰，眼看马上就要穿过俄勒冈和爱达荷交界时被州警逼停。逮捕他们的警官在报告中说，三个逃犯似乎觉得追逃很令人兴奋，对自己干的事很自豪，特别是加里，还吹嘘自己的偷车技巧。

回到麦克拉伦管教所后，逃跑愈演愈烈。"（加里）会想尽办法寻找逃跑的机会。"他的辅导员写道，"这男孩极不安分，不值得信任，对当局抱有抵触心理，拒不承担自己的义务。只要在空旷处，（他就会）是个安全隐患，会从L. E. 达林的程序中伺机寻找机会。"

L. E. 达林也称作L. E. D.，是麦克拉伦管教所最严格的安全部门，是栋很大的宿舍楼，就在场院的后方，用高高的铁丝网与其他地方隔开。

杜安说："我觉得待在L. E. D. 里的孩子们的日常生活和我们没什么两样，只是他们没法外出，纪律也会更严酷。说到严酷，有传言说并不仅仅是关禁闭。据说L. E. D. 有一间房间，里面有手铐，你真的会被铐在墙上，而我们这儿不会。我从没受过这种惩罚，但我从其他孩子那儿听说，关在L.E.D.里的人被铐到墙上后，监事会把他们暴打一顿。和扇靶子不同，那可是实实在在的抽打，皮带抽在背上，就像被剥皮一样疼。在L. E. D.，他们要是给你面包和水，那你就只有面包和水，中午只有一杯牛奶，得这样待上三周。我有几次被这样惩罚一周，没什么长远的后果。我不知道要是两三周都这样的话，会怎么样。我觉得那肯定很难受。”

一九五五年剩余的时间里，加里一直待在L. E. D.。圣诞节前不久，宿舍管理员写了一段笔记，内容如下：“加里仍旧喜欢待在角落。我一直认为加里谁都不信，不管是员工还是那些男孩。他想成为团体的一员，但似乎无法做到。我对团体讲话，他就会进入角落，不参加讨论。”宿管还注意到加里几乎每晚都做噩梦，经常说梦话。

但L.E.D.的监事发现，当加里安安静静、态度冷淡的时候，他就不怎么爱惹麻烦。“有的员工认为加里是他们见过的最好的孩子，不应该待在L.E.D.里。”有个辅导员这么写道，“有的意见认为这男孩落得这样的下场，或许并非他自己的过错，就算行为不端，应该也不是什么大事。”

一九五六年一月一日，麦克拉伦管教所将加里从L.E.D.放回三号宿舍楼，那地方被认为是学校最好的宿舍楼。两天后，加里去找宿管，说如果不把他关回L. E. D.，他还会逃跑。他不喜欢在普通宿舍楼没法抽烟的事实，他还发现L. E. D.外的生活太拥挤、太喧闹。宿管当晚上将他放回了L. E. D.，但认为加里是在小题大做，最后还是让他回到了三号宿舍楼。第二天他就跑了，不到一周他又被抓回来，再次被分入了L.E.D.。

这种自寻惩罚的倾向在我哥哥之后的监狱生涯里成了一种固定的模式。他会公然违反狱规，就是为了让自己持续受到严厉惩罚，通常是关禁闭。确实，到加里临死的那一刻，他监狱生涯的一半时间都处于这种隔绝孤立的状态，或受到最严厉的其他形式的监禁。麦克拉伦管教所就是他建立这种模式的场所：在接下来的几个月里，他在 L. E. D. 里的表现可圈可点，可一旦被放回学校的主流大众中，他就会再次逃跑，或违反校规，好让自己再次回到最严厉的看管之下。

“我最后一次看见加里，”杜安对我说，“是在食堂吃午饭。他想说服我加入 L. E. D.。他告诉我自己有多喜欢那儿，我知道那都是屁话。谁会喜欢一天二十四小时被关起来？而且谁都知道，要是说有什么变态行径发生的话，准保会在 L. E. D. 里。但加里坚称那儿的生活很棒。他说：‘杜安，我们在里面想抽烟就抽烟，想骂谁就骂谁。不用受那套规矩的管束。甚至还不用上学、干活。’他好像并不理解，那不是什么特权。那种待遇是学校表明被关在 L. E. D. 里的男孩不可救药的方式。他们可以抽烟骂娘，但还是得被关在里面，直到学校领导觉得可以放行才会被放出来。”

杜安说，加里待在 L. E. D. 里时发生过一起事件，跟打架有关。“要是在麦克拉伦管教所打架，监事不会管。我见过两个梅德福凶悍的伐木工的孩子残忍地打斗了足足二十分钟，其他孩子都在喝彩，监事就退到一边，抽着烟，乐呵呵地看两个孩子互相打得半死。我认为监事这么处理，是觉得这样可以释放压力。如果扼杀这种行为，紧张气氛就会形成，歪门邪道又会多起来，最终将导致最严重的暴乱或是群体斗殴。我在麦克拉伦管教所里参与过和看过的斗殴都很野蛮。他们会奋战到底，因为他们心里很清楚在那儿没人会保护自己。没人会跳出来说：‘好啦，都给我分开。’所以你得随时做好干架的准备。你得告诉自己你很强悍，你就是杀手。

“总之，有个叫斯基普的家伙和你哥住在同一栋宿舍楼里。我不记得斯基普姓什么，但他把自己的爹妈都给杀了。这件事在俄勒冈曾轰动一时。他是个十二岁的小男孩，父母都是酒鬼，经常揍他。一天晚上，他们把他打得半死，打完，就倒在床上睡着了。在这个世界上，斯基普唯一所爱就是他的小狗。那晚，斯基普杀了他爸妈和小狗。警察发现他的时候，他就躺在小狗身边哭泣，法庭把他关进了麦克拉伦管教所。斯基普很危险，他真应该被关进疯人院。”

照杜安的说法，一天，斯基普和加里在宿舍楼一起准备餐食。“不管斯基普到哪栋宿舍楼，”杜安说，“首要原则就是别让他碰刀子，因为他这人就是个变态。他要是有刀，很有可能就会动刀子。那天早晨，斯基普和加里发生了争吵，斯基普便抓起一把刀。加里朝斯基普冲过去，从他手里夺过刀子，然后把他打得很惨，打到他倒在地板上直哭。从那以后，就没人敢惹加里了。他被视为在麦克拉伦管教所里最厉害的角色之一，他那些最亲密的伙伴也都不是什么善茬儿。我从来不想和加里打架，也不想惹他。刚开始，我们就相处得不错，总之我们之间也没发生过什么。但我向你保证我压根儿一点都不想招惹他，因为他这人很强悍。你要是把他给惹毛了，他就会找机会报复你。”

杜安又告诉了我一件加里在 L. E. D. 里的事。

“麦克拉伦管教所里有个孩子叫弗里茨，是十足的反社会施虐狂。他十一岁就被送到那里了。他以前常抓猫，把猫尾巴系在生皮鞭上，再甩过晾衣绳绑在一起，看猫怎么挣扎脱身。当然，猫会自相残杀。他就是因为这个进来的，罪名是虐待动物。他就是个魔鬼，年纪还那么小。在麦克拉伦管教所，弗里茨喜欢把铅笔削尖，像针尖那样，再用来戳人。

杜安继续说道：“一天晚上，我住在‘蜜月套房’里，那是给一号隔离单元起的绰号，就在 L. E. D. 边上。那儿什么盥洗设施都没有，你只能坐在地板上，啥事都干不了。我半夜坐在那儿，听见淋浴区有声音传来。我立刻就认出了那个声音，是弗里茨。他正被压在地上求饶。然后，我又听见压着他的那些孩子的声音。是加里和他的几个朋友。你知道他们对弗里茨干了什么吗？他们把铅笔戳进了他的屁眼。我能听见他们边干边说这事。我永远忘不了那孩子的尖叫声，我还听见加里说：‘别动，你他妈会把铅笔弄断的，狗杂种。’后来，我听见他们在笑，还听见弗里茨在尖叫。我不知道弗里茨做了什么，会受到这样的对待。虽然谁都不喜欢他，但你也想象得出如果铅笔在直肠里折断会怎么样。那可是要命的。L. E. D. 里就会发生这种事，那是它丑陋的一面。

“之后，至少在孩子们中间，加里的名声越来越差。谁见了他都害怕，其他男孩都和他保持距离。”

与这些恐怖的故事相反的是，接下来的这个故事差不多称得上柔情，虽然本质上更糟糕。

我记得曾找到加里写给母亲的一封信。她把信藏在了办公桌里。那信是他离开麦克拉伦管教所几年之后写的。当时加里可能已经有二十岁了，正因某项指控在波特兰市立监狱服刑。信是加里从医院寄来的，就在他第一次在监狱尝试自杀不久之后。他打碎牢房的灯泡，用碎玻璃割腕。当血流得很厉害，他就会踢牢友的脑袋，把他踢醒。那个可怜的家伙醒来后，发现加里的手正往他脸上喷血，就大喊大叫，喊来狱卒救我哥哥的命。这种事后来成了家常便饭。于是母亲就给加里写信，问他为什么要尝试如此致命的游戏。

加里回信说，多年以前在麦克拉伦管教所里发生的一件事让他深受其扰，那件事他从没对任何人说起。加里在信里说，他曾结交了一个十四岁左右的小男孩。那孩子举止得体，生性脆弱，这在监狱里可不是什么好事。那男孩之所以被送入麦克拉伦管教所，是因为养父母对付不了他，也没活着的亲戚肯收留他。换句话说，他孑然一身，是个孤儿，没有家人，没有访客，没有朋友。加里说，他那种孩子，不管是辅导员还是狱友都觉得可以随便欺负，因为没人会替他说话。加里说，他有一次看见十个男孩把那个孩子摁在地上，轮流鸡奸他。加里说，轮到他的时候他拒绝了，而他的拒绝似乎赢得了那个男孩的信任。

那个男孩越是受到不公的对待，就越是脆弱。一天，男孩生病了。监事带他去医务室看了几次，但他就是不见好转。最后他们认为他是在装病，想要逃跑。加里告诉母亲，说那时候他睡在男孩的上铺，觉得男孩很无辜，应该被爱护。一个寒冷的晚上，男孩叫夜间看守带他去医务室，但看守拒绝了。男孩就走到加里的床铺边，问他："我今晚能和你睡一起吗？我好怕，想要别人抱抱我。"加里整个晚上都和男孩睡在一起，搂着他，抚摸他滚烫的额头，轻柔地对他说话。"我真想消失不见，"男孩对加里说，然后试着在我哥哥的臂弯里蜷成一团，"我想消失在我身体里面的那团空虚中，那样就再也没人会伤害我了。"最后男孩睡着了，加里也睡着了，就这么搂着他。等加里醒来，发现自己仍然搂着那个男孩，男孩蜷成一团，冷冰冰的，已经死去。加里说他就那样待在那里，一直搂着男孩，抚摩着他的脸。"如果没人把我弄出监狱，我也会变成那样。"加里写道，"我现在很健康，不可能像那个男孩一样死去，所以我就尝试我知道的唯一一种让自己能逃离的方法。对不起，妈妈。”

我相信，这个故事又是我家人不得不对自己撒的谎，用来讲述原本可怕得多的真相。麦克拉伦管教所没有任何那个时期的死亡记录，加里的档案里也没提到任何哪怕有一丁点相似的事情。我认为这件事不应从字面意义上理解，而从或许更重要的比喻意义上来理解的话，这故事就基本上可以说是真的。我认为加里所写的那个男孩，那个想要消失在自己的空虚中的男孩就是加里本人。我认为加里所写的正是他在地球上的最后一晚，此后他让自己变得尽可能残忍，才能在自己的余生里幸存下来。

后来，加里似乎发生了某种变化。他宿舍和学校的报告显示，他的表现日渐稳定，似乎也更愿意努力接受辅导。一九五六年六月，加里的治疗师写道：“辅导员定期去看加里，他利用这段时间详细讨论了如何对待自己的恐惧和愤怒。他表达了对人际关系的巨大恐惧，似乎对自己会做的事情感到害怕，也对自己会受到的对待感到害怕。他仍然会强迫自己伪装起来，让自己不得不表现成那样。他表达了自己受到家人排斥的感觉，特别是父亲对他的排斥，父亲从肉体上和精神上都伤害了他。加里谈及早年四处奔走的生活，还提到了无数次打架斗殴和攻击性的行为。”

总之，学校官员认为加里已转过重要的拐点，现在是时候让他用新的眼光认识真实的生活，学会与社会和家庭共处。夏天，在加里的配合之下，加里的辅导员提出了假释计划。他将回家与我们同住，到波特兰的富兰克林高中就读二年级。他也同意找一份兼职，避免与有不良记录的人接触，不参与任何非法活动。加里还同意每周去波特兰心理服务医疗大学接受治疗。“对参与这样的计划，加里表现得特别积极，”辅导员写道，“他表示愿意为该项服务支付费用，不愿因额外的开支而加重父亲的负担。看来，他会继续接受治疗……应该会从中获益良多。”

九月一日，加里从麦克拉伦少年管教学校获得假释，回家了。

“此后，我就再也没见过加里。”杜安说，“我也得到假释，接受了这项服务。不久之后，我的女朋友怀孕了，我决定和以前所有的老朋友道别。我知道如果继续和他们厮混，婚姻肯定没戏。那时候我成长得特别快。后来我在报纸上读到很多在那儿认识的人发生的事。他们中的许多人因为各种各样的原因进了监狱，许多人还死得很惨。后来，砰的一下，有一天，可怜的加里也上了头版头条，请求犹他判他死刑。我当时住在加利福尼亚，在海湾区的一家造纸厂工作，就在那天早晨，加里被处死了。我实在没想到他们真会这么干，总以为会有人出面干预。加里确实做了错事，这点毫无疑问，但我的天啊，像曼森那样的人我们不还让他好好地活着吗。有许多人更坏，而且也没像加里那样悔罪，不都没事。

“在新闻里看到加里，重温他那种堂吉诃德般悲哀的日常生活，我多少次都希望能走过去，伸出手臂搂着他说：‘该死，加里，你就不能冷静一点吗，别再羞辱那些狗娘养的了，你再这么干，他们总有一天会宰了你。这辈子你就低一次头吧。你就遂了他们的愿吧，向他们道个歉，请求宽恕，你就能活下去。’我坚信如果加里承认自己是在和无法打败的强大势力作对，他们应该会从心底里宽恕他。他只是选错了要挑战的人。我记得告诉过妻子：‘那些该死的摩门教徒总觉得上帝站在他们那一边，从来不问问自己是否有权理所当然地执行上帝的旨意。’那种宗教狂热真的太可怕了。”

那天，杜安离开我的住所之前，说还有最后一个想法要和我分享。“你听到这些事，心里肯定很痛苦。如果我的兄弟也经历过这样的事，我也会很难受。加里就是其中之一。他在我心里就是一个老朋友，而我对自己的老朋友一向都很忠诚。他并不是一个头脑简单、愚蠢的恶魔，不像报纸通常对犯下那种暴行的人的描述。他是个好人，只是被害惨了。我承认很多事情是他自己造成的。但并非全部。根本不是全部。”

第三章　日益狂野

加里不在家的日子，我家似乎进入了难得的平静时期。父亲的出版生意蒸蒸日上，他已经扩大了生意的规模，还包括每年出版俄勒冈和华盛顿的交通法规概要。现在他赚到了足够多的钱，在波特兰、西雅图和塔科马都设立了办公室，他大部分时间一直在路上，监督他雇来的流动销售员。我哥哥弗兰克已经十七岁，在富兰克林高中读三年级，对魔术这种行业和手艺产生了浓厚的兴趣。他的激情部分来自仍然盛行于我家的传奇故事，即胡迪尼是他的祖父。不过没关系，弗兰克在这方面也挺有天分。与此同时，已经十岁、入读教区学校的盖伦似乎也具备神童的潜质。他已阅读了大量莎士比亚的作品，还能长篇大论地引用爱伦·坡那些阴郁至极的诗句。他似乎爱诗歌胜过一切，不过除了女孩，从小他就特别喜欢女孩子。他临死时还留下一首未完的诗歌，身陷一段未竟的恋情，尽管那段恋情多年之前就已吸噬着他的生命。

唯有我母亲在数着加里出狱的时日。她见我父亲打他、待他仿佛不是自己亲生儿子的次数越多，加里受到学校和执法部门的惩罚越多，就越觉得加里是个特别的孩子，是她心中的最爱。这不仅是因为他现在扮演着害群之马的角色，和她以前在自己家中一样。并不只是如此。和我父亲一样，贝茜·吉尔摩也深藏着不可告人的秘密，她独自警惕地守护着它们。

加里回家后，平静被打破了。他回来没几天就又和父亲没日没夜地开战。每次加里违反家规或有蛮横无理的行为，父亲就会威胁他，要把他立刻送回麦克拉伦管教所，甚至有一两次还打电话给假释官，要求采取强制措施。“显然加里和他父亲无法确立合作关系……”假释官在一次来访后写道，“（他们）两人性喜互相猜忌，健康的父子关系对他们而言似乎遥不可及。男孩和父亲都希望能成为彼此的朋友，但显然又都觉得最好的防御手段就是进攻，所以让他们互相迁就显然不可能。不过，事情还未成定局，或许让加里定期去看（心理医生），我们就能使这两个彼此敌视的人互相理解。”

不幸的是，一次争吵后，父亲拒绝继续支付加里的心理咨询费。他没看出心理咨询对谁起了作用。之后，加里的假释官便对此事彻底撒手不管了。“看来吉尔摩先生没有能力与加里建立哪怕极其微小的有建设性的情感关联……”他写道，“我们只能希望加里在校园的人际关系中成熟起来，即便存在这些家庭方面的负面因素，他也能继续获得假释。不过，笔者意识到从某种意义上来说这只是一厢情愿，毕竟加里对上学一直持矛盾态度。”

重新开始的敌意逐渐蔓延至整个家庭。一次，母亲发现盖伦坐在后屋的台阶上，撕心裂肺地哭。加里刚和父亲吵了一架，气呼呼地跑到后面去了。当时盖伦正坐在后屋的台阶上，挡了加里的道。加里就把他拎起来，扔出了后屋的门廊。一年多以前还和加里一起玩的弟弟现在却成了他的出气筒。“他变了，妈妈，”盖伦一边抽泣一边说，“他再也不喜欢我们了。”

“是啊，”母亲说着，搂住盖伦，“我知道，他变了。可有时候，想让别人改变已经太迟了。有时候，无论如何，你还是得爱他们。”

就是在这段时期，我们家晚餐时的争吵也愈演愈烈。在我们家，吃晚饭从来就不是什么舒心事，主要是因为一天中只有那段时间全家才会聚在一起。错过晚餐，或甚至晚点吃饭，都是在违反父亲绝对不容拂逆的规矩。但加里从麦克拉伦管教所回来后经常不吃晚饭，放学后和朋友们在外面瞎晃，要不就入夜后才回家，自己热点剩饭剩菜。这样的冒犯自然会导致他与父亲之间爆发可怕的争吵，或者父亲不允许他在家吃任何饭，除非他学会遵守规矩。

我哥哥弗兰克对这些晚餐时的较量记忆犹新。厨房很小，在房子后面，我们就在那里用晚餐。母亲坐在桌子的一头，盖伦坐在另一头。弗兰克和加里坐在一侧，我挨着父亲坐在另一侧。“我们都在桌边坐下，”弗兰克说，“晚餐很棒。堆着裹上面包屑的炸好的小牛肉，烤土豆或炖土豆，各种各样的蔬菜和甜点，还有任何你想喝的饮料。有时候，还有新鲜的自制面包。真的，我们吃得就像国王那么丰盛。可是，晚餐吃得从来都不顺心。我们坐下后开始用餐，妈妈总是会说：‘嗯，不知道加里在哪儿。’爸爸一听这话就气不打一处来。他会说：‘我才不管他在哪儿。他不在，我高兴都来不及。’要是加里进来了，爸爸就会说：‘你他妈来这儿干什么？这儿可不是咖啡馆。滚。’然后，妈妈就会替加里说话：‘好啦，毕竟是我做的这些菜，我愿意让他吃。我有权这么说。’

“争吵就这么开始了。她和爸爸就那样大吼大叫。要是谁试着让他们冷静，说吃完饭再吵，只会让情况变得更糟。过不了多久，妈妈就会抓起吃的，大多是好吃的烤肉或馅饼之类的，要不就是一个盘子或茶壶，往地上扔，往爸爸身上扔。他就会气得直跺脚，骂她是脑子坏了的疯婊子。我们其余人都坐在那儿，看着她坐在桌边哭。菜也没得吃了，谁也帮不上忙。我告诉你，这种事真的会让你发疯。这么多年来，这种频繁的争吵让我一想到要吃饭就害怕。只要想一想，就会胃口全无。”

就算不是因为加里，吵架也是每晚的固定节目。“我很怕吃晚饭，”弗兰克说，“因此我会把盘子拉到桌沿，离自己很近，紧张兮兮，吃得飞快。我这么吃，爸爸看不惯，有一次——”

我打断了他，因为我突然记起了这件事。那时候的事我记得不多，不知怎么我竟然能想起来。我说：“爸爸把你的脸按进了盘子里。”

“你还记得那事？”弗兰克说，“你那时还不到五岁吧。没错，他真的那样干了。他伸手过来，抓住我的后脑勺，直接按进了炖牛肉里。我们当时正在吃炖牛肉。”弗兰克停了一会儿，哈哈大笑起来：“结果，我脸上全是炖牛肉、胡萝卜和土豆泥。现在我可以笑，但当时我可一点都笑不出来。太丢人，太无礼，太悲惨了。我没吃完就起身走开了，好好洗了洗，坐在外面。我记得盖伦后来也出来了，坐在我身边。‘唉，’他说，‘真希望我们吃个饭别老是这么吵来吵去。可他们偏要吵。他们总是能找到事情吵起来，要不就找个理由把我们打一顿。’我记得他说这话的时候，脸上流着泪。

“我知道他话里的意思。苍天哪，怎么能这样吃饭呢。我的意思是，外面还有人忍饥挨饿，乞求能吃上一顿这样的饭。我们已经很幸运了，有饭吃，却不能好好坐下来吃顿饭，就因为有两个傻瓜不愿闭上嘴巴让我们吃饭。这种事真让人痛苦不堪。”

弗兰克叹了口气，沉默了一会儿，陷入了当时的回忆中。“爸爸的狗屁规矩实在太多了。”停了一会儿，他说，“他定了十万八千条规矩，心里也清楚没人能完全遵守。那样他就有理由揍你了。从麦克拉伦管教所出来后，加里最喜欢干的事就是冒犯爸爸的权威。”

加里不回家吃饭的次数越来越多。从许多方面来看，他早已不属于这个家了，必须不惜一切代价否定父亲的规矩。

加里在外面找到了自己的生活。正如麦克拉伦管教所的辅导员猜测的那样，加里和同学之间的关系没派上多大用场。他的新朋友要不就是在管教所里认识的，要不就是那些人的朋友，他们年纪更大，经验更丰富。

尤其是加里开始和夜猫子混在一起。那时候，波特兰市区南部有家酒吧，专门招待同性恋。警察认为那里的客人算不上暴力和有犯罪倾向的群体，而且大多数警察觉得逮捕同性恋很丢脸，所以，传闻那里是青少年惯常出入的安全庇护所，只要他们的假身份证能蒙混过关，不惹麻烦。这家酒吧成了加里最爱光顾的地方。虽然他后来极力辩白，说自己从没参与过在监狱生活里屡见不鲜的同性恋活动，但我发现其他人不这么认为。我与那些和他一起去过这家酒吧的人聊过，他们见过他坐在角落的卡座里，和其他年轻男人偷偷亲嘴，或让年纪大的人把手搁在他紧绷的牛仔裤上。有个名叫约翰的人常去逛酒吧，对加里和他那伙人特别感兴趣。约翰会让男孩们带女朋友去他市区的公寓，通宵开派对。后来，加里和其他一些人成了惯偷，需要窝藏赃物时，约翰有时也会让他们把东西藏他家里。作为回报，加里和其他男孩就扔硬币，输的人得为约翰口交，有时候还有他的一两个朋友。

尽管加里会和同性调情，但他在女人堆里也挺吃得开。据说，女孩们很喜欢他酷酷的长相和衣着，他能轻松搞到烈酒、大麻、止咳药，有的女孩因此觉得他很了不起。不管怎么说，照我哥的几个朋友的说法，只要有女孩和加里外出，他准保会上那个女孩。那就是他的名声。他们要不四处找茬，要不就去很远的地方惹是生非，再黑灯瞎火地走很长一段路独自回家。有时候加里会和另一个朋友约几个女孩出去，偷辆汽车，接上女孩，带她们去乡村公路上玩。加里会坐在前座和一个女孩搞，他的朋友则坐在后座和另一个女孩搞。然后，女孩们会爬过座椅互换，接着和另一个男孩搞。他的朋友说，人人都知道加里喜欢直截了当。"加里不喜欢浪费时间，"他的一个狐朋狗友说，"他会说：'好，现在让我来搞你的女人怎么样？'大多数女孩并不介意他这么说。她们愿意和他出去就是喜欢他这一点。"

夜间行动越来越严重。加里开始撬门进药房或其他店里，偷药品和钱，还偷了支枪。他想偷个一千多美元给自己买新衣服、毒品和烈酒，再办个派对，玩到凌晨。夜复一夜，都是同样的勾当。抽大麻，带女孩去约翰那里，或载她们去兜风，再一起喝到不省人事。加里和朋友晚上弄不到女人或钱花完了的时候，就会闯进别人家或铺子里行窃。在别人家中他们会偷戒指和手表。他们总是很喜欢窥探别人的生活。

加里回家的那些晚上，他会步行经过伍德斯托克大道里德学院那条马路上的一座大超市，那地方离家大约一英里。那是我家最喜欢的购物场所之一，父亲一直以来都被视为超市的最佳顾客。几年前有一次，加里在那里行窃被抓，超市经理在众目睽睽之下拽着他的胳膊从别人面前走过，给我父亲打电话。父亲仍然可以去超市购物，但加里被永久禁止入内。这段插曲想必他一直怀恨在心。一天晚上回家途中，加里发现超市快要打烊了。他在头上罩上女人的尼龙袜，走进超市的办公室，用枪顶着经理，就是多年前拽着他胳膊的那个人。“要是不想让我一枪崩了你的话，”加里对经理说，“就把保险箱里的钱全都交给我。”

那天晚上，加里走出超市，购物袋里装了一万八千美元。他用这些钱撑了一段时间。他从未因这次抢劫被捕。甚至都没人怀疑过他。

又一天晚上，加里和一个名叫克莱德的朋友出去。他们带了些药丸，去看小理查德[①]的演出。那天，他们想要好好庆祝一番。为了让加里改邪归正，父亲给他买了辆二手的奥兹莫比尔牌汽车。那天晚上加里第一次把这辆车开出来。车很漂亮，他心里很得意。约凌晨两点，加里和克莱德正沿着第八十二大道行驶，那是波特兰东部的主干道，是车辆遭窃的重灾区。加里的奥兹车没油了。

“靠！”克莱德说，“现在怎么办？”

加里耸了耸肩：“我不知道。”他望向窗外，看见一片旧停车场，“去偷一辆吧。”

几分钟后，加里和克莱德开着一九五六年的雪佛兰在第八十二大道上狂飙而去。开车的是加里。他们闯了红灯，不一会儿，一辆警车就跟了上来，红灯闪烁。

加里和克莱德对望了一眼。“你想怎么办？”克莱德问。加里笑着说：“去他妈的。”然后就猛踩油门。

---

①Little Richard（1932－2020），美国摇滚歌手、作曲家。

那时候，第八十二大道可快速通往波特兰周边的乡村道路。无论过去还是现在，那里都荒无人烟。加里朝其中一条乡村马路驶去，轰鸣而过，雪佛兰的时速飙到了一百一十英里。三辆警车从后面飞速跟来。加里发现前方堵了几辆卡车。他在最后一刻猛打方向盘绕了过去，继续往前疾驰。跟在后面的两辆警车却全部报废。

"哇，太酷了！"克莱德喊道，"我们简直就像黑帮。"

几分钟后，加里听见汽车噼啪作响。车子没油了。他把车停在一家农舍的车道上，和克莱德下了车。不一会儿，十五名警察包围了这个地方，向空中射击，以示警告。克莱德还没来得及逃跑或躲藏就被逮住了，但加里逃走了。第二天，为了救哥哥一命，克莱德的妹妹告诉警察："加里·吉尔摩藏在波特兰市区一个卖水果的家里。"她把约翰家的地址给了警察。

加里和克莱德在县立监狱待了几周，被移交至成年人法庭。克莱德怕得要死，但加里似乎很自豪。他的自信也有道理。父亲请了一位有名的律师，那个人在波特兰政界中人脉很广，想办法让加里缓刑一年。甚至克莱德也连带沾了光。他们又回到了旧日时光。

有些东西迟早要还的。

那是一九五七年七月中旬一个炎热的晚上。加里和克莱德很晚才出门，又像寻常一样寻欢作乐，惹是生非。他们正从东部的一个派对上归来，在派对上他们吸了一整晚大麻，当时他们正沿着第五十二大道靠近赛区路的地方走着。凌晨两点半左右，他们路过一栋办公楼。加里环顾四周，周围空荡荡、静悄悄的。"我们进到大楼里去。"加里说。他们发现一扇松动的窗子，就撬开爬了进去。不一会儿，加里就在一张办公桌里找到一支点三十二口径的自动手枪。

枪里装了子弹，保险也已经打开了，但加里没发现。

路上有家大药店。加里和克莱德决定去那里抢一票。沿着赛区路走去的时候，克莱德对加里说："得了吧，加里，你以前从没干过持枪抢劫的事。"

"我干过，"加里说。"在我家边上的杂货店干过。"

"嗨，瞎扯。那让我看看你是怎么干的。"

"就这样。"加里说。他转过身，把枪对准克莱德，扣动了扳机。

克莱德看见一股青烟从枪管里蹿出来，只觉得肚子上一阵灼痛。"啊呀，你打中我了！"克莱德说着，就倒了下去。

加里盯着克莱德看了一会儿，跑掉了。

过了一会儿，克莱德又听见两声枪响。"天哪！"他心想，"加里干了什么？杀了人，还是自杀了？"

克莱德设法站了起来，挪到街角，叫到一辆路过的出租车。他告诉司机自己被人开枪打了，让司机送他去医院。他们来到急诊室后，克莱德告诉司机："我没钱。"

"妈的，你这个小混混。"司机说完，就开车走了。

一个小时后，克莱德的母亲来到医院，警察也来了。克莱德没说自己怎么中的枪，也没说是谁干的。他母亲对警官说："你为什么不去查查加里·吉尔摩？这种事，只有他干得出来。"

不管克莱德的家人怎么说，克莱德都没指控加里开枪打了他。"我也会这么干。"他后来这样说，"我也会想：'糟了，我把他给杀了。还是快逃吧。'"

警察很生气，指控两个孩子犯了入室抢劫罪，再次把加里送上了成人法庭。这次，律师再厉害也帮不上忙了。他被判在小洛矶山的摩特诺玛县立监狱服刑一年。那是他第一次在真正意义上入狱服刑。当时，他十六岁。

还是老样子，我说的那些故事并非来自我自己的记忆。它们要么来自家人的口述，要么来自别人的证词，要么来自采访或各种各样的文件。记忆中我对加里的印象不深，至少我小时候对他的印象并不多。说实话，我记忆中的加里并不是每天出现在家中的固定成员，不像父母或其他几个哥哥。我记忆中的他大多来自别人的谈论。他就像某种遥远的力量，犹如门外隐约可见的风暴，在我家外兴风作浪，给我们心境的平和造成了巨大影响。

母亲告诉我，在我还蹒跚学步的时候，加里经常把我放在膝头，喜欢和我玩。她还说加里去市区买学校用品或衣服的时候，喜欢带上我，经常用自己的零用钱给我买一大堆东西。当母亲向加里指出，他把所有钱都花在一个已经被过度宠溺的小孩身上时，加里就哈哈笑。他似乎觉得自己被一个小孩哄骗的想法很有趣。母亲说的话我只能听着，毕竟我对此毫无印象。

小时候和加里有关的事，我记得的屈指可数。下面就是其中几件。

那很有可能是加里处于麦克拉伦管教所和县立监狱之间的自由时期。一天早晨，母亲让我把他叫醒。他上学就要迟到了。我跑到楼上，打开哥哥卧室的门。加里正在床上坐着。他右边有个光着身子的黑发女孩。她正俯身在他身上，头埋在他的膝间。他左边是另一个一头棕色长发的女孩。加里抬头看见了我，拍了拍黑发女孩的脑袋。她停下来，躺到他身边的枕头上。“这是我小弟弟迈克。”加里说。女孩咯咯笑起来，黑发女孩向我招了招手。“嗨，迈克，”她说，“想一起玩吗？”

“帮个忙，哥们，”加里说。“这件事别告诉爸妈。就说我不在家。”

我点了点头，就跑下楼找妈妈去了。我说加里床上躺着两个女孩。我不知道为什么要这么说。我总是希望哥哥喜欢我。现在想来，我应该只是想找个人说说这件事，而她正好是我碰见的第一个人。我记得那是母亲唯一一次真的对加里生气。她走进厨房，告诉了父亲。我记得父亲笑了起来。“唉，”他说，“他不就是个孩子嘛。”他上了楼，平静地和女孩们说了几句。他让大家穿好衣服，让她们上车，载她们离开了。

让我记忆犹新的另一件事发生在某个圣诞夜，也许是加里从麦克拉伦管教所出来后的那个圣诞，也可能是一两年以后。那个圣诞夜我坐在屋里，正在玩白天收到的一大堆礼物，这时加里晃了进来。“嗨，迈克，你怎么样？”他说着，在我床上坐了下来，“我和你一起玩，我还带了圣诞啤酒。”他带了六瓶啤酒，说话慢吞吞的，口齿不清。“来，哥们，”他继续说道，“我想和你谈谈。”这很有可能是我记忆中他第一次像朋友那样对我坦诚相待。但接下来发生的事却远超我的预料，我当时还小，实在想不透他为何对我如此推心置腹。加里坐在我的床头，喝着圣诞啤酒，凝视着某个蛮荒、隐秘的所在，给我讲了一些恐怖、令人震惊不已的故事。都是他在拘留所和管教所里认识的那些男孩的故事。如今他也经常待在那里了。他说那些死硬分子告诉他，只有残忍无情才能迎来崭新的生活，生性柔弱的人根本活不下去。

说完，加里就给我上了一课，我记得那是我从他那里听来的为数不多的一个教训。“要学会强硬，”他说，“学会承受，学会麻木。

不要怕疼，不要发火，什么都别表现出来。要明白如果有人想要揍你，哪怕那些人想把你按在地上，用脚踹你，你就让他们踹。别还手。千万别还手。就躺在他们面前，让他们打，让他们踢。就躺那儿，随他们怎么干。只有这样，才能活下来。你要是不向他们屈服，他们就会宰了你。”

他把啤酒放一边，伸手捧起我的脸。“你得记住这些话，迈克，”他说，“一定要答应我。答应我你会成为男子汉。别人打你，你别还手。”那个冬日的夜晚，我们就坐在那里，凝视着彼此，当加里捧起我的脸，要我答应被打时不要还手的时候，他充血的眼睛满含泪水。我只记得他流过两次泪，这是第一次。于是我向他保证：好的，我被打时不会还手。但我这么说的时候仍在害怕——害怕有什么人真的会打我，害怕背叛加里的恳求。

我以为他是在教我怎么在监狱里存活下来。现在我才意识到，他是在告诉我如何在我们家里存活下来。

第四章　和父亲在一起的生活

我出生后的那几年，父亲一直保存着他自己的相册。那些相册里几乎都是我的照片。我觉得那差不多就是我早年生活的现实影像：父亲拥有我。许多年来——事实上，直到父亲去世的那一天——父亲和我自己就是一个家。

我这辈子从未在其他任何地方感受过这样的呵护与爱。他会让我在他膝上弹跳，给我唱《这个老头》（“拿着根牛蹄筋，给狗狗啃骨头 / 老头滚着回了家”）。他把我搂在怀里，挠我痒，叫我“塔马拉克”。我不知道为什么会叫这个名字，也不知道这个名字是什么意思，我只知道我小时候父亲就这么叫我。

正如我所说，我从未在其他任何地方感受过如此丰富的爱。我也从未在其他任何地方感受过这样的孤独、恐惧与内疚。

兄长们经历过父母之间的血雨腥风。那些场合都是父亲动手打母亲，兄长们被迫在一边看着，而我经历的争吵却截然不同。我从未见过父母殴打对方，或者说即便看见了，我肯定也不记得。我并不怀疑早年确实发生过这样的事，但或许到我出生的时候，父亲要么终于确实学会了迟来的克制，要么就是年纪太大，不可能总是揍所有人了。也许当时把哥哥们揍一顿已足以平息他的怒火。

我父母吵架确有其事，而且还很频繁。恶言恶语，大喊大叫，比谁吼得响，眼看暴力一触即发，却从未越过这道界限。母亲和父亲只是互相谩骂最难听的话。父亲骂母亲“地狱里来的吐着蛇信、唾沫星子乱飞的女恶魔”和“脑子进水的疯婆娘”。即便那时我还小，即便我经常站在父亲一边，我也很清楚这样骂人确实难听，尤其是骂自己深爱的人。母亲也会反唇相讥，把父亲爱过的、结过婚的、离弃的女人全都骂上一遍，有时还会骂他“舔猫屁股”，那是摩门教徒骂天主教徒的话。同父亲骂母亲的那些话相比，她的咒骂相对温和，但似乎更能激怒父亲。听到她取笑他的宗教信仰，他就会展开激烈的大篇长论，把摩门教臭骂一通，说但派都是恶魔，说他们帮约瑟夫·史密斯杀人，还说杨百翰同时娶了二十七个女人，怪不得别人叫他“回春百翰”。骂战快结束的时候，他会转身对我或哥哥说：“孩子们，下次你们再去盐湖城，我要你们好好看看神殿广场上给杨百翰立的那尊华而不实的雕像。我要你们好好看看。只要仔细看，你们就会发现他的手对着银行，屁股冲着教会。”这是一句荒唐至极的玩笑话（尽管后来我们发现那尊雕像的方位和这番描述确实对得上），但这话让母亲很受伤。那一刻，她很可能觉得父亲否定了她的整个过去，将其归结成一句难听的玩笑。更让她受伤的是，从某种意义上而言，她自己也厌弃自己的过去，厌弃作为摩门教徒的历史与传承，厌弃自己竟然不想成为优秀的教友，享有上帝的关怀，明晓上帝的真理。正因如此她才和这个男人在一起，可他现在却将她贬损一通以取乐。

无论如何，这些争吵都让威胁不断升级。父亲威胁要离开母亲和我们兄弟，不再抚养我们，让我们自生自灭；还威胁要把我母亲扔出家门，让她在大马路上讨生活，既得不到钱，也得不到宽恕。我仍然记得他嘲讽时那种傲慢无礼、残忍至极的语调，仍然记得母亲听到父亲这些威胁的言论，脸因悲愤交加而变了形。接着他就开始骂母亲不正常。这很可能是我在他身上见到的最恶毒的行为，从某种意义上看，比他打哥哥更恶毒。而且这么做的效果邪恶、歹毒、立竿见影。弗兰克·吉尔摩一说起贝茜·吉尔摩的疯狂，就真的可以把她挑得发起疯来。她怒火中烧，面庞犹如戴了陌生的面具，既冰冷，又狂躁，好像心灵和精神正承受着最恶劣的冲动。然后她会说："你说得没错，我是疯了。我疯得想杀人。来，再来骂骂我，看你怎么把我丢下不管。走着瞧。我是疯了，我会趁晚上你睡着的时候，用尖刀割开你的喉咙。看着你的血流干，看着你咽下最后一口气，看着你那腐烂、残忍的生活走到尽头，我会哈哈大笑。"

不管母亲发的毒誓是真是假，反正她说的时候的确挺当真的。在那种情况下，我觉得她是我见过的最吓人的事物。她双眼紧盯着父亲不放，像有深仇大恨，只有被至爱深深伤害，才会出现这样的眼神。那一刻我看着母亲脸上威胁的神情，了解到了愤怒的可怕，特别是受伤的女人发起火来有多可怕。不幸的是，我竟然也学会了如何激发这样的怒火。

当母亲终于变成父亲指责的那种疯子后，战斗的劲头也就被打断了。父亲仿佛觉得他打赢了这一局，但他也害怕这样的胜利会带来的后果。他会停下来，退回自己的办公室，母亲则会怒火中烧、满怀屈辱地呆立在空荡荡的屋子里。

我觉得那种景象难以忘怀，是因为那样的争吵通常都关于同一个主题：我。他们在不同的时候、不同的地方争论到底该由谁来看护和陪伴我。

也许，自从那件弗兰克告诉过我的、发生在我幼年时期的事以后，父亲就无法完全信任地把我的幸福交付于母亲。也许他得把我留在他身边，好确保我不会突然受到伤害。也许，他只是意识到自己老了——我写的这些事发生的时候，他已年近七十——只想让我真心实意地陪在他身边。我怀疑自己可能是父亲最后一次爱的机会——那爱不会遭到拒绝，不会背叛他，也不会质疑他的严苛。“他很爱迈克，”多年以后，母亲告诉拉里·席勒，“真的很爱他。也许迈克是他在这个世界上爱过的唯一一个人。他真的很爱那孩子。”加里则是这样说的：“我觉得在我们之中，爸爸只爱迈克。”

无论出于何种理由，父亲希望不管去哪里，我都能和他在一起。由于出版上的生意，他得经常出差，这意味着我和他在波特兰待一两个季度之后，就得在西雅图或塔科马待上几个月，然后再在这些地方来回奔波。我六岁后不得不四处择校，有时仅仅一个学年内就换了三四个学校。只有一年级是个例外，此后直到六年级，也就是父亲去世之后一年，我从未在一所学校上过一个完整的学年。

波特兰当地的小学和我母亲都认为这样搬来搬去不是好办法，这也成了父母争吵的核心问题。父亲希望他出差时有我陪着，母亲则希望我待在约翰逊溪，在附近的学校上学。但争吵又更进了一步。母亲还认为父亲要独占我的爱，让我和家里其他人作对。“他是我的儿子，”母亲常说，“他得和母亲在一起，和哥哥们在一起。你这样很不像话：你这是在让他和我作对，让他冷落我们。”

我痛恨这样的争吵。我记得自己常站在父母中间，张开双臂，想让他们别再彼此伤害。我求他们别再争吵。我好像置身于两股彼此冲撞的强力的中心，如果我能表明他们俩我都爱、他们俩我都要，也许就能使争吵停止。或许那样我们还是一个完整的家庭。有时候他们吵得不可开交，母亲就说："让迈克自己选吧。"父亲同意这个请求，但他看我的眼神或给我的指示很明显，让我别无选择。"选吧，"他会说，"选你想和谁在一起。你愿意的话也可以和你妈妈在一起。我就自己离开，也许再也不会回来了。你不想要我，也就没人会要我了。"到了这个时候，争吵肯定会白热化，母亲会被骂是疯子，而她也确实表现得像个疯子，和她独自待在那栋房子里的前景让我不寒而栗。

我会站在那里，看看父亲，又看看母亲，这种情况下，我一般都会选择父亲。

我很清楚地记得这个决定对母亲造成的冲击——我怎么忘得了。她脸上的神情不再疯狂，而是变作难掩的悲伤。我觉得特别内疚，就像亲手打了她。记得有一次我看见她瘫在沙发上，捂着脸哭泣。我立刻为自己的选择感到后悔，想去安慰她。我走到母亲身边，伸手搂着她。她把我推开，怒气让她的脸涨得通红，她喊道："走开！你根本不爱我！"我就跑到父亲那儿寻求保护。母亲说："哦，迈克，我怎么会伤害你呢。我是真心爱你的。到我这儿来。"但那时我很警惕，站在父亲身边，双臂搂着他强壮的双腿，心里既怕她又可怜她，希望离她越远越好。

"那是你背负的十字架，"多年以后，哥哥弗兰克对我说，"我以前就看出你小时候心里背负着这个十字架，这个负担让你离其他人远远的。许多年后，我回想起这件事——你夹在他们中间，不得不从中选择和谁生活在一起——的时候，我感同身受，但我不能说什么，也无能为力。我们谁也说不了什么，做不了什么。"

这就是我学会的爱的方式：在两种我无法离弃、也无法调和的爱之间做出选择。我明白，从某些方面来看，爱也能杀人，至少无疑是一种类似谋杀般的抉择。我知道在父母间我不管选择离弃哪一方，被迫宣称更喜欢哪一方、更爱哪一方，都会伤害到另一方。实际上，一旦揭示这个真相，我总会伤透其中一人的心，而我多半不得不伤透母亲的心。（怪不得我怕她。）

多年后，这一切不仅导致了我对爱的背叛，也使我对爱的整个进程犹疑不定，难以怀抱希望。我知道压抑爱或撤回爱都会令人难受，所以害怕有人也会这么对我。我知道没人要就是指遭到拒绝和谴责，证明你毫无价值。我尤其害怕有人说不爱我，不想要我，不需要我，不想与我共度余生。换言之，我害怕自己最后也会成为小时候基本上每时每刻都要做出的那种选择的牺牲品。所以有时候，我会压抑爱，或表现得模棱两可，或有时脚踏多只船；同样经常地，我最后成为接受端——不被选择，而被抛下的那一端。

当然，有可能是小时候这样的景象我见得太多了吧。也许，爱的失败只不过表明我自己的无能罢了。我糟蹋了上帝赐予我的那些爱的机会，自己造成了自己生命的毫无价值。

可我仍然有一个疑问：我与女人接吻的时候，从未想到过父母。为什么只在每次失去或没能留住她们的时候才会想起父母呢？

有几次，当母亲威胁要在父亲睡着时杀了他，父亲会当真，要不就是想进一步夸大她的疯狂，会搬到客厅的沙发上睡一晚。每每这时，他会让我陪在他身边。这个主意要么是为了保护我，要么是在确保他的安全。他关灯前会从餐桌那里搬来椅子，排在沙发前，再用粗绳子把椅背绑在一起，串成一道屏障。他会在绳子上挂上他通常摆在办公室里声音响亮的大铃铛。如果母亲想偷偷爬过这道障碍，我们就能听见铃铛的撞击声。这就成了一种在黑暗中防止家庭谋杀的临时警报器。

然后父亲就躺下来沉沉睡去。他躺在椅子的一侧，我躺在靠墙的一侧。可我躺在那里睡不着。那些夜晚，我从来都没睡着过。

我会躺在黑暗中，等着听到母亲的脚步声，准备看见刀锋一闪。只要听见动静，我就会想：有人要下来杀我们吗？而也许那只是哥哥在楼上走动或晚上偷偷溜出去发出的声响。

我在床上坐起，打量着自己的影子。我能看见椅子的轮廓和绳上挂着的铃铛。但在屋子深不可测的黑暗中，在楼梯间旁边的角落里，在通往其他房间的门廊上，我好像总能看见其他东西。我会想象黑暗中有什么东西在动。我觉得那是怒火、憎恨和杀机。是母亲的疯狂在蠢蠢欲动。是哥哥们的痛苦在徘徊流连。它们蹲伏于暗影之中：那力量时刻准备横扫而过，刺穿我们的生命。

躺在我身边的父亲一直在酣睡，一条胳膊伸向我，张着的嘴显露了他的年纪：他粉色而脆弱的牙龈说明他把假牙拿走了。就着昏暗的光线，摆着毫无知觉的姿势，他看上去已像个死人。

我躺着，一直在听有什么动静。地板上是否传来吱嘎声。又或放刀的抽屉里是否发出脆响。夜深人静之时总能出现各种毫无来由的响动。那么多响动中，总有一样会把你吓得半死。我会紧闭双眼，强迫自己入睡，却总是辗转难眠。我会细看沾了污渍的墙纸图案、蕾丝窗帘的结构外形。我觉得有时候一晚上保持警醒，自己体内的什么东西也会变得有点疯狂。墙纸上的形状、窗帘上的网状图案，看上去很像魔鬼的剪影、地狱里的装饰。我怕自己继承母亲疯狂的那一面。也许，它正想方设法，穿过楼梯的黑暗，朝我走来。那黑暗正在那栋房子里，在我们的生命中逡巡。也许，那仅仅是焦虑的孩子在无眠时的幻想。我从来就没睡过好觉。即便现在，我也随时会猛然惊醒。我知道房间里刚刚有东西在黑暗中移动。我感觉有人站在我的床边。我听到快速的吞吸声，那是他们猛然屏息时发出的声音。当然，那里根本就没有东西。那只不过是我睡梦中产生的幻觉，从我的内心以及回忆中冒出的幻觉。

那些夜晚，我会躺在那里，好几个小时都醒着，等待母亲前来兑现诺言。当天空开始变亮，屋内的黑暗转变成清晨的暗灰，我终于如释重负，翻个身，双脚紧抵着父亲的双腿，酣然入眠。

就是在那时候，我开始做那些梦。我五六岁的时候，梦基本是两种形式。第一组梦与黑暗中的东西有关。父亲和哥哥在我们家后院搭了座木廊。木廊靠近地面处有扇门，通往存放园艺工具的储藏室。那里又黑又潮，地板脏兮兮的。我很不喜欢那里，从没进去过。梦里，晚上我站在木廊的门前，门会打开。我看见里面黑漆漆的，有东西在旋转。它们有狂野的血红眼睛和尖利的牙齿，飞快地以螺旋转着圈。我以为是老鼠，很怕被它们吞噬。还有几次，我梦见有东西住在我家的地下室。梦里的地下室像是一间地牢，你可以从爱伦·坡对迷宫的描述中想象它的样子，那些迷宫就在房子底下东奔西窜，因自己的秘密而腐烂。尽管我没把这些梦和爱伦·坡联系起来，直到多年以后，我才读过他的作品并将他视为我的第一任缪斯。梦里在地下室活动的东西无影无形，就像一团蒸汽，自楼梯飘荡而来，在我的脚边盘旋。我奔上楼，想叫醒家里人，告诉他们底下有东西正朝我们而来，告诉他们那东西会趁我们睡着时进入我们的呼吸，将我们杀死。但我就是没法叫醒他们。

我童年时期做的其他梦更令人不安，直到现在我才敢说出来。这些梦里最常见的情节是这样的：我是一位警察或侦探，是个一头金发的小男孩，身着侦探服，戴着礼帽，佩一支手枪，正在调查一桩杀人案。梦里我总是有一个搭档，搭档一直都是个小女孩，也是一头金发，我知道自己喜欢那个女孩。但随着梦境的发展，我意识到我寻找的杀人犯竟然就是我自己，而保护自己、隐藏罪责的唯一方法就是将那个我喜欢的小女孩搭档杀了。我吻她，将她搂住，然后一枪崩了她。我还记得这个梦境有另一种可怕的变体，有时候我在故事里遇见其他孩子也好，婴儿也好，我都会把他们杀了。

我小时候并不知道这些梦究竟是什么意思，自然也不知道梦另有所指，甚至直到现在，我也不能完全理解或解释它们。我知道从这些梦里醒过来时，我会充满罪恶感，因此没说给任何人听。有时候，晚上睡觉前我会向上帝祈祷："请别再让我做杀人的梦。"

但祈祷从未使噩梦停止。一次都没有。

就这样我成了父亲固定的同伴。每隔几周，我们就会打包，开两百英里路去西雅图或塔科马。我们一路唱着歌，都是些愚蠢的提振精神的歌，像《驾，拿破仑，天要下雨了》《哦，苏珊娜》或音乐剧《俄克拉何马》里的几首歌。我们甚至还唱《这是我的土地》和《蓝色羊皮靴》之类的歌。父亲想要独唱的时候，也会试着唱唱威尔第或普契尼的咏叹调。我们俩唱得不怎么样，但我们都没有自知之明，就算知道了也不在乎。有时候，遇上其他人搭车，他们应该很难忍受一路上的歌声。

我们来到接下来要待的镇子，父亲就会租一间公寓或一栋小房子。住处一向位于城里年代久远、一片荒凉的区域。在西雅图，我们住在安妮皇后山和拉文纳附近。如今，安妮皇后山已经改建，看上去仿佛是洛杉矶诺布山的翻版。但在二十世纪五十年代，那地方昏昏沉沉，是一片能找到廉价房子的区域，但许多建筑都已年久失修。我们一般都会在后维多利亚时代的老旧房子里租房间或套房，那些房子早已摇摇欲坠。有时候，我们是这些街区唯一的租户。对我而言，它们很像能在黑白恐怖片里看到的阴郁、摇摇欲坠的鬼屋——也许这就是我如此喜爱恐怖故事的原因吧。

我觉得我们租的这些地方令父亲想起了他成长起来的旧时代，或是那个渐趋消失的世界，他曾在其中长久隐匿，至今仍能于此地感受到某种慰藉。那时，快速的都市改造项目尚未将荒凉的古老建筑夷为平地，用干净整洁、成品构造的荒芜感取而代之。住在老房子里的人就在那样的房间和建筑中长大，过了一辈子，他们想趁世界重建这些房屋之前在那里悄然死去。我不太确定父亲是否是迷恋于旧世界的那种人。事实上，他总喜欢买最新款的相机和录音设备，而且当美国人开始探索太空时，他非常兴奋。但那种环境才是他的领地，他在其中如鱼得水，谁都无法让他挪动分毫。

我们住在西雅图时，我对一个地方的印象特别深。那是一栋深色的老房子，离人行道大约两百英尺的距离，坐落于一个栈桥似的大型木结构框架之上。若从人行道去往前门，就得穿过一座已经朽烂、少了几块板子的木桥。桥下一无所有，只有荆棘丛和野草丛，它们长势极旺，占地颇广，往桥下根本看不出它们始于何处。房子一侧的台阶往下没入这片乱葛之中，但没有哪个脑子正常的人会走那些楼梯。照父亲的说法，二十世纪初的一场大火差不多将西雅图的许多住家都夷平了。他说这片地区重建的时候，虚土层就堆在那些倾圮的房屋之上。换句话说，我们居住的这片城镇之下，埋葬着一座死城。有人甚至认为一些老房子仍矗立于地下，至少，烧焦的四壁仍残存在那里。父亲告诉我，房子底下的那片荆棘与灌木之下是另一栋房子的残骸。有时候，我会站在桥上，望着桥底那道被灌木掩埋的壕沟，想象那里是否堆满了过去居民的骸骨。每次我听到灌木丛中沙沙作响，就会不寒而栗。在那栋房子里，我尽做噩梦，但这已不是新鲜事了。

就像喜欢老房子一样，父亲出去疯狂购物时，总会在二手店和清仓打折店里转来转去、东翻西找，如救世军店、慈善商店、圣文森特·德、保罗商店或西雅图农贸集市。（如今它是翻新过的集市，时尚商铺和咖啡馆沿市区的码头一字排开。可在二十世纪五十年代，它是一座充斥杂物店和旧书店的迷宫，咖啡店里都是流浪汉。）父亲喜欢去那些地方买旧衣服打扮我们俩，再淘些陈旧的家具搭配我们那老旧的居所。

自然，每次外出我都会陪着父亲。我就是他指定的影子。他把我打扮得很时髦，与他自己的样子相配。他会用厚厚的润发油把我的头发往后梳得油光锃亮，也用同一种润发油来打理他那日益稀疏的灰发。他把我打扮得和他一样，给我穿宽松长裤、运动服和浅色的羊毛衫，再给我系上领结，在我头上戴顶软呢帽。我知道我们这一对很怪异又引人注目：一个老头和一个与他几乎一个模子刻出来的小男孩。由于他的年纪，许多人以为他是我的祖父。我总是回答，不对，他是我爸，别人就很诧异，甚至不相信。那些人的反应让我很困惑。后来，我在小学交了些新朋友，去他们家玩的时候，我才惊讶地发现他们的父母竟出奇地年轻，也就二三十岁的样子。我从没和这种年纪的人或这种举止的人打过交道。我没法理解他们，没法同他们感情相通，说实话，我甚至没法和他们的孩子——本应是我的朋友——感情相通。对我而言，他们似乎有些不正常，当然，真正不正常的应该是我们父子俩。也许，这就是直到我父亲去世之前我都无法和其他孩子维持长久友谊的原因。

虽然搬来搬去，不过照理说我总该上学，但父亲却不太关心这种细节。有时候，我们搬到一个新的地区，他会把我留在家里好几周才让我就读当地的学校。如果是春天，他就认为那时注册读书根本不值得，便一直把我留在家里，直到秋天。长时间不上学在很多方面都对我产生了不太好的影响，尤其是在数学方面。二十世纪五十年代末，两个学区二三年级的数学水平差别极大，尤其是不同州的学区。我转到西雅图的学校，他们正在教基础的除法，可那时候，我连怎么用乘法都不懂。理论上，教师对不懂的孩子应该循循善诱，但我不记得有哪个老师这么做了，就算有也只是例外。大多数老师认为我太笨或不愿学。或许他们都知道我父亲常年在外奔波，所以认为儿子自然也会跟着父亲四处漂泊，故而不值得费劲教我。不管怎么说，我对数学一直不太在行，对它的错综复杂也提不起什么兴趣。数学法则及其神秘之处令我畏惧，总让我觉得肯定是自己太蠢，因为我死活都搞不明白代数运算法则，而其他孩子却能很快理解。

可说到阅读，就另当别论了。早在上一年级之前，父亲就已教会我阅读。他让我在桌前坐于他的膝上，指着图画书里的字教我辨认，教我掌握字形的逻辑关系和字母的读音。没错，虽然晚上他不会给我讲故事，但也许他是想让我自己学会阅读。我也确实学会了阅读。阅读成了我这辈子最爱的活动之一。阅读可以一个人进行，当然，这也是逃避周遭现实的绝佳方法。我记得自己一开始最喜欢读的故事是“娱乐漫画”[1]出版的犯罪及恐怖故事漫画，还有卡尔·巴克斯的冒险故事漫画。二十世纪四十和五十年代，巴克斯为华特·迪士尼动画创作了唐老鸭和史高治叔叔这些经典故事。巴克斯是个聪明人，他对古代神话故事的内外含义了若指掌，把这些故事转化成一只世界闻名的鸭子——它会讲话，而且聪明又存有正义感——却又保留了原有故事的深度和奇妙之处。看过巴克斯之后，很容易就会喜欢上杰克·伦敦、儒勒·凡尔纳或大仲马的冒险故事，以及《伊利亚特》《奥德赛》之类的长篇史诗，或古罗马和古希腊神话故事。几年后，我开始深深迷恋上惊悚作家，像爱伦·坡和布莱姆·斯托克，以及亨利·詹姆斯、爱弥尔·左拉与安布罗斯·比尔斯的鬼故事。我并不总能理解所读的内容，当然也领会不到故事里隐现的那些主题，但这些作家描述的世界却让我倍感亲切。

晚上，我会坐在客厅的沙发上，在靠近父亲工作的地方阅读漫画，或斯克里布纳出版社的精装书籍，如《金银岛》《绑架！》《海底两万里》。书中配有 N. C. 怀斯生动形象的插画。之后父亲会关上台灯，和我一起坐在沙发上，打开电视。他会定期收看一些喜欢的节目，大多是犯罪连续剧，如《不可触犯》《私人侦探理查德·戴蒙》《高速公路巡逻队》《辩护人》，或一些西部片，如《荒野大镖客》《马车队》《赌侠马华力》以及《有枪就旅行》。和母亲不一样，当我看喜欢的恐怖片时，父亲不会阻拦。而且他对似乎贝拉·卢戈西和鲍里斯·卡洛夫的趣闻轶事如数家珍。这两个演员扮演的魔鬼总有人性的一面。(这一点几乎没什么必要，因为我几乎总是站在魔鬼这一边。对我而言，人类角色太无趣，完全是在浪费时间；他们之所以

[1]EC Comics，全称 Entertaining Comics，美国一家主要出版恐怖、犯罪、黑暗幻想等题材漫画的出版商。

存在，只是为了被遭人误解的恶魔杀害，让人类为自身的蛮横无理付出代价。）

我记得不管什么时候播放《悲惨世界》，父亲都会让我坐下来，和他一起看。我们看的是一九三五年版的，主演是弗雷德里克·马奇和查尔斯·劳顿。“要记住这个故事。”一次，我们看到冷酷无情的警察局长沙威因为冉阿让过去的一点点过失而对他紧追不放时，父亲对我说，“要记住这世界会因为一个人犯过的一点点错误就穷追猛打，还要记住尽责的法官有多可怕。”

他会搂住我，把我拉到他身边。那时我觉得很安全，仿佛无所畏惧地面对世界。但我也能从父亲的话中明白，严厉的惩罚即将到来。

有时我们外出会穿得一模一样。父亲会去所谓的贫民区看看，流民和酒鬼常在那里出没。如今这些人会被称为无家可归者，但那时他们都被称作流民。西雅图曾经是生机勃勃的西部前哨，是淘金热盛行的城镇，当时那里仍然有些极其强硬的人在码头上干活，因此城里的贫民窟被认为是个粗野的地方。父亲会去那个地区的布道团及其开设的酒馆。他会点杯淡啤酒，和酒保聊聊店里的顾客。父亲知道这地方肯定能找到穷光蛋，出于种种原因，他想雇这些人替他干活。部分原因是他们价格低廉，易于掌控。另一部分原因应该是他们让父亲想起了自己以前穷困潦倒的日子。他经常带这些胡子拉碴的人和我们同住。他会给他们买衣服——当然都是些二手衣服——让他们当电话推销员。他们可以在外面继续喝酒，只要不影响工作就行。如果他们没从他这里偷东西，不会喜怒无常，他就会好好待他们。但谁要是滥用他的信任，喝酒闹事，就会被他立马开除。有两三次，我记得很清楚，他把那些大约年纪比他小一半、力气比他大一倍的人暴揍了一顿。父亲会捏紧拳头，猛击他们的肚子。这一招向来让他们无力还手。接着，他就会当脸一拳，打得他们求饶。然后，他就把他们的随身物品扔出门，给他们一些钱，警告他们："别再来找我们。"

那些时日父亲常去酒吧或酒馆，他希望我自己能照顾自己。他会给我几块钱，让我逛逛商店，或者乘公交车去看电影。现在想来，虽然我是个孩子，行动自由可是相当大。我只有八岁，就可以随便乘公交车去西雅图市区或市立动物园，可以在外面一直待到天黑才回家。我不记得这个时期有人威胁过我、吓唬过我，也不记得有大人问过我为什么一个人在外面，父母或监护人为什么不在身边。找不到好书店或没电影看时，我会去安妮皇后区探索废弃的老房子，晃上几个小时。据说如果在这片区域老房子的地下室里掘地三尺，有时能找到通往古老地下世界的通道——好几代人以前发生过一场可怕的火灾，地下世界就被留在了那里。不过我只找到一些残砖碎瓦，偶尔会觅得一件被人丢弃的纪念品。

事实上，我是一个和老头子住在废弃旧世界里的小孩子。我们在老店买东西，在老餐馆吃饭，穿的也是过时的衣服。我虽然活在二十世纪六十年代边缘，却穿得像四十年代的人。

这一切对我而言都很正常，我也只了解这个世界。但我同样在某种程度上意识到这样有点不正常，或许这种认识带来了不好的影响。回首往事，我发现孩提时代自己会感受到周期性的抑郁，如今看来也就不足为奇了。和父亲一起生活的那段时间里，我偶尔会生病，像是被施了持久的诡异咒语。这种病发作起来通常会持续一天一夜。生病的时候，我会躺在床上，或在沙发上蜷缩着，想象其他人——通常是我家人——在屋里走进走出，和我说话。我躺在黑暗里，不知何故会紧盯自己的双手，好像手掌心很沉，只要将那种感受用拳头捏起来，我就会没事。我会用力捏紧，直到指甲嵌入掌心。

有一两次我产生了其他幻觉：父亲和一个陌生女人坐在我的床头。他把那个女人的上衣脱下来，露出她的乳房，而她就看着我咯咯笑。“别去碰那个孩子。”父亲说，我就这么半梦半醒地睡了过去。也许有人会说我这是在描述一段重现的记忆，换言之，那样的场景应该真实发生过，我很可能只是将这些记忆压抑在潜意识里。我认为不是这样的。我不觉得父亲和我同住的时候，带过其他女人回家，我也没发现任何证据表明他和母亲婚姻持续期间有过其他恋情。我不知道一个孩子怎么会产生这样的幻视。也许那来自我与父亲以某种方式共享的、我没意识到的一段记忆。也许那是我对自己之后拥有的狂热情欲的一种预感。

不过，这个狂热的梦倒是令我想起了几年后见到的一件事。当时我在父亲办公桌的抽屉里翻找东西。抽屉里有张照片：一个裸体男人站在泳池边，身边是两个胸脯高耸的裸体女人。我能生动地记起这件事有两个原因：首先，我第一次见到如此明目张胆与性有关的图片，这自然激起了我的想象力；此外，我相当肯定照片里的男人就是我父亲年轻时的模样。那或者是他自己，或者是父亲众多儿子中的一个，因为那人的脸有弗兰克·吉尔摩的印记。可那样是不是太诡异了？我只知道父亲去世后，我们瓜分他的物品时，我去他办公桌找过那张照片。照片不见了，我也再没见过或听人说起那张照片。

有一年，我和父亲要在西雅图度过圣诞季。母亲为我把家中不用的旧节日装饰品打了包。这些装饰品就像我们生活中的其他东西一样陈旧：一尊缺了口的圣诞老人小像，一组残缺不全的耶稣诞生布景（婴儿耶稣的脑袋不见了），还有一只形如教堂的塑料八音盒。旋转盒子后面的发条，圣诞颂歌就会响起，镀金的塑料门会缓缓打开，露出一幅文艺复兴风格的背光的耶稣升天画。（我现在才意识到那其实是复活节的纪念物，但那对我孩提时代关于节日的宗教意义的理解来说并没有什么差别。）

那年圣诞节来临时，我又病了一段时间。我和父亲没法开车回波特兰和家里人共度圣诞了。母亲极其失望，指责父亲对她撒谎，说我假装生病，好让我们俩自己过圣诞节。事实上，那个圣诞节我一整天都待在床上，边上就是那只塑料八音盒。我不停地转动发条，看着那扇门打开，露出里面那幅成群天使围绕着上升天主的画，而父亲则坐在公寓前面的那间屋子里，在电话里与母亲激烈争吵长达好几个小时。我越是长时间凝视那些圣诞节的旧饰，以及公寓陈旧的四壁和老旧的门框，就越发觉得难受、抑郁。我真希望那些天使能带我远离这里，飞入他们那充满希望的、明亮的爱之国度。我祈求他们让我死去，将我升入天堂。当然，天使并没这么做。

到了半夜我还在说胡话，开始咒骂天使和那只该死的八音盒。我把它扔向墙壁，把八音盒那廉价的门摔碎了。我对自己说，我恨天使，因为他们不愿让我死。

一两天后我好了起来，父亲便在冬日的天空下开车带我回到波特兰的家。我们一路上唱着那些愚蠢的歌，五音不全，一直驶入车道才停下。

父亲尽管暴力，但对枪并不太着迷。兄长们可以用塑胶子弹枪和气枪，但使用这些武器有严格的规定。手枪当然不让摸。但我记得父亲去世后，我们在整理他的遗物时发现了一支鲁格尔手枪，就装在肩套里。我们几个以为可以留下枪和他那些罕见的东印度玉石和红宝石戒指，但母亲不同意。她声称这些东西和不好的记忆关联太深，她不会让家里任何人留着它们。她的一个朋友把枪拿走了，卖给了当铺。

但有一次，父亲认为家里有支步枪也未尝不可。（这大概是加里偷了温彻斯特枪之后的事。）兄长们都到了打猎的年纪，父亲觉得应该教他们如何安全用枪。

我们家荒弃的后院里有一丛荆棘，里面住了几只野鸡。傍晚时分，我们能看见其中一只野鸡飞入空中。我觉得那应该是只公鸡。大约半小时后，它又会飞回同伴身边。我们很喜欢那些鸟，它们美丽又自由自在。但兄长们决定把它们干掉，父亲同意在旁边监督。他觉得这是测试他们射击活动靶的好方法。

那几次测试我记得很清楚。那时是春末，在放学之后和吃晚饭之前。那是为数不多的时候，家里所有的男人，包括加里，都聚在一起开开心心地玩。兄长们趁公鸡飞入空中和飞回来的时候轮流朝它开枪。由于这种鸟每晚就飞一次，所以射击不够过瘾。除了我。我太小，还不能摸枪，每个哥哥每晚也就能开个几枪而已。

这期间父亲会坐在后门廊上，看儿子射击，话不多，只是偶尔指导一下，或说一下注意事项。射击持续了几天，没有人打中那些又蠢又可怜的可爱鸟儿。结果，父亲失去了耐心："天啊，你们可真行。连这么大的靶都打不着。"

加里转身对父亲说："我看你也不行。坐在那儿说风凉话多容易啊，神枪手。"

父亲从门廊上站起，走到我们站的地方。他从加里手里拿过枪。“看着。”他说。几分钟后，野鸡就要飞回来了。父亲把枪扛在右肩上，很快瞄准那只鸟，扣动了扳机。野鸡似乎爆成了一团红点，掉落到地上。父亲放下枪，转身走开了。他走进屋里，将自己锁进办公室。

盖伦跑去荆棘丛里找野鸡。过了好几分钟，他才在灌木丛里找到。不一会儿，他跑了回来，捏着那只鸡的脖子。他把鸡放到我们面前的地上。这只鸡在几分钟前脑袋就已成了一团丑陋的肉酱。

“×！”加里说，“他正好他妈的打中了它的脑袋。”

我看着那只鸟，觉得很恶心。我之前也想看它死，就像兄长们希望把它打下来一样。但见它了无生气地瘫在那儿，我便意识到再也见不到野鸡飞翔，也听不到它鸣叫了。看来我们犯下了弥天大罪。

我走到边上，离了几尺英远，而兄长们在给那只鸡拔毛。我对自己说我以后再也不会碰枪了，千万别瞄准任何东西，千万别对任何东西开火。

直到今天，我都没碰过枪。

第四部

有些人的死法

坟墓渐深。
每夜亡者愈寂。

榆树之下，落叶如雨，
坟墓渐深。

风暗黑的褶皱
覆盖大地。夜色清冷。

叶扫过青石。
每夜亡者愈寂。

无星的黑夜拥着他们。
他们面目暗沉。

我们无法记住他们
记得不够清晰。我们永远不会记得。

——马克·斯特兰德[①]，《亡者》

①Mark Strand（1934－2014），美国诗人，1999 年获普利策诗歌奖，代表作《一个人的暴风雪》等。

第一章　兄长们（二）

到目前为止，我很少提及另两个哥哥小弗兰克与盖伦。这部分是因为，父母的婚姻和加里惹的麻烦在我家的戏剧性事件中占据了太多的空间。一旦专注于那些故事——尤其是加里的故事——我就在冒这样的风险，即认为它们才是我家唯一真正值得在意的事。而且，小弗兰克和盖伦也像加里那样在肉体和心灵上受到了虐待，可他们却没像加里一样走上犯罪的道路，他们没杀人，也没死在行刑者手下。别人会说："看，这些男孩也受了罪，可他们没去杀人。所以，加里的恶肯定源于他自己，那是他自己的意愿，说明他这人特别卑劣。"即便是母亲都不得不面对这种可能性。"我把小弗兰克和加里一起抚养大。"一九七七年，她如是告诉拉里·席勒，"一个儿子拿起了枪。另一个却没有。为什么？"

一个孩子杀了人，另一个则没有，显然这很重要。但是，我哥哥弗兰克不是杀人凶手，这个事实并不意味着他没有受到足以导致他杀人的伤害。这个世界上有各种各样的死法。有的人死的时候并没有拉别人垫背。毫无疑问，这是种胜利，可这与得到救赎是两码事。

我已经说过小弗兰克是个魔术师。我小时候会花好多时间看他凭空抽出几条丝巾，或变出一束花，再一摆手让它们消失。我求他告诉我怎么才能做出这样令人惊奇的表演，但弗兰克对自己学到的把戏很自豪，不愿轻易泄露机密。他给我展示了怎么变出一些戏法，但当他想要展示这些把戏的错综复杂之处时——比如，如何靠手指的细微动作来操控或隐藏硬币、把玩纸牌——我却无法与他的技巧相匹敌。小弗兰克的双手特别灵巧，人也很有耐心。有些年里，好几次他在当地学校表演一些小把戏，都让我给他当助手。那是我和哥哥们在一起时最为自豪的时刻。

我一直不明白，小弗兰克后来为什么没有从事这项职业。显然，凭魔术或其他表演技巧很难成就一番成功的事业，但弗兰克应该有才能从事这种野心勃勃的工作。他现在仍然是一个颇有造诣的变戏法艺人。大约一年前的一天，弗兰克来到我在波特兰的公寓，给我展示他一直在琢磨的几个纸牌技巧。他让我从一副牌里随便抽出一张，记住它，再把它放回。他洗牌后，用手在牌上过了一下，我挑的那张就神奇地从他手中举着的整副牌中冒了出来。他甚至还能让我选的那张牌从一整副牌中突然往后弹出去。我像小时候一样被弗兰克的表演技巧所折服，问他：为什么不当个专业的魔术师？弗兰克露出了他那特有的腼腆而伤心的笑容，将牌合拢，放回了口袋。

他告诉我，他对魔术的兴趣源于九岁那年在波特兰一所学校的集会上观看的魔术师的表演。那都是些常规戏法：帽子里变出兔子，丝帕里变出鸽子，从一个毫不知情的同学嘴里变出五十美分硬币。小弗兰克回家告诉了父母自己的所见所闻。接下来的一两周他还老是谈论这件事。弗兰克先生见儿子对魔术感兴趣，就告诉儿子自己也懂一点门道。他说在马戏团的职业生涯和与菲伊在一起的那些日子里，在当巴诺姆与贝利马戏团的小丑时，他学会了如何表演类似的诸多把戏。父亲把弗兰克介绍给当地的几个魔术师，又给了他几本讲魔术奥秘的书。

小弗兰克开始学习一些戏法，练习并表演给父亲看。哥哥有个戏法，把鸡蛋打碎在锅里，再变出一只小鸡来。父亲给他演示如何做出更好的效果。“我的把戏从没能把爸爸唬住。”小弗兰克告诉我，“电视上的魔术，他一看就能告诉我是怎么回事。他们把一个女人锯成两半，让她飘起来，或让人消失，都骗不了我，因为爸爸会告诉我是怎么一回事。爸爸什么都知道。他比我强多了。”

小弗兰克十四岁的时候，在波特兰魔术协会准备一场表演。“那是我的处女秀，”小弗兰克说，“我相当紧张。”小弗兰克开始在全家人面前排练，但有一次，当他变某个戏法时出了差错，父亲就过去替他演完，给他演示优秀的魔术师会怎么表演。小弗兰克对弗兰克先生的手法震惊不已。“他很自信，简直信手拈来，”他说，“事实上，魔术协会里的表演没一个比得上他的。米卡尔，他真的很棒，非常棒。但他那天也让我很难堪。他说：‘弗兰克，你只是热爱魔术。可你真的没这方面的才能。’他就是那么告诉我的。显然，他没说错。我确实热爱魔术，一度全身心扑在上面。我会日复一日不停地练习。但我从来没达到自己的期望。肯定没有。说句实话，我和爸爸根本没法比。”

一天，我把这个小插曲说给一个朋友听。那是一位女性朋友，她的心灵和头脑教会了我许多东西。她是这样评论的：“这么做也太不要脸了。那样说一个十四岁的孩子，让孩子觉得自己这辈子本有希望去成就的事就是一坨屎。”当然她说得对。父亲对弗兰克脆弱的自尊做出的批评有效地终结了哥哥刚刚起步的魔术师生涯。他去魔术师协会进行了表演，演出很顺利。但小弗兰克心里却觉得自己在这个领域永远都比不上父亲。我朋友说：“似乎你父亲把儿子们取得的成就看作是对自己的贬低。事实上凡是你父亲能做的事，他一定要确保儿子们不敢做。我真同情十四岁的弗兰克。他竟然把这当作既成事实——‘我不像父亲那么有才华。’真可怜。他只是个孩子啊。”

与加里不同，弗兰克对到处惹麻烦没什么兴趣，但他们小时候都挺喜欢恶作剧。他们玩的都是小孩子的把戏，像用水枪喷陌生人，向过往的车辆扔鸡蛋和水球，和邻居家的孩子打架。

最近，有一天晚上，我和弗兰克在波特兰一家很棒的低价中餐馆吃晚饭。餐馆的名字很有意思，叫“红发楼”。我们小时候就经常和家人一起来这里。吃汤面的时候，我问弗兰克是否想过像加里那样也做点违法的勾当。弗兰克哈哈大笑，汤也喝不下去了。

“我的犯罪生涯从一开始就结束了。”过了一会儿，他对我说，“那件事和一条‘星河牌’糖棒有关。那时我还小，其实我还在天主教学校的时候，甚至在这之前，加里就已经开始偷东西了。那次我走进一家杂货店，偷了条‘星河牌’糖棒。我把糖抓起来，放进兜里，就跑掉了。应该这么说，我差点儿就跑掉了。那儿的一个员工一直盯着我。他拦住我，把糖棒从我兜里拿了出来，说：‘你什么地方的？’他想要知道我的名字之类的信息。我很害怕，就告诉他：‘嗯，我就在街上那家天主教学校上学。’于是他打电话过去，一个修女过来，说：‘没错，他是弗兰克。他做什么了？偷了条糖棒？好吧，我们得采取措施。这事不能就这么算了。’那个人说：‘我没打算就这么算了。’他让我把所有垃圾桶倒干净，再让我拿拖把将所有楼道上上下下打扫一遍，还让我到店门前把人行道也拖了一遍。唉，对一个小孩子来说，那可是一大堆活儿啊。我把所有的工具放回后说道：'该做的都做完了，我对自己的所作所为感到很抱歉。'那个人说：'好吧。对了，这是你的糖棒。这是你自己赚到的。'

"我说：'谢谢。'就拿过了糖棒。我回到家，吃了糖棒，什么都没说。第二天去学校，修女让我忏悔，要我说出干了什么事。回去后，我还得在黑板写上两三百遍'我再也不偷东西了'这句话。我对自己说：'现在我知道糖棒是我自己挣来的，我毕竟做了这么多事呢。'那天晚上回到家，学校的一个神父已经给爸爸打了电话，把这件事告诉了他。所以最后因为偷糖棒，我还挨了磨刀皮带一顿抽。现在，你明白我为什么再也不想当贼了吧？这就是理由。当时这件事让我很困扰，直到今天，我一忆起这件事就会想：要是我拿了那条糖棒却什么事都没有呢？我觉得我还会继续偷糖棒。谁知道呢，也许事情真会变得越来越糟。"

我问哥哥，既然惩罚震慑了他，为什么就震慑不了加里呢？

弗兰克就这个问题思考了很长时间。过了一会儿，他说："本来我是想看看加里被罚后会有什么结果。他也确实一直在受罚。可那些惩罚不仅震慑不了他，却似乎反倒使他变本加厉。事实上，我觉得加里内心很想得到惩罚。但我绝对不会这样想。我不知道那是怎么回事。有时候，我觉得加里和盖伦继承了爸爸和妈妈疯狂的一面，你和我却没有。"

弗兰克看着我，微笑着，耸了耸肩，又接着喝汤。

加里四处惹麻烦，和父亲激烈争吵，小弗兰克却总是想方设法让家里过得平静一些。但那并不容易。父亲会走到小弗兰克和加里身边，对他们说："我要你们明天把垃圾倒了，给草坪除除草。"第二天弗兰克就会把垃圾拿出去，给草坪除草，但加里就不干。为了不给大家惹麻烦，小弗兰克会把加里的那一份活儿也干了。但父亲觉得不够。显然，只要有人藐视他，不听他的教诲，他就会做出反应。如果他发现活儿都是弗兰克干的而加里没干，他就会同时惩罚他们俩：不给他们零花钱，不让他们周末去看电影，或不予兑现其他许诺过的好处和报酬。

"有一次，"弗兰克说，"爸爸想让人把地下室清理一下。那时我正在过敏，不想下楼打扫卫生，因为底下灰尘太多、太脏了。我知道只要一去，我就会浑身起疹子。在青少年时期，谁都挺在乎外表的。但我不知道怎么跟他说。我只是说：'加里这次就不能做一下吗？'爸爸说：'不行，我让你做，你就得做好。'第二天，他进来的时候，发现没做好。我并不是有意破坏他的规矩。但以他那种性格，别人的解释怎么听得进。我没法实话实说：'爸爸，我很担心自己会发疹子。'那样他就会设法让我一直负责这项活儿。对我而言，更安全的做法是闭口不言，接受被撵出去的惩罚。他向我走过来，举着拳头，让我滚出去，不想和我多费口舌。他说：'这是我家。你住在我的屋檐下。我让你做，你不做。你给我滚！'唉，我可不想和他吵，就出去了。我去了市区，在一家便宜的旅馆住了三四天才回去。许多时候，他恨我就像恨加里一样。我会很长时间不和他说话。我们一起坐在餐桌旁吃晚饭，但我一句话都不会和他说。"

父亲遍布规矩的雷区危险重重，弗兰克一直避免踩雷，渐渐疲于应付。高中快毕业时，小弗兰克决定去学木工手艺。他在当地找了家很不错的木工学校，报了名，还做了份兼职付学费。父亲同意支付剩余的学费。但课程开始的第一周，总共有四次，小弗兰克碰巧触犯了各种各样的家规，每次父亲都威胁说不让他去上木工课了。

哥哥发现，在这些束缚之下上一年课前景会很不妙，这样的痛苦太不值得。小弗兰克告诉父亲，说他不要上木工学校了。他不想父亲对他的未来颐指气使。“一想起他可以滋长你的希望，”弗兰克说，“再在一周的时间里四次把它夺走……我就心想，妈的，我可不想学了这么长时间的课，就是为了到最后一刻听他说：‘我看得出你真心很想学这个。你已经学了九个月，下周就要毕业了，但你不能再学了，因为我不准备再寄支票过去，谁叫你总是违反我的规矩，让我不高兴。’爸爸常说：‘我说话算话。’但只有他说要惩罚你的时候，才会恪守诺言。他要是承诺其他事，可不一定会算数。那种事……真的会让你灰心失望。我有时候觉得简直生不如死。”

听了弗兰克的故事，我不想这么说，但仍不得不承认，父亲在我小时候就去世了是件幸事，这样，我就不用担心自己的未来会挡他的道。我这么说，部分是因为我很高兴自己没和他吵过架，从来没像哥哥那样踩雷；此外，还因为我很了解自己脾气不好，主见很强，而且固执得像头牛。如果父亲给了我整个世界，再从我手里把它夺走，我肯定会恨他，还有可能会杀了他。甚至更糟的是，我可能会把下一个这么对我的人也杀了。我很高兴自己的希望和抱负没被这样抹杀，但最高兴的是我没有因为被剥夺而去报复杀人。

和加里一样，小弗兰克也开始在家庭之外寻找自己的生活。他和我说这些事的时候有些尴尬，尽管他不必如此。

“我有个朋友，”有一次晚上我们碰面的时候，小弗兰克告诉我，“他叫罗恩。我们一直是哥们，在好几年里，我们一起玩遍了波特兰。我们只是……嗯，我不太想说这事，是不想让你看轻我。那时候，波特兰许多地方都有卖淫场所。我和罗恩，我们会存钱去那种地方，在那儿瞎混。那时候做这种事很安全，所以我们疯玩了一段时间。但罗恩后来因为母亲的缘故开始学习宗教，而且与耶和华见证会[①]相关。他一直和我说这件事，可我就是不感兴趣。事实上，我对上帝是否存在有很大的怀疑。所以罗恩一说到宗教我就不想听，再说我们还干了那些事。我在那个年纪，对那事比对宗教感兴趣得多。”

弗兰克继续说道：“一天，罗恩来见我，说：‘我认为这门宗教是正确的，准备把这辈子奉献给它。’他说：‘我和你还有一个月的时间去逛红灯区。一个月后我就要过正派的生活了。’于是，我和罗恩就去那些地方找乐子。我们喝酒，做那事。一个月后罗恩真的说到做到。他成了耶和华见证会的一员，不再干那事了。他仍旧会来看我，因为我们仍然是好朋友，他还真心希望我能和他一样加入教会。我不愿意。但他确实说服了我们的妈妈跟他一起学习六个月。她这个人最喜欢讨论宗教。我就坐在隔壁房间里听他们谈，因为我根本不想加入。妈妈当然不会接受罗恩的教会。她说：‘那个人现在越变越坏。’可最后因为我坐在隔壁房间里一直听他说，我被说服了，认为罗恩说得对。我就告诉妈妈：‘我还挺喜欢这个的。我准备参加。’一听这话，妈妈对罗恩非常生气。她去了摩门教堂，让当地的主教找我谈话。主教告诉我耶和华见证会教的东西都是错的。他说我就算继续当天主教徒也比成为见证会门徒好，因为摩门教徒和天主教徒都相信基督是为我们的罪而死，人死了就会上天国，而耶和华见证会并不相信这一点。我对妈妈和主教很有礼貌，但还是告诉他们：‘这就是我的信仰。’我仍然坚持己见。我开始订阅见证会

① 基督教边缘教派之一。

的杂志，参加他们的聚会。到了十九岁，我就彻底接受了这门宗教。”

弗兰克的许多故事我都喜欢听。我尤为喜欢的一点是，这两个孩子很有想法，他们对拯救很上心，却又不荒废情欲，趁还来得及的时候，再犯些小罪。

但我更喜欢的一点是，这些故事表明弗兰克知道该收手时就收手。他知道限度，不让自己的灵魂冒险沉溺于放纵，他也知道自己对家人的亏欠是有限度的。选择一门既非母亲也非父亲所属的宗教，这表明小弗兰克并不想按照他们所构建世界的方式及价值观生活，他想寻觅自己的道路。他通过这种方式表明，让自己再也不受家庭义务的束缚。他现在已经预见到一个更好的家园、一种更好的生活，期待着属于他自己的那一天到来。

盖伦的故事却是另一回事，讲述他的故事给我带来一些特殊的困扰。盖伦出生时的名字是盖伦·诺埃尔·吉尔摩，是家中除父亲之外唯一一个从未接受采访谈论自己生活的人。此外，我所能找到的、愿意或能够将遗失拼图和秘密填补完整的证词和资料都很匮乏，所以，我几乎没有证据能将他重构起来，只有我自己的回忆、哥哥弗兰克的回忆和表姐布伦达的回忆。最让人困扰的并不是没有关于我这个哥哥生活的采访和资料，而是我觉得我竟然需要这样的东西才能讲述他的故事。毕竟我和盖伦从小一起长大，我和他打架，和他一起欢笑，怨恨过他，也哀悼过他。我本该了解他。如果你在这本书一开始的时候问我，我会觉得自己对盖伦的了解几乎超过对家里任何人的了解。

但没多久我就意识到，我对那些人的了解只是想当然，也许我对他们的了解永远不够。在我和哥哥之间存在许多空白。盖伦像加里一样，也经常离家，要么进监狱，要么横穿整个国家，要么彻夜不归，寻欢作乐，触犯我们迟早都会打破的禁忌。我对加里和盖伦不在家期间的事情只知道这么多。他们不在家的时候才构造或重构了自己的生活。换句话说，正是在远离家庭监视的私生活中，他们追求自己最庞大的欲望，犯下最糟糕的恶行，感受最真实的恐惧。而不管那些体验是什么，他们的记忆和其中的意义都已随着我哥哥们的去世而消亡。也许这样更好。也许，我也只该知道这么多。

尽管如此，我仍然停不下好奇心。我审视着盖伦的生活，知道这是在审视另一个谜，一个令我尤为困扰的故事。有时人的死法能向我们揭晓他生前的种种真相，如果这一说法没错，那我可以说：盖伦的生命里满布着难以治愈的可怕伤痕，但那些伤痕要不了他的命。真正杀死他的是他不停加诸自身的事。

这世界上没有哪个人像盖伦那样让我如此怀念。就连我父母都没有。加里也没有。甚至那个我认为可以取代他们的女人都没有。如果这辈子我能选择一个已经失去的人，让他和我再多待上一个小时，我会选择盖伦。我会让他揭开神秘的面纱，说说究竟是什么让他毁灭了自己。

盖伦很可能是兄弟里与我最合拍的一个。我知道我们打小就一起玩耍。我能从父亲的某些照片上看出这一点，也能隐隐约约回忆起来。但即便是作为家人中关系最好的一对，我们兄弟间的情谊也始终来之不易，毕竟还有一些年龄上的差距。我六岁的时候，盖伦已经十二岁。他已开始发现伴随青春期而来的那些奇妙的激情和焦虑，早已读过J. D. 塞林格和杰克·凯鲁亚克，正迈上性和摇滚乐的边缘，而不愿在迪士尼的天地里徜徉。我恳求盖伦带我去市区看《梦游小人国》这类电影，他却带我看《夏日痴魂》这样的影片。这部影片由田纳西·威廉姆斯导演，讲的是一户生性残忍的人家被上帝与自身的恶魔所诅咒。我抱怨那部电影对白太多，盖伦就说："安静，坐好了，否则就要错过小妖精出场了。"

长到我的记忆真正清晰的时候，我记得盖伦不仅拿我寻开心，还是我童年时期的一大敌对势力。我们之间的紧张程度同我们各自与父亲的关系相关。多年来，盖伦都是父亲的宠儿。他长相好，特别阳光，充满魅力。在我之前，与父亲关系最亲近的就是他了。但随着盖伦长大，他变得很有主意，脾气也越来越急躁火爆。父亲认为这是盖伦任性、不听话的表现，就开始揍他，就像揍小弗兰克和加里那样。到了差不多十三岁的时候，盖伦开始有点发胖——也就是一段短暂的发胖期，他之后一辈子都瘦得像根细麻秆——父亲就会拿他的体重取笑，说他暴饮暴食。如果盖伦吃晚饭的时候要吃第二份，父亲就会嘲笑他。"你要把它们塞在哪儿啊？"父亲问，"腿里？我看是你肚子太肥，根本盛不下这么多。"

盖伦和父亲的关系就是这么破裂的：父亲同加里的关系始终都很差，但盖伦好歹曾得到过父亲的爱。如今，由于他受宠的地位被我取代，盖伦便有被抛弃和嘲弄的感觉，根本掩饰不住自己的伤心和愤怒。因此，有时候我就成了他的出气筒。比如在家里，他把我从楼梯上推下去，就像加里从前把他从门廊上推下去一样。有好多次他把我的胳膊拧到背后，要我答应为他保守见不得人的秘密。我记得有一次父亲惩罚盖伦，拿走了他最喜欢的东西——应该是一支珍珠柄、镶了镍板的玩具左轮手枪——并给了我。一两天后，父亲出城办事，盖伦就把我所有的玩具枪全拖进了侧院，将我锁进房子里。我从餐厅的窗子往外看，发现哥哥用斧子把我的玩具一个个都砍烂了。他将一堆烂塑料全都扔进了垃圾桶，回来的时候还哭着说："总有一天，他也会恨你。你就等着吧。"嗓音里充满了痛苦。

我对那时候的回忆中，发生在盖伦和加里身上最糟糕的事是在一个圣诞节那天。我不记得争吵是什么时候开始的，父亲和加里不知怎么争执不下，彼此较量着凶悍程度，还威胁要杀死对方。母亲恳求他们别吵了，但他们那时谁也不愿让步。最后，盖伦站出来，求父亲别管加里。父亲虽是个老头，但仍然出奇地强壮。他捏紧拳头，照着盖伦的肚子就是一拳。我永远忘不了那个时刻，那一记重拳实在太狠，让盖伦痛得弯下腰，快要休克了。加里便跑过去帮他。父亲抓起我，说我们走，我们会在旅馆里度过圣诞节。但这次我真的不想走，也这么说了。他就说："你不会也想跟我对着干吧。"他脸上狂怒的表情吓得我只得跟他走。我怕要是我留下来，他会拿我们开刀。

母亲求父亲留下来，让他给盖伦和加里道歉，试图挽救这个圣诞节，或者至少可以让我和哥哥一起过节。父亲连听都不听。他和我坐上车，驶出了车道。我抬头看见母亲和哥哥聚在门廊上，看着我们离开。我能从哥哥们看我的眼神中感觉出这一刻他们没法原谅我，自此以后，他们永远也不会和我保持兄弟情谊。

驶出车道时，我觉得自己像个叛徒。我想和哥哥们在一起，和他们一起站在门廊上，看着痛苦之源离他们而去。

几个月后的一天下午，盖伦把我领到后门廊上，说有个礼物要送给我。他递给我一包用白色餐巾纸包着的小包裹，上面还缠了根红丝带。我激动极了。我最爱礼物了。我解开丝带，扯开外面的包装。里面是个形状奇怪的小东西，和当时燕麦盒里常见的小礼品差不多大小[①]，也包着。我展开里层的包装，看到了礼物：一坨硬邦邦的狗屎。盖伦看到我脸上痛苦的表情，哈哈大笑，说："别哭鼻子了。也别告诉爸妈。你要是说了，我就把你揍个半死。"我坐在门廊上，看着礼物，觉得哥哥们肯定恨透了我。过了一会儿，我把礼物扔掉，在后院的树下坐了好几个小时。我记得，那是我第一次想到：总有一天，我会离他们所有人而去。

父亲和盖伦争吵的时候，会指责他学加里的样子："你现在屁用都没有，就是个骗子，和你哥一个样。"

的确，盖伦失去父爱后就醉心于犯罪。加里跟随着自己的犯罪冲动行事，而盖伦则整天幻想着犯罪的生活。他照此理想而活，给一些朋友和女人留下了深刻印象，而这个理想也足以将他投进监狱好几次。但他并未像加里那样一直处于备受威胁、随时可能致命的状态。加里雷厉风行；盖伦喜欢空想。结果，暴力将他们俩都席卷而去，一个成了杀人犯，一个成了被杀者。

盖伦对犯罪的痴迷一部分只是青少年摆出的叛逆姿态，将敢作敢当的反英雄形象视作榜样，与周遭现成的价值观拉开距离，这在二十世纪五六十年代的某些年轻人中其实很普遍。盖伦尤其喜欢谈论关于完美犯罪的想法，就像其他孩子谈论如何打破体育纪录，梦想写出了不起的书或音乐。盖伦一直在读诗，但他也开始往家里带回一些讲述惊天大案的书籍，如一九三二年的查尔斯·林德伯格[②]幼儿绑架案。盖伦对这起案子很有兴致，常常谈及。在林德伯格上校

---

① 一种广告形式，将促销性质的小玩具或小物品放在特定燕麦品牌的盒装内部，作为赠品。

② Charles Lindbergh（1902－1974），美国飞行员，因独自驾驶飞机完成飞越大西洋的壮举闻名。

名声如日中天的时候，有人潜入了他位于新泽西霍普威尔的宅院，将他二十个月大的儿子小查尔斯·林德伯格抱走了。绑架者留了张纸条，索要五万美元的赎金。林德伯格付了这笔赎金，但孩子没被交回。几周后，在距林德伯格家不远的树林里，人们找到了孩子的尸体。其实，绑架那晚，孩子就已经被杀了。那次审判相当轰动，德国移民布鲁诺·豪普特曼因持有部分赎金而被逮捕，对他执行死刑一事轰动一时。绑架案四年后，豪普特曼在新泽西州立监狱的电椅上遭电刑处死，卖纪念品的小贩也趁机向监狱外欢呼的人群卖起了电椅模型和绑架用的梯子的复制品。但这起案子中有些谜团仍未解开，其吸引力并未随豪普特曼的处死而停止。许多分析者认为，整起事件中仍有些问题未得到解决、没完全终结。仔细研究了这个案子后，盖伦坚信布鲁诺·豪普特曼是无辜的，实施绑架和谋杀的另有其人，凶手至今仍逍遥法外。盖伦就该案的细节展开了长达数周的研究，好似心怀抱负的艺术家研究杰作那般，试图理解或吸收这个天才的手法。

盖伦还对声名狼藉的利奥波德与勒伯案特别感兴趣。内森·利奥波德和理查德·勒伯是芝加哥大学的杰出学生，都来自有权有势的家庭。他们两人对弗里德里希·尼采的超人学说倾心已久，早早就体验了激烈的性虐行为。一九二四年，利奥波德和勒伯让一个名叫鲍比·弗兰克斯的十四岁男孩上了他们的车。坐在后座的勒伯用一把凿子将男孩捅死。之后，两名大学生吃了晚饭，当晚趁夜深人静之时，将男孩尸体的衣服脱光，往他脸上倒硫酸来掩盖身份，并将他埋在芝加哥一处沼泽地旁的排水管内。他们还向男孩心急如焚的父母索要赎金。他们本来是想实施一次完美的犯罪，一项残忍至极、引起公愤却又无法侦破的罪行。但他们留下了一些蛛丝马迹。他们还想对杀人一事无动于衷，也就是不因谋杀儿童而感到悔恨与内疚。利奥波德和勒伯的故事最后的这一层激起了盖伦极大的兴趣。“他们不想对自己的所作所为产生任何感情，”有一次他告诉我，“他们觉得自己高人一等，有权为了享乐或体验杀人行为而将弱者杀死。”

我小时候，盖伦经常和我谈论这些臭名昭著的犯罪事件。他还坦陈，自己爱上的第一个女孩是女演员帕蒂·麦考马克，因为她演过小罗达，这个角色在影片《坏种》里把凡是挡了她道的人都开开心心地干掉了。可我觉得盖伦并不像他喜欢的那些人一般坏。我认为他在学习什么是恶，这样，他就不用自己作恶了。如果能在脑海中想象那些可怕的犯罪情节，在现实生活中就不用真刀真枪。也许我说得没错，因为盖伦有据可查的罪行不算特别多，也就小偷小摸、开空头支票这类坏事。当然，还得算上他总跟最要好的几个朋友的老婆上床。我觉得盖伦太有道德感，顾虑太多，杀不了人，没法犯下那些摧毁别人的希望或幸福的恶行。他从未干过这类恶事，我认为那是因为他身上好的一面占了上风。或者，如果盖伦的确实施了完美的犯罪，他也会想办法守口如瓶。尽管我认为他要把这种事藏在心里这么长时间不太可能，因为他嗜酒如命。

我觉得以上对他的描述看起来还不够有吸引力。说实话，盖伦很有魅力，幽默，特别聪明，极有才华，轻轻松松就成了我家最好的作家。但盖伦也有卑劣猥琐、相当冷酷的一面，他的优点和污点都来自他心里的同一个地方。盖伦想要得到他童年时父亲视他为最爱的那种重要性和认可。当他们之间的爱扭曲成恨时，盖伦内心所有的现实便轰然倒塌。他最爱的那个人竟会如此厚颜无耻、残忍无情地伤害他。这等扭曲之事不仅让你憎恨那个你曾深爱的人，甚至足以让你去憎恨和嘲笑爱的种种表现和它本身的价值。

无论如何，犯罪与黑暗并非盖伦唯一痴迷的东西。没错，他确实梦想成为恶魔，但他也梦想过爱，想让爱帮助他超越自身。我知道这一点，是因为我在他最后所写的诗里同时见到了恶魔与希望。盖伦的诗写得颇好，诗中讲的是既可称为选择、又可称为命定的毁灭，讲的是超然物外，讲的是心甘情愿地前往赎罪的地狱。诗行洋溢着激情，富有节奏感，荡气回肠。盖伦对自己写的大约两百首诗特别满意。但后来有一天晚上，他和心爱的女人发生激烈的争吵，那个女人离他而去。他打开一瓶薄荷杜松子酒，坐于凌晨的黑暗中，一首接一首地读着自己的诗。读完后，他将剩余的杜松子酒浇在那堆诗稿上，付之一炬，并发誓再也不写诗，除非那个女人重新投入他的怀抱，他才会写配得上她的诗。后来，当盖伦在医院里痛苦地死去时，那个女人就陪在他身边。护士清理哥哥的床头柜时，发现了盖伦一直在酝酿的、草草写就的一首诗，诗中讲述的是爱之维艰、触不可及——那是他的绝笔。这首诗第一行写道："故事无法被讲述 / 除非故事已完结。"

不过我在这里讲得太远了。盖伦的麻烦似乎从他十二三岁旷课时开始。那时他会和其他几个翘课的孩子一起溜到约翰逊溪的树林里晃悠。和加里一样，他也穿机车夹克，学詹姆斯·迪恩①和埃尔维斯·普莱斯利的打扮。（后来盖伦没那么胖了，看起来很像年轻时的埃尔维斯。）他也开始抽烟喝酒。让父亲最烦心的是盖伦也开始偷东西。偷窃同酗酒一样，成为盖伦的常态。如果父亲在办公桌上或自己的裤兜里留了钱，盖伦就会顺走，再谎称是别人偷的。如果看见某家店里有自己想要的东西，比如漂亮的模型车，或时尚的运动衫，

①James Dean（1931－1955），美国男演员，24 岁时因车祸去世。

他就会想办法把那些东西窃走而不被发现。如果办不到，他就会从家里拿东西卖给当铺。母亲的许多漂亮钟表和获奖得来的纪念品就是那样丢失的。现在想来，我发现盖伦一直都很饥渴。他什么都想要，而且很急切，但不是靠努力工作去得到那些东西，仿佛他所余的时间已经不多。

酗酒的情况还要糟糕得多。哥哥弗兰克认为盖伦从大约十二岁起就开始喝酒了，之后就再也没停下。

一次，我和母亲从西雅图乘巴士回到波特兰的家。当盖伦开门帮母亲拎行李时，母亲见到他剃了个大光头，差点没昏过去。她站在那里，盯着他闪闪发亮的滚圆脑壳。盖伦则显得若无其事。她张了好几次嘴，才说出话来："你到底对你的头发做了什么？"她总算脱口而出。盖伦说他本想理个时髦的莫西干头，许多在外面混的孩子都理这个发型。一两天前，他和一个朋友喝了几瓶啤酒，就互相给对方剃头发。他朋友给我哥理发的时候，显然不太会弄，结果剃成一道一道的，成了篱笆墙。反复剃了几下后，盖伦火了，再加上他醉得厉害，就自己把头发剃光了。"你千万不能这样和我出门，"母亲说，"头发长出来之前，你最好戴顶棒球帽或绒线帽，反正只要能在你头发长出来前遮住就行，因为你看起来难看死了。"我记得她对他喝酒的事一字未提。

不久之后，我坐在客厅看电视，盖伦从前门走了进来，仍旧光着脑袋。这天，他还光着膀子，从头至腰滴滴答答地淌着血。原来，他想加入当地的一个帮派。入会仪式上，老大让哥哥脱光衣服，把他绑了起来，用气枪冲他身上来来回回轰了好多次，至少我记得他是这么说的。盖伦坐在厨房的椅子上，母亲帮他擦血，从他胳膊和胸脯上挑出气枪子弹。她哭着说要报警，但盖伦让她千万别这么做。

他说这件事他会自己处理。他看上去并不害怕，而是冷冷的，很坚决。过了一段时间，我们听说那个少年老大在巷子里遭人袭击，眼睛都被气枪子弹轰烂了。这样的下场也算合情合理。

但那并不是让我印象最深刻的部分。我记得最清楚的是：我看见哥哥走进门，身上几乎一丝不挂，淌着一道道血流。看见他这副模样，我觉得毛骨悚然，又觉得兴奋难抑。在某种程度上，我挺想像他那样，让血从皮肤上流淌下来，自信沉着地走来走去。淌着血，却表现得仿佛一点都不觉得痛。

最终，盖伦也像加里一样开始无法无天。“你知道，”弗兰克说，“爸爸向来有无数条规矩，其中一条就是晚上某个点必须回家，否则他就会锁门，把你关在外面。我想他定的应该是十点钟。但盖伦却存心在十点半或十一点才回家。那时门当然锁上了。他就醉醺醺地站在门外，扯着嗓子叫，捶门，喊爹妈来开门。爸爸会去开门——门打开后一般就飞踹一脚，或挥拳砸过去。这样一来就有得闹了。以前邻居常说马路那头都能听见。

“我记得当时想：‘加里已经够让人糟心了。现在倒好，我们家里有两个麻烦精在闹腾，爹妈也不是省油的灯。’从那以后，因为加里和盖伦，家里没有一刻安宁。”

与此同时，加里因入室偷窃枪支在小洛矶山监狱里服刑。一九五八年刑满释放后，他想办法在布雷斯家庭用品店里找到了一份工作。这段时期，他照样在晚上干偷鸡摸狗的勾当，除了一两起偷车，大多是入室盗窃，但有一阵子，父亲的钱起了作用，加里并未很快再次入狱。

后来，发生了一起和一个未成年女孩有关的事。我们就叫她阿妮塔吧。

我是从好几个来源听到这个故事的。从拉里·席勒借给我的采访录音带中，一个律师在加里生命的最后四十八小时里问他："你确定自己一个孩子都没有吗？"加里答道："我觉得应该没有。我有过一个孩子，但他死了……那是很久以前的事了，在波特兰……孩子刚出生就死了。"听到这里，我心中一震。我从没听说过这件事。但这个话题刚被提起便结束了。加里对此再未谈及一句。

几个月后，我仔细翻寻加里在摩特诺玛县的逮捕与庭审记录，发现一份对未成年人违法犯罪及强奸罪的指控书。我觉得很可能是加里和另一个年轻人找来一两个未成年女孩，趁喝醉诱奸了她们，但我不确定事情是否能真的如此定论。后来，我与那次和加里成为共同被告的人联系上了。我称那人为理查德。他同意和我见面，告诉我当时的情况。

一天清晨，波特兰下着倾盆大雨，理查德出现在我家门口。他很帅气，胡须灰白，大约五十二岁，与我见过的加里的诸多朋友相比，他似乎没有任何令人觉得难以相处或生厌的地方。相反，他看上去很友好，是个体面的居家男人。凑巧的是，他和加里在一起的那段经历后来成了他人生的转折点。理查德告诉我，他认识加里是他们同在布雷斯家庭用品店工作的时候。"你哥哥这个人看上去挺冷漠，"我们坐下喝起咖啡时，理查德说，"又有点害羞，有点担惊受怕，好像没见过什么世面。我和他有种惺惺相惜的感觉。那时候我挺孤独的，听力一直有点问题。我对此挺敏感，因此很难轻松交到新朋友。但我挺想和你哥交个朋友。我会设法帮助他，告诉他东西在哪儿，怎么操作，我们还时不时出去喝上几杯。

“我在波特兰东北部的第二十三街和威德勒街处有间公寓。我认识两个女孩，她们就住在离我家三四个街区的地方。她们每到周末会过来坐坐。有时候，其中一个还会留宿过夜。我们会喝点酒，做些年轻人会做的事。”

理查德继续说道：“一个星期二的早晨，我和加里在布雷斯一起下夜班，加里就去我那儿睡觉。一大早，两个女孩来敲我家的前门，把我们俩都吵醒了。她们还带了小妹妹。那个女孩十四岁左右，上初中了，其他两个上高中。她们是从百老汇的某个地方坐公交车过来的。两个大一点的女孩意识到她们还得按时上学，但小女孩阿妮塔不想走。所以，大一点的女孩们离开后，我、加里和阿妮塔便坐下来聊天，玩扑克。我一直劝她回家，因为我们三点半就得上班。过了一会儿，天色有点晚了，加里说：‘我今天就不去上班了吧。’我说：‘好吧。’但我记得自己当时在想：‘这好像不大对劲啊。’但我没和加里多说什么，就跳上汽车去上班了。

“等我回家后，发现阿妮塔躺在床上，醉得不省人事。她身上只穿了条薄薄的三角裤。加里不知去向。我没吵醒她，因为当时是凌晨一点，她还迷糊着，根本叫不醒。我就坐在椅子上，打了一会儿瞌睡。第二天早上我把她叫醒，让她穿上衣服回家。我也知道这次肯定会出点什么事，就等着它发生。第二天早晨，有人砰砰地敲前门。是警察，他们是带着拘捕令过来逮捕我的。

“他们把我往墙上一推，给我铐上手铐，将我扔进警车，载往市区，关进了监狱。我哥哥在报上看到我被拘捕后，把我保了出来，我告诉了他是怎么回事。然后我联系了那两个女孩，看到底发生了什么。我这才知道是孩子的母亲想对我提出指控。她说她女儿被强奸了，或是遭受了可怕的暴行。其实我认为加里只是诱奸了她，但考虑到女孩的年纪，这么做也就等于是强奸了。因为那件事发生在我家，所以就让我背了黑锅。最后，那两个女孩出面，证明我与那件事无关。当然，我不得不说出加里的名字，才保全了自己。”

几天后，警察来到我们在约翰逊溪的家，逮捕了加里。他们把他带到波特兰市区的市立监狱，在相邻的两间屋子里审问他和理查德，试图把事情查清。警官会时不时将加里单独留在房间里，看他的供词和理查德的是否对得上号。有一次，加里把凳子挪到半开的天窗底下，往上一跳，抓住窗框爬了出去。他从离地二十英尺高的窗户跳到地面上，拔腿就跑。警察没追上他。

结果，加里因为理查德把自己供出去向他发起了报复。一天晚上，理查德回到家，发现他的吉他和收音机，以及一块珍贵而少见的铁路怀表都被偷了——那是理查德已故父亲的唯一纪念物。后来，他听说是加里偷了这些东西。理查德把吉他要了回来——已经坏得没法修了——但尽管搜遍了全城的当铺，他还是没找到那块怀表。他来见我的那个冬天的早晨，还指望我会有那块怀表。遗憾的是我没有。

“我觉得自己太轻信加里了。”理查德说完，便向我告辞，“我这个人渴望交朋友，容易接触，我本以为加里也像我一样需要友谊。但加里却没珍惜我们的友谊。我永远不会侵犯朋友的家，永远不会像加里侵犯我的家那样辜负朋友的信任。”

加里去了加利福尼亚，又一路去了圣迭戈。到那里之后，他和以前的一个女朋友住在一起，改名换姓。他那时叫约翰·罗尔。他在圣迭戈的日子和在波特兰时没什么两样。仅仅在圣迭戈与洛杉矶的一个月里，他就因犯了各种罪被抓了五次，从无证驾驶到偷酒，无所不作。后来加里又去了得克萨斯，在那里过起了漂泊的日子。艾尔帕索警察局发现约翰·罗尔就是俄勒冈通缉的强奸犯加里·吉尔摩，于是将他押回原籍。

起初加里受到强奸的指控，但情况变得复杂起来：小女孩怀孕了。我母亲对其他人的说法是，我父亲愿意支付医疗费和孩子数年的抚养费，以换取对方撤销强奸指控。那家人和检察官都同意了，只要加里再也不和那个女孩联系，也不试图去看孩子。六十年代中期，那个女孩生下了一个男婴。（我不知道他的名字，也没设法去打听。）后来母亲告诉别人，她去看过那家人一次，还把孩子放在自己的膝上。很快，那个女孩和她的家人就离开了俄勒冈，但母亲仍会定期与她保持联系。和加里所认为的相反，那个男孩没有死。“我认为加里并不爱那个女人，”母亲说，“但很可能会爱上那个孩子。让他以为孩子死了，就不会想着去探望，这样反而更好。”

加里最终因偷车旧案遭到指控，坐了一年牢。一九六〇年九月，他被关入萨勒姆的俄勒冈惩戒机构，也就是OSCI：这是县立监狱和成人州立监狱之间的过渡机构。在入监接受谈话时，加里谈到了自己的父亲：“我对他不太了解。他对待我就像是我自己喜欢找打那样。”他也谈到了母亲：“她是个相当好的女人，让我走自己的路。她认为我成熟到足以自己做决定，从来没干涉过我。她很尊重我的判断。”同时，他说这一点他从没对父母说过，也没向其他人袒露过。“那样会让我很尴尬。”在附录的心理评估档案中，主持谈话者写道：“吉尔摩采取的是快乐－痛苦原则，他的人格结构仍然基于婴儿期自我满足的观念。隐于其下的是家人之间破坏性的历史，母亲毫无作用，父亲专横跋扈，公然敌视权威……换个角度来看，该犯人是在父亲的管教下成长起来的，但父亲并不承认自己扮演了专制的角色。吉尔摩无疑与这些倾向相符，值得注意的是，他的被捕记录很是复杂……可以认为吉尔摩存在性格障碍。”撰写者还注意到加里拥有明显的艺术才能，他在学力测试中得了高分。所有这些拼凑出一幅令人不安的人物侧写：一个极其聪明的孩子，却执意要干愚蠢、自毁的事情。

加里入狱后，OSCI 的负责人写信至得克萨斯，要求提供我哥哥的出生证明。他收到的回信说那里没有加里·吉尔摩的出生证明；不过在同一天，弗兰克·沃尔特·科夫曼与黛西·布朗生下了菲伊·罗伯特·科夫曼，这些显然是我父母的别名。该负责人写信给我父母，要他们澄清相关事实，但我父母拒绝回复。父亲从来不准备向任何人披露他使用“科夫曼”一名以及那次南方之旅背后的真相，母亲也表现得仿佛整件事情从来就没发生过一般。尽管 OSCI 再三要求，我父母始终没有做出解释。

该负责人手下一名常驻监狱的社会学者向加里问起过这件事。加里告诉该社会学者，不明白他说的是什么意思，要求将自己带回牢房。接下来几个晚上，加里开始出现严重的头疼。这时他的终生偏头痛初现端倪，同样的问题也困扰着小弗兰克、盖伦和我自己。多年来，加里的偏头痛已成慢性疾病。狱方好几次将他送入医院，试图查明他头痛的原因。可没人查得出原因，也没能找到治疗的方法。三十年后，加里的女友尼科尔告诉我说，她记得他们住在犹他西班牙福克市的时候，他会走到后院，以头撞树来缓解疼痛。

出生名字的问题愈来愈困扰加里。加里见了社会学者好几次，和他讨论这个问题。起先加里咬定文件不正确，直到后来发现一份证明文件的副本才作罢。但加里拒绝和父母讨论这个问题。他和父亲从未向对方透露自己知道假名这回事，直到多年后，加里才和母亲论及这个话题，那是他们共度的最后一段自由时期。

这些就是我记忆中约翰逊溪的生活模式：父母吵得很凶，父亲拖着我在太平洋西北部地区四处奔波。兄长们来来去去，离家在外。我想象不出那是什么样的生活，也无法参与其中。

在这整段时期内，只有一种娱乐是我、父亲、加里和盖伦共同享有的。周二和周五晚上，父亲会带全家去看职业摔跤比赛，比赛在波特兰军械库体育场和公民礼堂举办。那时候职业摔跤比赛和现在一样虚假浮夸，都是些荒唐的把戏，没有真正的风险，但我们就是爱看。我们坐在体育场前排，父亲和哥哥会为英雄鼓掌，向恶棍喝倒彩，我也跟着他们一起欢呼、起哄。母亲和小弗兰克则坐在许多排之后，试图表现得端庄得体，置身事外。这种体育比赛的观众差不多算是西北地区最惹人厌恶的了，而我们家其他人却尽已所能地表现得比这更讨人厌烦。

有个我们都特别讨厌的恶棍。那家伙是个肌肉发达的壮汉，头上戴了张骷髅头的狂野面具。父亲和加里对这个阴险的摔跤者很不满，认为他明显是在作弊。一次，这个戴骷髅头面罩的家伙被扔出圈外，就落在我们脚跟前。父亲和哥哥变着法子骂他，他抬头望着他们，摇了摇头。“快回去，像个男人那样打一架，别他妈像个娘炮！”父亲大吼道。那家伙来到我父亲身边坐了下来，凑过去说：“唉，老兄，就让我歇歇吧。我也是混口饭吃，和其他人一样。”

自那以后，父亲和哥哥就挺喜欢他了。有一晚，他们还请他去喝啤酒。后来，加里常和这个摔跤手出去混，喝得酩酊大醉，还一起喝止咳糖浆。后来我听说他们俩一起干过几票。如今，这个摔跤手已成了当地一档保守倾向广播电台脱口秀节目的主角。

一九六〇年十一月的第一周，我们搬至漂亮的新家，开始像一家人那样生活。我们搬家的同一天，约翰·F. 肯尼迪——他是唯一一个我父母都投了票的人——当选了美国总统。整个世界为之一变。仿佛一切都将改观，充满希望。

这些事其实都不重要。我们搬到新家的时候，鬼魂正在那里等着我们，逡巡于走道和槽隙之间。

第二章　山坡上的房子

一个梦：我正开车驶过我们曾经居住的那栋山坡上的房子。我们离开约翰逊溪后就搬到了那里。和我一起在车里的还有两个人：一个是有名的新闻记者；另一个是尼科尔，加里的最后一任女友。当时已近傍晚，我看见那栋老房子已变得面目全非：主楼之外又建了一栋附楼；塔楼耸立在空中，有七八层楼高；顶上是维多利亚风格的角楼。我心想，就像厄舍府[①]一样。

这么多年来，我一直都想重新见见这栋老屋，想办法故地重游，在里面走走。我觉得我应该有什么东西落在了里面，如果能再看看那些房间，就能找到丢失的东西。而且，我认为那里有一些我应该知道的秘密。而唯一了解那些秘密的办法，就是重回那栋我从小于其中长大、又一度逃离的房子。

现在，我找到了回去的方法。门口有块牌子：房屋上层出租。记者同意扮作我的哥哥，尼科尔当我的妹妹。我们是一家人，正在

①House of Usher，出自美国作家爱伦·坡的短篇小说《厄舍府的崩塌》，在故事中是邪恶与病态的滋生之地，最终于风雨飘摇中倒塌。

找新家。我们进入前门，来到曾经是客厅的地方。如今那地方像是某个公司的总部，但陈设又特别像我父母和盖伦去世后举办葬礼的殡仪馆大厅。屋子中央有张办公桌，一个和蔼的老太太坐在后面。我想：这屋子里发生过太多事；现在几乎都认不出来了。尽管如此，我还是能感觉到某种东西仍然盘踞于这栋房子内。我能从周围的空气中感受到这一点。那气息厚重而邪恶。

那个女人带我们走了走。她说我们不能逛太久，因为入夜后，所有的员工都会离开。再晚点，公交车会停运，我们要回城里就麻烦了。

我们爬上狭窄的回转楼梯，去了许多房间。有些房间的木地板还没装好，屋子中央的活板门通往楼下的虚空。其他房间都没有窗户，好似冰冷的办公室。

在一个个房间里，我遇到了许多想把他们的故事说给我听的人。那些故事漫长得似无尽头。我都不太记得住，只知道大多数故事挺悲伤，就像说故事给我听的那些人一样。一个年轻的黑人妇女告诉我，每当她在附近散步时，这里的其他人好像根本不认识她，或对她视而不见。“他们都把我当僵尸对待，”她说，“说不定，我真是个僵尸。”

我离顶楼越来越近时，发现那些房间都空着。我这才注意到我的同伴记者和尼科尔都不见踪影。我去楼下找他们，但那里一个人都没有。我走到前院，看见天色已黑。我还看见房子周围的地貌也改变了。交错的铁轨如今将这地方围了起来，铁轨一直延伸至空荡荡的远方，只有信号灯偶尔闪烁几下。

我返回房里，想找到出口离开这里，但所有房间要么空着，要么就上了锁。我这才意识到这里只剩我一人，陪伴我的唯有我早先一进房子就感受到的邪恶存在。我孑然一身，在这栋房子里与恶灵共处，不得不留在这里。

我从惊恐中醒了过来，确信刚刚有人趁我睡觉的时候来过我的房间。

我们的新家坐落于密尔沃基的南郊。这座小镇就在约翰逊溪大道上我家老房子的对面，过几条小路就到。密尔沃基是克拉克马斯县最大的城市之一，那个县比波特兰的摩特诺玛县还要闭塞。克拉克马斯县不像摩特诺玛县那样有玩乐的场所——各色夜总会、妓院、同性恋酒吧和二十四小时影院，让波特兰成为深更半夜为非作歹的好地方——但其中心地带也挺黑暗：克拉克马斯县的人家过着完全隔绝、互不往来的生活。在这样的环境里，任何事都可能发生，有福有祸，但大多不是什么好事。摩特诺玛县的犯罪率更高，抢劫、贩毒和诸如此类的事情比比皆是，而密尔沃基周边的荒郊野岭让卑劣隐藏得更深。俄勒冈许多最要命的杀人犯和乡村帮派都来自克拉克马斯县。我哥哥加里也是其中一员。

当然，我们刚搬来的时候对此一无所知。父亲现在赚的是合法的钱，家里变得宽裕起来，母亲就一直在争取换一栋好点的房子。我觉得部分是因为她想要一个良好的周边环境，就像她在犹他的姐妹和家人一直拥有的那种。而且她也想给儿子一个全新的开始。她认为如果加里从 OSCI 被释放后再返回约翰逊溪那个世界，他还会重走老路，和那帮不良青年混在一起。但如果他回到一个环境良好、水准更高的地方，也许就会改头换面。这番理论最终说服了父亲，他也认为现在是该力争上游了。这想法本身很不错。但父母不懂的是，家中的氛围要比外在的环境更重要。或许，现在才明白这一点已经太迟了。

总之我们住进了新家，换了体面的新地址。要去新居就得驾车穿过铁轨，沿着蜿蜒曲折的第四十五大道驶入密尔沃基。一路会穿过这座城市最贫穷的地带——有人仍住在破败的窝棚和沥青纸盖的破屋里——然后才能遇上另一组铁轨。往右拐，沿着铁轨向西驶至密尔沃基河，就到达密尔沃基市中心。密尔沃基市区内以前（现在仍是）基本上只有一条马路，绵延五六个街区，叫作主干道，路边有些药店、杂货店和咖啡馆。沿主干道驶至尽头，便可驶上湖滨公路。这条宽敞绵长的马路会带你经过几栋结构坚固的农舍式样的房子。它们离马路不远，俯瞰着栽满了栗树的大院子。从湖滨路尽头往右拐，就会驶上燕麦田路。突然间，整个世界便截然不同。燕麦田路一侧是一座青葱的山坡，山上栽着橡树和松树，路尽头有一座石桥，桥面跨溪而建，两侧点缀着城堡风格的漂亮房子。然后，马路开始向左面攀升，绕一座大山坡而行。登上山坡后，路过的每一栋房子都有一种确定无疑的姿态：祖传的家业，老式风格，毫不混乱，也不见破败。

顺着那条路，绕着长长的半环形路线上山，没到山顶，路就突然左转。绕过急弯，就到山顶了。左边，密尔沃基这座漂亮山坡上的制高点就是我们的新家。那时它还是座两层高的灰色建筑，远离公路，高踞于四周的院落上方。好几道宽大的阶梯将你引向宽敞的前门门廊，那里有正方形的立柱，挂着张秋千椅。房子左侧有一座大侧院，院子左边是一长条环形车道，绕着泪滴形的花园围成一圈。后面又有一座一亩大的花园，园子中央栽了棵樱桃树。

走过房子的前门，就进入了客厅，靠主墙有一个红砖壁炉。右侧一扇双层滑门通往餐厅，旁边是厨房。房子后侧有一间全玻璃的日光屋。楼上有四间卧室，还有主盥洗室和一间小阳光房，从楼上的窗户可看到密尔沃基的教堂尖顶和层层屋顶，再远一些，能望见天际线和八英里开外波特兰市区的夜间灯火。景色令人沉醉。

我很喜欢山坡上的这栋房子，但也日益对它心生恐惧。毫无疑问，它是在我的心灵、生活与记忆中占据中心位置的那栋房子。我时常会梦见它。

我知道若是能回去，我肯定会这么做。几年前我住在波特兰的时候，曾写信给我们那栋老屋现在的住户。我告诉他们，我正在写一本有关我家庭生活的书，问是否能去那里短暂地参观一下。我从未收到他们的回信。我自然不能责备他们。我也不敢肯定，自己是否会让一个与悲惨过去有关联的人步入自家前门。

正如我所说，母亲将这次搬迁视为我家的新起点。这是她梦寐以求的房子，她开始用整修成各色图案的花园精心布置庭院，再用从欧洲和日本进口的上好家具装点房子。我认为她希望漂亮的新家能使家庭恢复生机，让我那些任性的哥哥拥有崭新的自豪感，从而让父亲对儿子重拾信心，支持他们。她想让我们成为山坡上的家庭，而非铁轨旁的家庭。

但谁都没料到的事即将发生。我们开始步入死亡。

有个插曲，我一直认为它是随后事态发展的预兆，但我不知道那特定的记忆为何会在脑海中如此呈现出来。

当时我刚开始在密尔沃基小学上学，是三年级的期中阶段。父亲习惯开车送我去那里，之后再接我回家；他不想让我和其他孩子一样乘公交车。十二月初的一天下午，威拉米特山谷开始下起了暴雪。学校放学时，老师建议我们第二天一早收听广播，因为他们预计这样的天气学校会停课。那天下午四点十五分，我在学校门前等父亲那辆一九六〇年的绿色庞蒂亚克旅行车。这天他来晚了，以前从未发生过这种情况，所以我有种不祥的预感。

他过来的时候，其他孩子和学校巴士已离开很久了，他显得忧心忡忡。“不管怎么样，”等我上车后，他告诫我，“别说什么让你妈不高兴的话。我们家一整天都有油漆工和装潢工人在干活，她很不喜欢家中各种物品的颜色和图案，尤其是厨房的地砖。她想把所有地方重新装修一遍，现在她正在生闷气。”这些话在其他人听来，可能会觉得好笑、厌恶或心累，但我却浑身冰冷、极度惊恐，主要是因为这就意味着得和母亲可怕又难以预料的疯狂打交道。但还不止于此。当我们爬上大雪覆盖的燕麦田路山坡时，我发现父亲的举止有些怪异，他的脸倍显疲态，嗓音里透出听天由命的感觉，似乎昭示着有新的情况发生：我以前从未见过他的疲惫和悲哀，所以相比他狂怒的模样，他现在的样子更让我害怕。有可能，较之我们其他人，父亲对这栋新房子能带来重生寄予了更多的希望。也许此时他认为，买一栋新房子最终不仅能为自己的家庭换来尊重，也能得到和母亲之间长久的和平。然而，我们都很清楚事情的结果并不总会如此。母亲希望我们新家的每一处细节都完美无缺，一旦有什么事情达不到她的标准，她就会冲父亲发火，他只能对她的要求做出让步，然后走出房间。从那时候起，我越来越觉得他是个疲惫而无助的男人，他只不过是想要一点和睦，却被这么多麻烦吸噬得愈发精疲力竭。

当然，父亲针对母亲所说的话里还有其他含义，即让我明白接下来的几天会很难熬。母亲让人给整栋房子新铺了墙纸，重刷了油漆，告诉我们新房子里哪个地方该去，哪个地方不该去。我们可以在楼下厨房和浴室之间，以及楼上卧室间的狭窄过道走动，但不能摸电灯开关面板之外的墙面。要是摸了，就会吃不了兜着走。这在接下来几天里导致的结果是，谁要是想住在这栋房子里（鉴于外面冷得冻死人，所以这个“谁”其实意味着我们所有人），就只有餐厅可去。而那里早已塞满了电视机、尚未拆包的盒子和多余的家具。现在，全家人不睡觉的时候，餐厅里就会有两个大人和三个不消停的男孩。我已经在屋子的一角找了个地盘，坐在那里读自己喜欢的故事：有关耶稣、怪兽、奥德赛和亚哈船长的传说。

那天傍晚，我和父亲穿过后门进入厨房，那里现在是母亲最上心的地方。我看见哥哥弗兰克和盖伦坐在餐桌旁。他们的神情清晰无遗地表明，他们已在这间屋子里和怒火中烧的母亲待了长长的数个小时。我看见母亲坐在屋子一角的钢椅上，双臂抱于胸前，细细打量着那天早晨刚铺好的地砖图案。几天前，她挑选了这些地砖，说这是她见过的最好看的家居设计。可眼下，望着脚下的新地板，她却认为这些图案简直源自最糟糕的审美，为此茶饭不思。我见她坐在那里，突然对她产生了深深的同情。我不仅认出了她那熟悉的怒火，还看到了她内心私密的点滴想法，知道那种巨大而深沉的悲哀与愤怒所期待和恐惧的其实是一回事：有一个空间任其私密的疯狂毫无阻碍地涌动。我记得当时，我只想上去抱住她、安慰她，对她说我都理解，她要什么就该得到什么，她应该得到与她那难以理喻的秩序感切实相配的地板图案。

我不记得接下来具体发生了什么，但我知道我的做法是出于冲动。我走到母亲身边，抱住了她，吻了她的脸颊——谁都知道这是不被允许的，一直都不被允许。接下来我所知道的，就是我被推到了房间另一头。“离我远点，你这小浑蛋！”她吼道。父亲立刻就走到我和她之间，挥动着拳头；哥哥们也都站到他和母亲之间，试图安抚他们俩；我则搂着父亲，向母亲伸着手，表明自己没事。我记得父亲将我拽出门，母亲则很后悔刚才的举动，哭着伸出手说：“别，弗兰克，把他带回来！对不起。你知道我有多爱他！”我还记得盖伦说：“老天，我真得离开这儿了，这种破事我再也受不了了！”弗兰克跟着我们上了车。我、父亲和哥哥们去了一家中餐馆，天黑之后才回家。我们不在的时候，母亲已经做好巧克力薄饼，等我回去吃。她做的是我最爱吃的甜点，她也是我见过的最棒的厨师。从那时起，她就决定不再介意地板的图案，有这样的图案她应该高兴才对——倘若他们能把楼下所有墙面重换颜色的话。“没关系，”父亲说，“都随你。”

那一刻，我为父母感到特别难过。为父亲难过，是因为我认识到，那时他已经是一个破碎、走到尽头、注定毁灭的男人；为母亲难过，是因为我知道这些都不是她真正想要的，而她这辈子都将与这种失望朝夕共处。有趣的是，那种不同大小的地板方格图案相当常见，现在还能在许多厨房和浴室里见到。只要见到这种图案，我就能忆起那天，忆起我们家那座闹鬼的宫殿里即将发生什么。

冬日的一天傍晚，母亲独自待在新家，在厨房里忙活。她听见隔壁餐厅里传来奇怪的声音，她瞥了一眼，刚好看见一个人影穿过后屋阳光房的玻璃门，然后消失了。她以为是小弗兰克或盖伦提前回家了，就去开门，但没人在那里。

这本不值一提，可视为母亲过度活跃的想象力的又一个例证，然而怪事不断发生。一两周后的一天晚上，盖伦坐在后屋阳光房里看电视。家里总共有四台电视机，这是其中一台。门开了，他说有一个白衣灰发的男人站在那里盯了他一会儿后走出了门。盖伦走过去，发现母亲在那里，就问那个陌生人是谁。她说："什么陌生人？"

在我们搬到燕麦田的房子之前，住在这里的是当地一个有名的医生。我们听闻的一种说法称，那个医生死在了房子里，就躺在后屋阳光室的沙发上。这是典型的闹鬼故事，只是故事里没掺杂任何情绪共鸣。这个医生死的时候是否很不开心，备受折磨？据我所知并没有。那他为何还要待在他死去的这栋房子里呢？他为什么还要费尽心思在此吓人呢？

这些问题基本都不重要。母亲一听到这个故事，就认为我们又住进了闹鬼的房子。有一段时间她甚至想离开那儿，但父亲不为所动。

怪异的事情仍在发生，从来就没停过。我再重复一遍之前说过的那句话：我不信鬼。但和家里其他人一样，我也曾在那栋房子里听见并感觉到古怪的事情，却又无法对此做出解释。楼上两间卧室之间的空隙大得异乎寻常，我们想不出为什么要存在这样的空间，里面可能藏着什么。房子之上有座阁楼结构的建筑，但没有入口能通往阁楼，既没活板门，也没梯子或楼梯。也许那个空隙以前曾安放过一段狭窄的楼梯，但与罗伯特·弗罗斯特《科阿斯的女巫》一诗中写到的楼梯井一样，当房中的恶灵困在楼上之后，阁楼就被封起来了。反正，我们全都听到过从那个地方传来的难以解释的声音，既像沉浊的呼吸或痛苦的呻吟，又像凌晨三点时压低嗓音的交谈声。有一段时间，盖伦还认为有另一户人家住在那个难以到达的阁楼上。你真应该看看盖伦说出这个想法时母亲脸上的表情。

最近我问小弗兰克是否记得过道里的声音。他说："当然，我记得很清楚。那些年我对那些声音做了种种猜想。最后，我觉得很有可能是在墙壁之间的窄小空间里住着某种动物，也许是只鸟或某只啮齿类动物，还有可能是只猫。它们很可能从屋檐上的某个洞里钻了进去，却又逃不出来。我觉得我们听见的应该是陷在里面的可怜生物想要逃走，却只能慢慢死去时发出的声音。”

弗兰克的解释听上去合情合理，只不过，如果真有什么东西在四壁间濒于死亡，怎么会花了好几年时间才完成这个过程？那些年，确实有许多傻乎乎的动物溜进了我们家的四壁之间。对，我是不信鬼，但我知道一点：那栋房子里有的房间，比如说楼下的阳光房总让我不寒而栗，感觉不适。所以我不喜欢进去。而且，不管什么时候经过楼上的过道，我都尽可能快速地走过。走过那片空间的时候，我总觉得颈后发凉。

父亲经常去西雅图出差，我也总和他一起去。如今，我不在家不再会导致父母之间的争吵。我认为母亲已经逐渐接受了这个事实。而且，新家足以让她忙碌不停。她总是用维多利亚风格的家具装点中央的几间房间——大理石台面的桌子，丝绒覆面的安乐椅，摩洛哥皮面、内镶金叶的咖啡桌。她还花了许多时间布置院子，在前院种植稀有的日本树木，给车道分隔出一片迷人的花园。我觉得干这些活儿让她很快乐，但事实并不总是如此。新来的家具上只要稍有一点不完美或瑕疵，就足以让母亲陷入愤懑和抑郁。如果花园里的花朵样式并非如她所料，她就会将那些惹人厌的植物连根拔起，踩得烂碎，蹬蹬蹬地回屋去。她会把门关得震天响，坐在厨房的桌边哭泣。她照顾花园的时候，但凡聪明点的人都会躲得远远的。

在西雅图，我和父亲住进了一个距安妮皇后山不远的古老街区。山下的角落有家杂货店，店内的餐馆很不错，隔壁就是一家藏书丰富的书店，里面还有所有最新的漫画。我们住的地方离市区也就一二英里，我一如既往地来去自如。那时西雅图正在举办世博会，我一周就去了好几次。一天，宇航员约翰·格伦也在里面，我还跑去和他握了手。我跑回家后，把这件事告诉了父亲。他很为我骄傲。格伦历史性地环绕地球的那一天，我们俩看了一整天电视。

在我们住所隔壁有栋公寓楼，里面住了一对中年夫妻，带了个十几岁的儿子。父亲对这户人家特别有好感，每周有几个晚上都会去拜访他们。父亲总是送他们礼物。有时他和那户人家的丈夫沃尔特无所事事，就会喝上一两瓶啤酒，玩换牌扑克。那户人家的儿子名叫拉里，他对我很有兴趣。事实上，他对我很好，我一直希望哥哥也能对我这么好。电视里放经典的老电影时——像《野性的呼唤》《最后的莫西干人》《女继承人》等——拉里就会叫我过去看，我们一起吃着爆米花，他会向我解释电影里某些细微的含义。拉里也带我去戏院和博物馆，给我买几本书。他送过我一本精装插图版的《白鲸》，让我领会到故事里的白鲸不仅仅是一条鲸鱼这么简单。

那时候我还不懂，但现在我相信沃尔特应该就是父亲隐藏多年的儿子之一，拉里则是我的堂侄。直到多年以后，我才终于弄明白这件事。最近这几年，我一直想找到那户人家，但和许多其他我们曾爱过、恨过或有过关系的人一样，他们也消失不见了。

现在再来说回密尔沃基的家，生活正如火如荼地展开。哥哥盖伦已经从高中辍学，他觉得那里的老师教不了什么，学校也乐于让他离开。他加入了美国海军，但持续时间不到一个月。在他擅离职守五次、酗酒多次之后，基地的指挥官推测盖伦将来的军事生涯不容乐观，就让他回了家，还发了一笔不菲的遣散费。

之后，一九六一年秋，加里从俄勒冈州立惩戒所回家了。他在惩戒所里的日子并不好过。加里经常和监狱当局对着干。看守好几次发现加里对老年囚犯特别不厚道，有时甚至差点要了那些人的命。加里的脾气越来越爆，屡次搞砸自己的良好表现，徒增刑期。

撰写我哥哥进入OSCI后评估报告的辅导员提到，加里在服刑期间特别不服管教。“他总共有二十三份惩戒记录，大多都很严重，”辅导员写道，“打架、拒绝上工、不服从管教、无礼是该囚犯对监狱当局和服刑的反应的特点……吉尔摩从未对职业目标或职业规划产生过兴趣……该囚犯不参与任何教育项目，尽管他的智力水平表明，他有能力在现在所处的状态上进行提升……吉尔摩表明他对休闲活动毫无兴趣，认为在这方面他无须改变自己过去的习惯。正如他的惩戒报告所透露的，该囚犯与任何一位员工或任何一位监狱当局的官员都无法维持良好的关系。他在监狱外的关系与接触的人员仅限于父母，而其父母总是无穷尽地找借口宽恕、纵容自己的儿子。吉尔摩对释放后的生活并无规划，从该囚犯的陈述中可知，他若被释放，应该不打算找工作，只能靠父母养活。”另一个辅导员写道：“吉尔摩……将任何适当的道德法则替换成自己的快乐原则，他会时刻满足自己的欲望。他对其他人满怀敌意，让自己走向偏执隔绝的生活……他极难控制自己的脾气。”

确实，加里从OSCI出来后已判若两人：他成了一个只管满足自己种种婴儿般原始需求的男孩，在其他方面则是一个能置人于死地的男人。“那时候，他特别野蛮，”我哥哥弗兰克回忆道，“他冲你发火，就会说他要杀了你、废了你、伤害你、毁了你。你没法和他讲道理，反正他就想把你往死里整。那感觉就像和墨索里尼在一起。

有时候，我觉得他一直在找各种理由去伤害别人。”

这就是我在童年时期印象最深刻的加里。那时他二十一岁，却打扮得像中年人，穿着邋里邋遢的黑色雨衣，戴着卷边的猪肉派帽，一身垃圾行头。他看谁都用打探而警惕的目光，好像除了他自己，其他所有东西都会构成威胁。有趣的是，加里从 OSCI 出来后，艺术才能疯狂爆发了。我说加里是个艺术家，不只是说他画得好，或者他很自负。事实是，他的素描和油画相当清晰，能让人产生强烈共鸣；他最好的一幅作品具有安德鲁·怀斯或爱德华·霍普那种极度孤独、能唤起情感的特质，但加里的作品主题指向两个主要的关注对象：死亡与童年。或许，他画作中最震撼人心的，是一幅儿童观看电影恐怖场景时的脸部素描——他的许多狱友后来都这么评论。你看不见他们所目睹的是怎样的骇人之物，看到的只是他们脸上的神情，那是一种得知世上存在魔鬼可将你撕成碎片，而你却对此无能为力的恐惧与痴迷。

然而，加里的艺术天赋对他来说似乎没多大意义。他究竟为何会选择犯罪的一生而非艺术的一生呢？我说不清楚，但我思考这件事情的次数已数不清了。

一天下午，我和加里恰好在房子里无所事事，我想让他教我基本的绘画技巧。那天他喝了许多止咳糖浆，笑了起来，用礼貌却坚决的方式说：“没门。”我想打破加里无动于衷的态度，就说我认为只要他想，他就能成为功成名就的艺术家。他猛灌了一口啤酒，把止咳糖浆冲了下去，看着我微笑。“你想知道怎么成为艺术家？”他说，“那就学学怎么舔×吧。这才是你唯一需要学习的艺术。”

虽然存在这种种不容乐观的迹象，但我们还是在一九六一年底度过了一个很不错的圣诞节。那一年父亲鼓足干劲，用精美的灯具把房子和院子从上到下打扮得漂漂亮亮；母亲则装点出一棵我见过的最美的圣诞树，有蓝色的装饰和蓝色的灯泡。

父母给每个人都买了礼物，加里和盖伦收到的应该是汽车。仅此一次，我们吃了顿和平的节日大餐。父亲和加里这天对彼此很友好。我记得加里告诉父亲："我很感激你为我做的那些事。回家真不错。"父亲说："你知道我很爱你，儿子。我希望你好，会想尽办法帮助你。"那天结束时，母亲弹起了她新买的、放在餐厅墙边的立式钢琴。全家人都坐在她四周，听她用多才多艺的手指一首接一首地弹奏圣诞歌曲，大家随着琴声唱起了歌。那一年最神圣的夜晚充斥着由六个五音不全的嗓音组成的刺耳和声。那是我们第一次做那样的事。

那也是最后一次。后来无论父亲还是加里，都再也没有和全家一起共度圣诞节。

第三章　推销员之死

我和父亲待在西雅图的时候，母亲常来看我们，停留的时间也越来越长。一九六二年的头几个月，她也只能通过这种方式看望我们。

因为那时候，父亲开始觉得异常疲惫，身体很不舒服。一天，他发现脖子上多了个肿块，有五十美分硬币那么大。他带我一起去医院看了医生。医生说现在没法立即给出诊断，父亲得住院，将肿块切除，以便检测。母亲就过来陪父亲做手术，在他住院期间也顺便照看我。

手术后的一天，我和母亲乘公交车来到西雅图瑞典医院。那是普吉特海湾春季的一个阴天，那些时日海风常吹过整座城市，好似挥之不去的陈腐气息。我们走进父亲的病房，他正坐在床上。他穿了身蓝白相间的病号服，比以前任何时候都脆弱，但见到我们来他似乎很高兴。他告诉母亲手术应该很成功，他觉得自己好多了。他希望过几天就能出院继续工作。医生是个高个子、大块头的德国人，他进来查看了父亲，然后就问母亲是否能去他的办公室谈谈。

他带母亲来到走道一头，告诉母亲父亲得了结肠癌，没有幸存的希望。医生认为由她而非医务人员来告诉父亲这个消息会更好。母亲说不行，她做不到。她也坚持让医生不要将病情告诉父亲。“听到这个消息，他肯定活不了。”她说。

这时我就坐在父亲的床头。他试图和我说说话，但我看得出他心不在焉。他一直往门那边看，等母亲回来。

过了几分钟后，母亲回来了。

“医生对你说了什么，贝茜？”父亲问。

“哦，弗兰克，没说什么。他就说我应该在这儿再待几天，在你回到住处后给你搭把手。他怕你手术后过于勉强自己。”

父亲听了母亲的话，看起来如释重负。我们又聊了一会儿。父亲说了几个粗俗的笑话，我们全都笑了。然后母亲说她和我要准备回去了。“你知道我不喜欢在外面待得太晚。”她说着，弯下腰在父亲额头上吻了吻。也就是在那时候，从她脸上稍纵即逝、阴郁可怕的神情中，我明白了将要发生什么。

我和母亲一来到医院大厅，她就瘫坐在一张椅子上，用双手捂住脸，泪如雨下。

“怎么啦？”我问。

“你爸爸要死了。他得了癌症，医生治不了。他只剩几个月的时间了。”

我想尽可能忠实或生动地忆起当时听到这个消息的感受。我应该仍然保持着平静，没觉得害怕，没觉得恐慌，也没有哭，但我为母亲经历的这一切感到很难受。有那么一会儿，她自己看上去都似乎无法从这个消息中坚持下来。除此之外，我第一时间想到的是我会更加孤独，但那也还好。我已经学会如何与周遭世界中许多事物保持某种疏离感，已经接受了与哥哥之间的距离。但实实在在得知父亲快要死了，并没让我觉得多悲哀或焦虑。事实上，我还替他感到某种程度的释然。那么多年来我和他生活在一起，有时我会发现他独坐一隅，脑袋垂至办公桌上，用拳头擂着桌面，一遍遍地说："我真希望自己死了。"实际上，我认为他怕死，但我也认为活着对他而言是一种持续的审判。很快，所有的审判都将烟消云散。

无论如何，我明白自己的生活已经改变。我得靠自己了。不知为何，我觉得自己已经做好了准备。如果父亲教过我什么，那应该就是他最伟大的一课：如何在这世界上独自生存。

那天晚上，我去隔壁拜访我们的朋友。母亲已给他们打过电话，告诉了他们这个消息。沃尔特算是我的半个哥哥了，他当时正坐在餐桌旁，手中端了杯威士忌。从他通红的眼睛我看出，他哭了很长时间。

同一天晚上，母亲往密尔沃基的家里打了电话。当时只有加里一个人在家。她把这个消息告诉了他。她说任何人都不能向父亲透露他将死的消息。她认为他有权不必在恐惧和担忧中死去。我觉得这样做不对：我认为父亲有权知道自己正濒临死亡。我认为任何人步入死亡时，都应有机会让自己的灵魂保持平静。我哥哥弗兰克在这一点上同意我的观点，但这起不到什么作用。母亲很坚决：不应该让父亲知道自己快死了。

母亲打电话的时候，我哥哥弗兰克不在家，他在街头附近的洗车店找了份工作。他那天晚上回家的时候，房子里黑漆漆的。他走进楼上自己的房间，往床上一躺，打开黑白小电视。几分钟后传来了敲门声。是加里。"他眼含泪水。"弗兰克后来告诉我，"他说：

‘我本来不想说的，但你应该知道，爸爸得了癌症，就要死了。’他是真的很崩溃，坐在那儿，哭了好长时间。”

父亲手术后过几天就出院了。我和母亲接他回住处。他太虚弱，开不了车，我们就乘出租车回公寓。出租车停在我们家的马路对面，母亲递给我钥匙，让我先去给父亲开门。我跑上楼梯，听见一声咆哮。我转过身，发现那是条大狗，应该是一条德国牧羊犬。那条狗面对着我，离我有约六英尺远，趁我没注意，跟着我上了楼梯。不知为何，这条狗并不喜欢我，龇牙咧嘴，越吼越凶，一步步朝我逼近。很快它就把我逼到了墙角。父亲从出租车里出来后，倚靠在母亲身上，发现那条狗正朝我逼近。他突然像个杂技演员似的，飞快跑过马路，蹿上台阶，抓住那条受惊的狗的脖子，把它甩到了人行道上。狗号叫着落荒而逃。母亲追上父亲。“弗兰克，”她说，“你不该这样跑。你可以朝它吼，朝它扔东西。”

父亲平静地说：“那条狗要伤害我儿子。只要我还有一口气，就不会让任何东西伤害他。”

大约一周后，父亲恢复了些体力，便开车载我们三人回到了密尔沃基。母亲把家里的卧室重新布置了一下，让父亲方便拿药，也方便看电视。他们的卧室就在房子前侧，在我和盖伦的房间隔壁。走下楼梯过道，房子后侧是另一间日光屋，父亲把它变成了自己的家庭办公室。隔壁是浴室，前方几步远是楼梯间。楼梯间底下有两扇滑门，通往楼下的日光屋——我们已经知道，那个医生就死在那间屋子里。

一天晚上凌晨三点，我们上了床，全都睡着了。父亲醒来，想上厕所，就走下过道。几分钟后，可怕的动静把我们都吵醒了。那是父亲因极度惊恐而发出的尖叫，他在喊母亲的名字，接着又传来一阵可怕的撞击声。然后我听见母亲朝楼下过道跑去，边跑边砸我们的房门。“孩子们，快起来！”她喊道，“爸爸从楼梯上摔下去了。”我们冲到楼梯口，往下看。父亲瘫在楼下的地板上，一半身子穿过日光屋的门，好像正在往里爬，或者被什么拽了进去。他上方的墙纸上沾有血迹，他摔下去的时候，脑袋撞到了墙上。加里和小弗兰克先冲下楼去帮他。他们把他抱到前屋的绿皮沙发上。母亲想叫医生，但父亲说他看医生已经看够了。

“到底怎么回事，弗兰克？”母亲问，“你从扶手上摔下去了？”

“不是。”父亲说，脸上一片茫然，“我听见有人在轻声对我说话，觉得有东西掐着我的喉咙把我拽起来，扔下了楼梯。我觉得房子里除了我们，可能还有别人。”

哥哥们四处搜了搜，什么人都没发现，也没有迹象显示有人进来或离开过。父亲想继续待在沙发上，他让我在屋子里陪着他，和他做伴。那晚我就躺在地板上的睡袋里，听着父亲紊乱的呼吸声。

父亲在燕麦田路房子里最后的那段时日再也没敢上楼。他将办公室移到了客厅里，所有活动仅限于楼下。

知道父亲快要死了，对我们家产生了未曾预料的影响。母亲伤心欲绝，想对他温柔一点，好好照顾他，但这么多年来，他的虐待和她的怨恨还是产生了恶果。我记得一天下午，父亲睡在隔壁的客厅里，母亲坐在厨房里，数落父亲如何伤害她，如何背叛她，她又如何痛恨他。她说现在自己更恨他了，因为他就要撇下她一个人和一大家子，而要养活大家很不容易。我从未听她说过这么苦涩、沉痛的话。听了很长时间后，我离开房间去上厕所，父亲本该还在睡觉，我路过时顺道看了看他。他正坐在床沿上，双手抱头，抬头看见我后，脸上现出极其痛苦的神情。我走回母亲那里，说父亲恐怕听到了她刚才说的话。“好啊，”她回答道，“我正想让他听见。”

我惊呆了，不敢想象怎么能这样去伤害一个人。而且，我还害怕父亲可能听出了更多意思：真的不应该以这种方式让父亲了解到自己快要死了。

我很生气，没再对母亲说什么。我转身离开她，出去独自待了很长时间。

那天深夜，我发现父母坐在厨房餐桌边，握着手，轻柔地说着话。父亲在哭，母亲轻轻拍着他的手。我以前从未见过父母握手。

“如果怎么都没法好起来，不管怎么努力，还是不行，”他问，“你会有什么感觉？会怎么想？以前我从没受过这样的打击。”

“我知道，弗兰克，我都知道。”她说着，轻轻拍着他的手。

有一段时间，父亲和加里之间尴尬地休战了，但他们的关系迟早会破裂。我哥哥那时候嗑药嗑得厉害——安非他命、大麻、止咳糖浆、海洛因，此外还酗酒。他来来去去，生活毫无规律，老是和陌生人混在一起。那些人会在外面他的车子里等他。我很不喜欢那些人脸上的表情。我觉得他们都很危险，一心想闯进我家。

一天下午，我们都在家，加里问父亲要钱。父亲那时情绪很差，癌症让他老是犯恶心，他对加里说：“你为什么就不能找份工作，像其他成年人一样自己挣钱？该死的，你难道就不能消停个五分钟，别再惹麻烦？”

于是就这么对峙上了。加里和父亲立刻开始对彼此大喊大叫，这次他们吵得很凶。但我们都习以为常，于是其他人就去了楼上的房间，等这场风暴平息。

但这一次，我觉得事情恐怕不会轻易结束。我从加里的嗓音里听出了火药味十足的话意，我很害怕，我也听出了父亲的无助。我认为加里想必也已感受到这一点，因为他威胁说，如果满足不了他的要求，他就把这房子给拆了。于是我对母亲、弗兰克和盖伦说，能不能有个人下去，让他们别吵了。他们看着我，平静地摇了摇头。这种争吵他们见得太多，很清楚劝架会招来什么后果。我就自己下楼去了厨房。父亲坐在厨房的桌边，穿着浴袍，脸色发青，神情疲惫。加里穿着黑色雨衣，戴着猪肉派草帽，站在屋子的另一头，靠着厨房的台面。

“我他妈就是要钱。”加里说。

“而我要你滚出我的房子，再也别回来。”父亲费尽气力说。

加里从台面上抄起一只玻璃杯，朝父亲扔了过去。要不是父亲闪得快，玻璃杯肯定会砸中他的面门。杯子在他身后的墙上撞了个粉碎，玻璃碴子落到他的脑袋和肩膀上。父亲抬起头，见我看到了这一幕，就说：“出去。”

我跑回楼上母亲和哥哥那里。“你们得想想办法，”我说，“加里会杀了他的。”

弗兰克站起身，下了楼，站在加里和父亲之间。“别去烦他了，加里，”他说，“你难道看不出他已经很虚弱，吵不动了吗？”加里推了弗兰克一把。弗兰克也推了他一把。加里一拳打在弗兰克脸上。弗兰克也回了一拳。然后两人就打了起来，家具和碗碟飞得四处都是。“我这人在打架这方面不是很擅长，”弗兰克后来告诉我，“我不够狠。但加里几乎不懂该怎么打架。他强壮，但也很笨拙。要是他控制住了你，能把你打伤。但我想办法让他控制不了我，我比他快一步。”

接着母亲介入了。她拿了把扫帚进屋，在小弗兰克脑袋上打了一下，说：“住手，你有点过头了。我已经叫了警察，说你打架，弗兰克，你给我出去。”弗兰克和加里住了手，抬头看着母亲，很吃惊。“别理加里。”她又对弗兰克说。弗兰克似乎很受伤，从地上爬起来，出了房门，在身后砰地甩上门。母亲让加里在椅子上坐好，把他脸上的血擦掉，给了他一沓二十美元钞票。“趁警察还没来，现在快走，”她说，“剩下的事我来处理。”

小弗兰克过了半夜才回来。母亲已经上床睡觉，但父亲还坐在厨房桌边，仍然沉浸在痛苦中。父亲看见弗兰克走进来，说：“儿子，我要谢谢你今天为我做的事。”

这时小弗兰克有点喝多了，他仍为母亲把自己赶出家门的事耿耿于怀。“嗨，”他说，“我没想到妈会报警说我打架。我只是想帮个忙。”

父亲说：“她没报警。她这么说是想让你们别打了。她不能说因为加里打架而报警，谁知道他会干出什么？他会把这件事看得很重，因为她是他一直信赖的人。那样，他可能会把我们其中一个人给杀了。所以她说你打架，报了警，只是想让这件事快点结束。”弗兰克想了想，认为有道理。没人能和加里对着干。他们在保护他，也保护他们自己。他最终也认为母亲这么做很明智。

几天后的一晚，弗兰克在波特兰市区的街上与加里相遇了。那次打架后，他们就没见过面。加里走到弗兰克面前，伸出手。“嗨，哥们，那件事我很抱歉，”加里说，“我不应该那样。”

“是啊，你说得对，”弗兰克说，“那件事本不该发生的。对不起我也打了你，但我是怕你伤了爸爸，我很担心。”

“嗯，你做得对。”加里说。弗兰克接受了加里的道歉。他不想让他们之间有什么嫌隙。

“那你饿不饿？”加里问，“我们去‘乔治科尼岛’吃点辣味热狗，再喝杯啤酒。我请客。”

弗兰克同意了。

“乔治科尼岛”是波特兰南部的一家热狗小店。店里只卖一样东西——热狗，但那是城里最好吃的热狗。餐馆老板是个希腊老头，名叫乔治。照父亲的说法，乔治这个人很神秘，是个百万富翁，住在波特兰西山的一栋大宅院里。但他喜欢做热狗、卖热狗，所以开了这家小餐馆，好让自己忙起来，也能和别人多接触接触。父亲认识乔治好多年了，不管我们什么时候去市区，他总会带我们去“乔治科尼岛”吃一顿。他和乔治很合得来。“啊，我最喜欢的顾客来了。”父亲进门的一刻，壮汉乔治会带着希腊口音这样说道。

加里和弗兰克在柜台边坐下后，乔治热情地和他们打招呼：“你爸还好吗？好点了没？没有？别担心，你爸结实得很。他会挺过去的，很快就又是一条好汉。”

乔治做热狗的时候，加里和弗兰克聊了起来。他说：“我觉得我很快又要进监狱了，弗兰克。就认了吧，我是个惯犯，再说我也挺想念我的朋友们。我的真朋友都在牢里。而且，我要是再不快点进去，肯定又会伤人。妈的，我很快就不得不伤人了。我很想念那些朋友。”

弗兰克说：“加里，你没觉得是时候该考虑做点正经事吗？”

加里答道：“我在做的就是正经事。我是个职业罪犯。”

弗兰克正想着要怎么回答的时候，一个坐在几英尺外的摩托车手要加里帮忙递一下番茄酱。“你他妈自己拿，”加里回敬道，“你不是有两条胳膊吗。我他妈不是你的用人。”那个人站起身，亮出肌肉，弗兰克试图站在他们中间。拳头雨点般落下，弗兰克被打倒了。过了一会儿，乔治朝他脸上浇冷水，他才醒过来。乔治怒气冲冲地说：“这他妈到底怎么回事？你兄弟和那人打架，把这地方弄得一团糟后跑了。谁来付这笔账？我该怎么办，报警吗？”弗兰克站起身，抹了抹嘴唇。嘴唇裂了口子。他伸手从兜里掏了点钱给乔治。“你这孩子不错，”乔治说，“你来这儿我欢迎。告诉你兄弟以后别再来了。我不喜欢他。”

弗兰克踉踉跄跄地来到街上，那一拳仍旧让他晕乎乎的。他觉得还是去喝一杯的好，就朝街角的酒吧走去。他往里一看，发现加里正和那个摩托车手坐在酒吧里，喝着啤酒，开怀大笑。后来，弗兰克得知加里和摩托车手去见了那个人的女朋友，结果三个人搞上了。“我看见他们俩在那儿喝啤酒，”弗兰克说，“就转身走开了。真是受够了。回到家后，我和妈妈说了这件事。我告诉她：‘现在我和他算完了，真的。我真是受够了。’结果，那正是我最后一次和加里一起出现在公开场合。”

一九六二年六月初，我和父母回了趟西雅图。父亲觉得有必要再管管生意。他的病已经让书籍的出版进度受到影响，开始危及家庭的收益。

两周后的一天早晨，加里出现在前门。他说他来帮父亲料理生意。从他含糊不清的言辞和红通通的眼睛看得出，他显然嗑了些什么药。父亲还没忘记上次的争吵，不接受加里的提议。母亲看得出加里正在寻找最后一线和解的机会，但他晕得厉害，母亲怕他会脱口说出父亲得了不治之症的事。她把我哥哥拉到一边，说他该回波特兰，并给了他一百美元。

我记得加里走出家门时脸上的表情。我看得出他想最后一次拥抱父亲，同他吻别。但他们俩都没轻易跨越那道阻隔了他们一辈子的屏障。他们没法朝彼此走近一步。加里走出公寓时，一脸失落。直到他生命的最后几天，我才在他脸上再次见到这种神情。那时，他知道自己时日无多，没法同自己深爱的女人道别了。

那天晚上，我们接到小弗兰克打来的电话，说加里在华盛顿的温哥华镇因无证驾驶被捕了，车里还有一瓶打开的烈酒。父亲把头搁到办公桌上，失声痛哭，哭了好长时间。“为什么，”他抽泣着说，“他们总是欺负我儿子？”

自此之后，父亲的身体便每况愈下。一天晚上，他上床之后再也没起来。他就躺在床上，往床边的痰盂里吐痰。我仍旧记得那股痰味：恶心的甜味，好似腐烂的花朵。那气息让我震惊不已——我没想到死亡竟会散发芳香。

那个月的月底，母亲让盖伦去西雅图陪父亲，帮他打理生意。我和她则回了密尔沃基的家。我不记得父亲对我说了什么，也不记得我最后一次见他活着时他脸上的表情。我希望自己能记得，但就是记不起来。

几天后的一个清晨，盖伦打来电话。前一晚父亲的病情严重恶化，盖伦带他去了医院。盖伦整晚陪着他，但他的状况继续恶化，在凌晨五点陷入了昏迷。这时盖伦刚回公寓睡了会儿觉。

一个小时之后，电话铃又响了起来。我接起电话。“叫妈听电话。”盖伦说。

“是爸怎么了吗？”我问。

“叫妈听电话。”

母亲接过电话一听，就失声喊道：“天哪，弗兰克，你在哪儿？你到哪儿去了？”

接下来几天我们都忙着料理葬礼事宜，将父亲的遗体从西雅图接回来，挑选墓地。母亲想找到罗伯特·英格拉姆，告诉他这个消息，但没有他现在的住址。我们和他失去了联系，后来再也没找到他。

葬礼前一天，我们去州立殡仪馆看父亲的遗体。父亲躺在优雅的青铜棺椁之中，四周鲜花环绕。他穿着帅气的棕色西装，头下枕着奶黄色的缎枕，双臂叠放在胸前，双眼紧闭。他脸颊的下半部已显露出腐烂的迹象。母亲伤心欲绝，号啕大哭。盖伦倚在墙边，萎靡不振，像是被痛苦紧紧攫住。哥哥弗兰克用手臂环着我，将我搂得很紧。“你没事吧？”他问。我点了点头。我无法将眼睛从逝去父亲的脸上移开。我觉得他看上去不再像我以前认识的那个人，那个曾将我搂于膝头，救我于恶犬的爪下，或冲着母亲和哥哥狂吼的人。我心想：什么都没了。一旦死去，你便离开了自己的躯壳，它不再保存你的任何记忆。一旦死去，你的脸上就不再显现平生所熟悉的爱与憎。我不知道这是否是幸事。

离开殡仪馆时，盖伦说：“唉，心里就像被掏空了一样。我得去喝杯酒。”他离开我们，其他人则回了家。

父亲去世时，加里在小洛矶山监狱服刑。后来他告诉我们，一个看守叫醒他，说：“你那个浑蛋爸爸刚刚死了，这下你该高兴了吧。”加里暴跳如雷。他把自己的牢房砸了个稀巴烂，还砸碎了灯泡割腕。

母亲求狱方和县法官让加里参加葬礼。她说可以给看守加里、以防他逃跑的守卫出双倍报酬。但狱方和法官都拒绝了这个请求。父亲葬礼的那天，加里被关在了“洞”里，也就是单人禁闭室里。

关于葬礼本身我记得的不多。我们坐在棺材两侧几码开外的地方，隔着一道帘幕。后来，我和盖伦驱车去了墓地，车里的收音机放着摇滚乐。是吉恩·麦克丹尼尔斯的《无路可退》。主持人说这是一首新歌，那天刚刚播出。“我无路可退，”麦克丹尼尔斯唱道，“再也没法回头。”我听得出了神。在接下来的几个月里，每当响起这首歌，我都会冲过去把收音机的音量调大。

七月的一天下午，我们站在墓地的棺材旁，听天主教神父念了祷文。我很惊讶，没想到父亲的棺材被放入坟墓的那一刻，我们竟然不能在场。母亲说：“对，大家都是这么办的。家人们无法忍受这种最后时刻。”但我总觉得，入葬时还让他孑然一身，这是不对的。

我记得，母亲和哥哥们难以接受父亲死亡一事让我万分震惊。我没想到他们竟然还深爱着他，为他号啕痛哭。也许他们是在为压抑了如此之久的爱而痛哭，为永远无法达成的和解而痛哭吧。

回想起来，我想我是唯一一个没有哭泣的人。不知为何，对于我父亲的死，我没有流过一次眼泪。

如今，父亲去世已有三十年，我仍一直没流过泪，但在梦里截然不同。

不久前，我梦见母亲来见我。她说：“我有个惊喜要告诉你。我们找到了你爸爸。他并没真的去世，他是从我们身边逃走了，但我们不知道该怎么告诉你。

“后来他回来了，他想见见你。但我得提醒你：他现在老态龙钟，真的病了。要对他好点，他活不长了。”

她带我进了一间房，父亲坐在一张椅子上，穿着花呢格子上衣，上面打了个蝴蝶领结，穿了条吊带宽松裤，脸上还戴着一副眼镜，头上戴了顶软呢帽。母亲的提醒没错，他看上去老朽不堪，弱不禁风。可他一看见我就微笑起来，站起身，将我搂入怀中。

“儿子，”他说，“见到你我真是太高兴了。我怎么就能抛下你呢？”说完他哭了起来。

我搂住他说：“没事，爸爸。我也想你。很高兴你能回来。我们都会好起来的。”

我想，那么多恼人的问题现在总该知道答案了吧。我可以问父亲他是什么样的人、干过什么事，他会告诉我的。

可我正这么想的时候，他却瘫在我的怀中，我感到生命在离他而去。我站在那里，搂着死去的父亲，终于再也忍不住：我哭了。

第四章　安魂曲

父亲死了。他一向难以理喻、暴力成性，这自然是对我的哥哥们而言，而非对我。他在想方设法养活家人的同时，也损毁了这个家庭中每个人的灵魂和希望。

最近几年我和哥哥弗兰克一直在谈论父亲这个人的复杂性。我们俩都觉得，他的儿子们身上那种可怕、强硬的特质传承自他。我们生活的方式就是在实践他的传承，继续活在他的恐惧和诅咒之中。但正如我们讨论过的那样，最令我们不解的是，那摧毁一切的力量究竟来自何处。我们不知道他所保守又随他而去的秘密究竟是什么。不了解这些，关于我们自身的某一部分就永远无法被解锁。这可不是什么无关紧要的部分。正如我以前所言，这一部分应该是最深层、最本质的所在：正是我们体内的这一部分将爱转变成毁灭。

“我一直都不知道爸爸那些天大的秘密究竟是什么，”一天晚上，弗兰克对我说，“不管我什么时候向他打听，他总会说：‘你最好还是别管别人的事。’

“就算没有那些秘密，我认为爸爸的生活还会是老样子。我认为四处漂泊对他来说很重要。从许多方面来看，他都是个孤独的人，但他有时也挺享受这种孤独。他真的有点……我不知道你会不会称他为双重人格，在我看来，他的每一种天性单独来看都不坏。但他应该就是双重人格；有两个他同时存在。一个是居家男人，不喜欢无家可依。但过了几周那样的生活后，新奇感渐渐消失，他便回到老路上，四处漂泊。漂泊了一段时间后，他又开始厌倦，想要重回家庭。所以，他想要同时抓住生活的两面，渴望两种事物：家庭和独立。那就是他和妈妈之间产生纷争的主要源头。他以那种方式生活，她肯定会和他争吵，于是，他就以酗酒、离家来报复。这一点没什么可奇怪的。他厌倦了妈妈，厌倦了家庭，不得不离开。从某种意义上来看，他一直在这么做，直到生命最后一刻。于是他在身后留下了一家子的漂泊者。

“有意思的是，最近我越是想起他，就越是对他产生尊敬。在他生命的最后时光，他做出了显著的改变：他不再酗酒，生意也做得很成功；他决意好好爱你、保护你，他最小的孩子。米卡尔，我觉得你本来会像我们其他人一样和他产生矛盾。你会开始为自己考虑，表现出一点点桀骜不驯。他不喜欢那样，就会想办法惩罚你。他的死使你脱身了。因此，你得以见识并且保留其他人所知的他身上最好的那一部分。他对你很好，这一点让我钦佩。”

“对我们其他人来说……”弗兰克顿了顿，咀嚼着自己的过去。有那么一刻，我看到经年累月的痛苦透过他脸上的肌肉荡漾开来。他又继续说下去：“这么说吧：只能说爸爸从来都是个不好惹的人。他可以变得很无情。不等你做好准备，他就会伤害你。他对你不理不睬，不闻不问，直到下次他见到你或需要你的时候才会来找你。这可不好玩。我记得以前和我们一起长大的孩子们经常说他们同情我们。那种话我听了好多次。那很能说明问题。他从来都不好惹。

“我可不想再经历一次童年。绝不。一次已经足够。”

父亲当然不是决定我们家好坏的唯一因素。家庭状况没有改善，母亲对此也难辞其咎。许多次，父亲对她弃如敝屣，把她扔在公交停车场或荒郊野外的廉价旅馆，她只能拖着孩子，给他们找个遮风避雨的地方，要不就迫不得已把他们带回犹他。那段时间，她小心翼翼地呵护着孩子，尽己所能带着他们穿越那个她自己也从未预料会置身其间的世界中。

那肯定是种极糟的失落感。母亲希望自己与父亲的命运紧密相连，但这与她所身陷的处境之间肯定存在巨大的鸿沟。我猜想，她之所以会受弗兰克·吉尔摩吸引，是因为与那些她从小一同长大、土得掉渣的摩门教徒相比，他显得有几分魅力。她年轻浪漫，想入非非，认为他会带她前往一个令人兴奋的美丽新世界。正如我一个朋友所言：“听上去，你母亲好像容易对宏大的东西产生幻想，而你父亲就是那个能满足这些幻想的人。他可能看上去还挺光鲜，我敢打包票，除了电影里的人，他肯定是她见过的最有魅力的男人。”

母亲嫁给了他，进入了他漂泊不定的生命，拖着一帮小孩，跟着一个时不时会把她一脚踢开的男人，在全国各地疲惫地游荡。我觉得说她美梦破灭应该没错，可某种程度上她善于激励自己，又有勇无谋，所以她从未完全放弃过哪怕一丝一毫的希望。她不停地渴求着能有一栋容纳我们全家的大房子，也正是她的饥渴与愤怒最终让我们有了这样的家，无论这值得与否。

当然，和父亲一样，母亲在许多事情上都有失职之处。其中最重要的一点，就是尽管父亲对她和孩子又打又虐，弃之不顾，残忍至极，她仍未能离开。我记得拉里·席勒在和母亲的一次谈话中问她：为什么要和我父亲待在一起？母亲的回答平淡又令人心碎：“我还能去哪儿？”她说，“谁还会要我？我留下来，是因为没有别的办法。我老早就认为，你和一个人在一起，他好与不好你都得接受，你改变不了。再说，弗兰克也不一定要一直待在我身边。我曾问过他为什么还会回来，他说：‘唉，我太老了，找不到其他人了。再说，你做的菜，我还挺喜欢。’”

母亲未能离开父亲并不是特例。我们周围的世界一直上演着关系如死水却不离不弃的场景。女人会同给她们情感和肉体带来双重伤害的男人在一起，男人会同斥责他们或将他们拒之门外的女人在一起。有时候，你留下来是因为爱那个人，没法想象没有了那张爱人的脸，以后的生活该如何继续。也许你希望事情会改观。也许爱蒙蔽了你的双眼，让你意识不到自己已饱受虐待。我哥哥弗兰克曾问过母亲为什么要忍气吞声地受父亲毒打，尤其是当父亲把她的脸打得青一块紫一块的时候。“唉，”她说，“我都是自找的。我这人爱顶嘴，你爸就会教训我。我活该。就这么简单。”她的回答中包含了这样一种想法，即她坚信遭遇家暴都是因为自己不好。这种说法让我既愤怒又悲哀。但这也表明我们有时候确实会接受一段关系的悲哀之处，没法想象自己生活在这种苦难之外的样子。这已成为我们身份认同的一部分。抛却苦难的想法比留下来的前景更让人恐惧。若是离开了这种动态，你会连自己是谁都不认识，不得不从头再来；或者至少是再去找一个人，犯同样的错误，从头再来一遍。

我认为母亲真心爱父亲，也认为父亲真心爱母亲。一次，在接受采访期间，席勒问我母亲：“有时候，你听上去很敬畏你丈夫。”她回答道：“嗯，我能看出他这人有很多缺点和毛病。但你知道吗，甚至到他生命的最后一刻，我仍然有种怦然心动的感觉。就像他开车驶上车道的时候坐在方向盘后面的样子，笑容灿烂，充满自信，还有他坐在办公桌后的样子。那种样子真的会让你为之心动。”

“他坐在办公桌后是什么样？”席勒问。

“像是一定要把所有事情都办好。就算你和他共处一室，他也不会留意。然后他起身，穿过房间去拿东西时，会凑过来拍拍你的下巴什么的。于是你明白了，就算他表现得很忙，当你不存在，但其实他注意到你了。”

我从未听母亲这样谈起父亲。之前我也从未发现她的嗓音如此温柔。从那些话里，我能看得出她说话时心在滴血。

我记得那天晚上看到父亲坐在厨房里握着母亲的手时脸上的表情。我记得母亲听说他快要死了的消息时，因那令人震惊的损失与孤独而痛哭。是的，他们俩深爱着彼此。如今回首往事，这一点要比他们还健在时显得更清楚。也许现在我之所以能稍微看明白一些，是因为我切身了解了爱的苦涩和甜蜜。从对我有利的角度来看，无论爱有多深或多绝望，都不是留在一段糟糕关系中的理由，尤其当所有糟糕的部分正在造成极大的破坏或严重影响他人的时候。但我没能替父母做出那样的选择，就像我也无法替你们做出选择一样。

当然，母亲留下来还有其他原因。其一，她是个女人，而那个时代并不鼓励女人离开丈夫，自立门户。工作机会很少，几乎没有什么扶持体系可让一个既没受过专业训练、又带着几个孩子的女人挺过来。无论她自己知道与否，她已经被困住了，之前及之后的许多女人也都曾陷入同样的境地。

但也许母亲留下来的最主要的原因是孩子。反对离婚者自然最先想到这样的理由：分手会使孩子无所适从，在单亲家庭结构下，很难替孩子们找到健康的成长环境和道德榜样。但对我和哥哥们而言，我并不觉得离婚会比维持婚姻带来更糟的后果：四个饱受困扰的男孩，其中两个自寻死路。我听人谈起反对离婚的言论，恐怕其中真正的潜台词是：为了家庭还是凑合着过下去吧。不管怎样，都得维护家庭的圣洁和完整。这是我们在历史中反复听到的说辞：没有比家庭分崩离析更惨的事了。家庭及其不可撼动的私密性必须保存下去。

可是老天，我憎恨家庭。我看见他们干净利落地漫步于购物商场，听朋友说起家庭聚会和家庭矛盾，拜访别人的家人，就不可避免地怨恨他们。就算他们再怎么快乐，我都会怨恨他们，因为我这一辈子从未拥有过这样的家庭。而且我鄙视他们用家庭至上的观念羞辱和打压家中的孩子，甚至在他们成人之后亦复如此。

也许我在这里抗议得太多了。事实上，我对父母的评判一点都不严厉。我对他们并无一丝一毫的憎恨和埋怨，尽管也许我理应心怀怨恨。我爱我的父母。这些天来，我特别想念他们。但我也承认，思考自己的家庭这种行为本身就有点嘲讽的意味：在美好的世界里，我不会讲述这样的故事，因为这样的故事根本就不会发生。在美好的世界里，我的父母不会相遇，至少不会结婚、组建家庭。在美好的世界里，我永远不会出生。

弗兰克·吉尔摩与贝茜·布朗可怜又可悲。虽然我很爱他们，但我仍然得说：他们将孩子带到这世界上来，实在令人扼腕痛惜。

第五章　攻击与抢劫

虽然父亲一生都是家庭心酸与暴力的源头，但他也是能干又足智多谋的养家人。我们并不是富有或社会地位显赫的人家，但过得挺好。如今随着他去世，我们不得不想办法自己照顾自己了。

父亲的生意，也就是出版州县建筑法规年度纲要仍然行得通。母亲和哥哥们都曾于不同时段在事业上帮过他的忙，都知道广告怎么卖，怎么将资料汇集再出版，也知道怎么记账。他们手下还有两三个忠于父亲的销售员，愿意帮助我家维持这门生意。

然而事情打一开始就不妙。小弗兰克一直希望尽快离家，找个自己的住处，也许可以自立家庭。如今，他觉得自己应该把这些打算延后一两年，先帮母亲过上自力更生的生活。弗兰克去西雅图编纂《建筑法规摘要》的现行版本，还带上了盖伦。但弗兰克一把广告商的账款收来，盖伦转身就从银行取走了钱。然后他去外面成天鬼混，喝得醉醺醺，玩女人，严重宿醉，没法完成自己的那份工作。弗兰克和盖伦为这种状况吵过好几次，弗兰克看得出来，自己就算干得再卖力，也不会有什么结果。于是他把盖伦打发回家，自己继续留在西雅图。几周后，他将所有的账款收齐寄给母亲，适时出版了这本书，随后将西雅图的办公处关门了事。他不想继续照看这门生意，但他认为可以帮母亲找到一个好搭档来打理这项事业。但弗兰克一回到密尔沃基，就有不祥的事在等着他：盖伦撞坏了家里的车，并因醉驾被捕。他还从家里的银行账户上取走了一大笔钱。弗兰克从西雅图赚来的钱全都花在了盖伦的罚款、诉讼费以及汽车的修理费上。

就在这段时期，波特兰地区的一个销售员开始和他们竞争，父亲的好几个老客户都被挖了墙角。那个销售员提出要买断我们的生意和署名权，遭母亲拒绝，她还提出要发起诉讼。我不太记得事情是怎么发生的，但父亲去世后不到一两年，我家就完全失去了对《建筑法规摘要》的控制权，也完全没了利润，被竞争者们抢走了地盘。

但我家并未走到山穷水尽。虽然父亲没买人寿保险，但他在银行账户里留下了一大笔钱。弗兰克估计遗产有三万美元之多，在二十世纪六十年代早期，这笔数目足以维系一段时间的生活。弗兰克认为我们不应该再住在山坡上的大房子里，应该搬到朴素一些、价钱也便宜的地方。他指出，毕竟加里这段时间根本不着家，盖伦也指望不上，而他自己又打算过几年就搬出去，没有理由继续留在这栋昂贵的大房子里。他告诉母亲，如果现在把房子卖了，她能赚上不错的一笔钱，用这笔钱买一栋小一些、但仍然舒适的房子，还可余下足够的生活费。

弗兰克的这个提议开启了他与母亲之间的长期争执，这种分歧一直贯穿了他们两人共同生活余下的岁月。而这也以一种奇怪的方式将两人的命运联结在一起，虽然弗兰克竭尽全力想要逃离母亲的世界。在仔细看过家里的财务记录后，弗兰克第一次建议搬到小一点的地方，母亲听了很伤心。她不想住小房子。“你想让我放弃这个家，像流浪汉那样住拖车。”她尖叫起来，抄起一盘菜，扔到了地板上。毫无疑问，放弃现在这栋漂亮新房子这个想法对她来说犹如晴天霹雳，尤其是这么多年后好不容易才等到它。我认为她仍然抱着希望，认为只有这栋漂亮房子才能将我们联结在一起。她想让那里成为儿子的避风港。既然房子如此宽敞，要花大力气维护，我们就该住在那里好好地维护它，使之荣光再起。换言之，那栋房子能拯救我们，或至少可以让我们共处同一个屋檐下。

母亲直接否决了弗兰克的建议，而她从未这样否决过父亲。这件事让他们吵得不可开交，不过，她最后还是同意去找新房子。几天后她找到了一个住处，合同也准备好了，想带我们去那里看看。没想到那栋房子竟然更大，而且坐落于更雄伟、价钱也更贵的山坡上。她这是在摊牌。弗兰克只得屈服。于是我们继续留在燕麦田路的房子里。

母亲胜出后，便买了漂亮的新钢琴、新家具、新设备和一台新电视机。父亲去世后的六个月里，弗兰克发现她已经花了至少一万美元。但最后使我们家破碎的并非这件事。使我们破裂的麻烦事发生在加里和盖伦的身上。

父亲去世后几个月，盖伦的生活愈发狂放不羁。他越来越频繁地、肆无忌惮地喝酒。尽管他喝醉了通常挺滑稽，人畜无害，但他有时也会坐在暗处，瞪着我们，那模样让我心里直发毛。我实在理解不了为何母亲会同意让尚未成年的哥哥们带酒回家喝。我猜部分是因为她相信没法逼迫别人改变自己的行为，只能允许他们去犯错。

也许，那只是出于实际的考虑，听之任之罢了。她想，反正他们无论如何都会喝，那为什么不让他们在友好安全的环境里喝几杯呢，在这样的环境里总不至于惹麻烦，遭到逮捕吧？我猜测也可能是出于恐惧。我认为从某些方面来看，尽管母亲对加里和盖伦倾尽母爱、百般支持，但她也惧怕他们，她很清楚任何带有强制或规矩意味的事情都会让他们产生强烈的反应。我记得看着哥哥们坐在那儿喝酒的时候，有时能感觉到他们难以自控的举动产生的威胁，特别是一种引发暴力的可能。我从加里和盖伦红通通、醉意蒙眬的眼中看出了危险和卑劣。他们喝酒的时候虽然常常微笑，但我总觉得能窥见那微笑背后卑鄙的想法，比如因为想要钱或纯粹想整垮我们，就偷走家里赖以为生的东西，而不顾家人的死活。

但盖伦阴暗的一面尚未完全显露。眼下，他只是一个酒量远超其年纪的十七岁少年，和密尔沃基贫民窟的混混整日在一起。他比那些孩子更聪明，但他并不在乎这一点。他们都想干些大事——专干有钱人家的孩子不愿干的事。

盖伦还整日在当地招蜂引蝶。他开一辆漂亮的蓝色吉普人敞篷车，穿着精致的丝绸衬衫。有一段时间他还留起翘尖儿的时髦山羊胡，看上去就像年轻时的罗伯特·米彻姆[①]，危险又脆弱。

这种姿态很吸引人。他驶上车道的时候，身边总有走马灯般迷人的年轻女郎相伴。我记得最清楚的是伊芙。她有一头及肩的黑色卷发，身上的衬衫一直敞开至腰际，再绕着腰际打个结。她很甜美可爱，最重要的是，她对我很好。她会吻我的脸颊，在我心中唤起以前从未有过的情愫。

---

①Robert Mitchum（1917－1997），美国演员，以主演黑色电影著称，1999 年被美国电影学会选为“百年来最伟大的男演员”第 23 名。

盖伦和伊芙驶上车道，伊芙就会向我挥手。盖伦把车驶入一侧敞开的车库，他们俩就会坐在车里，又搂又吻好几个小时。从母亲长时间待的厨房那里，只能看见吉普人敞篷车的车尾，别的什么也看不见。但从我楼上的视角看去，就一览无余了。盖伦会掀开伊芙的衬衫，捏她的乳头，手指往下探入她紧绷的牛仔短裤，而她会扭来扭去。除了几年前偶遇加里青少年时期的三人行的场景之外，这算是我第一次在家中感受到性的存在。对此心知肚明的母亲紧盯着车库里的车子，内心静静地喷发着怒火。

父亲去世后六个月，加里服完了无证驾驶的刑期，从小洛矶山监狱里出来了。他回来和我们同住，有一段时间和盖伦混在一起。他们俩看上去就是天生一对，不仅长得像，还是犯罪同伙，但他们俩在本质上又有些不同。加里这人爱走极端，总有许多条条框框，你只有通过了，才能达到他的标准。而盖伦只是喜欢冒险和体验罢了。他更喜欢危险的想法，而非危险的行动。和加里在一起，他两样都会干点。加里会带他喝止咳糖浆，和一些货真价实的恶棍厮混，干些狗屁的抢劫，参加整晚不歇的性派对。

一天晚上，加里和盖伦打架了。是为了一个女人。盖伦的行为无疑让加里觉得过了头。于是加里向盖伦发起了攻击。结果盖伦把加里打倒后就跑了。加里坐在那儿，喝着威士忌和止咳糖浆，揉着自己的下巴。然后，他打开车的后备厢，抽出撬胎棒，对朋友说自己要去找盖伦，要宰了他。朋友觉得他说话的方式不像是在开玩笑。话不知怎么传到了弗兰克耳朵里，弗兰克便传话给加里。“你要是真杀了弟弟，”弗兰克说，“你和我就杠上了。”加里听到这话后，把撬胎棒一扔，传回了这样一句：“告诉盖伦，让他离我远点。”

自此以后，盖伦和加里好几年都保持着距离。

那是加里的黑暗岁月。他和组织卖淫、贩毒的人拉帮结伙。其中几个人犯过大事，加里尽己所能帮助他们。一天，我和一个人吃午饭。那个人在那段时期同加里还算有点交情，也认识加里的那些朋友。他说："波特兰的重刑犯与其他地方更复杂的犯罪团伙相比，似乎没什么特点，甚至有点像一群不入流的土包子，但这并不意味着他们不危险。这反而让他们更致命，因为他们觉得必须干些大事来证明自己不是孬种。"

他继续说道："你哥哥，被人认为是可靠的后援。你要想干坏事，就想带个他这样的帮手，他不仅支持你，还会守口如瓶。加里这样帮助过他们中的许多人。他就是那样的人，你进一个地方办事，他可以替你望风，或开辆车等候接应。你可以用他，但也仅限于这么多。你接纳他，是因为你怕把他排除在外，他会有反应。加里的圈子里有比他更狠的角色，但我觉得大家都有点怕他。他们心里很清楚他会不惜代价达成目标，无论威胁还是挑衅都吓不倒他。"

加里时不时就会因犯事坐牢，但监禁时间从来都不会超过几周。狱卒发现加里的行为变得越来越怪异、招人厌烦。一次，他因打人后逃逸在小洛矶山监狱坐牢，狱方将他交给大马士医院，那是一家州立精神病医院。加里一直对狱卒说，他知道有个针对他的阴谋，狱方也参与其中。他将一碗热汤向一个在厨房工作的犯人当脸扔了过去。加里发誓说那汤有毒。然后，他在牢房的床垫上点了把火。在医院里，他对主治医师说监狱的房顶上安装了一套雷达，调到了和他相同的频率上。他说他听见有声音从监狱的通风管里传来，大半夜还在谈论他。而且他头疼得越来越厉害。医院里有位精神病医生认为他在要诡计：加里很可能认为在医院服刑比在牢房里更轻松。也许，他认为在医院能更轻易地逃出生天。加里被转回了监狱。他也就是在那时候开始割腕的行为。他又被送回医院，在那里服完了大部分的刑期。

下面是诺曼·梅勒最初在《刽子手之歌》里讲述过的一个故事，我不知为何一直将它摒弃于自己的记忆之外，甚至反复读了那本书之后仍旧如此。

一天，母亲回到家，发现加里坐在她那把绿色皮质扶手椅上，手里拿了一份文件，怒气冲冲地瞪着母亲。她以前从未见过他那个样子。“我要给你看样东西，”他说着，把一张纸递给她。那是他的原始出生证明，由得克萨斯的麦卡米签发，上面的名字是菲伊·罗伯特·科夫曼。“你应该有话要对我说吧。”

这些年，母亲一直把这份证明放在自己的办公桌里。显然加里撬开锁，发现了它。她吓了一跳，脸色铁青。“你这是干什么？”她说。

加里摇了摇头。“妈，怪不得老头子从来没喜欢过我。我根本就不是他的儿子，对吗？”

“你怎么敢说这样的话。你当然是他的儿子。那只不过是我们在得克萨斯旅行时用的名字。”

“别他妈跟我瞎扯。”

“你怎么能这样和我说话。道歉的人应该是你。你本来可以问我。可你却没经过我的同意就翻我的办公桌。”

“我要是征求你的同意，根本就不会知道这件事，对吧？”加里说着，从椅子里站起，抓起外套，将证明递给了母亲。

“你可以留着。”她对他说，强行挤出了笑脸。

“不、必、了。”他一字一顿地说道。他从没这样冰冷地和她说话。

“加里，有的事情你还不了解，但这件事不是你想的那样。”

加里没说话。他走出房子，砰地甩上了前门。那是母亲最后一次见到尚为自由之身的加里。

在这段时间里，加里有个年轻的黑人朋友，名叫克里奥菲斯。加里偶尔会带他来家里转转。大多数时候，他们都会把车停在车道上，坐在车里，喝着啤酒，谈天说笑。克里奥菲斯挺友好，看上去比加里的大多数朋友都更可亲，但和加里一样，他也喜欢毒品。

和母亲对峙过后一两天，加里和克里奥菲斯在当地的弗雷德·迈耶杂货店里闲逛。他们走到药品柜台前，加里有药剂师开的以毒品为基础成分的止咳糖浆处方。店员查看瘾君子名单的时候，加里发现有人在旁边的收银台付钱。他看不清那个人有多少钱，只见那个人从皮夹子中抽出一沓绿票子。“我们等一会儿再过来买药。”加里对店员说完，就冲克里奥菲斯打了个手势，让他跟着走。他们跟着那个人来到停车场上，进了自己的车，尾随那人驾车而去。“加里，我们接下来要干什么？”克里奥菲斯问。

“我们要去抢劫那个傻蛋，”加里说，“后座上有根铅管可以拿来用。”

“啊！”克里奥菲斯说，“那种事我可不干。”

加里狠狠地瞪了克里奥菲斯一眼，那是在警告他。“别胆子这么小，”他说，“给我当后盾。”

那个人驶入车道，加里也跟着他停了车。他和克里奥菲斯从车里出来后，我不清楚是他们中的谁挥动了那根铅管。加里抓住那个人，抢了他的钱，把他推倒在地后，就和克里奥菲斯逃走了。他们这次捅娄子只抢到了十一美元。

他们开车离开后，有人记下了他们的车牌号和车的型号，以及逃走的方向。

说回到燕麦田路的房子，弗兰克正坐在客厅看电视。就他一个人在家。他听见汽车开了进来，就站起身往外看。是加里和克里奥菲斯。他也没多想。他们总是这么来来去去。

几分钟后，他听见外面很吵，像是车道上出现了许多车。弗兰克再次往外望去，这次他看见院子里停满了市警局和县警局的警车，车灯闪着刺目的红光。大约有二十多个警察站在警车旁，全都抄着步枪和手枪，瞄准站在侧院里的加里和克里奥菲斯。克里奥菲斯双手举过头顶，站在那里一动不动，加里却走来走去，像是不明白发生了什么。

弗兰克猛地拉开后门，站到警察和加里中间。"别开枪打我弟。"他说。

"你要是不想被打中，"一个警察说，"就走开。"

然后，所有警察都冲着弗兰克大喊："快走开！"他正说着的时候，又有许多警车蜂拥驶上山坡，封锁了街道。

弗兰克与警察说的这些话使加里从吸毒后的迷糊中回过了神。他举起双手，看着警察说："别对他开枪。他和这件事一点关系都没有。"他又对弗兰克说："弗兰克，快走开。我知道他们为什么会来。"

警察聚拢过来，拷上加里和克里奥菲斯，将他们带往俄勒冈城的克拉克马斯县立监狱。

加里这次惹上了大麻烦，我们都很清楚这一点。他面临袭击与抢劫的指控，身上还有一大串违法犯罪记录。尽管他之前的犯罪行为都不太严重，也没有一次涉及暴力，可一旦累积起来，就足以让检察官坚信加里是个惯犯，对社会具有威胁性。此次受命的检察官要将这个案子推上法庭，给加里加长刑期。

逮捕后的几个月是审判准备期，加里又开始在监狱里攻击其他狱友，尤其是老年人。于是，法官要求对他的精神状态进行评估。在医院里，加里仍旧不停威胁周边的每一个人，还一直自残。他一再对精神病医生说自己真的有自杀的企图。医生在呈送法官的报告中说加里声称“他想流血而亡，想死，尤其是想流血而亡”。如今再看这些话，一切似乎都已明了：这是加里刺向血赎论的第一刀。

正如狱卒和一两名医生所言，加里可能在假装自己的精神状况出了问题。当然，装疯卖傻并不意味着他就没疯。不管怎么说，加里仍然被判定有能力接受审判。州立医院的医生写的最后一份诊断书是：“反社会人格，是兼具间歇性心理平衡失调的反社会类型。”

一九六四年三月中旬，加里的审判在俄勒冈城法庭开庭，审判持续了三天。加里的搭档克里奥菲斯做出了对他不利的证词，但即便没有那份证词，案子也已一目了然。

审判的最后一天，我在家，电话铃响了。母亲正在看医生，给我留了一个电话号码，要我一得知判决结果就给她打电话。我接起电话。是加里。起先，我以为他一定被判无罪了。否则他怎么还能打电话给我？

“怎么样，哥们？”他问。“听着，”过了一会儿，他说，“我想让你和妈妈知道：我被判了十五年。”

我惊呆了。真的不知道该说什么好。“加里，我能为你做些什么？”我问。可这话一出口，我就觉得说错了，就好像在说：我很忙，你到底想要什么？

“我……我真的什么都不需要。”加里说，他的嗓音听上去已然心碎，“我只想听听你的声音。只想道个别。你知道，我会有好多年都见不到你了。你自己多保重。”

那真是令人心痛欲绝的时刻。从许多年前的那个圣诞夜起，我和加里就不曾有过如此亲密的交谈。那次，他对我说起在管教所里的生活。我觉得自己把一件这么重要的事情搞砸了，在如此紧要的关头，我竟然帮不上他的忙。那种感受跟随了我好多年。事实上，到现在它都与我如影随形。

母亲回家后，我告诉了她这个消息。她坐在厨房的椅子里，痛哭许久，甚至比父亲去世时哭得还要伤心。我从没见过一个人如此悲恸欲绝。

第六章　分崩离析

一九六三年十一月，加里等待受审期间，约翰·F. 肯尼迪总统在造访得克萨斯达拉斯市时头部中弹。和其他美国家庭的反应一样，这起事件也令我们无比震惊。那天发生的暴力事件似乎比我们之前了解的任何事件都要严重得多：这次暴力改变了国家的种种可能性及未来，也败坏了它优秀的过往。我认为即便在那时候，我们大家也很清楚这一点。那些天，谈起那次刺杀事件，我们会为之哭泣、为之哀悼，但我们之中却没有一个人谈起发生在自己生命中的暴力。我认为我当时并没有理解，我们的心中存在着暴力。有意思的是，当黑暗后来以最丑陋的形式喷薄而出，竟也铸成了美国的流血事件中具有历史意义的一段插曲。

不管怎么说，那年的圣诞节过得令人沮丧。加里和盖伦都进了监狱。家里又缺钱。国家仍在哀悼中。冬季的所有夜晚都一片漆黑。母亲第一次没张罗起圣诞树，甚至连花环都没放。

在这个时期的某一段时间里，母亲觉得是时候让我成为摩门教徒了。她请教会里年轻的传教士们定期来我家，将这门后世圣徒宗教的基础教义解释给我听。每隔几天，我就会和这些年轻人坐在客厅里，听他们给我讲约瑟夫·史密斯的磨难，讲他年轻时试图寻找真正的教会时的苦楚，讲上帝向这位农夫的孩子展现自身及天国秘密的奇迹。那些故事我听得津津有味，尤其是金箔的发现与《摩门经》的起源，以及史密斯一家如何从穷困潦倒变成名声显赫，最后却以悲剧收场。故事里的有些情节听起来很熟悉，母亲曾多次神秘兮兮地提起，说我父亲曾拥有一份宝藏，后来遗失，至今可能还未能重新找回。结果我莫名其妙地觉得，只要成为摩门教徒，我就能重新赢回父亲，即便我知道他对摩门教徒恨之入骨。而且，我能体会到自己加入摩门教对母亲而言意味重大。这等于是在为她的过去做无罪辩护，也许还能弥补她叛教的罪孽。于是，我受洗成为摩门教徒，每周数次参加各种教会事工，之后一直积极地投身于教会及信仰，直到青春期才作罢。

后来，过了没多久，在加里等待审判期间，发生了一件事，最终对我的人生产生了重大影响。一九六四年二月九日（我十三岁生日那天，也是我成为摩门教徒的日子），披头士第一次出现在《埃德·沙利文访谈秀》节目里。我对摇滚乐并不陌生。我的几个哥哥都很喜欢埃尔维斯·普雷斯利、查克·贝里[①]、约翰尼·卡什[②]、杰瑞·李·刘易斯[③]、小理查德及“胖子”多米诺的音乐，经常在我们家放他们的歌曲。有趣的是，父亲明显不赞成青年人的反叛，却也喜

---

①Chuck Berry（1926－2017），美国音乐家、歌手、作曲家、吉他演奏家，是摇滚乐发展史上最有影响的艺人之一。

②Johnny Cash（1932－2003），美国乡村音乐创作歌手，多次获格莱美奖。

③Jerry Lee Lewis（1935－ ），美国摇滚乐手、作曲家、钢琴家，外号“杀手”，曾被描述为“摇滚乐第一个伟大的野人”。

欢节奏布鲁斯和早期的摇滚乐。他从未禁止儿子听这样的音乐，这还挺罕见。回首往事，如今我终于明白普雷斯利和其他人的音乐如何代表了哥哥们的反叛精神，并替他们发声：这是种暴躁的反叛精神，并没有显而易见的价值观。音乐是很美妙的东西，但我到了青少年时期，音乐的精神大多已烟消云散，摇滚乐也在很大程度上失去了它的才情，不再能刺激或象征年轻的躁动不安。

当然，披头士卓有成效地改变了这一切。那天晚上，当我观看《沙利文访谈秀》节目，看着他们摇头晃脑，演唱《我看见她就站在那儿》和《她爱你》时，我当然不会知道他们的所作所为将使我与世界建立联系，并开启通往未来的门径。而我的家庭却无法帮我实现这一点。那时候，我只知道自己喜欢他们，和无数其他孩子一样，我也觉得他们属于我和我的时代。后来我对披头士情有独钟，因为他们的存在似乎与哥哥们的世界判然有别，而且哥哥们对他们的音乐无法容忍。

回首往事，如今我终于意识到这两种关联竟如此不协调。和青少年时期的许多事物，以及与摇滚乐中大多数歌曲一样，披头士歌唱的是性爱与破除禁忌；甚至可以说他们歌唱的是分裂与革命。摩门教徒的自由与救赎是通过诫命与权威得到的；他们无法忍受婚外性行为，也无法忍受进步的文化或政策。最后，这两种忠诚之间的矛盾愈益明显，我只能二者择一。可那时候，但凡觉得某样东西类似于一种指引、一条出路，能让我摆脱长久以来所见的家庭的诅咒，我就会如饥似渴地接受。摇滚乐和摩门教各自对我施加了重要的影响，指引了我的方向。事实上，我认为很可能是这两者的结合拯救了我的生命。在宗教和摇滚乐里，我找到了之前无从感受的认同感。我还发现了一种事业心、一种道德感。有意思的是，那些年里，恰是摇滚乐让我过得更好，它成功地照亮了天堂失而复得的现代风景。不过，仍是过了好几年后，我才选择了一种与罪人而非圣徒在一起的生活。当时，我很高兴能暂时将这两者混同起来。

这段时期，盖伦也成了监狱的常客——一般都是些很小的罪行，如公开场合醉酒或开空头支票。无论罪行大小，当地警方已开始讨厌他。再加上他是加里的弟弟，就更不讨喜了。现在，吉尔摩这个姓上又多了他这样一匹害群之马。而且他还对自己的坏脾气沾沾自喜。不管盖伦什么时候被警察拦下，他都会反唇相讥。如果警察羞辱他或打他，他也会回击。但通常遭殃的还是他自己。我知道，是因为我曾看见他身上遭警察毒打后留下的伤痕。

很快，警察成了我们家的常客。当凌晨三点响起一阵敲门声，我向外望去，看见警车就停在门前。他们一直因为各种各样的事来找盖伦。他们进来搜查的时候，盖伦通常在家。地下室有堵假墙，他在那里弄了个藏身的洞。他喜欢躲在里面，让警察永远都找不到他。有几次警察走到前门，僵硬的靴子砰砰敲击着台阶，盖伦就从后面逃出去，溜进他那辆车的前座，然后把车开上燕麦田路，加速驶离，又按喇叭又朝警察挥手。警察会追捕他，但基本抓不到他。他就像自己最喜欢的电影罗伯特·米彻姆的《火车大劫案》里那样，当一个驾着非法改装车、时运不济的烈酒走私者。

当然，盖伦迟早会被逮到，母亲就去把他保释出来。那些年来，这成了我们家庭生活中的惯例。我逐渐认清了该区每一个警察和保释官的长相，也已逐渐习惯了深更半夜一次次陪着母亲去密尔沃基主街上的当地警局，将她那烂醉如泥、惹是生非的儿子给保释出来。

我想，那时候我不可避免地被视为哥哥们未来的翻版。记得还在上小学的时候，我就被叫到校长办公室，被警告若是我表现得和我哥哥一样，学校绝不姑息。他们要我检点自己，说我哥哥们已经将该区这么多年建立起来的良好信誉和宽容心损毁殆尽，如果我要像他们那样，那我最好还是去其他学校就读。我在密尔沃基上初中和高中的那些年里，经常会收到各种各样类似的警告。有一次，我在小城的中心地带等公交车，一个警察将车停到我身边："你是吉尔摩家的孩子，对吧？妈的，我希望你千万别像他们俩那样。你家的刺头我真是见够了。"另一次，我在当地的主干道上行走，一辆载着几个大男孩的车子停在我身边，把我团团围住。"你是盖伦·吉尔摩的弟弟？"其中一人问。他们把我推进车里，开过几个街区，把我带到一处荒僻的地方，轮流揍我的脸。我记起多年前的圣诞节那天加里曾给我的建议："千万别打回去。你就不该打回去。"于是我任由他们揍我。他们打累了，就朝我身上吐唾沫，然后坐上车子开走了。

我回家哭了一路，恨透了周围的世界。我恨我居住的这座小城和城里那些丑陋卑鄙的居民，也第一次恨起了哥哥们。我觉得因为他们，我的未来完蛋了，不管我自己愿意与否，命中注定只能过他们那样的生活，我将永远不会知道该如何摆脱耻辱、痛苦和失望。我觉得内心升腾起暴力的怒火，想把揍我的那些男孩撕个稀巴烂。"我要杀了他们，"我对自己说，"我要杀了他们。"一旦意识到自己在说什么，意识到自己为什么会有这种感受，我就愈发憎恨自己置身的这个世界，愈发憎恨我的哥哥们。

后来，盖伦的麻烦越来越多。他和伊芙的恋情进展得并不顺利。

又或许是进展得太顺利了吧。伊芙这时怀孕了。她爱盖伦，想嫁给他，我认为他也有这样的意愿，但她爸爸和我妈妈都无法容忍这样的想法。一天晚上，盖伦喝醉了酒，去伊芙住的活动房屋场地看她，那地方就在橡树湾的一条马路上。盖伦和她父亲打了起来。她父亲是个很不讨人喜欢的德国人，名叫阿道夫。结果阿道夫把盖伦踩在脚下，用一支霰弹枪顶着他的脑袋。警察过来，把我哥哥拽走了。

一两天后，盖伦和母亲为伊芙的事争吵得不可开交。他们坐在厨房里对吼。弗兰克和他们在一起，试图调解。事情失去了控制。“我不希望你再去见那个女孩！”母亲吼道。盖伦吼了回去：“见你的鬼去吧！这种事轮不到你来告诉我。别再对我耍家长威风。”

母亲迅速站起身，从厨房台面上抄起一把很长的屠肉刀，没等大家反应过来，她就已经把坐着的盖伦连同椅子推到了墙边，用刀尖紧抵着他的喉结。她眼中燃着怒火，嗓音缓慢而颤抖：“你再也不准去见那个婊子。明不明白？你要是去见她，我就宰了你。”

大家一动不动地愣了很长时间，没人说话，也没人敢走动。母亲又冲着盖伦吼了好几次，之后抽身后退，走回去，放下了刀。她坐下来，开始哭泣。盖伦站起身，眼含泪水，从后门走了出去。他出去的时候，朝屏风猛踢了一脚，屏风飘飘荡荡地落到了后院。那天接下来，他一直朝后院的樱桃树扔博伊猎刀，直到树汁如鲜血般从刀痕处汩汩流淌。此后樱桃树便再也没怎么开花。

那差不多是盖伦最后一次与伊芙见面。我听说她生下了一个漂亮的女儿。但盖伦根本就没能见上女儿一面，或是与她相识。

盖伦在家庭之外的生活自此愈发诡异和神秘，与加里几年前的那种生活一般无二。

一天晚上，我和母亲坐在厨房里说话。一辆车停在我们家的车道上，车灯没开。是辆老式轿车，里面坐满了人。车子的靠近让母亲害怕起来。“快关灯。”她向我命令道。那些人从车里下来，冲到前门门廊上，开始砸门。母亲把我带到楼上，躲进了旧日父亲的办公室，锁上门。我们在那里仍能听见门外的声音。“妈的，快开门，盖伦！”他们吼着，“我们知道你在家。别逼我们进来。”母亲报了警。很快，警笛声便往山上逼近。那些人涌回车子，逃走了。

我和母亲去了街上的邻居家，一直待到大约凌晨一点弗兰克下班回家。我们走进自己家，发现后窗已被砸碎，盖伦的卧室被洗劫一空。

一两天后，盖伦出现了，狼狈不堪。母亲告诉他发生了什么。盖伦听完，什么话也没说，坐了一会儿后便出去，坐上车子开走了。接下来的两年里，我们再也没见过他。后来听说他人在纽约，在格林尼治村某处的俱乐部里朗读自己写的诗，尽一切可能让自己喝得不省人事。

一九六五年八月末，小弗兰克被征召入伍。这时候，美国对越南的介入正持续升温，我和母亲都很担心我哥哥会被派去打仗，搞不好会不清不楚地白白死在那里。但弗兰克却有更形而上的考量。耶和华见证会的信仰认为，如果一个人参军死在了战场上，那就等于因暴力或罪孽而死。在这种情况下，此人就没有权利进入上帝的国度了。弗兰克为此特意提出申诉，但征兵局驳回了他的请求。他别无选择，要么参军，要么就只能进联邦监狱的大牢。眼下他只能应征入伍，尽管他不承认自己是在武装部队里服役。

情况就是这样。前一天晚上，弗兰克还在家。第二天早上，他就走了。他的离开让我很伤心，其他任何人的离开都不至令我如此绝望。他是个老好人。我知道军队想要改变他，想把他变得像他的弟弟们一样暴力。

加里在俄勒冈州立监狱，盖伦在纽约，弗兰克驻扎在加利福尼亚的奥德堡。偌大一栋房子里就剩下我和母亲，可我们再也供不起、填不满这个地方。

那是一段孤独、贫穷的岁月。我们花光了钱，只能靠父亲社保账户里每月的一点社保金聊以度日。

也是在这段时期，我开始和母亲亲近起来。我别无选择，毕竟只剩下了我和她，但我觉得自己已做好了准备，想要通过她的眼睛来见识、透过她的嗓音来聆听她描述的大千世界。那世界令人痛苦，充满压迫。就是在这个时候，我才明白母亲同父亲、加里或盖伦一样，在很大程度上都对局外人的生活和事业十分认同。事实上，她这辈子一直就是孤身一人：一开始是小女孩，想要打破规则；然后成了年轻的姑娘，也确实打破了规则；最后成了女人，却不得不为打破规则而不停地付出代价。我懂得了世界不会原谅那些在它的规则面前耀武扬威的人，它会令人付出代价。母亲成了被放逐者。哥哥们也成了被放逐者。母亲预期我也会成为这样的人。我应该坚强，她告诉我；我得学会在世界的责难与惩罚之中生活下去。她也许说得没错，但我没告诉她，我认为她谈论的这个可怕的世界也包括我的家庭。我梦想着不仅将世界摒除在外，也将我的家庭摒除在外。

一天，我突然发现自己过上了那样的生活。一九六五年冬天伊始，母亲生了大病，只得住院，将胆囊之类的器官摘除。我每天都去看望她，然后再回到大房子里。我那时刚上高中，就这么独自生活，至少有几周是那样过来的。自从与父亲独自在一起的时候开始，我平生第一次觉得既开心又安全。

当然，那样的日子没持续多长时间。几周后，母亲出院回家了。但一切都已变样。手术将她体内的某些器官取走了。从此以后，她的生活便有所限制。最初的征兆从她到家的那刻起就已显露。她拒绝回楼上的卧室，说自己再也没力气爬楼梯了。于是，她将卧房搬到楼下，睡在客厅的沙发上。就是那同一张沙发，父亲住在这栋迷失的大房子里的最后几周也睡在上面。母亲后来再没上过楼。从那以后，母亲也极少让陌生人甚至朋友进我们的家门。

接下来的几个月，房子和院子开始变得萧条。母亲再也照料不了花园，我也觉得这地方太大，打理不过来。前门的野草很快便长到及膝高。房子显出一副外形可憎、令人生畏的模样。后来，摩门教会的几个人开始定期过来照料花园。他们或多或少仍视我们为领受福利的家庭。

由于母亲住在楼下，我就拥有了整片楼上的区域。有好几周，我每晚都睡不同的房间。后来，我开始听到了那种声音。

我会在凌晨三点惊醒，听见卧室门外有说话声，大概五六英尺远，从过道上那处神秘的隔墙间隙里传来。我会躺在那里，听着那些声音，一听就是一两个小时，有时会一直听到天蒙蒙亮。那些声音能听得见，却听不清，就像有人在紧闭的门后发出的咕哝声。

一天，那些声音让我一晚上都没睡着。我问母亲："你晚上听到过奇怪的动静吗？"

"几乎每晚都能听见。"她回答道，"我能听见说话声，有时候，听上去像是来自楼上的某间卧室。有时候是在别的屋里，又或是飘在空中。说话的声音很低，但我觉得我知道他们在说些什么。他们在谈论我们的未来，计划夺取我们每个人的生命。”

我心想：太棒了，住在这该死的家里，我也变得和其他人一样疯狂。自此以后，我睡觉的时候就用枕头压住脑袋，将鬼魂的声音隔绝在外。

第七章　回家

弗兰克的兵役从一开始就困难重重。长官知道他是耶和华见证会的信徒并曾反对过服兵役。他们对这种信仰没多少同情心，会当着其他人的面斥责他、骂他，说要毁了他。

有一段时间，弗兰克想成为医疗兵，但上级认为这样不妥。他们想让弗兰克学会装弹、持枪、射击，学会挥舞刺刀。长官告诉他：“你得按照军队的要求做事，否则就只能上军事法庭。”

弗兰克回道：“我没法按照军队的要求做事。那样违背我的宗教信仰。”

于是军官命令弗兰克打包行李，步行前往两英里外的奥德堡围场，待在那里，等候上军事法庭。“我步行前往途中，他们没派人看守我。”弗兰克说，“我的意思是，我本来可以轻松逃走。巴士站就在那儿。我本来可以去那儿买张票，上车走人。两天后，我就能到加拿大。但我知道要是那样做了，我余生都得被这件事拖累。我心想还是算了，忍忍吧。但去那里的路上我一直在想：‘希望他们同意让我成为医疗兵。’我想履行我的义务，出来有个好名声。但我既不想违背自己的信仰，又不想擅离职守当个逃兵。”

征召入伍者都在围场里等待军事法庭审判的期间，军警守卫会派他们去干无休无止的体力活。“都不是什么正经活，”弗兰克说，“像在沙地里拔野草之类的。干那些没用的活儿就是要让你累趴下，也算是种折磨吧。这种活儿你得一连干上好几个小时。

“一次我们出去干活，站我边上的一个小家伙突然受不了，转身对我说：‘我要逃跑了。你最好趴在地上别动。’说完，他就奔跑起来，守卫开枪击中了这个孩子。后来，我听说那个守卫因为朝人开枪，肩上又多了条杠。朝孩子开枪，把他打成瘸子，这件事让我受不了。他不是什么不良少年。为什么守卫就不能向空中鸣枪，以示警告呢？但他们有严格的规定：不能让任何人逃跑。我在那儿的时候，没人成功逃走。见过那件事之后，我变得十分消沉。就是从那时候起，我知道自己要下地狱了。”

弗兰克在围场待了三个月才上军事法庭受审。指控如下：不服从长官的命令。审判就一天时间，又是一桩一目了然的案子。军事检察官指控我哥和敌人一样卑劣。事实上他声称，弗兰克坏透了，就是个懦夫。“我心里很清楚，”弗兰克说，“和他们比起来，我才不是孬种。

“于是我对他们那么说了。我告诉他们，我想成为医疗兵。但我不想操练完后就去前线杀人，或者被别人干掉。我怕自己杀了人，会变得残忍无情。说实话，我很可能会在战场上变得嗜血成性。那种情形我思考过好多次。而且我知道，一旦发生那种情况，我的身心将会彻底迷失。我会变得十恶不赦，再也不是我自己了。还不如跑出去，自我了结。我觉得蹲联邦监狱都比这强。”

军事法庭判处弗兰克于利文沃斯堡服刑三年。“如果我有律师，”多年后，弗兰克告诉我，“我最多会被判个三十天，再被开除军籍。我见过许多白人请了好律师，就能得到这样的结果。但妈妈没钱给我打官司。那时候，她把钱都花在了加里和盖伦身上。

“那段时期，我一直在祈祷。我心想：‘我就指望上帝了，看看到底会怎样。’”

盖伦厌倦了纽约。那地方离家太远。

弗兰克在利文沃斯堡期间，盖伦出现在犹他的普罗沃。同弗兰克和加里一样，他也在外祖父母的农场留下了美好的回忆，想去看看那些亲戚们。他还有一个老朋友，名叫凯瑞，和新婚妻子住在盐湖城。

拜访期间盖伦住在布伦达家。她最近刚离了婚，很高兴有人做伴，再者，盖伦也挺乐意帮忙做做家务活，打理打理院落。他很有魅力，可爱又阳光，她挺喜欢他。只要盖伦想招人喜欢，所有人都会喜欢他。但她能看出来，他对付女人很有一套。她每次带盖伦出去，盖伦都会盯着当地的漂亮女孩看，要不就是对女孩甜言蜜语，想方设法和她们约会。普罗沃的女孩也都觉得他很有吸引力。“他相当英俊，和她们见过的其他男孩都不一样。”布伦达这样评价道。但摩门教的女人不能随意亲吻爱抚，严禁婚前性行为，所以盖伦的欲望时常受挫。

不能与女人耳鬓厮磨，盖伦的日子并不好过。一天，他去盐湖城看望朋友凯瑞。凯瑞不在家，但他妻子在。于是盖伦对她展开攻势，她觉得挺受用。盖伦于是和朋友的妻子有了私情。他们每周要私通好几次，彼此都很享受。后来一天下午，凯瑞提早下班回家，正好看见自己的好朋友盖伦和自己的妻子鬼混。凯瑞是个大块头，决心要和盖伦来个了断。他将盖伦提起来，从窗户扔出去，再跑过去追他。他朝盖伦的肚子和脸上踢了好几分钟，直到他老婆过来把他拉开。

盖伦在盐湖城医院躺了几周，下巴五处骨折，只能用吸管吃东西，讲话也不利索。弗农姨父最后为他付了全部的医药费。他还去看望过盖伦几次。“你这狗娘养的蠢货。”弗农说道。盖伦没怎么回嘴。

弗农给盖伦买了张回波特兰的巴士票。一天傍晚，他出现在我们家门口，嘴巴仍旧缝着线，勉强挤出了温顺的笑容。母亲只是摇了摇头，问他想喝什么汤。

盖伦在盐湖城惹的麻烦让他稍稍收敛了一段时间。他开始琢磨找个女人安顿下来，还开始同我和母亲去摩门教堂做礼拜。让母亲又惊又喜的是，不到几周，他加入了教会。

母亲很高兴他能回到正轨。她最近又恢复了些体力，在密尔沃基主街一家叫“速度”的餐馆里找了份打扫工的活儿。如今盖伦回来了，自己的身体也明显好转，她重燃希望，觉得我们家那栋大房子会将我们牢牢地团结在一起。

这时的盖伦是我见过的最平静的样子，我们俩也变得前所未有地亲密。我们的新友谊与盖伦如今是个摩门教徒无关。他的回心转意在我看来一点都不坚决，更像是出于对爱与归属感的强烈渴求，而非对信仰的宣示。而且，盖伦在性方面谈不上虔诚。每隔一段时间，我放学回家，就会看见他在楼上光着身子和走马灯似的邻家女孩们厮混。“别把这件事告诉妈。”他对我说，我当然没对她说。

从某种意义上说，我们新建立起的亲密感与我们的年纪相关，原本也是年纪使我们分道扬镳。盖伦十二岁的时候，我只有六岁，我们之间没什么好谈的。现在我十六，他二十二，共同点就多了起来。这时我们已经读过许多相同的书，看过相同的电影，听过相同的音乐。我们经常聊天并争论，他很不喜欢鲍勃·迪伦和披头士；但我两个都喜欢。争论很友好，我们也彼此尊重。这段时间我们成了伙伴，我以前从未和任何一个哥哥有过这样的关系。我确信，这某种程度上也是因为我们不必再为赢得父亲的爱而竞争了。此时盖伦成了我最要好的朋友。

但要让盖伦过上平静的生活并不容易。他和教会里的其他年轻人处不来。与他同龄的大多数年轻人都加入了布道团，或就读于杨百翰大学，摩门教的女孩要的就是这样的男人。况且盖伦见过大世面，了解很多不同的思维习惯和生活方式，而摩门教徒对于他的过去并不是特别接受。他们一般都不会邀请他参加社交集会或年轻人的派对。

很快，盖伦又开始喝酒，和老朋友鬼混。很快，他又开起了空头支票。很快，警察又找上了门。让我吃惊的是，他竟然这么快就让自己惹上了大麻烦。不到几个月，克拉克马斯县就张贴出他的逮捕令，有些朋友也怒气冲冲地认为他偷了他们的东西。如今盖伦喝醉后通常脾气暴躁，他基本一直在寻找新的法子来进一步摧残自己的生活。

一天晚上，盖伦感觉到这所有的压力，坐在前屋的绿皮扶手椅上，喝着一瓶伏特加。母亲坐在那儿，注视着他。我上楼去做作业了。我听见对骂声，下了楼。盖伦和母亲正在争论钱的事。他要她给两百美元，让他离开这个国家，但她说不行，她也就剩这么点钱了。我告诉盖伦："你为什么就不能让她消停消停？她给不起那笔钱。你难道不觉得她已经给你够多钱了吗？"

"快他妈滚开！"他对我说，"你别以为自己长大了。"他转身向母亲说道："我就要这笔钱。拿到钱我才走。"他的语调里有股威胁的意味。

母亲颤抖着打开皮夹，递给他一百美元。"我只能给你这么多，现在我都不知道下个月要怎么养活自己。你以后再也别想问我要任何东西了。"她说着哭了起来。

盖伦站在那里，接过钱，穿上了外套。

"你要是拿着钱就这么走掉，"我说，"以后你就不是我哥哥。"

他一言不发地从我身边走过，出去时砰地甩上了门。后来我们得知他径直去了母亲上班的餐馆，又兑现了一张空头支票。母亲让老板从她工资里扣除那笔钱，这样老板就不会对盖伦提出指控了。

盖伦最后搬去了芝加哥，改名换姓。这次之后，我们有五年时间都没见过他。

在利文沃斯堡，弗兰克见到了很多监狱里都会发生的恐怖事件：鸡奸和看守的暴行。他知道自己处境危险，就要求被单独囚禁，并且他也得到了。

然而住单人牢房惹恼了其他一些囚犯。他们觉得他要么太独立，要么太势利。有几次，好几拨囚犯都想教训他。于是发生过几桩斗殴事件，还有一次，一个同监犯人想把杠铃砸到他脑袋上。弗兰克很清楚这地方死过人。他见过一个同监犯人遭到其他几人攻击，被剃须刀片削砍致死。他们动作极快，连砍数刀，那个人倒在地上的时候早已血肉模糊。

这段时期，我说服母亲发起了一场给俄勒冈参议员韦恩·摩尔斯写信的运动。这位参议员出了名的喜怒无常，但也算是个有良知的人，是美国国会里少数几个敢于发声反对越战的人之一。后来，反对越战让他失去了参议员一职。那次竞选很激烈，俄勒冈人认为鲍伯·帕克伍德才能更好地代表他们的利益和信仰。

我和母亲给摩尔斯写了几封信，他回复了，答应着手解决这件事。他联系了一个在这一领域颇有影响力的人，他问那人："这个人没有暴力犯罪，为什么得在那种危险的地方服这么长的刑期？"

一九六七年三月一日，我哥参军后过了十九个月，利文沃斯堡的军方和弗兰克见了面，说要给他减刑，军方会让他"光荣"退役。其实，这等于说他已经玩完了。他们给了他少得可怜的一点钱，载他去了堪萨斯的利文沃斯。弗兰克从那里搭巴士回到了波特兰。

几天后，我正坐在厨房里看书，前门开了，弗兰克走了进来。我和母亲都不知道他被释放一事。见到他，我高兴极了，但我能看出他在利文沃斯的日子过得很苦。他很不开心，人也更拘束了。

那时我独自在家，想给母亲打电话，告诉她弗兰克回来了。"别打。我过会儿去她上班的地方看她，给她一个惊喜。"

弗兰克上楼整理行李。几分钟后，他下来了，把手轻轻搭在我的肩头。"米卡尔，我有事要问你。"他眼里含着泪水，"你或者其他人有没有从我的卧室里拿走过什么东西？"我告诉他，我就去他房间里看过几次电视，睡过几次觉，仅此而已。"怎么了？"我问。

"有东西不见了。"他说，"我在卧室里藏了二百一十九美元。这是我的全部家当。我一出来就指望它了。你知道我存钱这件事吗？"

我摇了摇头。我压根儿不知道弗兰克存了钱。

弗兰克咬着嘴唇，想了想，然后说了一句话："是盖伦。"他就只说了这句话。

他又去楼上待了几分钟，下楼时他已穿上外套，提着背包。"听着，"他说，"你别对妈妈说我来过这儿，也别说丢钱的事。我觉得我最好还是离开，再也别回来。最好没人知道我在哪儿。那笔钱是我的全部家当，我在监狱里的时候就指望它了。我回家，却发现钱没了……那就意味着我再也无家可归，意味着我不属于这儿。"

我试图和他争论，给他讲道理，告诉他一走了之解决不了任何问题。最后，我只能恳求他，说如果他走了，妈妈又不知道他发生了什么，她会受不了的，这甚至会要了她的命。

弗兰克摇了摇头："不会。她根本不在乎我。在乎我的也只有你了。谢谢你写了那些信。很高兴你现在一切都好。多保重。"

然后，他走了出去。

我惊恐万分，觉得那是我这辈子最痛苦的时刻。弗兰克在军队里经历了这么多，刚回到家，却换来更大的失望。这令我心里很难受。可我也怕母亲出事，不知道若我不把这件事告诉她的话，又该如何面对她。通过各种途径，她很快就会知道弗兰克已被监狱释放，会想知道他到底怎么了。我知道她会担心弗兰克做出最糟糕的事。

那个冬天的晚上，我坐在黑暗中，哭了好长时间。那时我总算知道地狱是什么样了：地狱就是我家。地狱就是被迫与带来极度伤害的人生活在一起，而我们本该彼此深爱。

后来，就在母亲下班回家前不久，门又开了，是弗兰克。他说自己出去走了很长时间，经过了母亲上班的那家餐馆。他看见她在里面，忙着洗盘子，一瘸一拐的，他知道自己不能对她不管不顾。他走进去，和她打了招呼，说他回来了。他说她很高兴，还哭了。

弗兰克顺便带了一包食品，准备给我们做顿晚餐。

“我来帮你吧，”我说，“有你在家真好。”

不久之前，弗兰克和我聊起了那个晚上。我能看出弗兰克心里仍为那天发生的事隐隐作痛。“我实在想不通，自己的兄弟竟会做那种事。”他说，“我回来了，这两年我过得生不如死，回来后却连出去喝杯酒的钱都没有。

“回家的时候，我就觉得自己已经废了。后来，又发现自己遭到了背叛。在那以后的很长时间里，我对生活一直都感到失望透顶。”

那他是否问过盖伦这件事呢？

“哦，问过，那是几年以后的事了。他承认自己偷了钱。他说当时不知道我是否还能回来。他不想见到钱烂在那儿，白白浪费掉。”

我问：盖伦还钱了吗？

弗兰克苦涩地干笑了起来：“你没开玩笑吧？我们说的可是盖伦和加里。不管是什么东西，他们都不会还。不过我觉得加里会还的，等到最后的时候。我觉得当时他正在想办法把所有东西还清。”

弗兰克找了份保管员的工作，开始帮母亲付账单，还按揭贷款。他还花了很多心思打理院子。他仍然梦想拥有自己的公寓，拥有自己的家庭，但他现在只能推迟梦想，等到母亲觉得家里的生活有保障了再说。

一天，弗兰克在教堂里遇见了一个亚裔女孩。他们开始约会，她邀请他去见她的父母。他去了好几次，还吃了晚饭。他很喜欢那个女人，很把她当回事。

弗兰克认为应该对女孩回以同等的礼节，就带她回来见自己的家人。他带女朋友来家里的那天，我不在，但母亲在。弗兰克打开前门，陪那个女人走进我们家。母亲正坐在厨房的老地方。

“妈，”弗兰克说，“我想给你介绍一下。”

母亲转过身，看见亚裔女孩站在她的厨房里，脸变得通红。“快把那婊子带走！”母亲冲着弗兰克大吼。

弗兰克站在那里，盯着母亲，惊得说不出话。尴尬地沉默了一会儿后，他说：“可是，妈……”

“你没听见吗？快把她弄出去，再也别把她带回来。”

弗兰克和那个女人出去的时候，她哭了。“对不起，”弗兰克说，“我不知道说什么好。她有时候就像疯了一样。最近，她有很多事都不顺心。”

那个女人擦了擦眼泪，说没事，她能理解。

那天晚上，弗兰克回家后对母亲说：“真是够了。我想方设法帮你，但你不可救药。我简直没法相信你会做出那种事。”

“对不起，”母亲说，“她很可能是个非常好的女人，但我也知道你喜欢什么样的女人。你知道的，就是那些婊子。我看见她站在那儿，就想她很可能是你从街上随便找来的女人。”

弗兰克对母亲说他要搬出去。她恳求他留下来：“没有你我怎么办。没有你这地方我管不过来。”

弗兰克说他会再待一两个月，帮她度过困难期。结果，他永远留了下来。

直到几年前弗兰克告诉我，我才知道这件事。我问他和那个女人后来怎么样了。“在这件事上她很有礼貌，”他说，“她人真的很好。可妈妈在我们之间留下了糟糕的回忆。事实上，也就扼杀了那段关系。

“我认为妈妈那天确实了结了心愿。我认为她剥夺了我去爱的机会，我组建家庭的机会。从那以后，我就再也没遇见过这样的机会了。”

第八章　反叛

那么关于我的故事呢？二十世纪六十年代，我还是个孩子。

那时我十六岁，读高中二年级。尽管我喜欢看书，易为宗教所感，可我心头有件大事，我知道大多数孩子多少都有这样的心事，那就是：性。

当时我对性确实一无所知。家里从没有人把我拉到一边，告诉我这方面的事。我靠偶尔翻阅《花花公子》，读亨利·米勒的小说，看约翰·克莱兰德与弗兰克·哈里斯的经典情色作品来学习。我把这些东西都藏在卧室的壁橱里，到深夜才把它们拿出来，在读完弗朗茨·卡夫卡和赫尔曼·黑塞的小说之后。实际情况是，比起读黑塞甚至梅尔维尔，我读米勒与哈里斯时更为专注。性似乎是天底下最令人兴奋、最令人欲求之物。它已经成了我最想要的东西。

同时，我也知道这样的想法不好。教会绝对禁止任何形式的婚前性行为或非婚性行为。我们被教导，性是用于生殖的神圣礼物，以任何形式滥用这份礼物乃是大罪，仅次于谋杀。在礼拜日的教士聚会上，辅导员总是警告我们要拒绝诱惑。只有结婚后才可发生性行为，而且只能为生殖目的播撒种子，男人若是随意播撒自己的种子，上帝便会深恶痛绝。口交之类的行为都是败德之行。手淫也是。尽管这些教诲并不能真的阻止你勃起，但在你确实勃起的时候，能让你三思而后行。说也奇怪，祈祷别让自己勃起竟然从不管用。

和大多数十几岁的男孩一样，很有可能也和我认识的每一个年轻的摩门教徒一样，我也会手淫。这种行为有时是兴头一起，靠想象来完成；有时我会看着前面提到的那些书和杂志；有时是对着蒙哥马利·沃德公司女性内衣栏下的广告图片。而且，和我认识的其他摩门教男孩一样，我也对自己的所作所为充满愧疚，总是下定决心再也不这么做了。有一次，这样的决心甚至持续了一段时间。我想大概有两周那么长。

每逢周末，我都会去波特兰市区的少年舞蹈俱乐部。其中一家叫“无头骑士”，就在原来帮会成员开夜总会的地方，加里以前常去那里厮混。如今那里都是青少年，全打扮成半摩登的样子，走在即将到来的嬉皮时代的前沿。我们会穿上粗条灯芯绒裤、波点或印花的白领白袖衬衫、及膝高的靴子。母亲没多少钱，但她竭尽所能确保我总能穿上时尚现代的服装，愿上帝保佑她。

在俱乐部里，我们会请穿短裙和环形耳环的少女在常驻乐队的演奏中跳舞。都是些当地乐队，如金斯曼乐队（因《路易，路易》一曲成名）、哀哭者乐队，难得一次会碰到保罗·里维尔与突袭者乐队[①]。有时我们会说服女孩和我们一起离开俱乐部，去几个街区外的大型停

---

① 均为美国车库摇滚乐队。19 世纪 60 年代美国俄勒冈波特兰的五个年轻人组成金斯曼乐队（The Kingsmen），将自家车库改造为录音棚，录制的单曲《路易，路易》（*Louie Louie*）被视为“车库摇滚”的诞生。

车场的楼道里闲逛。我们会吻上好几个小时，也就是亲热一下，然后，我们会试着把手放到年轻女孩的胸脯上或大腿间。我记得有个女孩告诉我："你这个年纪的男孩，手还真不老实。"我觉得她说得没错。

第二天早上我会和其他人去教堂，为自己是否能够得到救赎忧心忡忡。

这种状况持续了很长时间，直到一九六七年夏。那年夏天就是流行音乐史上著名的"爱之夏"[1]。嬉皮士世界和迷幻药蓬勃兴起。披头士的风格已从入门级摇滚进入《佩珀中士的孤独之心俱乐部乐队》的前卫领地。年轻人留起长发，穿起奇装异服，试图打破父母和周遭文化施加的条条框框，创建自己的规则。这一切很快就变得一发不可收拾，而我们也将为这代人的反叛付出惨重的代价。但在那一个季节，生活真的很美妙。我们周围的每一样东西，音乐、政治、国家的情绪状态，均表明我们正在进入一个不同的时代，年轻人可自由使用崭新的词汇重新定义自己。任何事都值得冒险——至少那时候我们就是这么想的。

那个夏天，每天下午我都在波特兰的迷幻药店和穴山公园晃悠，那里是长发青年和摩托车车手的聚集地。到了晚上，我和朋友会从迷幻药店出来，转过拐角去水晶舞厅跳舞。那是家老舞厅，设在楼上，在摇摆年代极受大牌乐队的追捧。水晶舞厅的主舞池建在滚珠轴承上，所以这个夏季里，像感恩而死和水银使者之类的乐队[2]在此演奏，嬉皮士在地板上绕着圈又跳又蹦，整个房间都会随之震颤摇

①Summer of Love，1967 年，美国各地的十万名年轻人涌入旧金山海特－阿什伯里地区，身着奇装异服，自由地表达创造力、跳舞、表演音乐。这一现象被视为一场社会革命和现代音乐节文化的起源。

② 均为美国迷幻摇滚乐队。

晃，好似海浪中的甲板。

一次演出时，我遇见一个名叫帕梅拉的金发女孩。之后几周，我和帕梅拉每天都会在迷幻药店碰面，我们坐在地板上，谈天说地，牵手接吻。有时候，在午夜过后，趁父母都睡着了，我们会打电话聊得热火朝天，聊我们如何深爱着对方，聊我们是否应该做爱。最后我们决定应该这么干。

八月底的一天，我们在迷幻药店碰头。彼得、保罗和玛丽组合出了张新专辑，叫《专辑 1700》，我们凑钱买了下来，然后乘公交车回到我在燕麦田路的家。母亲和弗兰克都在上班。我和帕梅拉在母亲以前的卧房地板上草草搭了张铺，再把新专辑塞进我的便携立体声随身听里。刚开始放《乘喷气机离开》，帕梅拉就躺了下来，叉开腿，引导我进入。我达到高潮的时候，《乘喷气机离开》还在播放。我趴在帕梅拉身上，看着她睁得大大的淡蓝色眼眸，仍因感受到我在她体内的巨大愉悦而不知所措。这时，我听见楼下前门关上的声音。有人提早下班回家了，要么是母亲，要么是弗兰克。帕梅拉快速起身，抓起衣服，躲进母亲的衣橱。我穿上衣服，往楼下走去，心怦怦狂跳。是弗兰克提早回家了。谢天谢地。

我没告诉他楼上的壁橱里还躲了一个赤身裸体的女孩，尽管我觉得应该告诉他。我费了很大劲，终于设法趁弗兰克不注意将帕梅拉偷送了出去。之后我又去穴山公园和她见了面。

我对这一次的性心怀愧疚，毕竟我刚犯下了仅次于谋杀的不赦之罪。那可不是小小的罪恶，但也不足以阻止我再次犯下这样的罪孽。一天，帕梅拉的父亲猜出我和他女儿到底在搞些什么名堂，便在我们手牵手步行前往穴山公园的路上和我们来了个当面对质。他拽住帕梅拉的胳膊，把她带走了，还告诉我再也别去见她。此后我每次打电话都是他接，他一听到是我，就把电话挂了。帕梅拉一直没给我回过电话，我再也没见过她。

我认识的许多人都已开始吸大麻、嗑迷幻药。我时时惦记这种别样的诱惑，甚至比对性的渴望还强烈而持久。我第一次吸大麻吸到嗨是和两个年轻人一起，他们像我一样，也都是摩门教士。我们熬了一整晚，谈论摇滚乐、女孩和上帝。

大约一个月后就是圣诞节了。我和这两个摩门教男孩决定买几张新唱片，但又没钱。于是我们想出了一个详尽周密、十分保险的计划，保证我们可以在波特兰市区的大百货商店里偷到唱片，又不会被抓到。但我们很快就被抓了现行，被带到了隐藏在商场顶楼的办公室，被许多商场的探子团团围住。他们开车把我们带到了波特兰警察局，加里和盖伦之前是那里的常客。不知何故，警局的警探认为商场还是不要提出指控为好。"我可不想让这些孩子在监狱里过圣诞节。"他说。商场的警卫负责人同意了，只要我们保证不会再踏入这里一步。我们也做出了承诺。在我们就要离开的时候，警探把我拉到了一边。"你有个哥哥叫加里，对吗？"他问，"你难道不觉得有个孩子已经被关进监狱了，你妈妈就够难过了吗？千万别走你哥哥的老路。你要是那样做，就是对自己的生命不负责任。"

我对警探的话思考良久。有时我生怕犯罪成了家族的遗传病：会不会有一天我醒来，也想去抢劫呢？我是不是也会不可避免地做出同盖伦和加里一样的选择，最后干起谋财害命的勾当？我是否最终也会沦落到蹲监狱，只能想念外面的世界？

事实上，我不仅在犯罪上没多大天分（但现在想来，我的哥哥们也没有这样的天分），也没有多大兴趣。首先，我目睹了哥哥们的生活带来了怎样的后果。况且，母亲的督促也言犹在耳：多年来，她反复告诉我，我是我们家获得救赎最后的希望。“我希望有一个儿子能走上正路，最后我不用整天去监狱看他，不用去法庭眼见他的生命被越判越少，逐渐凋零。”她说。听了警察的告诫，她的这番话便更是在我脑中不停回响。

我觉得现在我得担负起行善的责任，以弥补哥哥们的失败与罪行。看来我绝不能将自己的黑暗面暴露出来，不能展现自己的暴力倾向和仇恨心态。做所有这些事情的许可都被我的哥哥们用完了，还带来了灾难性的后果。剧本里留给我的唯一角色就是替他们的迷失赎罪，好让历史的天平保持平衡。

尽管如此，我仍想竭尽全力做坏事，至少在某个特定的范围之内。我又定期嗑起了麻醉药，每到周末就开始嗑迷幻剂。我还经常翘课，自己写请假条，伪造母亲的签名，以便空出整个下午，去各地见各个女朋友，目的就是为了嗑药做爱。我告诉自己必须熟悉罪恶和反叛，那可是真实的体验，我得认真地学习。它们就像是自然真理，像是我穷尽一生追求的东西。

教会里的人对我的偏离也有所察觉。一个星期天，当地主教辖区的一个成员开车来我们在燕麦田路上的家，让我出来聊几句。我很尊敬那个人，曾将他视为类似父亲那样的人物。他告诉我，他和其他教会领袖对我在外表上的变化——长发、着装风格——很关心，也对我表达的一些政治观点感到困扰。他们发现我身上的这些变化对其他年轻的摩门教徒产生了不良影响。他说除非我愿意抛弃这种新近习得的反叛精神，否则我应该考虑一下是否不再参加教会的事工。

那天，我意识到自己的生活被划出了一条分界线，我很清楚自己应该站到线的哪一边。那些令我激情四溢的新事物——摇滚乐、政治、艺术、文学和性——向我提供了新的信条和勇气。回首往事，如今我意识到这些选择可以使我和那一代的许多人践行某种形式化、得到普遍认可的“犯罪行为”：我们可以使用毒品，挑战权威，嘲笑法律，甚至去思量暴力或自我毁灭性的反叛行为，告诉自己我们有理由这么做。透过那个时代勇往直前的音乐，我们相信自己正在塑造某种形式的极具重要意义的反叛。至少我认为这种反叛比我哥哥们的那种反叛更有意义。置身于那个时代最黑暗的音乐中——如滚石、大门、地下丝绒的音乐——我可以彻底沉入黑暗，却不会失去自持，而加里和盖伦做不到这一点。

和家里的大多数人一样，我也将一些遭到处决的人视为心目中的英雄。我的英雄是波士顿的尼古拉·萨科和巴托洛梅奥·范泽蒂，以及盐湖城的乔·希尔。这些人均因谋杀罪而遭处死，至少官方是这么说的。但他们之所以遭到处决，同样也是因为他们对这个国家习以为常的权威体制提出了挑战。

萨科与范泽蒂都是意大利移民，也是无政府主义者，主张推翻美国政府。波士顿警局对他们恨之入骨。一九二〇年，他们对这两人提出抢劫和谋杀的双重指控。审判公然偏袒一方，全世界的许多作家、诗人和记者都对萨科与范泽蒂的判决提出了抗议，然而并没有用。虽然人们对他们的罪行提出了大量质疑，但一九二七年八月二十二日，马萨诸塞仍然以电刑处死了二人。如今数十年过去了，质疑声依然有增无减。

乔·希尔是一位美国籍词曲作家兼诗人。一九一三年，即我母亲出生的那年，希尔从洛杉矶搬到了盐湖城，同激进且饱受争议的世界产业工人联盟携手，将全国的劳动者组织了起来。犹他人对联盟的运动毫不在乎，对其拥护者也十分残暴。工会成员的反击有时也很暴力。一九一四年初，乔·希尔因谋杀一对店主父子而遭逮捕。店主约翰·莫里森曾当过警察，专门破坏罢工，据说还曾在枪战中枪杀了好几个工会成员。希尔被判有罪，尽管美国许多有名望的人——包括伍德罗·威尔逊总统——都曾为之求情，但犹他仍然决定处死这位诗人。那应该是在六十二年后我哥哥受刑前犹他历史上最有名的一次行刑了。和我哥哥一样，希尔也选择了枪毙的行刑方式，他说："我要求枪毙，我对这个很熟悉。以前我也被打中过几次，我觉得我应该还能承受一回。"行刑时间到了的那一刻，希尔便自己向行刑队下令开火。

了解这些人的故事后，我内心的某些东西便永远发生了改变。我恨透了那些运用自己的权力来压制别人的人和体制。那让我觉得，任何国家若是拥有将人处死的权力和意愿，它便绝对是一个邪恶的国家。

但我对受压迫者激进的同情只走了这么远。虽然我一直在读弗朗茨·法农①、厄普顿·辛克莱②和埃尔德里奇·克利佛③的作品，学校论文写的也是米兰达判决④，但我从未花时间去监狱看望被关了五年

①Frantz Fanon（1925－1961），法国作家、心理分析学家、革命家，20 世纪研究非殖民化和殖民主义精神病理学颇具影响的思想家之一，其作品启发了不少反帝国主义解放运动。

②Upton Sinclair（1878－1968），美国作家，曾获普利策奖，代表作有《屠场》等。

③Eldridge Cleaver（1935－1998），美国作家、政治活动家。

④ 指米兰达诉亚利桑那（Miranda v. Arizona），美国联邦最高法院于 1966 年审理并最终以 5 比 4 做出判决的一个里程碑式的案件。在这起案件中，诞生了著名的"米兰达警告"，又称"米兰达权利"，即美国刑事诉讼中犯罪嫌疑人保持沉默的权利："你有权保持沉默，否则你所说的一切将作为呈堂证供。"

的哥哥加里。要承认这一点并不容易。事实上，这极有可能是我这辈子犯下的最令自己悔恨不已的错误。那时俄勒冈不允许十八岁以下的人去看望犯人，但这么想于事无补。那几年，我和加里通过几封信，但我总觉得给他写些自己在学校做了什么或是关于朋友和消遣之类的东西并不好，因为对加里来说，那都是“外面”的事情。后来，在我们屈指可数的几次会面中，我们俩都努力想找到共同话题。但我年纪小，又在外面；他年纪大，关在里面。距离令人痛心。

我不知道他的生活怎么样。我耳闻的一些事也让我不想再多打听。一九六八年秋，俄勒冈州立监狱发生过一起大暴动，加里也参与其中。我听说他在监狱的院子里抄起一把圆头锤，朝一个宿敌的脑袋扔去，等那人倒下后，再用榔头敲他的脑袋。那个人下半辈子就成了植物人。我还听说加里捅了一个黑人许多刀，因为那个人曾伤害或威胁过他的一个朋友。

在某种层面上，我应该已经意识到，加里居住其中的是一个恐怖的世界，但我从未承认这一点。我只是在那段时间没有陪在我哥哥的身边。我本该陪陪他的，但我没有。我一直在忙于规划自己的逃亡之路。

高中的最后一年，我和创意写作课的老师交往频繁。这位女老师名叫格雷斯·麦金尼斯。格雷斯成了我的朋友，也成了我的支持者。在二十世纪六十年代末密尔沃基高中盛行的愚钝的政治气候下，这么做也不是没有风险。密尔沃基是个保守的城镇，一九六八年，我们周围所见的许多车尾贴上面写着“支持乔治·华莱士当选总统”。年轻人的文化变得愈来愈激进大胆，愈来愈古怪，社区和学校对此既担心又愤怒。学校出台了关于着装的规定，规定头发应该留多长，禁止穿短裙和任何惹眼醒目的服装，而我和少数几个学生带头违反了这些规矩。作为惩罚，学校官方决定不让我们参加体育、戏剧或乐队演出之类的课外活动。我是高中辩论团的一员，该团体经常在当地电视台就全国及国际事务展开辩论。密尔沃基学校的副校长认为，除非我把头发剪了，否则就不得参加辩论团。他说我如此令人讨厌的外表只能让学校和城市蒙羞。格雷斯替我据理力争。她激情洋溢地做了一番演讲，说他们太固执，还将那些说长头发学生是娘娘腔、视之如仇敌的老师们狠批了一通。在格雷斯的努力之下，我总算留在了辩论团。

后来我得知格雷斯之所以关心我，部分原因是我们身上有一些共同点：她的娘家姓吉尔摩，事实上她父亲恰巧也叫弗兰克·吉尔摩。据我所知我们根本没有真正的亲戚关系，但我们一直都会拿父亲同名这件事互相开玩笑。

高中最后一年的冬天，母亲的财务状况岌岌可危。她一直在支付房子的按揭贷款，但现有的房产税她已经付不起了。州政府正在造势，意在将产权收回。全部债务已达到约一千二百美元，这在当时算是一大笔钱了。弗兰克仍然和我们住在一起，他再次鼓动母亲搬去小房子，母亲却再次拒绝了。我们卖了钢琴和许多上好的家具，但钱还是不够。我想找份工作帮帮家里，但母亲不同意。她认为我应该继续将时间和精力投入到读书中，这才最为重要。她有个梦想，就是希望我能获得奖学金进入大学，因为她已负担不起我读大学的费用。她到现在还没有一个儿子从高中毕业去上大学，所以她希望我能做到这一点。

一天放学后，我去格雷斯的教室见她，想同她谈谈母亲的困境。

格雷斯是个富有同情心的聪明人，我想听听她的建议。她问能否去我们家看看，和母亲谈谈，好评估一下我家的状况。母亲不愿接待访客，但我说服她与格雷斯见了一面。格雷斯和母亲谈了好几个小时，她们成了好朋友。格雷斯开始经常过来，也去母亲上班的餐厅看望她。

除此之外，格雷斯还是个很在行的灵媒，比起菲伊，可能有更多真本事。“我不想吓你，”一天，她告诉我，“但我一进你们家，就有种很不祥的感觉。我认为那个地方闹鬼，我不敢保证如果你母亲继续住在那儿，对你们家是否有好处。”我很感谢格雷斯的关心，但我告诉她，她说的事我都知道，甚至知道得还要更多。我们住哪儿都没关系。无论去哪儿，我们都会受到诅咒。

不久后，格雷斯开车带我母亲去了萨勒姆的俄勒冈州立监狱，这样母亲就能在每个礼拜日去看望加里。没过多久，在母亲看望加里时，格雷斯也坐在了边上。格雷斯和我哥哥进行了长时间的谈话，他们饶有兴致地聊了文学和艺术。她没想到加里的头脑竟然如此敏锐，词汇量惊人。她非常喜欢他。

每次她们都让我一起去，但我总是婉拒。我告诉格雷斯，在十二岁那年，我已经看够了监狱和法庭的种种境况，这足以给我留下一辈子的阴影。

母亲最终决定去摩门教会寻求帮助。她说教会若是能帮她支付房产税，她去世后就将房子的地契转让给教会。但教会不太乐意接受这个提议。毕竟，她有两个总是惹麻烦的儿子，对她毫无助益。再者，她还有个儿子因为拒绝参军而坐过牢。如此藐视常规的做法让教会的领袖难以想象。还有我。教会曾接纳过我，友善地对待我，赐予我教士头衔，而我却成了反叛者。在他们看来，我现在相信的都是些邪恶的价值观，过着远非模范的生活。

当地的主教决定拒绝母亲的请求。“她留着那栋房子并不明智。”他后来告诉拉里·席勒，“房子太大，她只住其中一两间，根本维护不过来。她之所以想保住房子，是因为这能让她想起快乐的岁月，但这么做并不理智。让她住小公寓才是明智之举。但她拒绝那么做。我认为她太感情用事。她不喜欢别人告诉她该怎么做，况且，她和那栋房子还有感情的牵绊。”

主教说得没错：那确实是感情用事。他和母亲及格雷斯见过几次面，其中一两次我也在场。母亲在讨论时大发脾气，直接站起身走了出去。她后来说：“他们到底算老几，竟然认为我不需要这栋房子？”

格雷斯和母亲一起去看加里，告诉他教会拒绝了母亲的请求，母亲就要失去那栋房子了。格雷斯后来说那是她唯一一次看见加里发火。他无法忍受教会竟然会拒绝母亲的请求，让她失去那栋漂亮的房子。格雷斯说就是在那天，她第一次从加里的脸上看见一股杀气。

高中的最后几周，我获得了就读波特兰州立大学的奖学金。一九六九年春末，毕业之后的一两周内，我一直在波特兰市区寻找公寓。这么做也算合情合理：我要在波特兰市区上学，就应该住得离校园近些。但我离家另有一个更实在的理由：我想离开。我一直都想离开。

把最后一点物品搬离燕麦田路那栋房子的时候，我能看出母亲伤透了心，但她仍然灿烂地微笑着，不停地鼓励我。如今回首往事，一想起那次分离，我就心痛不已。但那时候，我的确还感受不到那种痛。

一周后，我回家看望母亲。我走上前门廊，打开门，踏入的是空空荡荡的前屋。原来的家具、电视和住在这里的人不知所踪，如今只剩一栋空屋。我在偌大的房子里走来走去。母亲和哥哥都不在了。他们没留下一点痕迹，他们曾拥有的一切也了无踪影。置身于那栋空荡的老房子，我感到惊恐万分。当我走过楼上的过道时，不禁打了个冷战。我怕什么地方会猛然冒出几双黑爪，将我拖入黑暗之中。于是，我飞快地跑了出去。

我给格雷斯打了电话。她向我解释说，我离开后没几天，母亲就失去了房子，不得不将房子给了抵押持有人。她一直在斗争，尽可能多坚持一段时间，让我不至于中断高中的学业，或因无家可归而丢尽颜面。

“我没想到事情发生得这么突然。”我告诉格雷斯。

她说：“你母亲不想让你知道。她想保护你。”

母亲和哥哥已付了定金，租下了一间小活动房，现在就住在主路边的停车场，属于橡树湾的城乡接合部。他们还没装电话。

我去看望了他们。活动房有着浅绿和白色相间的颜色，有两间小卧室，一间浴室，一间客厅兼厨房。没有空调，屋内湿热难耐。我能看出母亲已被压垮了。正如后来她对我和其他许多人说的那样：“我搬进这地方的时候就已经死了。”

我正式和家人分开了。哥哥弗兰克将一直和母亲待在一起，直到她去世的那天。但我始终没回家，我们三人之后也再未住在同一片屋檐下。

很长一段时间里，我一直都未回顾往事。我在大学里用功过一阵子，但在一段无望的恋情之后，我的学业便断了根基，后来再也提不起劲头。我又交了许多女朋友，加入了激进的政治团体，嗑了各种各样的毒品。至少那段时间，我从未因毒品出过什么事。直到我再也看不下去毒品对我那代人造成的影响，我便成了戒毒顾问。这个职业我干了好几年。

这段时期，我仅去看望过哥哥加里一次。那是在前面提到的那段我难以排解的恋情夭折之后。我和那个女人在高中最后一两年开始谈恋爱，甚至谈婚论嫁。后来有一天，她遇见了一个真正喜欢的男人，一个重生基督徒。没过几周他们就结了婚，而且她怀孕了。我只觉得五雷轰顶。我感觉那个梦想——那个组建自己家庭的梦想——已从我身边被夺走了。我开始整夜喝酒，白天睡觉。我辍学了，失去了助学金，钱也花完了，变得一团糟。那是典型的浪漫抑郁症，我尽己所能地从中榨取一切。

后来，在一个星期天，母亲和格雷斯要我陪她们去萨勒姆看望加里。我觉得她们认为那样对我有好处。起先我和加里都很紧张，彼此试探着对方。我们已经有好几年没见过面了。现在我成了留着长发的年轻人，和许多短头发的人共处一室。其中有些人不怀好意地打量着我。但和哥哥谈了几分钟后，我才意识到我仍然深爱着他，仍然想念有他陪伴的日子。当他问我过得怎么样时，我把一切都告诉了他。我告诉了他整个故事，我糟糕的恋情以及随之而来的绝望。我认为他会理解。我认为如果还有谁能同情我的话，肯定非他莫属。

可是他沉默了很长时间，就这么注视着我。最后，他终于露出了坏坏的笑容，说道："哥们，听上去是怪难受的。但不管什么时候，你想把你的麻烦和我互换就告诉我。妈的，我的意思是，至少没人剥夺你的青春。你还是自由的。”

当时我心想：他不理解。但现在我意识到他理解得远比我更透彻。加里再一次将我们生命的真相说给我听。也许，若是我能理解的话，事情最终会变得不一样。

第九章　行尸走肉

一九七一年初的一天，母亲惊恐地给我打来电话。她要告诉我一个骇人的故事。

前一天，她和格雷斯去俄勒冈州立监狱看望加里。母亲说加里进入接访室的时候，竟然和从前判若两人。他的脸和手都肿胀着，像溺死者的身体那样。他脚步沉重，仿佛弗兰肯斯坦所造的怪物[1]一般无知无觉。他几乎讲不了话，语句含糊不清，说话时口水从他的嘴里流淌下来。他想小口喝咖啡，但竟然握不稳杯子。咖啡一直从杯缘溅出来，泼到他膝上，可他甚至感受不到滚烫液体的灼烧感。

母亲用手臂搂住他。“你到底怎么了？”她问。

“我吃了氟奋乃静。”加里大着舌头说，“精神科医生和典狱官让我吃了很多药，就是氟奋乃静。他们用这药控制他们不喜欢的人。他们惩罚我，因为我为牙齿的事和他们发火。”

加里想进一步解释，但组词造句实在太困难。最后他就坐在那

---

① 英国作家玛丽·雪莱所著《弗兰肯斯坦》一书中，由主角用不同尸体各个部位拼凑而成的巨大怪物。

儿，张着嘴巴。“对不起，妈，”他终于开口了，“我坐不住了，要回牢房躺下来。”

他踉踉跄跄地离开接访室的时候，所有的眼睛都盯着他。他走过时，几个同监犯鼓励了他几句：“加油。要挺住。”

加里离开后，母亲呆坐在椅子上，止不住地啜泣，格雷斯试图安慰她。

母亲和格雷斯去找典狱官，最后找到了助理典狱官。母亲想知道为什么加里要被强制服用这些药。她大发雷霆。助理典狱官不为所动。他说氟奋乃静是他们现有的处理暴力囚犯最好的药物。他指出，加里的行为说明他就该服用这种药。

母亲走出监狱，满腔怒火，却又无能为力。

“他们把你哥变成了僵尸。”那天，她在电话里对我边哭边说，“他就像行尸走肉。我们得想个法子。”

加里落得服用氟奋乃静的境遇，这是多年累积而成的结果。这件事源于两个问题：加里在监狱里是个很难对付的人；况且，他还需要一副真正有用的假牙。这两个条件一起造成了难以控制的可怕冲突。

一九六四年春，加里来俄勒冈立监狱不久，监狱的牙医检查加里的牙齿时，决定把他的牙齿全部拔掉，以上下排假牙代之。牙医给加里做了假牙，但不够贴合。假牙老是会磨到牙龈，把牙龈磨破。无论说话还是吃饭都成了痛苦的折磨。加里请求给他配一副新的假牙，但戴上后，问题还是没解决，于是，他把假牙砸了个稀巴烂。监狱认为他存心找茬，便不再满足他的要求。加里觉得狱方拒绝给他配发可用的假牙，是在进一步惩罚他。

这场战斗持续了好多年。事实上，直到一九七五年加里被转至伊利诺伊马里恩的联邦监狱后，他才终于得到了一副可以整天套着的舒适的假牙。在此之前，他一直大吵大闹，假牙问题成了他和俄勒冈监狱当局之间的一场意志力的较量。他给俄勒冈监狱委员会和连续两任州长写了无数封信，抱怨不公的待遇。这些官员全都给狱方写了信，要求他们做出解释，寻求解决方案。加里和看守及其他囚犯经常争吵打架，结果总是他被暴揍一顿，再被关入很小的禁闭室，有时一关就是几个月。他用火烧床垫，用水淹牢房，于是被送入精神病区严加看管。他攻击过一个牙医，还威胁说要把另一个杀了。他让母亲在俄勒冈最大的报纸上刊登广告，劝说公众为这件事写信请愿。有一段时间，典狱长持续收到全国各地的来信，要求狱方"公平对待加里·吉尔摩"。

我有一个很大的文件盒，里面存放了数百份与这次事件有关的文件。依据这些戏剧性的通信和狱方报告，就能单独写本书，而且会是一本非同凡响、讲述暴行与毁灭的书。

一九七〇和一九七一年，这件事终于完全沸腾起来。一九七〇年圣诞节之后的几天，加里被关入监狱的精神病区。常驻监狱的精神病医生韦斯利·魏瑟特写道："通常，吉尔摩极度逆反，好斗，不愿合作，会有一些特定行为，如在地板上撒尿、朝铁栅栏扔食物、朝各种各样帮助他的人吐痰（包括指定来帮助他的人），他这么做就是为了让人'不爽'。"加里告诉这位医生，他之所以发火，是因为牙的问题。医生认为也许整件事都是加里的阴谋。加里勃然大怒，对魏瑟特的脸啐了好几次唾沫。魏瑟特写道："我们尝试过说服他，无法纵容像他这样恶劣的表现。如果在接下来的二十四到四十八个小时内他仍然如此，我们就会对他的肌肉注射氟奋乃静，以控制他口头及身体的攻击行为。”

加里安静了几周，但很快怒火复燃。他威胁说要自杀，但魏瑟特认为加里并没有真的抑郁到会自杀。二月的第一周，加里在隔离区说服好几个狱友和他一起抗议。所有人，包括加里，都割了腕。其中两个差点死掉。

大约一个月后，魏瑟特医生给加里开了氟奋乃静。氟奋乃静这种药确实能缓解某些幻听幻视之类的真正的精神疾患。监狱偶尔也会用它让惹麻烦或敌对的囚犯安静下来。但许多医生认为这样做并不可取，因为这种药也能使某些人变得极度焦躁不安。氟奋乃静的平均推荐用量为每月二毫升到四毫升，但加里声称三个月内他每个月都被注射了十六毫升，若情况属实，则属于过量使用。然而我无法获得证实或反驳这个说法的任何记录。

根据与我交谈的那些体验过这种药物的人的说法，此药有时会使身体处于焦虑状态，致使你想要尽可能地伸展或弯曲身体，这种副作用被称为“失静症”。有人告诉我，他甚至见过有些人使劲地往后弯，不惜折断脊椎，好终止那令人难以忍受的烦躁感。而加里的情况是——至少照加里的说法，同时期的其他囚犯也证实了他的说法——看守们将他绑在轻便床上好几个小时，只为看他痛苦地扭来扭去。不过，加里仍然拒绝低头。一次，一个看守离他够近时，加里啐了他一脸。加里后来说，那个看守掐住他的脖子，用枕头闷他的脑袋。“我差点憋死过去。”加里说。后来，另一个看守觉得这么做过头了，那人才罢手。我哥哥被绑着的时候，看守好几次直接揍他的脸，再把他推到明晃晃的灯光底下，让他整晚留在那里。我哥哥说，注射了氟奋乃静后，刺目的灯光会令人难以忍受，根本没法睡觉。

加里那时候有一个监狱里的朋友叫史蒂夫·贝金斯。他告诉我："加里注射了氟奋乃静后就变了样。他充满仇恨，无法无天，会想尽办法激怒狱方，就算自己遭殃也在所不惜。那些事之后，有些囚犯就和加里拉开了距离。你看得出他当时浑身充满了杀气。"

发生这些事的那段时间，我又接到了母亲的电话。"你哥哥盖伦回家了，"她告诉我，"他厌倦了芝加哥的生活，想念我们。他这次回家，不准备逃避对他开空头支票的指控，想要开始全新的生活。"

听到这个消息我很高兴。无论最后一次和盖伦见面时我感觉多么糟糕，现在都烟消云散了。如果母亲能够原谅他，那么我也能。况且，我也挺想念他的聪明机智。

"我得给你提个醒，"母亲继续说道，"盖伦和你上次见到他时已经不一样了。"

"你这话什么意思？"

"嗯……首先，他现在更瘦了。他在芝加哥发生了一些事。他生病了，胃不太好。我知道他已经做了手术，身体比较虚弱。而且，他的感情不太顺利，他不得不放弃心爱的女孩，现在伤心欲绝。我觉得他需要朋友，需要这个家。"

没错，盖伦在芝加哥的确发生了一些事，也的确改变了很多。那天深夜他出现在我家门前的时候，我甚至都没认出他来。他骨瘦如柴，眼窝深陷，像个活死人。让人不安的是，他身上的棱角全没了。他吐字不清，思维缓慢。他以前醉酒的样子我见得多了，但这次不是醉酒。我这才意识到这很可能是吃止痛药造成的，也可能是这些年酒精和毒品累积的作用，把他摧残成这副模样。但无论这段时间盖伦服用了什么药，看来都没起什么作用。我们坐着谈话时，很明显他一直都疼得厉害，对自己的健康已经没什么信心了。

尽管盖伦饱受疼痛折磨，但一听说加里在俄勒冈州立监狱里的事，就立刻去看望了哥哥。在那次见面中，他和加里和解了，气氛很友好。那是何等场景啊：两个死人坐在那里，彼此对话，重续兄弟之间的情谊。我真希望当时自己也在那里。

盖伦和母亲一样，也对氟奋乃静给加里造成的影响震惊不已、愤愤不平。盖伦愤怒地冲进典狱官的办公室，要求停止这种治疗。典狱官的助理向他保证这件事正在审查。

盖伦看望加里后过了几天，监狱的精神病医生对加里又写了如下批语："该病人注射氟奋乃静后产生了严重的反应，于一九七一年四月五日被送回（精神病区）。氟奋乃静暂停注射后，他的症状逐渐好转。一九七一年五月，他被安排参加假释委员会的听证会。希望那时他的症状已全部消失。在该日期之前，他将不再被注射氟奋乃静，而是重新服用适当的药物，以保证届时他能有较好的状况。他对注射氟奋乃静并无敌意或作对的想法，如果他未因注射氟奋乃静产生反应，我会建议一直给他注射此药。遗憾的是，他身上出现了预计只会在少数人身上出现的严重反应。我认为氟奋乃静的好处超过其副作用。"

数年后，我才得知盖伦在芝加哥时发生了什么。其实，我是在读了《刽子手之歌》后才了解到我家又一段隐藏的秘密。但梅勒并没把整个故事讲完。那是因为唯一了解整件事来龙去脉的人是我母亲，而她并不愿将这件事对任何人和盘托出。直到今天，尽管我尽了最大努力，也仍然无从得知整件事的真相。

我只知道这么多：盖伦在芝加哥被人捅了，而且被残忍地恶意捅了许多刀。我听过这件事的好几个版本。一个版本说盖伦冬夜喝醉酒后遭人洗劫。一人将他控制住，另一人抢了他身上的钱和珠宝，并用冰镐一下一下捅他的腹部。我听过的另一个版本与我对哥哥的了解稍微相符一些。盖伦爱上了一个有夫之妇。他应该从盐湖城那件事吸取教训，可他并没有。一天，那个女人的丈夫发现了他们的暧昧关系，便跟踪了我哥哥，捅了他的下腹部，让他差点死掉。他流了好几升血，做了两三次手术，才保住了命。医生说很有可能他的肠胃只要蠕动就会疼痛。

但这两个版本不过是些不祥的传言，都是我和哥哥弗兰克从听来的只言片语中拼凑起来的。我一直没找到有关盖伦被捅一事的芝加哥警局档案或伊利诺伊医院的病历。有可能盖伦当时在芝加哥用的是另一个名字，没人知道他那时的化名。

不过，我还是弄到了盖伦在克拉克马斯县医院的病历。但那时我有所不知的是，一九七一年从春季到秋季，他经常进出俄勒冈城市医院。每次都是为了同一件事，即治疗胃部的剧痛，但每次都无功而返。二十三年后，我在通读那些医院病历时，发现了一份对他伤情的严重性、伤口的深度和刀痕的数量所做的医学上的描述，这才有了切身体会。我为他承受的剧痛流泪，为他因此而失去生命痛哭，我以前从未这样为他哭过。

正如我之前所说，母亲对盖伦伤情的严重性和他为何会受伤全都了解。她认为那又是一个难堪的真相，我还是不知道为好。直到盖伦去世后十多年我才明白，盖伦在芝加哥其实是被实施了谋杀，而比起大多数人，他拖了很久之后才死。

夏天，盖伦的女友珍妮特跟着他从芝加哥来到了俄勒冈。他们彼此都很思念对方，于是她离开了美国西部一个充满暴力的无名小镇。珍妮特和盖伦在汽车旅馆里租了间公寓，就在离母亲和弗兰克居住地不远的一条林荫大道上。珍妮特很友好，懂得照顾人，是为数不多获母亲准许进屋的年轻女性之一。珍妮特似乎很爱盖伦。

但那段爱情有如疾风骤雨。他们俩都喜欢喝酒、大吼大叫、乱扔东西，直到其中一人气得跺脚跑出汽车旅馆独自买醉才会停止。盖伦会找瓶烈酒，喝得烂醉如泥。他以前喜欢喝啤酒和红酒，现在却净喝薄荷杜松子酒之类对胃有强烈刺激的烈酒。我喝过一口那种甜得发腻的玩意儿，喝了只想吐。但盖伦却可以整晚喝个不停。

好几次，大约凌晨三点时，我听见前门传来敲门声。我下楼一看，是盖伦。他站在楼道里，在夏日的晚风中摇晃，哭得像个小孩子。他进来后，就坐下来说话，一个劲地喝酒，直到在我的沙发上昏睡过去。我在他脑袋底下放个枕头，给他盖上毯子，然后就坐着注视他时断时续地睡。次日清晨，等我一觉醒来，他通常已离开。

盖伦要求法庭判他有罪，但法庭撤销了对他的指控。法官和检察官想必也看出他的状况并不适合坐牢。而且，他也失去了犯罪的兴趣。他对开空头支票、偷窃和设想完美的犯罪不再感兴趣。相反，他想娶珍妮特，组建自己的家庭。他告诉我，他想重新开始生活。

一天，约凌晨一点时，珍妮特给格雷斯打电话。珍妮特说盖伦疼得很厉害，得马上去医院。他没法开车，他们也没钱叫出租车。因此，珍妮特央求格雷斯帮帮他们。

格雷斯开车送盖伦和珍妮特去了密尔沃基的医院，但急诊室不收盖伦，因为他没有保险，也没有社保卡。格雷斯便带他们去了俄勒冈城市医院。这次，这家医院仍然不知道该怎么医治盖伦，他已经去过那里太多次了。等到过了凌晨五点，还没有一个医生帮他看病，盖伦就让格雷斯开车送他和珍妮特回家。“他妈的有什么用！”他说。那天晚上疼到受不了的时候，盖伦扯下衬衫，摩擦肚子。就在那时候，格雷斯才看到我哥哥腹部有一个巨大的洞。盖伦的伤口从来就没愈合过。伤口敞开着，还在流血。

就在这件事之后第二天，格雷斯收到加里寄来的一封信。他还了她借给他买假牙的钱，他在信中对周围的世界充满了仇恨和恶意。她几乎能感受到暴力从信纸上散发出来。所有这些坏消息加在一起，终于使她明白，长期以来自己竟然被这么多灾难的人生所环绕。格雷斯自有她灵性方面的看法：她对我们未来漫长的精神征途并不看好，认为我们身上正压着致命的重负。她能看出这些灾难也会影响到周围其他的人。于是，她做了一个明白人该做的事。她给我母亲打了电话，说道：“我这么说并不是想冒犯你，我很爱你，但我再也没法和你家继续交往了。我也只有这么多时间和精力，我应该将这些时间和精力投入到自己的家庭中。”当母亲把这个消息告诉我时，我很理解。事实上令我吃惊的是，格雷斯竟然撑了这么久。

一九七一年十月八日，盖伦和珍妮特结婚了，他们在华盛顿温哥华市，即与波特兰相隔一条哥伦比亚河的地方办了场简简单单的婚礼。我和母亲、哥哥弗兰克参加了婚礼，然后去了餐厅，吃了晚餐。母亲很高兴能请我们吃饭。之前，她还从来没有一个儿子结过婚。

盖伦那晚很开心，我从没见他这么开心过。我那时并不知道格雷斯有一晚曾开着车满城给他找医院治疗，也对他数次去医院看病一无所知。自从盖伦回家后，我第一次觉得他又有了第二次机会。

几天后的一个晚上，珍妮特出现在我家门口。她喝醉了酒，在哭。“我受够了那个浑蛋。”她说，“这是他最后一次冲我吼了。我一筹到钱，就回芝加哥的朋友那里。走之前，我能在你这儿住一两天吗？”

我很清楚珍妮特在说什么，她的想法着实把我吓得不轻。就在这时候，电话响了。是盖伦。“你看见珍妮特了吗？”他问。“看见了，”我说，“她现在在我这儿。我觉得你们俩应该好好谈谈。”

没多久盖伦就过来了，他和珍妮特立刻抱在一起，哭着答应要对彼此好一点。很快，我们三人就哈哈大笑起来，还听起了约翰尼·卡什的音乐。离开时，盖伦在门口停下来，朝我转过身。“我很感谢你今天晚上帮了我们。”他说，“我也很感谢你参加了我的婚礼。这对我来说很重要。”

我没料到这一刻他如此坦诚，于是我傻傻地开了个玩笑：“哦，别客气。你要是喜欢的话，我也会去参加你的葬礼。”

这话说了就没法收回，之后你也忘不了自己说过这种话，没法原谅自己。不过，当时我们俩都开怀大笑。兄弟间的玩笑而已。

盖伦凑过来，在我脸颊上吻了一下。“再见。”他说完，转身朝楼下走去。

已经能感受到秋意中透着冬天的寒意。空气正在变冷。

几周后，母亲又打来电话：“我觉得应该让你知道。盖伦今天住院了。看来他要做个小手术。”

“怎么了？”我问。

“还是胃的问题。最近他的情况更糟了，医生认为他应该住院治疗。”

“嗯，是什么问题？溃疡吗？”

“应该是穿孔之类的吧。我也就知道这些。”

我询问医院的名字。

“他住在俄勒冈城市医院，但我觉得你应该等几天再去看他。也许得过一阵子，他才能接待访客。”

我觉得这样不妥，但母亲一再坚持。要说服我不去医院也没那么难，虽然我羞于承认这一点。我讨厌去医院甚于去监狱。这两个地方都会让我心生恐惧，心情压抑。

后来我听说手术又推迟了几天。盖伦正在好转，医生觉得如无必要就不用做手术。看来情况并不危急，我也给自己没去看他找到了借口。

他住进医院的一周后，晚上母亲又打来了电话。“盖伦今天傍晚做了手术，”她告诉我，“他还在昏迷中，但医生认为情况良好。”

我让她一有情况就通知我。

接下来几天，情况都很不错。盖伦每天都在好转。同时，我也能一直找到不去看望他的理由。他很快就会出院，我这么告诉自己。到时候我再去看他。

弗兰克比我更有责任心。盖伦住院期间他去了好几次。二十多年后，他说起那几次去医院的情况。我想如果知道事情的真实情况，我应该也会每天都去看盖伦。我是这么想的，但我怎么想已经没有意义。事实是，我一次都没去看过盖伦。就像去看加里那样，我不愿去那种有人会死在里面的地方。

弗兰克告诉了我他见到的盖伦的情况：

“有一次我去看望盖伦，他身上插了好几根管子，用来帮他吃东西、服药，也帮他排泄。下一次我去看他的时候，他已经把胃上插的管子全都拔了，说太碍事。我不知道这是不是造成他死亡的原因。我只知道他其实非常紧张。他觉得别人都在虐待他，于是见谁都大吼大叫。一次，我去那儿看他，一个护士走了进来，把饭食摔在他面前。我觉得他应该一直都在给他们惹麻烦。就这件事我和护士们谈了谈。我不知道这么做是否明智。

“不管怎么说，我从没想过盖伦会死。我最后一次见他时，他就坐在病床上说话。说他正在吃果冻，开始觉得好转了。我告诉他：‘不管他们给你什么东西，你一定得吃，我明天再过来看你。’我们一下午都在谈论埃维尔·克尼维尔，一个摩托车惊险表演者，他正准备来个大飞跃。盖伦说：‘好，明天来，我们再谈谈埃维尔。’他的精神状态很不错。但他也一直告诉我，说他的双手痉挛得很厉害。我挺担心的。我知道手出现痉挛的状况，事态可能会很严重。但我又觉得：‘他现在住在医院里。他们知道该怎么照顾他。’那是我和他握手后走出医院时的最后一个想法。”

凌晨两点，一个室友敲响了我卧室的门。我正在床上坐着，看书，听收音机。“有个女人打电话过来找你，”他说，“说事情很重要。”

我已经习惯了朋友或女朋友在这个时间给我打电话。这个时段我一般都醒着。

我接起电话。

“米卡尔吗？我是珍妮特。盖伦死了。”

“什么？你确定吗？”

“他刚死在手术台上。做的是急诊手术。”

我惊呆了。这种消息让人缓不过神。就算听到这样的事，你也得想个办法接受它，毕竟下一刻你还得呼吸。否则你就会坠入极端的恐惧与痛苦之中，再也爬不起来。

“珍妮特，”我说，“你待在那儿别动。我这就叫辆出租车来接你。”

“不用了，”珍妮特说，“我不想待在这儿。盖伦的朋友约翰也在。他会带我去你那里的。我们得告诉你妈妈。”

我挂上电话，径直去了卧室。收音机里正在播放乡村民谣歌手米奇·纽伯里的歌曲。歌名是《美国三部曲》。

“嘘，小宝贝，别再哭泣，”纽伯里甜腻腻、哀戚戚地唱道，“你知道爸爸马上就要死去 / 主啊，我的所有审判将很快终结。”

多年后，埃尔维斯·普雷斯利会在他的招牌歌曲中使用这样的嗓音。这是盖伦最喜欢的美国艺术家，他喜爱埃尔维斯超过任何歌手与诗人。五年后，埃尔维斯去世时——就在加里被处死后几个月——我再也没听过那首歌，它让我想起我的哥哥们，让我的心支离破碎，为他们和他们可怕的行为心痛不已。

我穿上外套，到前门廊等珍妮特。我坐在夜色中瑟瑟发抖。死亡已如此临近。它猛然袭来，手起刀落，从无偏差，就这么将哥哥带走了。它本可能也会带走我，那只是死亡做出的一种选择。我在想，几分钟前盖伦没入的那个领地，或者说虚无之地，究竟是怎样的所在。我环顾寂静的街道，又抬头仰望天空。夜空一片漆黑，唯有几颗星星。我好像看见那里有什么东西在动。我认为那就是死亡。我觉得它正在盘桓逡巡，注视着我。我想，如果我让它将我带走，换来盖伦活着回到珍妮特和家人的身边，死亡应该会照做不误。但我没法让自己做出这个提议，于是，死亡离开了。

我很高兴死去的人不是我。一阵冷风在我的周遭扬起，仿佛在指责我丑陋自私的想法。

大约凌晨四点，盖伦的朋友约翰将我和珍妮特送到我母亲在橡树湾的活动房。

我敲了敲门。过了一会儿，灯亮起，我听见母亲在摸索门闩。“谁啊？”她问。

“妈，是我，米卡尔。米卡尔和珍妮特。”

母亲猛地打开门，眼睛睁得老大。“是盖伦，对不对？”她说，“他死了，对吗？”然后，她和珍妮特紧紧抱在一起，为永远不会回来的死者痛哭。

母亲叫醒弗兰克，把消息告诉了他。“别那么说！”我听见弗兰克在另一间房间里喊，“你肯定在撒谎。”

太阳升起时，我们全都坐在活动房的小客厅里。母亲给我和弗兰克分配了必须完成的任务：我们应该去俄勒冈州立监狱，告诉加里这个消息。他不应该像父亲去世那次一样，只能从看守那里得知这个消息。

那天上午，加里走入接访室，显出对一个三十岁的男人来说异乎寻常的老态和疲惫。他看上去还很害怕。他知道我们一大早赶过来，肯定是因为发生了不好的事。

“我们有个坏消息要告诉你，加里。”弗兰克开口说道。

“不会是妈吧？”加里问道，一脸痛苦。

不，不是妈妈。但当我们把盖伦的死讯告诉加里的时候，他弯下腰，潸然泪下。这是我第二次看见他哭。

盖伦的葬礼在几天以后，就在父亲举办葬礼的那家殡仪馆。母亲付了狱方加班费，两个看守押着加里来参加他弟弟的葬礼。看守坐在我们后面，在最亲密的亲属席位上。他们外套底下都佩着枪。

当时我在礼拜堂的祭坛上讲了几句话。我拼命想也记不起来自己说了什么：应该是我们会一直爱这个失去的兄弟，永远无法将他忘怀之类的话。

当我坐下时，加里注视着我。他凑过来，吻了吻我的脸颊。然后他搂住母亲，在接下来的仪式中，他始终紧紧地搂着她。她的头一直倚在他的肩上，轻轻地啜泣着。

昨晚，我做了一个梦，梦见我哥哥被处死。我经常做这种梦。

这次是盖伦被判处死刑，但他的罪不足以判死刑——他只是个不知悔改的小毛贼而已。我和家人期待他能得到缓刑，但没有等到，而他被执行死刑的日期也日益迫近。最后，不知为何，决定由我来当刽子手。我必须最为快速、仁慈地执行这次死刑。

我们来到行刑场。太阳升起。有人递给我一支步枪，目标锁定盖伦的心脏。他注视着我，深棕色的眼眸圆睁着，似乎在恳求我快点射击，干净利落地将他了结。

我对自己说我干不了这件事，可我知道我必须得做。反正盖伦必有一死，让别人来做反而会更糟。我小心翼翼地将枪头对准哥哥的心脏，目标丝毫没有偏移。当时我想，我就这么对准目标，闭上眼睛，扣动扳机。但我知道还是可能会射不中或打偏，这样只会加重他的痛苦。这就是为何他们要使用行刑队的缘故，我告诉自己：这么做是为了避免有人精神紧张或未能击中目标。我意识到，处死一个人实在是极大的责任。

于是我瞄准盖伦的心脏，小心翼翼地、稳稳地瞄准。我告诉自己，只要一扣动扳机，就能从这难堪的噩梦中醒来。所以我扣动了扳机。我看见子弹进入盖伦的胸膛。但还没等我醒来，我就看见心脏从他体内爆了出来，落到干燥的尘土中，搏动着，将鲜血喷入尘埃。那时候，我才记起母亲就加里死在犹他一事时常对哥哥弗兰克重复的一句话："他们把你兄弟的心脏打了出来，它落到了地上。"

第五部

血的历史

血是我们唯一永恒的历史。血的历史不容修正。

——哈里·克鲁斯[①]，《父亲，儿子，鲜血》

没有哪种罪行不会令我感到负疚。

—— 歌德

我梦见爱是一种罪。

——O. V. 赖特[②]，《八个男人和四个女人》

① Harry Crews（1935－2012），美国小说家，作品常描写暴力和怪诞的人物。

② O. V. Wright（1939－1980），美国蓝调歌手。

第一章　转折点

盖伦去世后，加里似乎也起了变化。他已经失去了两位家人，却没有机会与他们达成最终的和解，所以他特别想获得自由。他开始和我频繁通信，开始在信中更多地表达对我的关心，对我所做的事、我有哪些朋友表现出更多的好奇。他在努力扮演哥哥的角色。

监狱的管理人员也注意到了加里的变化。盖伦去世几个月后的一天，典狱长允许加里在有人陪同的情况下和家人见面。一名武装看守从萨勒姆的监狱驱车载他前往我母亲在橡树湾的活动房。加里和我、母亲、弗兰克坐了整整一个下午，吃着点心，聊着往事和对未来的希望。我带来了吉他，和加里合唱了约翰尼·卡什的歌。很难说谁唱得更难听，但这一点都不重要。我和加里后来聊起了音乐。我们有许多共同的喜好：艾灵顿公爵[①]、汉克·威廉姆斯[②]、查理·帕

---

① Duke Ellington（1899－1974），美国作曲家、钢琴家、爵士乐队首席，爵士音乐领域极富影响力的人物。

② Hank Williams（1923－1953），美国乡村音乐歌手，其代表作《什锦菜》(*Jambalaya*)是美国家喻户晓的经典歌曲。

克、迈尔斯·戴维斯[①]、小理查德、查克·贝里。意识到我们有一些共同点还是挺好的。我们聊着天，武装看守就坐在附近的一把安乐椅上，阅读杂志，静静留意着加里。

后来我们从狱方得知，典狱长和其他人被加里在那天的行为所激励。他们认为他应该特别想要自由，想让自己平静下来，过上更合理、更有建设性的生活。最近加里开始在监狱的艺术品商店干活。典狱长和一些看守都很喜欢他的作品，还买了几样。典狱长还鼓励加里参加一些艺术比赛。一九七二年秋，他在好几项赛事中拿了第一，狱方的管理人员便批准加里外出读书，去尤金的社区大学上学，攻读艺术。总而言之，这是个极好的机会：如果加里能很好地完成这个项目——按时上课，获得不错的分数，遵守校园和周末居住的教习所的规定，未经辅导员同意永不离开尤金——那么学期结束后，他就可能提前从监狱获释，还有可能在波特兰地区的艺术或广告公司得到一份差事。换言之，如果加里能正确处理这件事，他就能从监狱里出来，拥有大好前程和崭新的生活。我们都认为这是一个转折点。

与此同时，加里也有自己的希望。

在俄勒冈州立监狱他的朋友中有个年轻人，我称之为巴里·布莱克。加里的其他一些狱友后来表达了看法，说巴里是加里狱中的秘密情人，但加里坚决否认他在入狱期间有过同性恋情或同性恋人。不过鲜有疑问的是，加里确实以各种各样的形式爱着布莱克。巴里是加里有难时最先求助的人——我和弗兰克将盖伦的死讯告诉加里

①Miles Davis (1926－1991)，美国爵士乐演奏家、小号手、作曲家、指挥家，有“黑暗王子”之称。

后，也是巴里安慰了我哥哥——显然，加里认为他们俩出狱后也能保持长久的友谊。当加里得知巴里要去波特兰西山的俄勒冈牙科大学做牙部手术时，就让巴里将这次行程安排到他在学校上学的日程期间。加里告诉这位朋友，他想和后者在波特兰的牙科大学见面，他已为他们俩筹备了一个计划。

深秋的一天清晨，一名监狱看守驱车载着加里前往尤金的教习所宿舍，让他在那里过夜，然后就放了他。看守给了加里一套新衣服和第一周的学校补贴，告诉加里花一两天时间在学校注册、熟悉校园环境、买书和艺术用品。他还告诉加里傍晚必须返回宿舍。仅在获批的情况下，他才能在晚上离开宿舍，去上晚课。

“现在靠你自己了，加里，”看守说，“别搞砸了。现在就看你了。”

加里告诉看守别担心，还和他握了握手。

加里走向校园，找到体育馆，学校报名处就在那里。他抽出自己的信息包，开始填写表格，但后来他说，周围排队的这么多人让他心生畏惧。所有的学生看上去都那么年轻、自信、有吸引力，穿得也很讲究。这让他很紧张，觉得自己来错了地方。他出去散了会儿步，找了家酒吧，喝了几杯酒。他心想第二天也可以来注册，今天还是放松一下。他来到高速公路上，搭车去了一百英里外橡树湾的母亲家。他知道这么做违反了假释规定，但他保证自己肯定会在傍晚前赶回宿舍。

加里在母亲那里待了一两个小时，直到她去上班。看见他，母亲心里别提有多高兴。当天大约正午时分，他出现在波特兰州立大学附近我的小住所的门口。那时我二年级，上课马上就要迟到了。

我看见加里在门口，虽然面带微笑，但看上去很紧张，我觉得还是应该陪他稍微待一阵子。他进门后，我们聊了一会儿。我问他是否已经开始上课了。他告诉我他去了校园，置身于那么多年轻人之中让他感到很慌张。他说他只是想见见我和母亲，还有他的几个朋友，然后他就会没事了。“不到晚上我就会回去，”他说，“明天我照样可以注册，也不会给自己惹麻烦。”

但次日下午，加里又出现了，穿着同样的衣服。他眼睛通红。显然他没回尤金，这样一来，他不仅会失去奖学金，还会被加刑。

“加里，你来这儿到底要干什么？”

他避开了这个问题。“我们找个地方吃午饭吧。知道有什么好地方吗？”我气炸了。加里搞砸了这么重要的事，还在固执己见。但我不知道是否能劝得动他。我去拿外套，回来的时候，他正在打电话，问我这里的地址。

“要地址干吗？”

“我在叫出租车。”我说餐馆步行就能到。他说不想被人在马路上看到。这话听起来不妙，我很不喜欢。最后我们去了一家脱衣舞酒吧，加里也就在这种地方才感到舒服。他打量着台上的女孩，似乎神情恍惚。

“你得告诉我发生了什么，”我说，试图让他回过神来，“显然你就是不想去学校。”

他沉默了很长时间，盯着我们俩之间的餐桌，之后开口，用他那慢吞吞而粗俗的方式说道：“我不适合上学。靠，艺术我能有什么不懂，他们教不了我东西。再说，还有比这重要的事呢。”他朝我凑过来，紧紧盯着我。“我有个牢里的朋友下周要被带去牙科大学看牙齿。两个看守会带他去那儿，我只想去见见他。我要支枪。你能帮我吗？”

我吓傻了。我被迫面对我最不想置身的世界——枪支的世界。我对那个世界一无所知。买枪、开枪这种事我一窍不通，也不想去了解。但我没有那么说，只是给了他一些警告，说他会被击中或打中别人，然后就要在监狱里待更长时间。

“嗨，”他打断我，“你要是害怕成为同谋什么的就算了。我这人不会告密。”

“不是那样。我就是不想和那种事有半点关系。加里，不管发生什么，你这都是在自暴自弃。”

他眯起眼睛。“这关系到尊严。”他说。我看向一边，摇了摇头。加里面无表情地盯着我看了很长时间，心不在焉地摆弄着一包火柴。“我会替我兄弟做这件事。”他说着，示意我们可以离开了。这次他仍然坚持坐出租车回到我的住所，但没和我一起下车。我下车时，他微笑着，揉了揉我的头发。我想说话，但他阻止了我。“行了。”他说，但他的眼神中流露出深深受伤的表情。我下了车，倍感羞愧。我一直想得到他的爱和支持，现在却让他失望了。我看得出加里已下定决心要弄支枪，让他的朋友重获自由，即便发生枪战也在所不惜。我实在看不出哥哥能怎么从这样的局面中活着走出来。即便他做到了，我也不愿成为递给他枪的那个人。不管那支枪干了什么，我都会有负罪感。

这是加里第一次将我置于难以抉择的境地。我已经知道他的计划。他把从牙科大学看守手中解救朋友的时间和日期都告诉了我。我知道那件事会在什么时候发生，很可能有人会被杀。我想过是否要告发我哥，又想过如果那天是加里被射杀，我又会怎么想。我决定还是不去告发他。我不想他死。可一旦做出决定，我又觉得不管他杀没杀人，反正我已和这件事脱不了干系。他这个人很危险，不该出现在街上。

我真不想知道这些，不想处于这样的两难境地。我恨的是，我对他的爱超过了他可能杀死的那些人。

加里逃走不到一个月的那段时间里，我和他见了两次面。一天晚上，他顺道过来坐了几个小时，我女朋友正好也在，他让我给他放约翰尼·卡什的歌。他很有魅力，人也很清醒。他还和我女朋友开玩笑。“你对我弟弟好吗？你知道他是我的小弟，我得为他留点神。”

我暗地里一直劝他别实行那个计划。“计划有变，”他说，“你就别操心了。你知道的越少越好。”

另一天，我从波特兰州立大学上完课出来，加里正在外面等我。他借了辆车，说想让我见见几个朋友。我们便开车过去，加里一路都在喝酒，但说话时心情不错。他的朋友住在波特兰东侧一座山坡上的大宅里。结果我发现，这些人竟经营着波特兰最大的色情与按摩产业。他们穿着考究，彬彬有礼，住的地方也很漂亮。他们坐在餐桌边，观看口交的黑白照片，想给这些照片理出最佳的排序。我和加里坐在屋子的另一头。他给我看了他轻易不示人的画作：厚厚一大本，敏锐地捕捉了每一个细节，从芭蕾舞演员到受伤的拳击手，不一而足，偶尔也有关于暴力死亡的画作。但大多数画上都是小孩子，圆圆的脸，困惑而天真，显得神圣不可侵犯。“拿吧，”他说，“看上哪张就拿哪张。”对他而言，作品就是随手一画，可以随意送人。

他想带我在朋友家转转，炫耀一下并不属于他的那些奢侈品。带我看过室内泳池后，加里冷不丁地打开外套，掏出了一支手枪，枪柄对着我递了过来。“你觉得你会用到这玩意儿吗？”他问道，歪着脑袋，典型的加里·库珀范儿。

我觉得自己好像在接受考验，但我不喜欢这种方式。第一次拿枪让我感觉尴尬而脆弱。我将枪管指向泳池，手指没扣在扳机上。“我觉得紧急情况下我才会用，加里，但我希望你说的是生死存亡、别无选择的时刻。”他拿过枪，放回外套口袋。“得了，”他说，“我开车送你回去。”

我们开车前往我的公寓，一路沉默不语。我觉得他在生气，但我不明白他为什么生气。加里对着我们前面一辆他认为行驶过于缓慢的车狂按喇叭。那司机索性减了速。“狗娘养的！”加里嘟囔着，猛转方向驶入左侧车道，正好对面驶来一辆车。那辆车狂按喇叭，紧急刹车，在最后一刻，加里才猛地从逆行道驶到了人行道上。

我们瞪着彼此，双眼圆睁，嘴巴大张，仿佛互照镜子，脸上的恐惧一模一样。“你差点让我们送命！”我吼道。他把脑门搭在方向盘上，深吸了一口气。“有时候，”他说，“你就得甘愿面对这种可能。”

几天后，我在看新闻的时候得知，加里因持械抢劫而被逮捕。他喝多了威士忌，又吸嗨了，走入波特兰东南的一座加油站，用枪顶着服务员的脑袋说：“把东西给我都拿出来，否则让你脑袋开花。”他在距加油站几个街区的地方被逼停车，逮捕时并未反抗。

我觉得一阵轻松：没人被杀。但我又感到愤怒和悲伤。加里又一次糟蹋了自己的生命。我去他被关押的摩特诺玛县立监狱看望他，但这次不允许探视。几天后，母亲给我打来电话。有人发现加里躺在牢房里被血浸透的垫子上。他割了自己的右臂，还划破了肚子，现在就住在他本想救朋友出来的那家医院的急诊室里。

天哪，我想。真他妈没完没了。

一九七三年二月十二日，加里因持械抢劫未遂在摩特诺玛县受审。我和母亲都参加了庭审。

加里戴着手铐进了法庭。他请求在法庭上讲话，法官准许了他的请求。

“我可以读自己的笔记吗？”加里说，“我不善于在大庭广众下讲话。”

“可以，吉尔摩先生。”法官说。

加里读起了笔记：“您已经看过量刑前的报告，很有可能对如何量刑已经做出了决定，但我想请求您宽大为怀。我已经被关了很长时间，再关下去对我也不会有多大好处。我的意思是，自打我十四岁起，我就已经被连续关了九年半，大约只有两年半的时间是自由的。我一直被判刑，一直在服刑，从未被释放，只有一次获得缓刑，那还是在我的青少年时期。我从来没有得到法律的宽恕，我觉得法律对我太过严苛，直到现在我从未请求过宽大处理。我仍然得在监狱里待上很长时间……

“阁下，您可以把一个人关押很久，您也确实那么做了，把他们关得够久了。我想说，现在是个不错的时机，可以释放他们，或给他们喘口气的机会。当然，谁能决定何时才是良机呢？只有他本人真正了解这一点。这么做反而更能说服一个人。有时候，我觉得如果现在真的有喘口气的机会，我可能就再也不会惹麻烦，但就像我说的，我觉得我肯定不会从法律中得到喘口气的机会了。去年九月我被监狱释放，前往尤金的兰恩社区学院就读艺术，我本来也特别想去。我在牢里关了九年，可第二天我自由了，这让我有些震惊。情况变了，什么都不同了，真的，可我一点都没做好准备。在学院等待注册的时候，我喝多了。好吧，我没喝多，不过就喝了几杯。我也知道这样做特别蠢，我怕满嘴酒气地回到住处。我觉得我会立即被带回牢里。但说实话，我其实还挺想喝酒的。酒的味道真不错。

“不管怎么说，我还是撤了，去了波特兰，因为害怕立马被送回监狱。就像我说的，我是真心实意想去兰恩社区学院读书。我想攻读艺术，我去那儿也是为了这件事。我离开后，也想过要回去，可我不能。自由的感觉真棒，我有很长时间没待在外面了。外面的世界真美。没过多久，我身上就没钱了。我花了几天时间找工作，但找不到。我没有任何工作背景。你是自由身，没钱花，过个几天也没关系，可要是你是个逃犯，就不能没钱。我需要钱，想要离开，想远走高飞，隐姓埋名，找一份工作，就这么生活下去。我需要钱，所以我去抢劫。这次我抢劫的时候并不想伤害别人，这是实话。

“我在监狱里已经蹲了很长时间，浪费了大把生命，至少有一半的生命没了。那可能是我人生最美好的年华。我短暂地品尝到了自由，说实话，我几乎都忘了自己失去的是什么。我不傻，虽然确实干了许多蠢事，但我想要自由，我清楚地意识到拥有自由的唯一方式是不再违反法律。我从来没像现在这样意识到这一点。如果这次量刑时能给我缓刑，那并不意味着马上将我释放。我还得服刑。另一方面，您也可以给我加刑，但就像我说的，我从十四岁起差不多就只有两年时间是自由的，我确实麻烦不断，如果您给我加刑，我也会自己调节的。我就说这么多。”

法官坐在那里，沉默了一会儿，给出了答复。他告诉加里，他认为加里对自己的过往和这个案子的陈述很不错，他也被这番请求打动。但加里犯下的持械抢劫的罪行很严重，而且他已经因同样的罪行被判过刑。鉴于该罪行的严重性，以及另一人在枪口的威逼之下时权利遭到了侵犯，法官觉得别无选择，只能判处加刑。逃跑和抢劫合计的话，加里会被多判九年。但法官承诺如果加里今后在狱中表现良好，法庭可能会提前给予假释。

“阁下，”我哥哥说，“我的下一次假释面谈就在这个月。您觉得假释委员会会很快让我假释吗？”

法官冷酷地笑了笑。他觉得这番话里有点小小的冷幽默。“吉尔摩先生，我认为不会。但我想如果你是假释委员会委员的话，考虑到以前的行为，应该也不会立刻给自己假释吧。

“好了。现在宣判。”

诉讼结束后，加里要求同我和母亲说几句话。母亲浑身颤抖，哭得很厉害。加里凑过去，在她脸颊上吻了吻。“好了，别担心，”他说，“我都把自己伤成这样了，他们还能把我怎么样。”

他转身对着我。他戴着手铐同我握了握手，捋了捋我的头发。“你做得没错。现在帮我个忙。给自己增增肥，好吗？你太他妈瘦了。”

下一次，我再见到他，就是他被处死的六天之前。

我们当时谁都不知道，在这整件事背后，加里是被自己最好的朋友巴里·布莱克出卖了。巴里知道加里打算持枪在牙科医院同他和看守见面，但他害怕自己被杀，或是担心逃跑让自己增刑。总之巴里去见了典狱长，和他达成了一项交易。他告诉典狱长加里的计划，以及他在波特兰地区和谁待在一起。作为交换，典狱长同意保护巴里的安全，并保证在接下来同假释委员会的见面中将这些情况纳入考虑。

加里返回监狱的时候，表现得既受伤又愤慨。巴里被关在监狱的另一头，远离加里。加里会站在外面大吼："巴里·布莱克是告密者！"他喊得很响，时间很长，看守便将他拽离操场，关入牢房。为了保护巴里，他被关入了单人牢房。加里想办法和其他人打架，这样就也能被单独关起来。典狱长听到风声后，将巴里·布莱克转往另一所监狱了。大家都毫不怀疑，只要加里一抓住机会，肯定会立马杀了自己这位老朋友。

几年过去了。这段时间里我给加里写过几封信，他回信了，但字里行间显得冷淡与苦涩。我觉得他从未原谅我那天在脱衣舞酒吧里对他的抗拒。结果，我也生气了：加里的请求并不公平，他本可以重新开始，却毁了这么好的机会，简直愚不可及。但我并不仅仅是生气：我也害怕哥哥。我认为他就是个可怕的活死人。

我又恢复了老习惯，没去看他。我们就这么沉寂了很长一段时间。我们都太自傲，不愿进一步换位思考。后来，加里将我从他的接访者名单中剔除了。我没觉得受辱，也没觉得羞愧，反而觉得轻松。

同时，弗兰克仍继续去看望加里。不久前，他给我写了封信，告诉我他去看加里时的情况：

> 我去看他，是因为收到了加里写来的一封信。他内心充满了痛苦和怨恨，因为他已经被家人遗忘了。他在信中听上去就像一个马上要从十一层楼跳下去的人。
>
> 我第一次去看望他的时候，真没想到他竟然变了那么多。

他比我记忆中的画像更凶狠了。我记得我们聊的第一件事就是看守。加里认为看守都是娘炮，他们一直试图让他和他的朋友们不好过。

我问："加里，他们现在对你好点了吗？"

"得了，弗兰克，他们根本就不把我们当人看。所有看守都很坏，你不觉得吗？"

"不，加里。我认为有的看守是很坏，但有的囚犯也很坏。"

"好吧，弗兰克老兄，你可说错了。所有的看守都很坏。各式各样的坏。你应该了解这一点。你也在监狱待过。也算个行家了。"

"不，"我告诉他，"我连业余都算不上。"然后，我设法稍稍换个话题："听着，加里，我不喜欢看见你在这儿。只要合情合理，我愿意帮你做任何事，只要能让你出来。可你不觉得这次是你自己把自己给搭进去的？你没觉得你一直把自己往牢里推吗？"

"去你的，弗兰克。我这么说不是不尊重你。只是这么说说。你和其他人都理解不了我经历了什么。去他妈的。我的意思是，你们这些人问我问题，给我一大堆狗屁建议，让我真的很火。我不需要建议，反正我听不进去。

"我的意思是，你不知道关了七八年后会怎么样吗，你知道吗，傻×？那你为什么不说说，啊，傻×？说呀。快，快说。"

"好啦，加里，对不起。我们就聊点大家都知道的事吧。聊聊你还记得什么家里的事情。"

"记个屁，弗兰克。我就记得菜很好吃，爸爸很坏。反正不管怎么样，你可能会认为他这人了不起，可我觉得他和你一样，就是个大傻×，比你好不到哪儿去。这么说一点都不过。

“弗兰克，我没想不尊重你，但你就是个傻×。还是面对现实吧，弗兰克，你就是个傻×。我不是说你不如家里其他人。至少，你还记得我活着。家里其他人——如果那还能算个家的话——只要是关于我的事，就啥都不记得了。照我看，我就是一大帮傻×的兄弟，你比他们强点。那并不是说我就真的在乎你。可你真的在乎我是怎么想的吗？”

“没错，加里。没错，我在乎。”

加里扭头指着另一个囚犯，那个人就坐在接访室几个椅子之外的地方。然后他说：“你不觉得那个傻×长得挺像伍迪·艾伦吗？那家伙是个十足的傻×。他觉得我们都是野兽，他觉得看守都是他的哥们。那个傻×服完刑之前有的好受了。”

然后，加里又指着另一个看守尽可能大声地说：“看到那个傻×了吗？有人说他干了自己的妹妹，我还真信有这回事。”

那个看守走到我们面前说：“吉尔摩，再说那种话，你的探视就结束了。”

加里笑着说：“那个傻×从来就没喜欢过我。”

我不记得有哪一次探视他没说他有多恨爸爸、爸爸一直揍他这样的话。“老杂种揍我的理由，我都记不得了，”他说，“我从中吸取的教训就是要恨他。”

我不想就这么对加里不管不顾。我心里多难受他都不知道。很可能谁都不知道。他对我说那些气话、骂我，我真的不在意。我觉得他骂我、迁怒于我，能发泄出来也挺好的，总比在监狱里惹事要好。

一九七三年底，加里的牙齿之战又变得白热化。他又提出换新假牙的要求，一直和看守争吵。他还在牢里对朋友提出更多要求。他坚持要他们支持他的每一次抗议、每一个要求，让他们和他一起闹事。如果他们不从，他就认为那是对忠诚的背叛，而加里可不是好惹的。他还多次和牙医争执，多次用锤子袭击敌对的狱友。根据其中一个看守的说法，他们达成了一项协议：一旦加里让看守抓到合法的理由，他们就会开枪射杀他。“我还挺希望他来惹我，”一个看守说，“那样我就能废了他。但吉尔摩没种，只会趁你转身时偷袭你。”

加里知道看守盯他盯得很紧，就试着说服别的狱友一起杀死一两个看守。其他狱友认为这么做太极端了。杀了看守还想置身事外，根本不可能。那等于是在自杀。

一九七四年秋，加里爱上了一个名叫贝姬的女人。她是通过另一个女人认识他的，那女人曾去监狱探视加里的朋友。贝姬开始给加里写信，然后去看望他。她要他重塑自我，开始新的生活，也许可以去加拿大。她说如果他答应改变自己的生活，克制暴力倾向，她会想尽一切办法使他获释。加里同意了。之后，他问贝姬是否愿意嫁给他。贝姬也答应了。

但她得先做手术。她得的是溃疡之类的疾病，很长时间饱受病痛折磨。她死在了手术台上。

加里得知她死讯的那天晚上，去看了监狱的精神病医生，要求服药。精神病医生认为加里不算极度抑郁，不用服药，把他打发回了囚室。

接下来一个月，加里变得更暴躁、更暴力。一天，他弄到了一枚剃须刀片，把自己关在牢房里。他说他准备自杀，谁敢拦他，他就割谁。结果出动了好几名看守，用了一整罐梅西防身喷雾才将他制服，从他手里夺下了刀片。

就是那时候，魏瑟特医生决定再次给加里注射氟奋乃静。魏瑟特写道："我觉得吉尔摩这次出现了妄想症状，他已无法分辨什么对自己有利，完全无法控制自己的敌意和攻击倾向。必须采取外部控制手段，因为他已无法靠内在的控制力来束缚自己的攻击倾向。他对自己和其他人的人身安全都构成了威胁。在这个结构封闭的环境里，这样的威胁会造成真正的肉体伤害。因此，我的建议是给他的肌肉注射镇静剂，帮助他控制自己的敌意和攻击性，直到他能获得某些必要的控制力的时候……在出现妄想症的情况下，药物是最快捷的治疗措施，以确保症状减缓，使之更加可控。我觉得完全可以无视吉尔摩的反对给他注射药物，因为他已对自身和整个监狱构成了严重的威胁。"

加里听说魏瑟特的建议后，便写信给典狱长霍伊特·卡普，恳求他采取其他惩罚方式。他说全世界的事物中他最怕氟奋乃静，觉得自己再也挺不过这种药疗了。他说只要不注射氟奋乃静，接下来就算一辈子没牙齿都行。

卡普典狱长向加里提供了一个折中方案：转狱至伊利诺伊马里恩配备最高警戒措施的联邦监狱。卡普认为加里已对俄勒冈州立监狱——也包括他自己——构成了威胁。有好多流言说许多囚犯以前虽然是加里的朋友和支持者，但现在都很厌恶和畏惧他的行为，都在谈论说要亲手杀死他。

加里同意了卡普的转狱建议。可到了最后一天，他又反悔了。他告诉卡普，说转狱是违法的。况且，他想离俄勒冈的朋友和家人更近些。卡普告诉加里，不管他愿意与否，他都得去马里恩。

一九七五年一月二十一日晚上，加里坐在牢房里，等待看守。据说他们半夜会过来，带他乘坐飞机前往伊利诺伊。

“唉，我不想去。”加里告诉隔壁牢房一个名叫罗杰的朋友，“至少，我不想无声无息地离开。等他们过来找我时，你帮我个忙。弄出点动静来。敲敲铁条。我想让所有人都知道这件事不对劲。”

罗杰同意了加里的请求。不管犯人们是怎么看待加里的，毕竟他还是狱友，狱友之间都会尽可能彼此支持。

等到看守过来找加里的时候，罗杰睡着了。加里问看守能否叫醒朋友，和他道别。他们说没问题。

加里叫了罗杰的名字。他朋友醒了过来，看见加里和看守站在一起，就开始吵闹，但加里让他安静下来。“没事了。我会安安静静地走。我就想看看你还是不是我朋友。”

罗杰向加里伸出手。“好吧，多保重。”罗杰说。

加里握着他的手。“好。”他说，“我们会在路上再见的。现在，我得去见几个摩门教徒。”

罗杰琢磨了一下加里临走时说的话。他这话是什么意思呢？

罗杰说，一年半之后，他终于明白了加里话中的意思。那时加里·吉尔摩已是美国最出名的杀人犯了。

第二章　致命而知名

加里来到伊利诺伊马里恩联邦监狱后，没几天就开始向卡普典狱长请愿，要求返回俄勒冈州立监狱。“我再也不惹事了，”加里在给典狱长的信里写道，“我要挺直腰杆做人，修补一团糟的生活。盼复。”

卡普回了信，告诉加里他目前并没打算改变自己的安排。他指出，加里若想返回俄勒冈州立监狱，还得看马里恩发来的报告。

加里这才意识到自己真的麻烦了。马里恩监狱名声在外：对囚犯绝不姑息，看守手段粗暴，禁闭措施也很严苛磨人。

我不确定加里是否在马里恩成了模范囚犯，因为联邦监狱系统不让我看他的档案。不过，从俄勒冈州立监狱的报告可以看出，他的行为有了极大的改善。联邦监狱的精神病医师和官员写过许多信，说加里相当合作，态度友好。一名医生这样写道：“他并没有任何精神错乱、病态之类的精神疾病，无须对他采取特殊措施或测试。从精神病学（神经精神病学）的角度来看，他极有可能已经处于极佳状态，这是美国伊利诺伊马里恩监狱的意见。”马里恩监狱的观点是加里应该被送回俄勒冈州立监狱。此外还有一件事：转狱这件事很可能并不合法，如果加里想尽办法提出控告的话，无论俄勒冈州立监狱愿意与否，可能都得将他接回。

但卡普仍然不为所动。在六月致俄勒冈监狱委员会一名代理官员的备忘录里，卡普这样陈述道："就加里返回俄勒冈州立监狱一事，我仍然坚持自己的观点。我们以前都见过他这种策略，可之后他又走回了惹是生非的老路。鉴于我们如今的压力，至少在六个月之内，我不愿将此人接回。"

不管加里情愿与否，他被困在了离家一千英里远的地方。

一九七五年十一月初的一天，母亲和弗兰克坐在活动房的客厅里，讨论如何让加里回家，说到一半的时候母亲停住了。她的脸色突然变得惨白，嘴巴张着，像是要说什么话，接着就开始吐血。她咯得很猛，血都溅到了活动房的墙上。她从椅子摔到了地板上。弗兰克跑过去，试图扶起她的头。"妈！"他说，"妈！你怎么啦？"她没法回答，仍吐血不止。弗兰克奔到房东的办公室，告诉她发生了什么，让她叫辆救护车。等他回去的时候，母亲正试着爬回椅子。"我不要救护车，"她说，"我没事。是吃东西吃坏了。我不喜欢医院。去了那儿我就害怕。"然后，她瘫倒在地，晕了过去。

几个小时后她醒来，已躺在病床上。她环顾四周。她认识这间病房，也很熟悉这张病床。就在俄勒冈城市医院的同一间病房、同一个地方，盖伦咽了气。母亲开始大声叫护士。

多年来，母亲深受不断恶化的关节炎困扰，一直在服用阿司匹林以减轻病痛，但效果不大。我每次见她，总会注意到她的双手越来越畸形，手指开始不自觉地蜷缩，像是只小鸟的爪子，而且，她的脚走动起来也很困难。母亲的病痛开始拖累工作。我们全都明白她迟早会上不了班，只是时间问题。

我和弗兰克一再劝说她去看医生，但没用。母亲不喜欢、或者说不信任医生，更重要的是，母亲不愿干的事，你就甭想说服她。在这一点上我们都不愧是她的孩子。

于是母亲一直服用阿司匹林。那是她抵御病痛的唯一手段。我们不知道她服用的量很大，有时差不多一天一瓶。那些药让她的胃变得惨不忍睹，那天她在弗兰克面前吐血，就是因为药已经一点一点蚀透了她的胃，最后来了一次总爆发。如果弗兰克不在家的话，她有可能就这么倒在厨房肮脏的地板上，死在自己的血泊中。

现在她住进了医院，时而昏迷，时而清醒。医生认为只有做手术才能让她活下来。他们要征得家属的同意。弗兰克不愿签字，因为手术需要大量输血，这和耶和华见证人的信仰相悖。我给母亲的医生打电话，告诉他我会对这个决定负责。如果需要做手术，那就做。只要能将她救回来，他们应该尽其所能。

母亲入院两天后，医生给她做了手术。她的胃已满目疮痍，他们只得将一半胃切除，将剩余部分缝合成一个小包。她之后吃饭会成问题，得遵守饮食规定，如果不遵守，她还会面临胃部再次穿孔的风险。

我第一次去医院看望母亲的时候，她仍处于昏迷状态，浑身插满了管子，看上去了无生气。我本以为她做了手术也活不下来。后来等她出院回家，我有一段时间都无法面对她。我已为她的去世做好了准备，也经历了为她哀恸的种种情绪反应。可不知为何，她却还活着，这似乎很不真实。我很高兴她能活着，但我也害怕有朝一日再一次经历她的死亡。一次已经足够了。

母亲糟糕的身体状况让加里变得焦躁起来。他写了好几封信给俄勒冈监狱委员会的管理人员，请求转回俄勒冈州立监狱。他说他的母亲差点去世，如果不早点回家的话，恐怕他再也没法在她活着时见到她了。他想过上有序的生活，想获得假释，好去帮忙照料母亲。

这将俄勒冈州立监狱置于两难的境地。监狱将加里留在马里恩监狱的法理依据本就不充分，现在又出现了这个道德难题。无论官员和管理人员如何看待加里，他们并不质疑他和母亲之间感情的深厚。但卡普典狱长仍旧反对接回加里。在给州惩教署的一封信里，卡普写道："我的观点是，现在如果将加里·吉尔摩送回俄勒冈州立监狱的话，肯定会有各种难以预知的潜在风险。我倾向于避免这样的风险。据我所知……假释委员会本月将与加里见面。还是等假释委员会的评估报告出来，我们再采取进一步措施为好。"惩教署给卡普回信，说他们这次别无选择。加里在马里恩表现良好，他母亲如今身体状况极差，如果不将他转回俄勒冈州立监狱，就有必要准予他假释。

在此期间，加里开始同犹他普罗沃的表姐布伦达通信。布伦达是母亲最爱的、尚在人世的妹妹艾达的女儿，也是人见人爱的弗农姨父的女儿。小时候，布伦达和加里是关系最好的表姐弟，但和我们其他许多人一样，随着时间的流逝，布伦达和加里也越来越疏远。如今，他们又开始书信往来，她发现加里身上显出了新的一面：他对自己犯下的过错更懂得反思，开始渴求被长期监禁所剥夺的家庭生活。他显然是一个聪明人，只要他愿意，就能表现得富有同情心。

布伦达认为加里现在可能已经准备好遵守社会的限制了。她觉得家里有义务接纳他，让他拥有新的开始。在布伦达、加里、俄勒冈惩教署和马里恩监狱的管理人员之间错综复杂的书信往来之后，假释计划最终出台。加里将在犹他家人的监护之下获得假释，也就是说他会处于我表姐布伦达及其丈夫约翰尼，以及弗农和艾达的监护之下。他还得去找份工作，远离那些坏习惯，不再犯罪，定期去见假释官。他还必须待在犹他境内。如果他能一连好几个月都遵守这些规定，就会获准前往俄勒冈看望母亲，甚至有可能获准搬回该州。与此同时，只要身体状况允许，母亲也可以随时前往犹他与自己的儿子见面。

一九七六年四月九日，加里从伊利诺伊的马里恩监狱获释，乘巴士去往密苏里的圣路易斯，之后乘坐飞机去了犹他的盐湖城。布伦达和她的丈夫约翰尼前去接机，将他带回了普罗沃的新家。

母亲听到这个消息后和我一样吃惊。我不知道加里的获释竟然经历了这么多协商。母亲告诉我，我哥哥在差不多三十年都没什么来往的亲戚的监护下获得了假释，去往犹他最虔诚、最严厉的摩门教社区的核心地带。我记得当时自己说："听上去不妙啊。"话一出口我就觉得不妥。难道我希望加里在监狱里度过余生？难道他不该拥有再次重获自由的机会？

有那么一段时日会改变你生命的所有可能，改变你对过去的理解，改变你对未来的期许。那些日子会告诉你，一切已物是人非。你不得不与已经发生的事共度余生。对我的家庭而言，也对许多其他人而言，那些日子于一九七六年年底到来。

我们是这样得知这个消息的：

那是俄勒冈威拉米特谷炎热的一天。每次遇到这种天气，母亲就会觉得待在活动房里特别不舒服。几个月前，由于健康问题，她不得不辞去了在密尔沃基餐馆洗盘子的工作，现在靠社保金和弗兰克做保管员及其他散工所得度日。她很少出门。手术和关节炎把她变成了隐士，或许这也正满足了她多年来的愿望。

不过，她精神还不错。加里获释，正和普罗沃一个漂亮的年轻女人谈恋爱。也就几周前，母亲收到了他寄来的一封信，他写道："我觉得没有谁可以像我这么开心。"他还问如果给母亲汇路费，安排一趟舒适的行程，那她会来犹他看望他吗？他特别想见她。一个炎热的午后，母亲把椅子拖到活动房的小门廊上，坐在那里给自己扇风。她思考着加里的邀请，她多么想和他见面。她认为自己还有力气跑一趟。能再次看看犹他，也挺好的。

这时，电话响了。

母亲一瘸一拐，慢慢挪入活动房接电话。她得花挺长时间才能走到电话那儿，所以给她打电话的人都习惯让电话铃响上一阵子。

她接起电话，是布伦达打来的。布伦达说要和弗兰克讲话。这让母亲觉得奇怪。"他不在家，布伦达。他在上班。出什么事了？是加里出什么事了吗？他惹什么麻烦了？"

"他挺好，贝茜阿姨。我就到时和弗兰克讲吧。"

"布伦达，告诉我发生了什么。"

她听见布伦达深吸了一口气。"贝茜，他们对加里提出了一级谋杀指控。他开枪打了两个人的脑袋，又一枪把自己的一根拇指轰掉了。"

布伦达一向这么直率，但这次却超过了母亲的承受能力。"我不相信！"她对布伦达说，"我知道加里不会做这种事。"

“嗯，贝茜，你还是相信为好。他杀了两个年轻的摩门教徒。”

然后布伦达把电话递给了弗农。他确认了刚才布伦达说的话，又说了说事情的原委。“我觉得你应该振作起来，贝茜，”他说，“他们最近又在这里恢复了死刑。大家都很愤怒。我觉得他们会杀了加里。”

母亲挂断电话，试图给犹他监狱的加里打电话。一个警官接起电话，她对他说了自己是谁。“别杀我的孩子，”她对警察说，泣不成声，“请别杀他。我们费了这么大的劲才把他弄出来。”警官对她很温柔，告诉她监狱里没人打算伤害加里；然后又去告诉我哥哥，说他母亲打电话来了，想和他说话。“告诉她我不在。”加里说。

“别搞笑了，吉尔摩。你到底想不想和她说话？”

“不，我不想。我不知道该对她说什么。”

“那一周我一直都在干活，砍树、给篱笆涂油漆。”弗兰克后来告诉我，“很累，但那种活儿能让我开心。

“我在回家路上停下来，买了点吃的，回家给我和妈妈做饭。我进屋时拎着个大袋子，妈妈说：‘你要不先把东西放下来。我有事情要告诉你。’我把袋子放下来，转过身，她就哭了起来。起先，我还以为是哪个兄弟受到了伤害。我也是这样问她的。我说：‘怎么了，弟弟们都没事吧？’她说：‘没错，他们都很好，可是……可是加里在普罗沃杀了人。’

“我就是那样知道了这件事。她告诉我的时候，你也知道她哭个不停的样子，让人根本听不清她在说什么。最后她平静下来，告诉我发生了什么事。加里因为杀了两个人而被捕，一次是在加油站，一次是在汽车旅馆，两起案子都是持枪抢劫，而且都很冷血。我记得自己一直坐着没动。过了几个小时后，我才起身动了动。我就坐在那儿，特别消沉。最后我给母亲弄了点吃的，接着给加里写了一封信。我在信的开头用大写字母写道：‘出什么事了，加里？’然后，我在底下说了些其他事，就把信寄出去了。我记得他回了信，但没告诉我发生了什么。他在信里只说：‘我在监狱里。’他就写了那么多。”

我问弗兰克，听说那个消息后，他是否觉得自己的生命已经停止。

“那几个小时里确实如此。过了一会儿我才回过神来。谁也不想听见那种事，而且我们已经从加里那儿得到过太多坏消息了。另外，我记得我不仅仅因为可以做自己喜欢的工作、能有所改变而开心，也不仅仅因为与喜欢的人共事而开心。我高兴，还因为这么多年来，我第一次觉得内心平和。家里没有人在监狱了，单单这一点就不同寻常。那些天我下班回家，就喜欢听妈说‘哦，加里在上班，交了个女朋友，有了自己的小窝’之类的事情。我就想：啊哈，那家伙活得还真像个人样，像个普通人了。家里没有人在监狱，过得也都不错，我真的为此感到很开心。后来我回到家，得知那个消息，就好像一切都回到了原点。而且这次还是谋杀。于是我对自己说：‘好吧，这次他再也出不来了。至少现在是出不来了。那种觉得我们在外头过得都挺好的内心平和之感，我肯定再也感受不到了。’

“他出狱那会儿，我的感受真的很强烈。我是真的高兴，发自内心地希望如此。而就像发现了金矿，后来却发现原来金矿建立在一个致命的陷阱之上。那就是我的感受。对我来说，那真的很痛苦。”

我是最后一个知道的。母亲没打电话告诉我这个消息。她不忍心打。

和弗兰克一样，那段时日我也觉得阳光明媚。我辞了药物诊所的工作。那是一份让人抑郁的工作，因为会看到别人做出糟糕的选择，有时会看到他们付出死亡的代价。在此前几年，我终于鼓足勇气做了这么多年一直想做的事：开始写关于音乐的文章。我给当地报纸写稿，还将稿件卖给一些全国性的出版物。我满怀希望。

我还在波特兰市区的音像店上班，以付清账单。我喜欢被音乐和顾客包围，但这份工作有时也会让人不爽。偶尔我们会抓到小偷，有时不得不面对可能的暴力。就在几周前，我遭遇了一整家子小偷，他们的外套和手提包里塞满了盒装磁带。我在门口拦住他们，他们就对我亮出刀子。我还算走运，一个同事报了警，刀子刚亮出来，警察就到门口了。

后来，开庭审判时，法官问亮刀子的女人，为什么要把刀子放在包里。

"我要去野餐。"她回答道。

法官笑了。"野餐要带弹簧刀？"他说。

一个星期五的晚上，也就是加里被捕后的第九天，我下班回家，在炎热的天气里站了有八个小时，都快累趴下了。由于第二天早上十点还得开店门，我没法和朋友去喝酒，只能径直回家了。

电视上正在播放萨姆·佩金帕讲述暴力与荣誉的大片《日落黄沙》，我坐在沙发上心不在焉地看着，拿起最新一期《俄勒冈人报》。我差点就翻过了一篇占两页篇幅的文章，但其标题"俄勒冈人因谋杀关押于犹他"让我本能地读了起来。"加里·马克·吉尔摩，三十五岁，因持枪抢劫加油站和汽车旅馆，枪杀两名年轻职员，受到指控……"我继续恍恍惚惚地读下去，文中说加里于七月的连续两个晚上杀害了麦克斯·延森与本·布什内尔，后遭逮捕。两人均为摩门教徒，和我年纪相仿，而且两人都留下了孤儿寡母。

我震惊不已，放下报纸去了厨房，对着洗碗池呕吐。我女朋友安德莉亚走进来，吓了一跳。“怎么啦？”她问。我告诉了她。

那天晚上我一直坐在沙发上，反复读着那份言简意赅的报道。我觉得羞耻、悔恨、内疚……和愤怒。那本可能是我，我想道。冷血抢劫案的受害者。

次日，我去橡树湾看望母亲。我在波特兰的房子离那里有六英里路。我不知道她是否读到了那则新闻，打电话给她，又似乎显得太疏远、太冷漠。再者，我很担心她的健康。她现在六十三岁了，一直没从几个月前的手术中恢复过来，当然，她再也不可能恢复过来了。结果我发现她一周多以前就已知道了此事，只是不想告诉我。那天，我们幽闭于她那阴惨惨的家中，越过满目疮痍的共同历史的深渊，彼此对望，我终于开始明白，她的生活离恐怖的距离远比我近得多。她哭着说：“你能想象吗，你深爱的孩子夺走了另两个母亲的孩子的生命，作为一个母亲，我会有什么感受？

“我要是在现场，他肯定不会杀那两个孩子。我知道我能阻止他，我能让他的心平静下来。”她说着，把脸埋入双手，手中掬满了泪水。

从获释到七月那几个致命的夜晚之间，加里曾在弗农姨父的鞋店里短暂工作过，还和一位带着两个孩子的漂亮女人尼科尔·贝瑞特相遇，坠入了爱河。但加里实在很难摒弃以前那些不良的欲望。他获释后立马就开始酗酒，还服用可待因。长期服用这种治疗肌肉疼痛与头痛的药物会导致严重的情绪波动及性功能障碍。这两种反应，加里显然都有。他还变得暴力起来。有时候，由于性生活不顺利，或认为尼科尔和其他人调情，他会对她十分粗暴。有时他也会和身边的人打架，从背后攻击他们，把撬胎棒当棍子一样快速挥舞，威胁说要把他们的脸砸烂。没多久，加里和身边几乎所有人都打过架，丢了工作，辜负了犹他亲戚的一片好意。他酗酒愈发厉害，药也越嗑越多。他开始走进店里，想要什么就随便拿，还瞪着收银员，好像只有疯子才会试图阻止他。他还把枪带回家，坐在后门廊上，朝树木、篱笆、落日射击。“朝着太阳打，”他对尼科尔说，“看能不能把它打下来。”

他用拳头揍过尼科尔太多次，而她决定再也不能任男人揍了。她打包了自己的东西，带上孩子，搬了出去。加里想让她回来，但她不愿意。就这样过了一段时间，直到尼科尔搬到离加里特别远的地方。后来加里告诉一个朋友，说他可能会杀了尼科尔。

七月底一个炎热的夏夜，加里开车去尼科尔母亲家，和前女友的小妹妹艾普莉聊了聊，说服她坐上他开的白色皮卡出去兜风。他告诉艾普莉，他想四处逛逛，聊聊天，喝喝酒，再找找尼科尔。他们开了几个小时的车，听着收音机，漫无目的地聊天。后来加里来到附近的奥瑞姆小镇，在离加油站不远的一个角落停下车。他让艾普莉在车里等着，自己走进加油站。店里只有二十六岁的服务员麦克斯·延森。外面也没其他车子。那只是一个空荡荡的犹他之夜。加里从夹克里掏出点二十二口径的自动手枪，让延森把兜里的钱都给他，还拿走了延森的换零钱机。接着他把这名年轻的服务员带到后面，强行让他趴在洗手间的地板上。他让延森把手放在肚子下，脸紧贴地面。延森一切照做，还努力朝加里笑了笑。加里用手枪顶着延森的后脑勺。“这一枪为我。”加里说着，扣动了扳机。接着又说：

“这一枪为尼科尔。”再次扣动了扳机。

加里走回皮卡，坐进车里。艾普莉一直坐在车里听着震天响的收音机，但她感觉到有事情发生了，吓得要命。

开了一会儿之后，他们去了免下车电影院，看了部《飞越疯人院》。但这部电影让艾普莉很难受，因为她曾在嗑迷幻药之后遭到轮奸，在精神病院里待过一段时间，所以电影还没结束，她就催着加里离开了影院。他们去加里表姐布伦达家里小坐了一会儿，但这次拜访不太顺利。布伦达觉得有点不对劲。最后，他们去了假日酒店，一起抽了一会儿大麻，加里还试图脱下艾普莉的衣服。但她很害怕，不愿与他做爱。

翌日晚间，加里走进普罗沃弗农姨父家不远处的一家汽车旅馆。他命令正在柜台后当值的本·布什内尔——他也是个年轻的摩门教徒——趴到地上，然后冲他的后脑勺开了枪。他走出汽车旅馆，胳膊底下夹着旅馆的收银箱，试图将手枪藏在外面的灌木丛里。但枪走火了，把他的大拇指轰开了一个洞。

这时，加里决定走为上策。但离开前，他得把大拇指处理好。他驱车去了一个名叫克雷格的朋友家，给布伦达打了电话。同时，有个目击者目睹加里离开第二处谋杀的现场，警察已经联系了布伦达。她一边和警察通电话，一边和加里通电话，设法拖住加里，好让警察设置路障。过了一会儿，加里察觉布伦达应该不会帮忙，就坐进皮卡，准备前往当地机场。就在距他女朋友尼科尔家前方几英里远的路上，他被警车和特警队团团围住。他因谋杀布什内尔而被逮捕，没过一天，他又坦白自己谋杀了麦克斯·延森。

几个月后，加里受审，但从一开始，这个案子就没什么争议。

况且，加里拒绝让律师给尼科尔打电话，不愿让她担任他的辩方证人，这么做对他自己并无益处。（这时，尼科尔和加里已经和解；他被捕后，她觉得很难受，每天去探望他好几个小时。）而且，加里对陪审团成员虎视眈眈，自己陈述辩词时表现得火药味十足，这些只能对他更加不利。无论陪审团的裁决还是法官的判决都不让人意外：陪审团认定加里有罪，判其死刑。加里告诉法官，他宁愿被枪毙，也不愿被绞死。

十月七日，加里一审判决公布的当晚，母亲打来电话，告诉我他已被判死刑。我说的也只是些朋友之前告诉我的安慰之辞。“妈，”我说，“这个国家已经有十年没处死过人了，应该不会拿加里开刀。”

我挂上电话，跑到家门口的马路边上坐着。我在那里坐了很长时间，望着不远处的河流，直到女朋友出来，用手臂搂住我。“我知道你很难受，”她说，“但你知道他们肯定不会杀他。美国再也不会处死任何人了。”

“不。”过了一会儿，我说，“你不明白。他肯定会死。他们肯定会处死他。这是他命中注定。”

加里因谋杀被判死刑后的几周里，我觉得悲哀又愤怒，内心倍感痛苦与羞辱。我实在没法相信哥哥就这么将家人抛在脑后，让他们生活在恐惧和耻辱之中。而且，我没法原谅他对麦克斯·延森和本·布什内尔的家人造成的伤害。我祈祷这可怖的一页能以某种方式就此翻过，希望加里在犹他监狱里苟延残喘，度过苦涩无味的余生。

之后，我设法继续自己的生活。我将加里的事告诉了几个至交，我觉得应该给他们机会，让他们自己决定是否愿意继续做杀人犯弟弟的朋友，但我没将这件事告诉编辑和记者同事。我仍然在想，也许我可以尽量将足够多可怖的真相藏于某处，使它不至在我的余生中沉渣泛起，腐蚀我仍旧拥有的梦想。

一九七六年秋，我得知《滚石》杂志要发表我的一篇文章，十分高兴。从开始阅读这刊物起，我就梦想有朝一日能为它写稿。十一月初，我去旧金山出差，和杂志的编辑见了面。我们相处得还不错，我文章的主编本·方－托雷斯说希望我能再为他们供稿。我恨不得马上回家告诉女朋友这个好消息。

我在波特兰机场刚下飞机，就听到喇叭里传来我的名字："米卡尔·吉尔摩先生：请接听红色电话。有你的加急电话。"

我抓起电话。是安德莉亚打来的。"对不起，我没来接你。整个下午我都和你母亲在一起。她出了事，摔倒了。我认为你应该马上过来看她。"

安德莉亚安排了我们的一个朋友迈克尔来机场接我。迈克尔载我去母亲的活动房，从他一路上的举止来看，他知道的比说出口的多。他严肃而沉默。

我到了之后，母亲给我看了《俄勒冈人报》首页上的新闻：已认罪的杀人犯要求犹他判其死刑。我在旧金山期间，加里便已放弃了所有上诉和重审的权利，请求对他执行死刑。第四区法官小罗伯特·布洛克同意了他的请求，定于十一月十五日星期一这天执行死刑。

我感到震惊而愤怒，觉得加里是虚张声势，但我又觉得美国若是有哪一个州乐于满足这种请求，那肯定非犹他莫属，毕竟犹他对"血赎论"念念不忘。当天，加里原来的几名律师不顾他的反对，提出暂停执行死刑的申请，犹他高等法院批准了该项申请。

那天晚上，我回到自己家，坐下来喝着葡萄酒，想弄明白到底发生了什么。我记得自己当时在想：一切都将截然不同了。我、我的家人，甚至我周遭的这个国家都将发生变化。我记得当时想，过去和未来会从此隔绝，所余的唯有恐怖的当下：这当下很快就会变成通往梦魇的入口，而我们之中没人能幸免于难。

翌日，我决定去会会加里。我给德雷珀监狱打了电话。让我惊讶的是，不到两分钟，加里就来接听了电话。

一开始我们说了几句客套话，彼此试探。加里很快就不耐烦起来："你想干什么？"

"加里，你这次是当真的？"

"你觉得呢？"

"我不知道。"

"没错，你当然不会知道。你从来就不了解我。"加里抛出的障碍，我根本没法跳过，他自然有权这么说。我一时不知该如何作答。"听着，"他继续说道，语气已经放缓，"我不想对你刻薄，但这件事不管怎样都会发生。你阻止不了，我也并不特别想让你喜欢我。你要是不喜欢，我更容易接受。看来，我们也只能在有人死去的时候才会说上几句话。而现在要死的人是我。"

我没料到加里会如此咄咄逼人，觉得自己根本无力抵御。"妈怎么办？"我问。

"嗯，事情全都定下来之前，我要去看看妈。"加里说，"你们所有人，我都要见见。也许，那样会让人轻松点。但我说真的，我不想让你或其他人干涉。那完全是我自己的事。我杀了两个人，法庭判我死刑，我接受这个判决。我不想把自己的下半辈子耗在审判上或监狱里。我已经失去了自由。很久以前就失去了。现在，我只是让他们完成二十年前就该完成的事。”

我想着该怎么回答，却欲言又止。“怎么了？”加里问。

“从你爱的人那里听到这样的话，真的很难受……”

“嗨，我不想听这种话。”加里打断道，“我不会再让自己受伤了，不想让你认为我是个‘敏感的’艺术家，就因为我画过画、写过诗。我杀了人，很冷血。”一名看守告诉加里时间到了。

次日，我从广播新闻里得知，加里在犹他最高法院出庭。我也看了录像，哥哥戴着手铐，被人从法庭上带走，眼神还是那么警觉而锐利。那个时刻的加里让我心生怜悯和恐惧，我也恨他将自己和家人推入如此不堪的境地。我实在无法相信他会如此大胆，会如此平静地寻求州府批准他的死刑。这个行为似乎和谋杀一样，也是预先谋划好的。

此外，让我难受的是，家里最令人痛苦、最隐秘的往事进入了公众的视野。一夜之间，我百般逃避的过往便随处可见。那一周里几乎每天晚上，加里都会登上国内新闻。他还出现在了我能见到的每一份美国报纸的头版头条。如今，他从《新闻周刊》的封面上往外凝视着我。我在报刊里发现了我家影集里的几张照片。有一张是很久以前在圣诞节早晨拍摄的，我和我父亲、加里、盖伦站成一排。照片里没一个人看上去是喜气洋洋的。那是否就是加里进入我房间、宣讲自贬哲学的同一个圣诞节？

就在《新闻周刊》刊登报道的同一周，我在家里接到一个电话。“是米卡尔·吉尔摩吗？”电话那一头的人问，“这里是《洛杉矶时报》，想同你谈谈你哥哥加里·吉尔摩。”我告诉他我不是那个吉尔摩，就挂断了电话。下午我把电话号码换了。我知道自己肯定无法逃避已发生的事，但我不想参与其中。当事件将你的生活抛入世界的风口浪尖，所产生的眩晕感是你无法想象的。

我痛恨别人看待整起事件的方式，就像某种不可避免的恐怖宿命，令你无法抗拒，也无法改变。我无法理解现代美国法庭为了迎合鼓噪的民意，或为了平息一种自杀性质的要求，就将审判、司法架构和法理逻辑抛之脑后。仿佛每个人都被想象中这件事的新奇、兴奋与致命攫住了，而谁都无法阻止这一切。

我决定不能再这么忍下去了。我不顾哥哥的愿望，去征询犹他的司法当局，了解我家该如何中止死刑的执行。

次日，乐于助人的犹他州长凯文·兰普顿下令暂停执行死刑，将此事提交到州立赦免委员会，因此被加里骂作“道德懦夫”。当天晚上，我接到斯坦福法学院的安东尼·阿姆斯特丹打来的电话。长期以来，他一直是精通专业的死刑反对者，也是美国最高法院法庭的成员。他给我们概述了采取法律行动的各种可能。家庭成员可聘请法律顾问，向美国最高法院申请下令暂停执行死刑。暂停的时限将由最高法院决定，这要看他们复查这个案子的情况以及随后做出的决议。也就是说，加里得到重新审判是实际可行的。

我将这个消息告诉了母亲。她也和阿姆斯特丹聊了聊。我们一致认为，在赦免委员会做出决定之前，请他担任法律顾问是明智之举。

十一月十六日，周二上午，也就是原定执行加里死刑之后的一天，阿姆斯特丹来电，告诉我加里和尼科尔双双服用过量镇静剂，企图自杀。那时我第一次感觉到，任何拯救加里生命的尝试终将无效。我认为，我们可以判决他人死刑，但没法判决让别人活下去。加里虽然多次尝试自杀，可他也说过没几次是当真的。用剃须刀和灯泡碎片自杀都是很早以前的事了。据我所知，他从未尝试服药自杀。

在加里出院和等待赦免委员会听证会之间的那段时期，我和他又通过一次电话。他一直在绝食，抗议医院不允许他同尼科尔接触，脾气很暴。我试图告诉他，这整起事件让家人付出了太多代价，现在家里都乱成一团，这似乎和他所谓的尊严并不相符。“我没欠你什么，”他断然说道，“我根本就没把你当作我弟弟。”

我也火了。压力使我疲惫不堪。“我很讨厌你这种对别人不管不顾的做派，”我说，“你为了自己不管别人死活，你侮辱、痛骂别人，只是因为他们不想看着你死去。”他当场就把电话挂了。

十一月三十日，赦免委员会做出决定，允许执行死刑。我预感到委员会会做出这个决定，于是飞往旧金山，向安东尼·阿姆斯特丹支付了聘金，我授权他代表我母亲采取法律行动。

事情进展迅速。十二月三日，犹他最高法院批准暂停执行死刑。但我们的请求却在监狱方遭到了否决，加里发表公开信，要求母亲“别多管闲事”。在此期间，加里和他的法律代表都未试图联系犹他之外的任何家庭成员。唯一前来联系我们的还是作家兼出版人劳伦斯·席勒。他从加里那儿买断了讲述他人生故事的出版与影视权，请求我母亲的妹妹艾达及其丈夫弗农·达米科（他代替了加里早期的一名律师丹尼斯·波阿斯，成为加里的代理人）去看望我母亲，在表面上为她先前的建议和感受遭到忽视而做出了补偿。

弗农和艾达一看到我母亲的健康状况和她住在活动房里的惨状，就把要讨论的事都抛到一边了。弗农去给她买杂货，艾达则替她打扫卫生。母亲和这些亲戚的关系都挺紧张，母亲坚持认为犹他家人从她那里偷走了她的儿子，现在又利用儿子可怕的名声来博取好处。

但他们之间仍旧有爱。他们仍然是一家人。弗农用他强壮的胳膊搂着母亲，而她则哭诉着加里的种种行为和他的宿命，弗农和艾达也跟着一起哭。

离开前，弗农从外套里拿出一千美元，放在桌上。他告诉母亲，加里要她留下这笔钱，只要她能签一份放手的证明书。加里还想让她撤回对执行死刑的反对意见，至少别再采取进一步的法律诉讼。母亲看着钱说："我会用这笔钱吗？"说完放声大哭。最后，她拒绝签字，逼着弗农把钱带走。这件事让每个牵扯其中的人都觉得很糟心。

十二月十三日上午，最高法院取消暂停执行死刑的命令，宣布加里已经"自愿且明智地放弃了自己的权利"。我们只能听天由命了。

最后，母亲终于与加里通上了电话。"加里，"她说，"你还记不记得你小时候在西雅图从船屋掉进水里的事？我跳进水里，把你救了上来。我这么做是因为我爱你。当时我对你的爱和现在我对你的爱一样，所以这次我也会再次跳进水里去救你。这就是我这么做的原因。"

"我没生你的气，"加里回答道，"我也差不多料到你会这样。毕竟你是我妈。我知道你想方设法阻止死刑，因为我知道你爱我。我也知道你这么做是为了米卡尔。"加里请求母亲别再干预，她照做了。

一天后，法官布洛克将死刑日期重新定于一月十七日，加里被关入"隔离室"，丧失了连同家庭成员在内的全部探视权。

圣诞节期间，我告诉自己和问起这件事的人，说我已经不在乎接下来要发生的事。我在节日里喝得酩酊大醉，还常嗑药。我的女友回家看望家人，她不在的时候，我每天晚上都和不同的女人睡。我服用了安眠药，因为只要不这么做，我就睡不着。睡不着的时候，我会在屋里走来走去，到处扔东西，凡是有纪念意义的物品都被我砸坏了。后来，一天晚上，我梦见加里被绑在柱子上，被刺刀一刀刀地捅，而我就站在围栏的另一边，够不到他。次日清晨，我又听说加里企图自杀，这次差点要了他的命。

突然间我特别想见见加里，想争取见他最后一面，无论如何我都要尽可能与他和解。就在那一刻，我觉得对加里的处刑不能听之任之。不管发生什么，我都不想让他死。

第三章　遗言

一月的第一周，安东尼·阿姆斯特丹与加里的律师罗伯特·穆迪和罗纳德·斯坦格及狱方官员达成了协议，安排我和哥哥弗兰克去探望加里。母亲的身体状况太差，没法出远门。在犹他代理阿姆斯特丹和我家事务的盐湖城律师理查德·吉奥克去机场接了机。据我们所知，这次探视是“仅有的一次，禁止身体接触”。

一月十一日，星期二上午，我和弗兰克乘机前往盐湖城。我们在飞机上说了会儿话，但没过多久，哥哥便沉默不语，若有所思。我能看出他对我们即将面对的事深感痛苦。

他的沉默也使我有机会去思考自己不愿去思考的那些事。我正要前往犹他见一个人，一个我从来不了解、现在与他的关系仍然充满苦涩的血亲。我觉得我们根本不是一路人，好多年来我一直这么告诉自己，从某些方面来看，此言也不假。加里是个杀人犯，而我不是。但实际上，如今我们俩都成了怪物，我们各走各的路，全然不顾是否会给其他人带来致命的后果。

我已做好准备，愿意做任何事来阻止加里被处死。我告诉自己这么做是出于有益的道德目的——我不赞成死刑，而加里的死刑当然会使之死灰复燃——但我还有其他一些不怎么大度的理由。我不希望加里就这么死去，是因为不想让他的死摧毁我的人生或我家人的余生。我不想背负这样的毁灭活下去，成为让死刑重回美国之人的兄弟。我告诉自己，我有权怀有希望，但只要仍旧与这样的耻辱和骂名存在血缘关系，我的希望就永远不可能成真。我很清楚世人会因为加里的所作所为而对我滥加评判，我不希望自己被他的罪名连累。我前面的路还长。

若我想如愿，想赢得这场战斗，我就必须以自己的意愿对局势和哥哥施加影响。我必须采取法律行动中止他的死刑，说不定还能推迟好几年。我知道这么做会剥夺他在历史上的这一诡异的地位。更糟的是，这种做法还可能使他遭受另一种形式的折磨：在地狱般的监狱里慢慢等死。尽管加里犯下了可怕的恶行，但我毫不怀疑近几个月来他也遭受了百般折磨，等待死亡一刻的到来并非易事。但如果我们不让加里受苦，受苦的就会是我们。听到执行死刑的消息，我也只能和母亲待在一起，看着她脸上的神情。最重要的是，我不希望眼见母亲经历那样的时刻。

即便在探视哥哥的过程中，我也希望能拯救他的生命（可这话到底有什么意义呢？如果一个人的灵魂早已迷失，又如何能拯救他的生命？），但那天早上我并不觉得自己是个好人。事实上，我再也没法觉得自己是个好人了。这种可能性，虽然不那么确定，但在飞机航行时便留存于空中的某处。飞机一降落，我将身不由己地来到一个人们可以决定他人生死的空间中。它既是物理上的空间，也是精神上的空间，我的整个人生正朝着那个空间一路前行，正如加里也朝着那个空间前行。这场戏，我们注定要演下去。

一旦抵达这样的空间，血污将沾满你的双手，而这血污永远无法洗净，也无法让人忘却。

不，我不是好人，而且再也不可能成为一个好人了。我那血缘历史的势头已将这可能性从我身上席卷而去。

抵达盐湖城后，理查德·吉奥克开了辆劳斯莱斯来机场接我们。他立马道歉说这车太“亮眼”了，因为他最后没办法，只能借律师事务所同事的车过来。前往德雷珀监狱的路上，吉奥克说犹他执行死刑的做法是否符合宪法还有待定夺，在这之前，想要争取暂停执行死刑的命令仍有可能。

德雷珀监狱位于盐湖谷内，即所谓的“山脚下”。由于山谷污染严重，我们一路都不知道自己早已置身山间，直到驶上蜿蜒前行、终于通往监狱的路才恍然明白。监狱位于平坦的谷地中央，被高耸陡峭的雪坡环绕。那或许是整座山谷风景最美的地方。

车子不得不在中央塔楼前停下，警卫放行后，我们便沿着一条窄路驶向被另一座塔楼和两道铁丝网围住的最高安保等级的小楼。狱方告诉我们只有九十分钟不得中断的探视时间。这时加里仍在最高等级的看管之下，理论上除了律师，并不允许其他人探视。这次家人的探视可算是“例外”。我们被领入一间宽敞、未设警卫的三角形房间，被告知探视时允许身体接触。

加里从滑动门走了进来。他身着红白相间的囚服，脚蹬蓝色运动鞋，拨弄着一把梳子，笑得挺灿烂。长久以来，我见多了他在照片上和家庭录像带里那种阴郁冰冷的神情，早已忘了他其实挺有魅力。“你看上去还像以前那样结实。”他对弗兰克说，然后又说我，“你还是瘦得像根麻秆。”

他重新调整了一下警卫室窗口前的长凳。“这样，那些傻瓜就能看见我了。”他说。

最初几分钟我们随便聊了聊，试图习惯周围的环境，慢慢趋近那个难以避免的话题。我们提到罗伯特·埃克塞尔·怀特——他是得克萨斯的死刑犯，差不多和加里同时要求死刑——如今正为自己的生命奋斗的时候，加里的脸皱了起来。他耸了耸肩：“是啊，我就知道你们会说他也开始犹豫了。但那和我没关系。你们也知道，我一开始确实对这种死刑的惩罚感到内疚，这是我想自杀的一部分原因。但我厌烦了人人都把负罪感强加在我身上。那些强奸犯、虐待狂会怎么样，我一点都不在乎。明天就把他们带出去枪毙都行。我怎么样也不会对他们有影响；他们得到什么判决是他们自己的事。”

我提出会采取干预措施，加里立马打断了我：“听着，我不希望任何人干预，不需要外在因素，不需要像阿姆斯特丹那样的律师。”他伸手托住我的下巴，凝视着我的眼睛，“我希望他没掺和进来。”我还没来得及回答，接访室的门就被推开了，弗农姨父和艾达姨妈走了进来。本来我们已被保证，这是一次私下的探视。据我所知，这是我们和加里在一起的唯一一次机会，没料到预想中和哥哥的最后一次谈话进行了还不到十五分钟，弗农姨父和艾达姨妈就闯了进来，像是老友聚会一般。如果加里一周后坐在大木椅上，任五个陌生人朝他当胸开枪，弗农姨父和艾达姨妈便能大发横财。这就是弗农和艾达，我们的姨父和姨妈。我气得肺都要炸了，真想从他们该死的脸上撕下家人般的甜蜜笑容，把他们弄成苦瓜脸。

接下来的探视更令人恼怒。大部分时间都是加里和弗农在说话，讨论加里要给哪些人留点钱。那些人多得数不胜数，他们偶尔还会开个阴森森的玩笑。弗农带来一袋绿色的T恤衫，上面印着“吉尔摩－死亡之愿”几个字，还有电脑处理过的加里的照片。显然，衬衫应该是加里或弗农定做的。他们还聊到加里上刑场的那天清晨是否可以穿这样的T恤，之后再把T恤高价拍卖。我听了气不打一处来。九十分钟后，探视时间到了。

我们离开时，加里给了我一件T恤。“我觉得这衣服给我没用，加里。”

“好吧，”他慢吞吞地说着，笑了笑，“你穿着是会有点大，但我觉得你长胖点就可以穿了。”于是我收下了T恤。

“你们在城里时，有什么我能帮得上忙的吗？”弗农问。我说希望他能安排我们同加里的律师罗恩·斯坦格和穆迪，以及拉里·席勒见个面。

回到盐湖城后，我决定住上几天，设法独自再去探视一下加里。我去了吉奥克的办公室，同他说了说我对目前状况的矛盾心情：一方面，不管死刑犯犯下什么样的罪行或多么希望被定罪，我都坚决反对死刑；另一方面，我也觉得在未适当提醒加里的情况下，最好别采取任何行动。我并不希望拯救加里的尝试反而让他更坚定了断自己的决心。

我问吉奥克是否能告诉我在城里采访这次事件的一些记者的名字。我认为在如此复杂的情势下，人脉广的记者应该能告诉我一些幕后消息。他提到的大多数名字，如杰拉尔多·里维拉这样的记者，我都没兴趣与之交谈。后来，他提到了比尔·莫耶斯——他原本是林登·B.约翰逊总统的前任新闻助理，一位我颇为尊敬的作家和记者。

“你能帮我联系上莫耶斯吗？”我问。

几小时后，我就和莫耶斯在他入住的酒店里一起用晚餐，和他好好喝了几杯。他显然对报道此事的道德维度有自己的疑虑，也不想见到美国重启死刑。他同意和我谈谈，将自己知道的情况告诉我，并向我保证，除非得到我的首肯，他绝对不会将我告诉他的任何信息放入报道中。他告诉我，接下来几天，无论法律界、商界、新闻界人士对我提出何种建议，我都得谨慎对待，应该设法听从自己的良心，努力将它同我与加里随后的沟通结果调和起来。即便现在，这么多年过去了，我仍然相信，比尔·莫耶斯温和的关怀是帮助我在那一周里时刻保持清醒的关键因素。

那天晚上九点，我给弗农打电话，问是否可以安排我与穆迪和斯坦格见面。当时律师没空，但席勒正从洛杉矶飞过来，想于凌晨一点和我在盐湖城的希尔顿见个面。我有点醉，很想睡觉，但不想错过能让加里保命的一次会面。

在希尔顿酒店，我认出了席勒。十一月二十日《新西部》杂志的文章里有他的照片。那篇文章名为《加里·吉尔摩的商品化》，是巴里·法雷尔写的（他后来和席勒一起做调研，成了合作者）。因为我和加里长得很像，他也认出了我。我挺想见见席勒，因为我觉得他有自己的目的，应该会设法深入挖掘这次死刑。他名声在外，凡是和死亡有关的事，他都会想办法前往调查。他的采访文章出现在艾伯特·戈德曼那本描写声名狼藉的兰尼·布鲁斯[①]的传记里。他还做过许多项目和报道，如玛丽莲·梦露、杰克·鲁比[②]和杀害莎

①Lenny Bruce（1925－1966），美国脱口秀喜剧演员，曾因猥亵罪被捕。

②Jack Ruby（1911－1967），杀死李·哈维·奥斯瓦尔德的凶手，奥斯瓦尔德被广泛认为是刺杀肯尼迪总统的刺客。

朗·塔特[①]的凶手苏珊·阿特金斯[②]。而且，我也意识到，若想在这个阶段处理好加里的事情，就不得不和这个拥有加里故事讲述权的人多打交道。

我和席勒谈了快两个小时，关于应在犹他如何行事，以及加里一事中我们的利益所在，各自都提了些尖锐的问题。我坦言对加里的抉择及其可能引发的细枝末节感到很担心，席勒对我的担心深表同情，但没做更多表示。最后我问了一个我觉得没法回避的问题：对他来说，加里是死是活，那个更值？

席勒犹豫了一会儿，然后说道："许多年前，我在做新闻摄影时，被派去报道一场火灾。消防员正背着一个人从窗子里爬出来，我就问自己是该把这一刻拍下来，还是放下相机，跑过去帮他们，把那个人拖到安全的地方。我选择了拍摄。从那时我就坚信，把已经存在的事物留存下来正是记者的义务。

"回答你的问题：我来这儿是为了记录历史，而不是创造历史。"

会面结束时，席勒的直言不讳给我留下了深刻印象。我觉得他更倾向于布什内尔和延森一方，但当他答应会对我们的谈话保密时，我觉得可以信任他。他开车将我送回酒店，我从他租来的车子上下来时，他说了一番奇怪的话。

"你的中间名是什么？"他问。我告诉了他。他在笔记本记下来后，写下一个电话号码，递给了我。"如果你想和我联系，但在奥瑞姆的希尔顿酒店或旅客之家酒店都找不到我，就给这个电话留言。不过得用中间名，别用姓。那是斯坦格办公室的电话，你千万别告

---

①Sharon Tate（1943－1969），美国女演员，导演罗曼·波兰斯基之妻，1969 年被查尔斯·曼森领导的邪教犯罪组织杀害，被杀害时已怀有八个月身孕。

②Susan Atkins（1948－2009），查尔斯·曼森组织成员之一。1969 年，查尔斯·曼森的追随者在加利福尼亚的四个地点犯下九起谋杀案，为期五周，她参与了其中的八起。

诉他你住在哪儿。加里的那些律师可不是城里最好的，换作是我不会选择他们。”

次日下午，我试着往弗兰克的酒店打电话，但他已经离开了。我就给俄勒冈的母亲去电，问弗兰克是否回了家，但她说弗兰克还在盐湖城那片区域。这次，我只能一个人去见加里了。

我在德雷珀监狱的访客签到簿上签字时，发现穆迪和斯坦格已经先我一步签了名。我瞥了眼电话隔间，看见他们正在和加里说话。于是我对负责的警官说我想私下和哥哥说几句。他说他会尽力而为，便让我来到之前待过的三角形房间。我坐在远离会见亭的角落里。没过多久，一名看守走了进来，告诉斯坦格，说看守负责人想和他谈谈。斯坦格走出门禁后，穆迪就询问加里家人来访的情况。我听不清我哥哥是怎么回答的。“听着，加里，”穆迪继续说道，“昨天深夜，席勒和你弟弟在希尔顿酒店见了面。他认为米卡尔想要阻止死刑。”

我简直没法相信刚才听到的话。我挪到了会见亭边的长凳上。“你知不知道，昨天吉奥克开了辆劳斯莱斯把你的兄弟们接来的？”我听不清接下来的那句话，但其中提到了我住的那家酒店。

看守又走了进来。“穆迪先生，你能和我出去一下吗？”穆迪起身离开时，一眼瞥见了我，露出难以置信的表情。“那是谁？”我听见他在走廊那头问。我等了三十分钟后，加里才进来，手指转动着苏格兰毡帽，身上穿了件无袖的黑色汗衫。斯坦格和穆迪就站在他身后。加里给我们作了引荐。“很抱歉，我们只能在这样的情况下见面。”斯坦格说，“如果你有什么需要我们帮忙的，就给我们来电话。”我点了点头。

“呃，很高兴你又来了。”穆迪和斯坦格离开后加里说道。他在长凳的靠背上坐了下来。

“加里，我不想和你耍花招。我刚才听到了你的律师说的话，没错，是这么回事。昨天晚上，我是和席勒见了面。我还在想办法暂停死刑。”

加里脸上的笑容消失了，取而代之的是我在报纸和杂志照片上见过的那种凌厉眼神。“那昨天吉奥克开了辆劳斯莱斯把你们接来也是真的？”席勒昨天晚上也问了我同样的问题。我猜劳斯莱斯已成了外部强势干预的象征，尽管这都是些小事。他怒气冲冲地说：“阿姆斯特丹和吉奥克这些狗娘养的黑鬼只是想利用你。他们为什么要管我的闲事？就因为他们反对死刑？那样一来，他们就与众不同，成了圣人？我已经被判了死刑。现在反倒成了笑话？我可不想让这种事落到我头上。”

我决定避免谈论法律伦理或律师相关的事情。“如果你要相信关于吉奥克和阿姆斯特丹的那些屁话，你就相信好了，”我回答道，“那些事和你我都没关系。我可以单独行动，或许能弄到暂停死刑的命令，而这一点可以让你的案子重审。”

加里摇了摇头。“不可能，”他说，“就算我想，我也没法让死刑暂停。”他停顿了一会儿。“你真想这么干？”

我说我认为这次能成功。加里站起身，在房间里走来走去。

“他们永远都不会放了我，老弟，我在监狱里待了太长时间，人生已所剩无几。”他走过来，和我面对面，“我杀了两个人，不想把下半辈子都耗在监狱里。要是哪个傻蛋把我放了，我就去弄把枪，杀他几个爱管闲事的律师。然后我会对你说：‘看看你管的闲事有什么好结果。你还会自豪吗？’”

“时间到。”看守室里有人喊道。

加里试图亮出笑容，想显得轻松一些。“明天再过来和我谈谈这件事。”他说。我从门里出去的时候，他喊道：“十年前我需要你的时候，你又在哪儿？”返回盐湖城的路上，我的脑海里一直回响着这句话。我觉得困惑而心碎。一小时前，我以为争取到暂停死刑的命令、选择生而非死是唯一正确的方法。但我没法替加里做出这个选择。我真想就此消失不见，遁入选择和良知全无存在的虚空之中。在那里，我才能忘记加里的眼神。

那天晚上，我又和莫耶斯吃了顿晚饭。我将我和加里的谈话告诉了他。听完后，莫耶斯问我觉得他是否有机会探视加里，再和加里谈谈。我告诉他，席勒现在全权负责处理我哥哥的案子，其他记者都不能和他交谈。莫耶斯说，他愿意向我、加里和席勒保证，不会将谈话用于新闻目的。他不想录音或拍摄，除非获得当事人的同意，否则他不会将谈话内容用于报道。他只是认为，由于他和加里都出生于得克萨斯，说不定有些共同语言。他还认为自己可以就加里的处境提出一两个我哥哥可能会感兴趣的哲学观点，说不定能说服他。我信任莫耶斯，就说我再看看该怎么办。

那天晚上，我在盐湖城大雪覆盖的寒冷街道上走了很长时间，经过摩门教堂时，恰好碰见了弗兰克。起先他没注意到我。他踽踽独行，手插在兜里，盯着地面。我叫住了他。

我告诉他我去看了加里，把谈话的内容和他讲了讲，说他也可以多去看看加里，我们一起或他单独去都行。显然，监狱只能探视一次的规定已被我们忘在了脑后。

“不，”弗兰克说，“我做不到。我再也不会去看他了。”说完，哥哥便潸然泪下，转身走入了冰冷的夜色中。

十五年后，我和弗兰克又一起去了盐湖城，想和一些家人重建联系，把多年前发生的事弄明白。一天下午，弗兰克带我去了自由公园。我们幼年和父母住在盐湖城闹鬼的房子里时，弗兰克和加里几乎每天下午都会来这座公园玩耍。他们四处奔跑，打打球，拿无聊乏味的摩门教徒开涮。弗兰克认为，那也许是他们俩在一起时最快乐的日子。这些都是加里开始小偷小摸、把赃物藏在车库之前的事了，后来他就成了死不悔改的坏孩子。

那天我们坐在公园里，弗兰克同我解释了许多年前他决定不再去德雷珀监狱看望加里的缘由。弗兰克说那次见过加里后，他来到这座公园，坐在我们此时所处的地方，久久地思考着已然发生的和即将发生的事。

“我对加里的所作所为恨之入骨，”弗兰克对我说，“他做的事十恶不赦。但我对他所受的惩罚也恨之入骨。

“你认为假如加里不是在监狱里待了二十二年，他还会当着那个人怀孕的妻子和小孩的面，朝他的后脑勺开枪吗？另一个人呢？加里在加油站开枪打了他，据说他是几个小时之后才死的。我听说是这样。他在几个小时之后，受尽了折磨才死去。我认为正是二十二年野兽般的牢狱生涯把加里变成了野兽，导致了那样的悲剧。

“他在监狱里见过太多悲剧。他和我说过那些事。他看见有人被弄成了残废，双手被砍，也见过有人被杀。他见过太多打打杀杀。他年轻的时候，也曾被别人攻击。被打过。被强奸过。被恐吓过。但他学会了适应。随着年纪越来越大，身体越来越强壮，他也变得越来越卑劣，开始攻击别人。后来就没有什么事能吓到他了。就像在越南待了二十二年。经历了这么多恶事，他既是受害者，也是施

害者。他会说：‘没错，我是毁了，可现在我也可以毁掉别人了。’

“你会发现，在这个国家，成千上万的人就过着这种生活，许多人可能也会做出和加里一样的选择——杀人之后，但求一死。多年里残暴、恐怖的牢狱生活改变了他们。到了这个时候，他们已没有回头路可走。他们也就混一天是一天，对他们来说，过不了多久，死亡就变成了生命之外的一条道路——可以摆脱一切的道路。有些人几乎什么都怕，但不怕死亡。他们真的很危险。你关不住他们，因为那里就是他们的家。你杀不了他们，因为他们只求一死。他们真的很危险。因为我们的监狱，在这个国家有成千上万的人变得和加里一模一样，四处游荡。只要找个有问题的孩子，无论情感问题还是家庭问题，把他放进恐怖的教养所和监狱里，很有可能他最后就会变成我们兄弟那样的人。

“加里已没有回头之路了。他只想以死来解脱。那就是我不想再回去看他的原因。我知道他真的想死，这让我很揪心。他不仅想死，还觉得死亡就是度假，要好好庆贺。他只是在想方设法让自己获得自由。这就是他离开的方式。

“我最后一次见他的时候，他和我这么多年来所见的那个压抑者的模样大不相同。那次他就坐在那儿，弹着响指，哈哈大笑，开着玩笑。就像是在过平安夜。他发现，打败体制的完美方式就是让他们杀了他。然后他就可以退出游戏。彻底结束。我相信他真的认为自己赢了。我们大多数人没法用他的这种方式胜出。但那就是他对自由的看法，当然，他也只剩下这样的自由了。这就是我选择置身事外的原因。我知道你和妈妈都想救他，我从没反对过你们。但我只能后退一步，因为如果我有所作为，让他们继续把他关在那个地狱里的话，我会为此自责。

“见过他后，那晚我几乎没睡着。我知道我再也不能回去了，我不能眼睁睁看着他受折磨，也不能眼睁睁看着他死去。那天在公园里，我就坐在那儿，心想：‘我再也不想去见他了。我得把小时候和我一起玩耍的那个他留在自己的心里和脑海中，那个尚未被摧残的小弟弟才是我所爱。’那个决定让我不安的唯一一点是，我认为加里并不知道我真的喜欢他。我认为他这辈子都不知道我真的在乎他，真的在为他着想。但那时候我已经做不了什么了。加里彻底完了。他没有机会了。我认为他想告诉你的就是这个意思。”

在街上遇见弗兰克之后的早晨，我给在奥瑞姆的席勒打了电话，把我听到的穆迪的那番话告诉了他，表达了我对机密的谈话内容被泄露出去的失望之情。

“我没把我们之间的谈话告诉穆迪或斯坦格。”他回答道。

“那是谁说的？”

“嗯，我对你的弗农姨父说过一些，但那只是因为我觉得他是你在这儿的主要联系人，你应该也想和他保持联系。可能是他把那些话传给了穆迪或斯坦格，但你听见的其他内容都是他们的揣测。”他为自己辜负了我的信任道歉，然后又给了我一些建议：“你去之前别给监狱打电话。消息很容易从那儿传出来，只要你一走进那座高度戒备的监狱，许多人都会知道，也包括我。”

但打了几通电话后我才弄明白，探视必须提前得到批准。我申请傍晚前去探视，然后坐下来给加里写了一封长信。与他和他的愤怒面对面时，我很容易忘记想要对他说的话。我写道，不管我做出什么选择，都是出于爱，是他和我之间的事，与法庭或新闻无关。我告诉他，选择生而非死，救赎才更有可能。我还坦言他那些暴力的念头多年来一直都困扰着我，让我担惊受怕。如果还有足够的时间，我想移走那道障碍。

那天下午是加里正式获批接待访客的第一天，讽刺的是，我还是不得不通过电话和他交谈。检查过我的信后，看守把信给了加里。他平静地读着信，陷入了沉思。读完信后，他挤出了一个笑容。“写得不错，”他说，“你对尼采熟不熟？他写过，当时机成熟，人就该起身迎接机遇。我想这样做。米卡尔……听着，”他说着，突然换了话题，“我也在思考我昨天说的‘你那时候在哪儿’那句话。我觉得那么说并不公平。你小时候我经常不在你身边。我并不恨你，虽然我近来努力想表现出那种样子。你是我的弟弟。我知道那意味着什么。我生过你的气，但从来没恨过你。”

我逼迫自己问了最近几天一直在酝酿的问题：“如果我设法阻止这件事，你会怎么做？”

他咧了咧嘴。“我不希望你那么做。”他平静地说道。

“你没回答我的问题。”

“真的别那么做。”

“加里，你到底会怎么做？你只是说希望法庭能执行判决。如果改判了呢？”

“那我就自杀。听着，不管你听说了什么，反正他们在这里并没有把我看得很紧。最近两周我随时都能自杀，但我不想那么做。你也知道，我希望这件事还是能有一些积极的结果。要是我自杀了，就不能成为遗体捐赠者了，对那些比我更有权利活下去的人来说，我就没多大用处了，我的良苦用心也会受到怀疑……再说了，要是一个人蠢到家，杀了人又被逮到，那他就不该为自己的下场哭哭啼啼。”

接着加里谈论起监狱的现实情形，告诉我监狱中的暴行，有些是他亲眼所见的，有些是他亲身经历的。他对监狱里的生活充满恐惧，他说："也许你可以让我改判，但我等不到新的判决，等不到你下次来访，就已经自杀了。"他说起监狱的时候，眼中始终带着显而易见的恐惧，远比他谈起自己即将面临死刑时要恐惧得多。也许因为前者是一直存在的无法撼动的现实，而后者更为抽象。"我并不觉得死亡是什么新鲜事，没什么好害怕的。我想我已经体验过了。"

我们聊了好几个小时，其实一直都是加里在说。我早已错过了回家的航班，忘了还有人在停车场里等我。这是这么多年来我们第一次真正的交流，我们俩都不想就此撒手。加里让我第二天再来，于是我问他是否想见见比尔·莫耶斯，只是聊天，不是采访。加里爽快地答应了，只要不做记录就行，因为他的事宜都已交由席勒处理。

那天深夜，席勒亲自给莫耶斯打电话，表明不允许别人与加里进行任何形式的交流。第二天，也就是星期五，我没提这件事，但加里说了。"席勒不让我见你的朋友。他想保护他自己的'独占权'。有时这傻瓜表现得好像已经把我据为己有，好像他可以控制我的生活。以前他就这么做过一次，当时我让他找找我给尼科尔的一些私人信件。我不想见到那种东西被印成铅字；那些画我倒觉得没什么，但信不关别人的事。可席勒违背了我的意愿，读了这些信。那时我真想一枪毙了他，我真应该这么做，但现在再找其他人已经太晚了。现在我该做的，是撤销让他去死刑现场的邀请。"我没表态，不想卷进加里和席勒的纠纷中。

那晚我告诉加里我该走了，我得回家，在接下来的几天陪陪母亲。

"你就不能再多待一天吗？"他问，"我想再见见你，我有一本约翰尼·卡什寄来的书，想让你带给妈。"

我答应次日也就是星期六再过来，但我离开之前，他想再告诉我一件事："你也知道我一直都说不在乎别人怎么看我，但这话并不完全真实。我不喜欢别人说我紧张不安。这话我以前对谁都没说过，但我不知道星期一到底会是什么样。也许那就是我希望席勒能在现场的原因，我得保持冷静……我知道你不信，但我不想把它搞成一件大事。我从没想过出书、拍电影什么的，也许几篇文章就够了。"

我们将手贴在将我们隔开的玻璃上，互相道别。

当你和一个人争论他的死亡时，可以想象你的心真的会七上八下，你要被迫做出超乎常规的艰难抉择。我不得不承认，加里的选择中存在一定的逻辑和合理性，但这无论如何也改变不了我想让他活着的愿望。可那样做就像设法说服已经不再爱你的恋人接着保持爱意一样，因为你无法想象身边若是没有深爱之人，你的生活会怎么样，你又将如何活下去。于是你摆出自己的理由，想要说服那个人留下来重新爱你。可同时你也知道，你的理由早已站不住脚，而你的未来也将因此崩塌。

当你与一心求死的人争论时，你会意识到，如果你输了这场辩论，进一步的争论就再无可能，这将是你最后一次与他相见。我没法相信此生会处于这样的境地，没想到自己竟会落入这样的争论之中。死亡是我们几乎无法争论的事情。你没法与将你深爱之人或你自己裹挟而去的疾病争论，没法与毫无征兆便将生命扼杀的车祸或杀手争论。但求死之人……当我与加里争论的时候，我也是在和死亡本身争论——他就是死亡，他想要死亡，以其唯一能实现的方式——我只知道你根本赢不了，这件让你心力交瘁的事你根本无法抵御、无法阻止，你将失去他，而且不得不同这损失永远生活在一起。你并不是因为癌症或别人的残忍而失去他们，而是因为他们的灵魂堕入了深渊。你害怕的是，也许他们唯有屈从于深渊，才是唯一合理的行为。但最主要的是，你知道你再也见不到他们了。你恳求他们留下来，可又对此无能为力。事已至此，再如何努力也于事无补。也许到了那一刻，你也想随之而去，因为唯有如此你才不会太痛苦，不用担心余生要为了适应这样的失去而漫无尽头地苦熬。没有哪颗健全的心灵能挨过这样的煎熬。适应这样的失去，又不致让自己的内心满目疮痍，成了你身上根深蒂固的一部分。

当天我同吉奥克谈了谈，告诉他我已决定不再介入。告诉他这件事与做出这个决定本身一样艰难。我本可以寻求死刑暂停令，签署必要的文件，在回家后觉得自己做出了正确的决定，做出了符合道德的选择，而不必为抉择承担重负。加里却要背负起这个重担。如果他选择了自杀，我就有权说他的选择与我无关，我只能对自己的选择负责。如果我可以替加里选择活下去，我肯定会这么做的。

在那一周，与比尔·莫耶斯的谈话对我颇有助益。有一次他告诉我，若是我们面对生死抉择时选择了非生的一面，那我们选择的就是非人性的一面。这句话让一切都变得清晰起来。我和这个决定角力良久，最终意识到我没法为加里选择生，而且他也不会做这样的选择。他认为自己理应以这种方式赎罪。他想死，这是他获得救赎的最终方案，是他摆脱法律的最终途径。对加里而言，最大的讽刺莫过于法律。在他眼里，法律总是想方设法将他置于死地，而在他再也不想获救的时候，却又想救他于水火之中。而为了打败法律，除了他对尊严坚定不渝的定义之外，他不得不失去一切。

我没法与这种想法理论，也没法改变它。直至最后，我也没法使他放弃这个念头。

结果，我竟然在这个故事中扮演了一个我未曾预料的、也从未想扮演的角色：我成了做出选择的那个人。我的决定会导致某些后果。也许，这些后果并不会就此止息。也许，会有其他人因为我们当时决定不去挑战历史或法律而死。也许，最后这几天会导致其他无数人的生命受到影响，被终结或彻底颠覆。也许，国家的精神也会由此改变，变得更血腥、更无情。我认为其影响难以计数。它们会一直贯穿我们的生命，波及我们后辈的生活。

杀戮竟会造成如此重大的影响。

一月十五日，星期六，我最后一次去看望加里。那时摄制人员已在德雷珀监狱所在的镇上四处安营扎寨，等待结局的到来。

那一周里，在我们之前的几次会面中，加里总是敞开心怀、言语友好，他会开玩笑，甚至还会做几个倒立。但这一天他似乎很紧张，可他不承认这一点："不，是这地方有时对我来说太闹，但我很冷静。"他说着，稳稳地举起了手。可他手腕和胳膊上的肌肉都绷得很紧，鼓起青筋。

加里开始给我看他收到的信和照片，大多是孩子和少女寄来的。他说他总是先回孩子们的信，后来，他读到了一个自称八岁的男孩写来的信："我希望他们把你放到其他地方，让你为自己做的事永远活下去。你没有权利去死。以我内心全部的恶意敬上，（落款）。"

"哈，这封信让我内心震荡了许久。"他说。

我问他是否回了信。"回了，我是这样写的：'你太小，心里不可能有恶意。我像你这么大的时候是有的，看看我现在成什么样了。'"

他让看守把约翰尼·卡什寄来的书拿给他。那是卡什的自传，书名是《黑衣人》，加里想把这本书留给母亲。

“我真想留点或送点什么东西给你。要不我给你留点钱吧？谁都需要钱。”我婉拒了，建议他把钱给布什内尔和延森的家人。“我对那些人做的事，用钱根本买不回来。”他说着，摇了摇头。

加里的眼睛紧张地扫视着面前的信和照片，最终目光落到了一张照片上。他微笑起来，举起了照片。是尼科尔的照片。“她很漂亮，对吧？”我说是。“我每天都会看这张照片。是我拍的。我还照着它临摹。你想留下这张照片吗？”

我说我很想留下它。

临了，我问了最后一个问题：“加里，还记得你被捕的那天晚上吗，你正好在去机场的路上？”

他点了点头。

“如果你到了机场，你会去哪儿？”

“呃，波特兰。”

“可你肯定知道那里会是他们最先去搜寻你的地方。为什么还要去那儿？”

加里盯着面前架子的顶部，打量了一会儿。“我真的不想说那天晚上的事情，”他说，“谈不谈都无所谓了。”

“加里，你就说说吧，我想知道：你到了波特兰会做什么？”

“米卡尔，别问了。”

“求你了。我必须知道。你会做什么？你会去看我吗？”

他又点了点头。

“然后……”

他叹了口气，直直地看着我，那一刻，他的眼中又闪现出昔日的怒火。“要是我去找你了，你又会怎么做？”他反问道，“要是我去了，说我惹了麻烦，需要你的帮助，需要找个地方住下来呢？你会接纳我吗？你会把我藏起来吗？”

我没法回答。问题又回到了我身上，突然间，我觉得我的回答会很可怕，自己都无法忍受。加里坐了很长时间，眼睛一直盯着我，然后不慌不忙地说：“我觉得我会杀了你。肯定会发生那样的事。你别无选择，我也是。”他的眼神柔和起来，冲我轻轻地笑了笑。笑容里饱含着我们共享那段往事的心酸。“你知道为什么吗？”他问。

我冲他点了点头。我当然明白是为什么。我逃脱了家庭，至少我是这么认为的。可加里没有。

那一刻，我的确感到恐惧。我很清楚加里说的是真话。我很清楚我可能本已死去，这意味着也就不会有现时。事实上，这件事很可能会发生。所以，我不仅觉得恐怖，也觉得一阵轻松。延森和布什内尔的死，以及加里即将面临的死刑，共同保障了我的安全。可一旦意识到这一点，那种轻松感又瞬间被愧疚和悔恨穿透。那一刻，我想着在我们家或我们的爱中所有可能带来改变的事情，倘若这般事情真的发生过，我们就不用坐在这里，不用在这可怕的时刻置身于这个可怕的地方。

但奇怪的是，那一刻我觉得自己同加里比以前任何时候都更亲近。也就在那一秒，我彻底明白了他为什么求死。

这时候，典狱长塞缪尔·史密斯走进了加里的房间。他们就加里星期一早晨是否该戴头套讨论了一番。我放下了电话。时间流逝。当我再次拿起电话时，史密斯正跟加里说，他们没有批准席勒在执行死刑前的最后时刻来探视他。

我敲了敲玻璃。我马上要离开，便问典狱长是否允许我们最后握一次手。史密斯起先拒绝了我的请求，但因加里说这是最后一次探视，他就说只要我同意接受搜身检查，便允许我们握手。我答应了。搜完身后，两名看守看着我，另两名看守将加里带了进来。他们说我必须将袖子卷到手肘上方，而且除了握手之外，不得有其他接触。加里抓着我的手，捏得很紧，说道："好吧，我想就这样了。"他凑过来，吻了吻我的脸颊。"到那边的黑暗中再见了。"

我望向别处。我知道这时候我肯定会哭，所以不想让他看见。"你没事吧？"他问。我咬着嘴唇，点了点头。一名看守将书和尼科尔的照片递给我，带着我来到门禁处。加里目送着我走了出去。"告诉妈我爱她！"他喊道，"长胖点。你还是太瘦了。"

看守领我走过两道栅栏门，我离开时，他在我背上轻轻拍了拍。"小伙子，看开一点。"看守说。

我回了家，将加里留给他的命运。我恨透了自己，觉得自己并非有意地站在了死刑这一边。与此同时，我又觉得加里还是死了更好。我毫不怀疑如果让他活着，他肯定会自杀，或许还会殃及他人。我不想因为自己采取的行动而造成这样的后果。我恨自己不得不做出这样的选择，恨自己身处如此境地，不管行动与否，结局都是死亡。

加里被处死的前夜，我去看望了母亲和弗兰克。白天我给监狱打了电话，安排大家同加里在电话上作简短的最后交流。他留给母亲的遗言是："别哭，妈妈。我爱你。我希望你能继续生活下去。"而她最后的话是："加里，为了你，我也得挺到明天，但我知道我肯定会哭。我余生的每一天都会泪流不止。"

她将电话递给我。加里告诉我，傍晚他同心目中的大英雄约翰尼·卡什通了电话。我问卡什说了什么。“我拿起电话说：‘真的是约翰尼·卡什吗？’他说：‘对的。’我说：‘哦，那我也是真的加里·吉尔摩。’”

加里告诉我他得挂电话了。“我会想你的，加里。”我说。

“我马上就要被枪毙了，我干了根本不该干的事。”他说。

那就是他最后留给我的话。

一月十七日，星期一早晨，在犹他监狱后的罐头仓库里，加里终于与他的行刑队会面了。当时，我和母亲、哥哥以及女朋友在一起。前一刻我们还读到晨报上的头条标题是“死刑暂停执行”，于是打开电视看是否还有其他新闻。正在播送《早安美国》，是一场新闻发布会：宣布加里已经死亡。

最后一刻情绪的大起大落令人实在难以忍受。你不得不逼迫自己经历这地狱般的时刻，你终于明白你所爱之人会在特定的时刻、特定的地点以你已知的方式死去，而你不仅对此无能为力，余生也不得不在置他于死地的这个世界里游荡。他人因为你的家人被杀而倍感振奋，你却不得不每天从那些人身边走过。从情感上来看，那个家人其实很久以前就已经被杀害了。怨恨也好，与之和平相处也罢，反正你不得不生活在这个世界，因为你能生活于其间的也只有它。这个唯一存在的世界。

接下来你会读到那些头版头条，说暂缓死刑并非没有可能。你想也许法庭正在控制事态，意欲从这疯狂、诡异的必然性中将阵地抢夺过来。也许，他们不会再允许如此仓促地执行死刑了。也许，这样就足以击退恐怖，消弭疯狂。也许，暂缓执行死刑针对的不仅是加里和他那难以驯服的求死欲望，也让这个家庭其他人的死得以暂缓。也许现在我们再也不用生活在这个能无所顾忌地杀死我们其中一人的世界了。

一旦你认可了这不可能实现的希望，你便会打开电视，看到唯一获准见证行刑现场的记者拉里·席勒出现在屏幕上。他正在告诉你，典狱长如何将黑色的头套套在加里的头上，将一小块圆形的布靶别在他的胸前，然后五个人又是如何将子弹齐齐射入靶心。他告诉你血如何从加里的心脏涌出，自胸口往下淌，流到腿上，将他的白色裤子染成了猩红色，滴滴答答地溅落至仓库的地板上。他告诉你加里的胳膊如何在受到冲击的那一刻缓缓抬起，手指好似在挥动一般，表明他的生命正在离去，仿佛他最终对艰难的生活轻轻地道了个别。

那一刻，希望已完全消失。接下来你才恍然大悟，意识到恐怖的事情已然发生，你知道你得永远和这种种恐怖的细节同生共息。你得设法与永存于内心深处的悲哀同在。你只能想方设法生活于这个世界，过这样的人生，而不是对它切齿痛恨。尽管这样的任务根本不可能完成，你仍然不得不这么做。

我思考着这一切，又看了看母亲，只见她大惊失色，号啕痛哭："天哪，加里，你在哪儿啊？你去了什么地方？"

我哥哥被处死之后，犹他呼声渐起，许多人（包括好几名死刑的拥护者）在犹他执行死刑的方式中看到不必要的残忍和一种"老西部传统"。改革者争论道，越来越多的州都已经选择注射死刑这种相对"人道"的方式，为什么犹他还要坚守如此可怕的习俗？犹他司法部门巧妙地将法律与道德操纵于股掌之中，设法调解其宗教传统和改革论者寻求变革的压力。至一九八〇年，绞刑这种所谓的

“老西部传统”将不再成为死刑的选项（反正，也没人会选择这种死法），犹他用注射死刑取而代之。不过，据说宗教界大肆暗箱操作，由于他们的施压，州府不得不保留了行刑队这一选项，以免万一有死刑犯想血溅刑场以期获得拯救。从那时起就没人选择枪毙，以后也不太可能有很多人会走这条路。很有可能的是，加里·吉尔摩将成为美国被行刑队枪毙的最后一人，也是为摩门教严苛的“血赎论”付出代价的最后一人。

多年以后，我才获知哥哥留下的遗言。我刚听到时震惊不已，至今仍难以忘怀。加里·吉尔摩在被枪毙前说了如下遗言：“父亲永远都在那里。”

第六部

泪之谷

我要你带我前往
我的归属之地
心碎之地
给个吻，唱首歌
让我的余生
无忧无虑
每个人都懂我
在泪之谷里

柔声细语说出口
甜蜜而低沉
但我心意已决
要与爱挥手作别
让我的余生
无忧无虑
每个人都懂我
在泪之谷里

——“胖子”多米诺和戴夫·巴塞洛缪[①]，《泪之谷》

①Dave Bartholomew（1918－2019），美国音乐家，活跃于众多音乐流派，被誉为“摇滚革命的真正先锋”。

第一章　家庭的终结

加里被处死之后不久，我给《滚石》杂志写了一篇文章，讲述了这件事的经过。我这么做，是因为我觉得自己和家人刚刚经历的一切令人身心俱疲，把它写下来会更易承受些。我们的生活一夜之间天翻地覆，令我们始料未及。经历了这一段漫长的噩梦季，我们的历史、罪孽以及耻辱都成了盛大狂欢的一部分，难以阻遏地通向一场公开的死亡。唯有尝试净化它才能经受得住这一切。我认为若能写一写加里的死亡，便可以在一定程度上保持清醒。但这么做不是没有代价。我当然得亮明自己的身份。现在大家都知道我是加里的弟弟，许多人就此发表了自己的看法，提出了各种各样的问题。

在此期间，日复一日背负家人的恶名令我不胜其烦，我决定逃离家乡——俄勒冈波特兰，搬往洛杉矶，在那里，《滚石》杂志有一份工作在等着我。与此同时，弗兰克仍然留在母亲贝茜的身边，住在俄勒冈橡树湾那间破败的活动房内。

在洛杉矶的生活起先并不顺利。我每天晚上都会喝一品脱威士忌，服用安眠药盐酸氟西泮，以免噩梦连连，或者至少让我记不起那些梦。其间出现过几次其他的困境。我当时仍然和安德莉亚住在一起，但一有机会便会与其他几个女人来往。有一两年时间，我的写作停滞不前。我不知道究竟该说什么、怎么去说。我不再确信自己正在写的东西是否还值得去写。我不再确定如何将文字组织起来。《滚石》杂志的编辑都很宽容，没有辞退我，对我很有耐心。我猜他们都很理解我还没回过神来，得再多花些时间才能恢复。

我不再写作，而喜欢上了阅读冷酷的犯罪小说，尤其是罗斯·麦克唐纳[①]的小说。在小说中，作者将迷宫般的家庭历史抽丝剥茧，终使谋杀案水落石出。还有许多晚上，我迷失于朋克摇滚乐的黑暗荣耀之中。音乐让听者得以融入无情的现实世界，我喜欢这种方式。那段时期，我最喜欢的一首朋克摇滚是英国“广告乐队”创作的，歌名叫《加里·吉尔摩的眼睛》。歌曲在追问，透过加里·吉尔摩的眼睛，这个世界究竟是什么样？你是否能透过那个想要毁灭世界、继而杀死自己的人的眼睛来看待这个世界呢？

由于加里的恶名，我不得不同周围的人展开斗争。我在洛杉矶的头几个月和随后的整整好几年里，人们经常会问及我哥哥。我有遇到过一些男人，他们想知道加里究竟是什么样的人——那些人认为他敢作敢当，都很钦佩他。我有遇到过一些女人，她们想和我睡觉，因为我曾和加里很亲近。我会避开这些人。我承认我是加里的弟弟，但我不想成为他的粉丝或支持者。

我还遇见过一些女人，她们知道了我哥哥是谁以后，就再也不见我了，也不接我的电话。我收到过一些陌生人的来信，他们认为我无权从事现在的工作——写文章给年轻人看——毕竟我和一个杀

①Ross MacDonald（1915－1983），美国侦探小说家，以创作背景设定在南加利福尼亚的侦探小说出名。

人犯有着千丝万缕的联系。我还收到过一些信，写信的人认为应该将我和我哥哥一起枪毙。

从来没有哪个时刻不在提醒我发生过的事。一九七九年，诺曼·梅勒的《刽子手之歌》出版。这时，我和安德莉亚已经分开，正和另一个女人谈恋爱——我非常喜欢她。在她读了梅勒的这本书之后，我能看出她开始疑惑，与自己同床共枕的究竟是什么人，进入自己生活的究竟是什么。该书出版几个月后的一天晚上，我们一起看《周六夜现场》。艾瑞克·艾都是嘉宾主持，他在玩快速模仿的老套路。其中一次，他把印花大手帕绑在眼睛上，兴高采烈地说他要模仿的是："加里·吉尔摩！"当时我正和她以及几个朋友坐在一起，都看到了《周六夜现场》的这个桥段。这一段播完后，我去给自己倒了杯威士忌。那天晚上，我和女朋友有过一番艰难的谈话。她说她要离开我，不到一周她就搬走了。我想替她说句公道话，后来她坚称她的离开与加里无关，而是和我有关。我确信她说得没错，我们之间出现问题已经有一段时间了，而且我们俩都有不少过错。但那时，只要有什么出了差错，总让人觉得是我的问题，毕竟我身上带着家庭的烙印。

那是一段漫长难熬又支离破碎的日子，几乎每隔几天就会有人问我："你是加里·吉尔摩的弟弟，对吧？他就那么死了，你是什么感觉？"

我根本不知道该如何回答这些问题。我觉得我会说：我再也不能确定那是什么感觉。那次事件中起起落落的情绪，如同其间的种种细节和过往一样，我再也不能声称那是我一己所有。你眼睁睁看着自己人生中那段曾令你困扰的私密关系变成公众和媒体细细审视的热议主题；你眼睁睁看着你哥哥的人生——从某种意义上说，那也是你人生的一部分——远远超出你所能掌控的范围，而过了一段时间后，它已全然不像你自己的人生。你也不应对此太在意，因为感受并不会抹去疼痛或耻辱，不会抹去痛苦的回忆或悬而未决的爱与恨。

但每次有人提出这类问题，我都会感到厌烦。多年来，我尽量以礼待之，或厚着脸皮应对。我听过太多评论，做出评论的那些人已在说出口的言辞和玩笑中抛弃了自己的智商和慈悲。每次听闻那些话，我的内心就会退却一分。我觉得就因为我他妈是那个早已归西的杀人犯的弟弟，所以没人会忘记我或原谅我。我有点体会到了生活在惩罚的余波中是什么感觉：身为健在的亲人，你必须承担起惩罚带来的某些重负和传承。人们再也没法羞辱或伤害加里·吉尔摩，但因为你是他弟弟，哪怕你和他并不相像，他们仍旧会把你当靶子。就好像一个人如果出身于杀人犯的家庭，就肯定会耳濡目染，同样心怀邪恶，也必须为由此产生的暴力负责，必须承受那令人恐惧和耻辱的遗产留下的烙印。仿佛罪恶是一种血脉相承的存在。

我终于意识到，许多人心目中的加里与我心目中的他截然不同。也许对某些人来说，他意味着更多。也许，他是权力的象征，是英雄主义的符号，是厌恶的代名词，或是声名的范例，甚至是某人怜悯的对象或他人效仿的动因。不管他是什么，他们总是透过我来了解他，但我心里很清楚，我和他们想象的不同。我并不出名，也不是罪犯。我是他们非难的替罪羊、痴迷的替代品，有时两者兼有，因为许多人虽然在心底里或崇拜忌妒杀人犯，表面上仍会对之百般嘲弄。

那段时期里，我有时真想毁灭这个世界。我觉得在那些时刻，我终于在各方面和我哥哥变得极为相像，唯有一点差别：他的毁灭足以让他轻易扣动扳机，而我却做不到。

再一次，我差不多已将家庭当前的现实抛到脑后。每年有几次我会去俄勒冈橡树湾看望母亲，但每次见她总让我忐忑不安。她会不停地谈起往事，谈起她在犹他的童年，谈起加里的死刑，而她的健康也每况愈下。加里死后，她便拒绝离开活动房，我和哥哥弗兰克也没法说服她去看医生。她生活于幽暗、闭锁、肮脏的小房间内，足不出户，还身有残疾。我去看她的时候，觉得那个地方极其压抑，令人难以呼吸。置身其间，难堪的回忆环伺四周，越聚越多。

我知道有些人想去她那里看看。有些摩门教会的教友会过来向她表示同情，想要帮助她，但她一概拒绝。她坐在活动房内的椅子上，紧闭窗子与房门，朝来访者大喊："你们曾试着救过他吗？现在才过来说对不起，说知道我的感受。你们根本不知道我是什么感受。"

有时候有人敲门，她就坐在那儿一动不动，也不应声。这么多年来她一直如此，甚至从我们住在燕麦田路的时候起她就这样了。"如果不给坏消息开门，"我记得她说过，"坏消息就碰不到你。"除了仅剩的两个儿子之外，母亲再也不愿让任何人进门。

她这么做有绝佳的理由。要找到她的住处并不难，有时夜深人静，到了酒吧都打烊的时候，她坐在厨房的椅子上，置身于黑暗中，会听见屋外有车停下。她会听见各种声音：悄悄话，笑声，粗口，威胁声。有人会骂得很难听，有人会朝活动房扔酒瓶或罐头。她端坐于黑暗中，纹丝不动，心里很清楚墙外是一个毫无宽恕的世界。

"贝茜的痛苦难以名状，她的内心实在难以承受这些。"后来她的一个朋友说，"所以她就退回到那些墙壁之后。"

我知道在母亲生命的最后几年，我的缺席让她很受伤。我知道这些，是因为格雷斯·麦金尼斯告诉了我，那段时间她又重新开始和母亲通电话了。我知道这些，是因为在拉里·席勒和诺曼·梅勒借给我的一盒磁带中，我听见母亲对梅勒说："我很想念米卡尔，希望他能搬到这儿。他现在很少打电话了，就算打电话，也好像很疏远，特别客套。我觉得他对待我就像害怕触及的什么东西似的。"

她说得对。我逃离了。我帮不了她，没法眼睁睁看着她死。我希望离家越远越好。

如果现在她还健在，我会每天给她打电话或去看望她。我会问她许多事情，告诉她我有多爱她，因为她为我受了太多苦，因为她一直努力拯救我。

但我已经失去了她，我仅余一些老照片和她留在磁带上的声音。我再也没法和她说话，再也没法见到她了。

一九八〇年十二月，披头士早先的领军人物约翰·列侬在走入他位于纽约的公寓楼时遭遇枪杀。一听到这个消息，我就去拜访了朋友吉姆·亨克，他也是我在《滚石》杂志的编辑。我们看了新闻报道，一直聊天至凌晨。这件事简直难以理喻。列侬为我们创造了一份美妙的遗产，以不可估量的高度充实了我们的生活，而他的死就像是对这些所做出的极糟糕的回应。就像是我们过往的一部分也被转变和摧毁，在杀戮中终结。也许我该对这样的结局习以为常，可我并没有。每当我想起列侬之死，就会想起加里犯下的可怕的谋杀罪，想起盖伦不明不白的惨死。谋杀是终结他人——任何人——生命的一种方式。它随时随地都可能发生。它不仅让生命终结，还会使一生中所有美好的回忆或成就黯然失色。我已对杀戮所导致的满目疮痍深感厌倦，但也无济于事。个人的谋杀行为可以得到解决或受到惩罚，但谋杀本身永无解决之道。若是解决不了人心的问题，解决不了让人心变得黑暗孤绝的历史，谋杀便无法根除。

列侬被杀后的第二天，母亲往我在洛杉矶的家里打来电话。“我想知道你现在好不好，”她说，“我知道你很喜欢这个人。我知道你肯定很痛苦。”

她很了不起。即便在我想尽可能远离她的时刻，我也很清楚这一点。母亲知道失去的滋味，她很清楚这意味着什么。失去的痛苦已将她摧毁，但还不至于让她连这通电话都打不了——在她儿子心目中的英雄死去后给他打电话，让他知道她仍旧在关心他、抚慰他。和母亲通电话的那天，我做了一件无法在其他任何人面前做的事：为约翰·列侬之死痛哭不已，因为他的死也将我珍贵的过往蹂躏得惨不忍睹。

通话快结束时，母亲提了个建议。其实更像是恳求。“圣诞节你为何不回趟家呢？”她问，“我已经很长时间没看到你了。有时我觉得这个家已经不像家了。自从加里死后，我们三个人好像很难聚在同一个屋檐下。但我已经没剩几个可以见到儿子们的圣诞节了。你今年还不回来吗？”

我回了家。那年圣诞节，我同母亲和哥哥一起度过。从许多方面来看，那是一次愉快的相聚，但从许多方面来看，那又是让人沮丧的一次相聚。母亲的健康状况从没这么糟糕过。她坐在厨房餐桌边的椅子上，穿着老旧的浴袍。她就一直坐在那里，像只受惊的动物找到了一小处安全区域，再也不敢冒险外出。

其间，弗兰克出去散了很长时间步，也就在那时，母亲告诉了我一些可怕的事情，让我永远无法忘怀。比如她父亲强迫她观看绞刑的场面，尽管那次绞刑从未发生过。“你走得远远的，真的很明智。”那天，她这么对我说，“我很想你，但你这么做是明智的。诅咒将我们一个一个吞噬，过不了多久，它也会把我带走。但你住得这么远，说不定它就找不到你了。在我们之中，我希望你会是永远安全的那一个。我不希望你出任何事。”

然后她笑了起来：“算啦，看我唠唠叨叨，像个老太婆。你肯定觉得我很傻。”

过了一会儿，她打量着地板上的污迹，似乎在寻找变黑的地板下藏着的秘密。“天哪，我真的太想念加里了，”她说，“他为什么想死？他为什么杀了那两个孩子，又要寻死？我觉得我永远没法弄明白了。”说完，她用手捂着脸，在那间黑漆漆的活动房里抽泣起来。

那是她活着时我见她的最后一面。

多年以后，弗兰克将母亲临终时的情况告诉了我。他也对我说了一些其他的事。他告诉我，在加里死后的那些年和母亲生活在一起是什么样的感受。

“她显然很受伤。”弗兰克说，“但身体上的疼痛和情感上的痛苦结合起来，让她变得毫无理智可言。她会坐在那儿说一些这样的话：‘除了痛苦，这世界上还有什么？’她会喋喋不休地说着那样的话。她越来越坚信，恢复死刑其实就是为了除掉加里，或者是为了通过解决加里来解决她。有时她会彻底丧失理智，尖声大叫：‘他们只杀了加里一个人，从今往后也只有他一个人被杀，他们不会在这个国家再处死其他人了。那些该死的摩门教徒这么做，是因为他们对我恨之入骨。就是那些人朝你弟弟的心脏开了枪。’这种话滔滔不绝，让人心里堵得慌，最后我实在受不了了，就会起身出门。

“那时候，她难以相处的部分原因出在饮食上。她必须注意饮食，当然，她根本就没做到。巧克力成了她的基础饮食。她的胃状况这么差，你可以想象她的身体好不到哪儿去。她只吃少数几样食物，其中一种是特制的面包。记得有一次我去店里买，正好没有那种面包了，她就变得歇斯底里，说我故意不买回家。当时我们吵得很凶，邻居肯定听到了。

“我不想显得很刻薄，但她这个人简直不可理喻，做事不经大脑，又听不进别人的意见。有时我控制不住自己，就会大声嚷嚷——人心情不好时就会这样。我会说：‘怎么啦，你得吃点好的。你要是不吃，我就去找个护士，把人带过来。’然后，她变得彻底歇斯底里，说：‘你们哪，你们哪，巴不得把我送进养老院。’我就说：‘得了，别说了，冷静一下。我和米卡尔最不想做的就是把你送进养老院。我们永远不会把你送进养老院。’

“妈妈心里一直有个想法，就是我长大后得照顾她，压根儿不用考虑我自己的生活。可我总不能老是待在那儿吧。我会离开，有时离开一周，但通常也就是在外过个周末。她就认为那是背叛。当时我差不多快四十岁了，绝大多数时间都得待在那儿。我比天下大多数孩子付出的多得多。我受不了外出待个几天，她便认为是背叛，说我是犹大。过一段时间我回来了，她就说：‘你和你爸一个样。’

“我就是那么过来的。要是我想帮她，就会一直被骂，说我想把她送进养老院，可我不会干那种事。但我没法让她明白这一点。让她吃正确的药或多吃点饭都很困难。这真的超出了我的能力。我本来就不该帮她，因为我没有专业资格。但我还能怎么办？我都说破了嘴，让她去看看医生或者心理咨询师，可她的回答总是如出一辙。她还会变得狂躁，乱扔东西，大哭大叫。不管怎么样，她都不愿意离开家。尽管我很不想这么说，但我还是要说，我认为她压根儿就不想让自己好起来。我觉得我脑海里总是有种想法，就是总有一天妈妈会站起身，做出改变。这是我一个很大的弱点。我总以为她经过这个阶段就会好起来。但年复一年，我逐渐开始明白，情况和加里那时候一样，根本不会改变。我们总是以为：‘嗯，等他下次出来后，他就会变得不一样，他会改变的。’我也是那样看待妈的。总有一天我们醒来，会发现她奇迹般地改变了，成了一个她本该成为的真正的母亲。等我们失去她后，我才意识到，在这个世界上，再也没有这种可能了。这种感觉狠狠地击中了我。

“我本该像你一样。我本该离开。也许那样她就能吸取教训，明白她不一定要依赖别人。她本可以活在自己的世界里，拥有自己的生活，交些朋友，学会怎么开电视。她应该学会克服一些恐惧。从许多方面来看，就是那些恐惧把她打垮了，太多荒唐无稽的恐惧把她的健康状况弄得一塌糊涂。不管你再怎么努力，再怎么说理，就是没法抹去那些恐惧。她什么都怕。怕脏，又怕干净。也怕水，也怕灰尘。怕吃药，怕生病。

“结果，她不愿接受任何帮助，这让我压力很大。她以前常对我说：‘为什么我身体这么差？为什么这种事偏偏发生在我头上？’我很想说：‘你生病，是因为你不想变得健康。你生病，是因为你想死。’可我总不能把最后那点希望也抹杀了吧，尽管有时我对她气不打一处来，但我实在没法对她那么刻薄。”

一天，弗兰克突然明白事情到了危险的临界点。贝茜已经病了好几天。她在床上一躺就是好几个小时，起床后又挪到厨房的椅子上坐定。她抱怨说一直觉得很累，弗兰克放在她面前的东西，她一口也吃不下。过了几天后，弗兰克说：“妈，我这就叫救护车。”她一听这话，就心烦意乱。

“这么长时间以来，我一直都很耐心，”弗兰克说，“也许这时间太长了。看着她经历这一切，让人心力交瘁。最后她两三天都没吃东西，我想：‘就这样吧。’”

弗兰克叫了救护车，贝茜被送到了密尔沃基的医院，一路上她一个劲儿地大喊大叫，说儿子要杀她。到了医院后，医生告诉她，她儿子做得没错，再早点来的话会更好。但她根本不信。她接过护士端给她的菜，直接就往墙上扔。

弗兰克每天去看她两三次。他发现她的面色有所好转，人也变得精神起来。过了两天，医生说她没事了。

“当时我心情大好，”弗兰克告诉我，“我从医院一路走回了家。到家后，我正做着菜，突然有人砰砰敲门，说：‘他们要给你妈妈上机器。’他们开车把我送到医院，到了之后，我发现医生给她用上了呼吸机。我在那儿没待多久，她就能说话了，气色也不错。我心里七上八下，便询问医生。他说：‘嗯，我们在里面放了些药，治疗她体内的感染。’她很长时间都没清理自己，所以感染了。但她的身体又排斥抗生素。

“她是在一九八一年六月三十日下午过世的。我记得那天挺暖和，还发生了日食。她一直很怕日食。以前她总说，她死的那天定会有日食。结果还真说中了。”

妈妈住院的时候，我并不知情。她没把我在洛杉矶的电话号码记在弗兰克能找到的地方。她去世两天后我才得知这件事。之前我已经历过家人的几次死亡，但这是头一次，我一听到消息就哭得死去活来。

我赶回家，帮哥哥安葬了她。他已经四十岁了，没了母亲，他看上去茫然无措。

她葬礼那天晚上，我和弗兰克在朋友家过夜。次日我得飞回洛杉矶。我对弗兰克说，我希望他能尽快去加利福尼亚，和我住上一段时间。我们在我朋友家的门外握了握手，我目送哥哥转过身，沿着那条我们曾经生活了多年的马路——我们曾来来回回走过无数次的路——走去。

我一回到洛杉矶就给弗兰克写了信。没过几天，信被退了回来。上面标注：已不在原址——无转寄地址。我尝试寻找他，找了很长时间，却一直都没找到。我们在燕麦田路那块闹鬼的土地上互相道别的早晨，他似乎已和其他所有幽灵一同步入了虚无之中。

第二章　新家，旧鬼

另一个梦：

我住在波特兰的单间公寓，一天，父亲出现在门口。他告诉我他最近了解到母亲人在哪里，我们俩失去她的音信已经有一段时间了。显然，她生活在西雅图的某个地方，父亲认为我们应该去看看她。

我们坐上他那辆老式庞蒂亚克旅行车，就这么出发前往西雅图了。父亲应该对这条路很熟，毕竟他已来回走了不下数百次，但不知何故，每从一个出口转出去后，他总会发现转错了。这让他大为不解，火气也愈来愈大。更糟的是，所有的出口都一模一样：巨大的、倾斜的环形坡道环绕着广袤的沼泽地。转错了几个弯后，眼见再也找不到昔日能轻松认出的熟悉方向，父亲便驶离环形道，驶入沼泽地。车轮陷入泥沼，将沼泽变成了烂泥道。一名州警看见了，让我们停车。父亲解释说有人把出口都藏起来了，本来自己熟门熟路，现在却怎么也找不到出口。警察似乎挺喜欢我父亲，既没逮捕他，也没给他开罚单，甚至都没教训他，而是领路带我们去往西雅图。

我们到达那里时已近傍晚。父亲带我来到一间已替我租下的小公寓，它看上去就像是我小时候住过的那种荒凉、易失火的房子。最主要的差别是，这地方有个女人住在里面，我盼望着和她睡上一觉。父亲离开时，说他晚点再来看我。我和那个女人喝了几杯酒后，就开始做爱，却被另外两个女人的到访打断了。她们是她的朋友，带着睡袋，要在这里和她待上几天。我们聊了会儿天，之后她们把睡袋放在她床脚处的地板上，于是我们全都睡下了。

半夜，我醒了过来，实在睡不着，就起床倒了杯酒喝。然后，我看见床脚睡袋里的金发女人坐了起来，注视着我。她也睡不着，让我陪她一起坐在地板上。我们开始接吻。最后我终于体会到了她的欲求，还有我自己的欲求。

完事之后，我回到了床上，又躺到了那个算是我"女朋友"的女人身边，搂着她沉沉睡去。

次日，父亲过来了，说现在我们得去看望母亲。我记得接下来就到了晚上，我和父亲坐在一家餐馆里，和两个女人喝酒；我和我的同居女友在一起，父亲和昨晚我上过的金发女人在一起。大家都相处得挺好，度过了一段愉快的时光。这一切似乎仍旧暗示着对毫无节制的享乐欲望的默许。

父亲站起身，有点醉了，心情不错。他说他要去找母亲，过会儿就回来，要我跟他一起走。突然一切变得严肃起来，仿佛我们正要去参加一场仪式性的、令人不快的葬礼或是行刑一类的事。为了找到她，我们不得不绕了一个很大的圈子，穿过迷宫般的餐厅，走过一间又一间满是醉酒者的房间。最后，我们转过一个拐角，看见了坐在桌边、穿着得体的母亲。邻桌有个年轻女人，可爱又性感，她正朝我父亲招手。他走过去，在她身边坐下，搂着她说："她就是你母亲。"

我们都知道他搞错了，但既然他已经找到了母亲，又显然觉得尴尬，所以他不想浪费和这位年轻女人相处的机会。我转身看着母亲。母亲对我礼貌地笑了笑，怯生生的，笑容显得很勉强。她看上去年老又弱不禁风，似乎一旦我搂住她，她就会碎为齑粉。但她看上去也为我终于找到了她而感到高兴和感激。从她的眼中，我能看见难以想象的悲伤与恐惧，仿佛她对我要说的话感到很害怕，或者怕我再次将她抛弃。尽管我很清楚她会崩溃，但我仍将她搂住。梦到此便戛然而止。

母亲去世，弗兰克下落不明，我觉得自己再也没有家了。布鲁斯歌手会告诉你，在这个世界上，没有母亲的孩子会过得多惨。切断了母亲给予的爱和抚慰，也切断了自身历史的源泉，这样的感受令人生不如死。歌手唱道，失去母亲就等于失去在世界上的依靠。那曾塑造了你、保护着你的一切如今都会逝去。你漂泊无依，即便找到了一席之地，你仍将永远失去与祖先至关重要的关联。你失去的是神圣之物。

我一向很喜欢那些歌，但我的感受并非如此。没错，我很怀念母亲。她这辈子遭受的痛苦令我心碎不已、愤懑难平。想到她确已逝去，我有种感失落与剥离感——一种刻骨铭心、难以平复的伤痛，而家里其他人的死亡从不曾让我有过如此感受。在接下来的岁月中，我会怀念与她聊天的日子，怀念还有希望的日子——希望有朝一日，我能够给她带去好消息，以弥补她这么多年来忍受的痛苦。此外，我还失去了弗兰克的踪迹。我担心他会出事，毕竟在这片毫不友好的土地上，他太过腼腆而消沉。

但真相是，失去了家庭，我并没觉得在这世界上有多失落，如果说有感觉，那反而是一阵轻松：再也不用和家庭残余的精神相连，不管今后我的人生会遭遇怎样的毁灭，至少目前我拥有属于自己的生活，再也不用整天担心家里又要发生什么灾难。

母亲去世几个月后，我遇到了一个年轻女人。从她的眼神中我可以看出，她也需要爱。她叫艾琳。

和我一样，艾琳的家庭也与死亡和麻烦相伴，我们都相信能够帮助彼此，以弥补对方生命中的损失。我们坠入爱河，一九八二年八月，我们在亚利桑那的图森结了婚。

差不多就在这时候，我得知拉里·席勒根据《刽子手之歌》改编的四小时电影马上就要完成，将于一九八二年十一月播出。长久以来，我和席勒的关系并不好。一九七七年，加里遭到处决之前，我离开了犹他，没和他打招呼，也没接他的电话。我能感觉到他对整个事件的介入将加里的死刑变成了媒体的商品，将我家的生活搅得不得安宁。

后来，我搬往洛杉矶后，席勒给我打过电话，说他已经说服诺曼·梅勒来写一本有关加里生平与死亡的书，问我是否愿意为这个项目接受采访。我拒绝了。我很尊敬梅勒，但我对一个由席勒参与的项目的可信度有诸多怀疑。而且我也不愿总是去反复讲述、反复重温我家的这场悲剧。

一九七九年，《刽子手之歌》出版了，我这才意识到，为梅勒这本书做了大量采访的席勒对材料的运用极其谨慎，这一点我倒是没料到。梅勒并不想将加里的故事神秘化，或仅仅做一番陈述，而是对种种表象细节演变所揭示的真相颇感兴趣：人物与事件如何相互影响，最终使我家走上了命定的不归之路。不过我仍然觉得，席勒身为历史记录者的立场使他钻了道德的空子，让他这个记录者得以摆脱某种困境。

书出版后，梅勒问我为什么不愿介入《刽子手之歌》，我说：“因为拉里·席勒。”梅勒思考了一会儿，说：“我明白你的意思。你要知道，我和拉里在这些年里也有分歧。但我还是得说，这次经历使拉里深刻了不少。”

如今，席勒将这个故事搬上了电视，我知道又得再次重温我家那段被重塑的痛苦过往。此外，我也很清楚影像记录比书面文字记录更具权威性；因为影像上有真实的人物、真实的声音，人们经常以为它讲述的都是真实的故事。但我心里很清楚，加里生命中的那段真相无法轻易通过电影传递出来，这就是我想表达的。这次，我决定不再逃避。《滚石》杂志的编辑同意我的想法，派我去报道与这部讲述加里生平电影相关的内容。

很快，席勒便得知了这项委派，打电话邀请我去看电影，并表示他会配合。这似乎是个极其大度的邀约（当然，也自有其中的精明），毕竟我已无数次拒绝他邀我加入梅勒项目的请求。

几天后我看了电影，发现它在许多方面都很贴合主题。电影没有过多粉饰，没有多愁善感，只是快速讲述了加里在犹他普罗沃的生平，展现了他的怒气不断积累的过程，以及他为求发泄犯下的两起冷血谋杀的罪行。其中也展现了他随后不停否定自己，终致获得死刑的场景。但我觉得这部电影也有很大的缺点：它并未完整地表现加里这个人，也就错失了重塑和拯救一个灵魂的机会。演员汤米·李·琼斯想要真实地展现加里，但成效不大，对加里致命的性格及他的聪慧程度无甚着墨。或许最成问题的是，片中并未努力挖掘加里在求死背后的动机。我觉得若是不弄明白这一点，他在故事中的其他细节与行为也就变得索然无味了。

看过这部电影后大约一周，在一个夏夜，我坐在席勒家的后院，说出了我对该剧的观感。“嗯，”他回答道，“你说得没错。这个人物肯定不是我见过的加里，不是你的血亲……但我认为这个加里也和真实的他一样，让你抵达了最终的归宿。”

席勒静静地凝视了我一会儿，然后说道：“现在我想问你一个问题。为什么你等了这么久，到现在才愿意和这个故事有所牵连？我邀请你的时候，为什么你不愿为诺曼的那本书接受采访？”

我告诉他，关于加里，我只想保留自己的声音。我不想接受别人的采访，之后又觉得丧失了对自己话语的掌控。

席勒点了点头。“保留你自己的声音。你那时候要是能像现在一样解释，我应该也能理解。你看，我把你看作我未曾得到的、讲述这个故事轮环中至关重要的辐条。”

我继续说道，其实我心里很清楚，在犹他，加里之所以拥有新闻价值或文学价值，正是因为他的死亡事件——实际上，是他的死亡表演。显然，对席勒而言，加里死了会比……

席勒替我将我的想法说完了：“比他活着更有价值。可事实上，并不是这样。”

“你不这么认为？”

“不。加里·吉尔摩之死并没有多大价值。如果他逃过一死，他的故事才会更具社会价值。”

“这话怎么说？”

“因为那样我们就能看到，公众如何能将一个事件变得重要，又如何剥夺这种重要性。我希望我的电影剧本有那样的结局。”

“可你是否扪心自问过，你的介入是否加剧了他的死亡？”

“我认为，我们的行为其实决定不了加里的生死。”席勒回答道，“但我们的行为决定了他的死亡可以产生多大的影响力。如果媒体，包括我自己，决定在死刑之前的两周撤出，加里的死就不会像之后媒体报道的那么重要。

“不管你怎么想，我并不希望加里遭到处决。我对生命的价值怀有深深的敬意，但我也理解加里有权决定自己的命运。这是一种不可剥夺的权利。说他选择这样死去会给其他人造成伤害，这点基本上说服不了我。”

夏日炎炎，夜色已深。我们四周只有晚风吹拂下树叶发出的窸窣声，热气渐消。我发现自己正与那个曾令我极端厌恶的人隔桌对坐，而让我惊讶的是，此时的自己再也无法唤起那种仇恨了。

与拉里·席勒的讨论即将结束时，我问起他同加里的前女友尼科尔·贝瑞特·贝克联系的情况。事实上，我从未见过尼科尔，也没和她说过话。我在加里受刑之前去犹他探视他的那一周，尼科尔因为尝试和加里一同自杀而仍在住院。我曾设法和她建立联系，这么做部分是因为加里的请求，也因为伤心困惑之时我总想找一个人倾诉。但医院戒备森严，我根本没法靠近她。我最多只能应加里的请求致电盐湖城广播电台，为她点播一首歌。那是加里最喜爱的一首节奏布鲁斯老歌——“胖子”多米诺的《泪之谷》。

在接下来的几年里，我仍时刻想要与尼科尔建立迟来的联系，主要因为围绕加里之死的一些谜团总让我难以释怀。我能找到她的唯一方式就是通过拉里·席勒，可由于我自己的选择，我又将那条路封死了。而且，我可能还没做好准备。与尼科尔见面自然会让失去加里的痛苦重新涌上心头，而这样的痛苦我那时根本无力承受。

如今有了席勒提供的地址，我便坐下来给尼科尔写了一封信，告诉她我正在做什么，问她是否愿意和我面谈。几周后，我飞往她当前居住的俄勒冈小镇。在机场迎接我的尼科尔与影片里罗莎娜·阿奎特扮演的尼科尔一样可爱，不过腼腆得多，还有些魔怔。显然，最近几年她有了一些好的转变：她如今已为人妇，日子过得挺和美，改宗了基督教，还刚生下一个男孩。我们见面的时候都有点忐忑，然后去了一家通宵营业的餐馆用晚餐。

我们聊了好几个小时，但一段时间之后我们才聊到加里。她说她已经结婚，信了基督教；我说我也结了婚，以及我为什么这么喜欢摇滚乐。接下来的几天我们也聊了很多，只要时机成熟，我们就能谈及加里和与他相关的记忆。有意思的是，对于这件曾在我们生命中发生过的事，我们花了好一会儿工夫才厘清我们对此的真实记忆与文字和影像记录之间的差别。我们意识到，在对真实生活的所有解释中，很容易失去构成真实自我的一部分要素。

与尼科尔见面的最后一天晚上，我们驱车在俄勒冈海岸的树林里行驶了很长时间。我们谈起了关于加里死刑那段时间的回忆。我讲了最后几次探视加里的情况，那时尽管我们彼此疏远，相处不易，但仍然怀着对彼此来之不易的尊重道了别。

“你也知道的，”尼科尔说，“我一直都没和加里道别。”她沉默了一会儿，凝视着夜色，此时我们正疾驰于高速公路上。“一天晚上，”她继续说道，“我待在房子里——那是死刑执行后拉里在马里布为我租下的——我梦见了加里。他骑着一辆巨大的摩托车来到我的房子。他没怎么说话，但我知道他想让我和他一起走。我爬上后座，紧紧搂着他。我们行驶了很长时间，最后来到一长条伸入大海的陆地上。陆地的尽头有一座监狱，但没有警卫，也没有大门。那里更像是前往其他地方的转运站。

“内部都是白色的石墙。加里从摩托车上下来，对我说：‘再见。’我说：‘我不能和你一起去吗？’他说：‘不，你不懂。你再也见不到我了。’我开始哭，像在真实生活中那样号啕大哭。然后我环顾四周，看见一个女人坐在边上，她也在哭。那是你母亲。我走过去紧紧搂住她，一起痛哭。”

我们沉默了好长时间，然后我问尼科尔：“你现在还经常想到他吗？”

她看了我一会儿，笑了笑，探头看了看车窗后面。“哦，”她说，“晚上太阳落下，那有时会让我想起加里。”我琢磨了一会儿这句话，才明白她的意思：她一直在思念加里。

窗外，沿海小镇起伏的山峦一闪而过，星光点点的夜空与黑色的剪影交相辉映。我终于明白，和尼科尔的见面是一次美好而难忘的体验。它也提醒了我，在现实生活中，我们心灵与记忆中的种种真相从未停止冒险。这次体验也让我有了家的感觉，我已经很长时间没有这样的感觉了。

几分钟后，尼科尔将我送回酒店。“我最恨说再见了。”她说着，腼腆地笑了笑。

“我也不擅长。”我回答道。

我吻了吻她，目送她走向车子，转身，挥了挥手，开走了。她返回了自己的生活，我也返回了我的生活。只能如此。

也许，这个故事该就此打住了吧。也许，已经尘埃落定。也许，其中甚至还隐含着救赎的意味。至少那就是我写那篇文章时的感受——一九八二年秋，我给《滚石》杂志写了篇有关《刽子手之歌》的文章，结尾提到了和尼科尔的见面。我在想我必须学会的事情，也是我们大家必须学会的事情是：生活还在继续。我们只能接纳痛苦，面对回忆，尽可能原谅。总之，学到这样的真相也不算太糟。

问题在于，我们的生活必须得继续下去，生命不会真正终结，除非死亡。唯有死亡才能告诉我们故事已经结束，现在该对终结的生命做出评估，测算其中的情节和波折，再去讲述故事。在这个故事里，只有加里和其他所有死去的人——我的家人，被加里杀害的那些人——才有权要求结束，也唯有他们的戏份已经完成，再也不用为之付出代价，或逃离那些传承。最后一页已然翻过，可留下的我们仍旧活着，活在亡者永无终结的遗赠之中。

我的生活并不总是一帆风顺，但就某个层面而言，我过得也算不错。音乐记者的生涯一直挺顺利。一九八〇年，我离开了《滚石》杂志几年，但仍继续为他们写稿。我在《洛杉矶周刊》做了一段时间音乐编辑，然后又在如今已经倒闭但颇令人怀念的《洛杉矶先驱观察家报》当了五年的流行音乐评论员。那段时期，我写出了作者生涯中最为喜爱的几篇文章，这么多年来，第一次觉得自己终于可以发出满怀自信的评论声音。我还得到机会遇见并采访一些一直以来对我影响至深的人，如鲍勃·迪伦、迈尔斯·戴维斯、米克·贾格尔[①]、基思·理查兹[②]、约翰尼·罗顿[③]、布鲁斯·斯普林斯汀[④]和我最喜欢的音乐界英雄娄·里德[⑤]。

提起这些并非自吹自擂，而是我确实对自己从事的音乐记者一

---

①Mick Jagger（1943－ ），英国摇滚歌手，滚石乐队创始成员之一，1969 年起担任乐队主唱。

②Keith Richards（1943－ ），英国摇滚乐手，滚石乐队创始成员之一，担任乐队节奏吉他手。

③Johnny Rotten（1956－ ），英国摇滚歌手，朋克摇滚性手枪乐队主唱。

④Bruce Springsteen（1949－ ），美国摇滚歌手，东大街乐队主唱。

⑤Lou Reed（1942－2013），美国摇滚歌手，地下丝绒乐队主唱兼吉他手。

职颇为自豪，也感激很多编辑给我机会，使我成为一名作者。我提到自己的工作，是因为虽然我对摇滚乐和其他形式的流行音乐及文化一直满怀激情，但工作并非我生活中最重要的部分，也不总是能让我感觉生活得到了多大提升。写了一天稿子之后，我还是得回家，面对真实的生活。我的婚姻从一开始就多少有些问题。我觉得我们俩将太多家庭的恶魔带入房子里与人朝夕相处，而且说实话，对那些将我妻子置于困境的恐惧与伤害，我的理解不够深，给她的支持也不够多。一旦我意识到我并没有很爱我的妻子，只不过想救她于水火，只不过可能是在为不曾竭尽全力拯救哥哥而赎罪，我们的结合就注定会失败。这无法让一段婚姻维系良好的平衡。一次，我们争吵得很厉害，临了，艾琳对我说："我需要你，可你并不需要我。"我发现她说得没错，我明白一直以来我并未公平对待她。我们结婚两年多后便分居了，在一九八五年离了婚。离婚后，虽时有摩擦，我们的关系仍然不错。多年来，我们也有一两次努力试图复合，但那时恐怕已经造成了太多无力挽回的伤害。我仍然爱着她，也仍然希望她一切安好。

之后是一场又一场热恋。随着年纪见长，我急切地想找到一个人组建家庭，有所归属。后来很长一段时间，我又彻底断了任何成家的念头，因为这种念想让人太过痛苦，这种渴望感觉像注定无法挽回的失败，让我觉得我再也成不了家了，就算能成家，也会将之毁于一旦。后来，不出所料，我被临床诊断为抑郁症。我坐在那里工作，有时候听着音乐，有时读着书，刹那间恐惧就会将我紧紧攫住。我会去床上躺下，蜷着身子，一躺就是好几个小时，等待黑暗消逝，等待正常呼吸的机会再次降临。我发现这和我幼时患病的奇怪情形一模一样：我会紧握着手，全神贯注于自己的掌心。仿佛只需用力按压掌心，便可从那里寻得安慰，得到答案。

我对抑郁症的了解不算少，很清楚这种病症会越来越严重，甚至会变得致命。我找了个很好的医生为我治疗，恐惧和其他症状开始逐渐消失。生活又找回了一些基本的乐趣与目标。抑郁症的发作可能只持续了几个月，但给我的感觉像是一生一世。抑郁症的体验很难与人交流，或许也很难让人理解，可一旦患上此症，便难以忘却。它让你对世间的一切多了一些怜悯之心，也让你开始仔细打量自己生活的边边角角，当这种黑暗再度来袭时，你很快就可以认出它。

那段时期，我签了份合同，要为一个音乐团体写书。我本不该接这个项目，毕竟那时我对这个主题没多少感觉，但我又想让自己的生活有所改变，自认对写作和音乐有充分的了解，应当可以重燃激情。快一年后我仍未动笔，这时，我就知道自己再也写不出来了。于是我想到了一个替代方案，为另一个乐队“感恩而死”写本书。这主意不错。“感恩而死”是个了不起的乐队，拥有一段非凡的历史，通过讲述这个乐队的故事，人们能够细细审视美国现代文化的一段重要时期。也许这次我会好好地应对这项任务，可我犯了一个相当致命的错误：我恋爱了。

我要讲的这件事不太光彩。毕竟它涉及我对一两个爱我、信任我的人的背叛，而且后果不可收拾，令人难堪。我在波特兰度假期间遇见了一个女人，姑且称之为洛克仙妮吧。当时我正在为“感恩而死”乐队的项目做调研。事实上，我偶然结识她也有几年时间了。她是我一个前女友的妹妹。这时她刚刚离婚，是个四岁男孩的母亲。她正渴望改变生活，与我不谋而合。这次恋情和其他许多次恋情没什么区别。起先是地下恋情，结果促使我们见面交合的激情愈燃愈烈，达到了顶峰——这样的激情使爱情显得势在必行。但还不止于此。我对洛克仙妮讲了我想成家的梦想，她也说希望有朝一日能多生几个孩子。我们谈论着是否可以将两个梦想结合，当时看来应该有这个可能。

我搬去波特兰住了一段时间，一边写书，一边等待这段恋情可能的结果。我去那儿的时候抱着一种信念，即我终将迎来货真价实的幸福，组建自己的家庭。我甚至对自己说，在这片曾以无数死亡与失落终结的土地上重建生活，不仅可以拯救我自己的过去，或许也能拯救家人的过去。

好吧，这个理想并没有实现。到波特兰之后不到两天，我就感觉我们之间极其不对劲。结果是，洛克仙妮遇到了另一个让她更感兴趣的人。我们争吵、分手，而她与那个人结了婚，又有了孩子。事情就是这样。确实，除了怪我自己，也怨不了别人，除了原谅自己，也没人可以原谅。可这次，要原谅自己并不容易。

那段日子过得很不舒心。我在波特兰的公寓里闲坐，止不住地痛哭流涕。晚上我常常喝得酩酊大醉，根本没法集中心思工作。最后，我只能放弃这本书。

这一次，我前所未有地濒临自毁，至少是我所知的离毁灭最近的一次。当我明白自己根本没法了结这一切，甚至连彻底崩溃都做不到时，我并没有觉得好过多少。我只是觉得安慰已无处可寻，生活已无药可救，而且，无论愿意与否，我都得与这种认知共存。

那时我又看见了鬼。

约凌晨三点的深夜，我酒醉入睡，睡眠时断时续。我住在市区边的阁楼公寓里，街上的灯光在四壁间彻夜闪烁，总让人觉得有东西在动。我睁开眼睛，看见有东西在移动。我想肯定是灯光，就又闭上了眼睛。接着我听见楼板吱嘎作响，睁开眼睛，看见房间那头有个女人。她轻轻摇曳着，周身闪耀着琥珀色的光芒。我发现她个子高挑，一头金发，身着白衣。她在我的床脚边走来走去，轻声说着话，嗓音动听，惹人迷醉。她来到我床上，跨骑在我的胸口上。她抓住我的手腕，扭转我的上半身，迫使我的双手和手臂都紧贴着墙面，把我弄得生疼。她弯下腰，吻着我的耳朵，说："我认识你。你是最后一个。我已经让他们一无所有，现在，我要来找你了。"

我醒了过来，手腕紧贴着墙壁，很疼。我环顾被霓虹照亮的黑暗之处。没有人。我起床，在房间里走了一圈。就我一个人。

我真的看见鬼了？当然不是。这种梦可能就是医生所说的"夜惊"，时常发生于意识尚存的特定睡眠阶段，能感知到周遭的物理现实和由此产生的威胁感。这样的梦在某些文化中很普遍，据称，许多人均因惊吓引发的心力衰竭而死在睡梦中。

当然，那肯定不是真的鬼。我很清楚这一点。但在随后的几天里，一旦回想起来，我也不能否认那种感受是如此真实。就像是从异域或从我自己的潜意识而来的信使在提醒我：我的失败不过是链上的一环，而那链条早已将我同超越自身的痛苦的历史联结起来。也就是在那天晚上，我开始明白，我从未逃离自己的家庭。他们的毁灭已经在我心里深深扎根，也许从一开始便已如此。这么一想，我便离开了家人葬身的土地，回到洛杉矶的朋友中间，回到我在洛杉矶的日常生活之中。

我回到洛杉矶后过了几个月，一位歌手朋友维多利亚·威廉姆斯打来电话告诉我，把真实丑闻重新包装成娱乐新闻形式的全国性节目《时事新闻》将在当天晚上播放关于我哥哥的新闻片段。节目制片人找到了尼科尔·贝克，已说服她接受电视采访，谈谈加里以及他杀人受刑的经过。那是她同意就这个主题接受采访的第一个大型电视节目。

我觉得有点吃惊，这件事都已过去了十年，没想到加里与尼科尔的关系及他的死亡竟然还能成为热门新闻，也许轰动性丑闻一向不会过时吧。我打开节目，本以为会很没品位，没想到除此之外还看得我怒火中烧（至少对我而言是这样）。可是，这期节目却又带给我一些意料之外的触动。节目播出了一段加里在最后几个月多次参加庭审的新闻镜头：他铐着手铐，穿着白色囚服，他那警惕、审视性的目光扫视着环绕四周的摄像机——正是这些相机将他巨细无遗地记录在档。我记得在一九七六年我就看过这些片段，感到茫然又愤怒，当时我想，他的模样确实极为符合别人对他的看法：冷血、傲慢、致命。经过了这么多年和那么多事之后，如今再观看这些影像，我倒是看到了某些当年我不确定是否看得真切的东西：加里看上去其实有点害怕，他看起来也很像我的兄弟。也就是说，他让我既爱又恨。正是他以某种方式改变了我的生活，在我的生活里造成了再也无法真正修复的缺憾。最主要的是，他看起来正是在他去世之后我一直思念的那个人——哪怕可能话不投机，我也希望还能和他坐下来说说话。

但总的来说，这期节目肮脏卑鄙，用意恶毒。节目的重点就是将加里杀人的责任全都推到尼科尔身上。尼科尔描述了加里最后一次打她的情形。她说她很清楚自己这次真的要离开了。“我以前被男人打过，”她说，“所以我就告诉自己：‘还是走吧。’不管我做了什么，我都不该被如此对待。他知道我的感受。我看着他的时候心里很清楚，我走后他肯定会杀人。我很清楚如果我离开了他，有人会因此而死。”

“可你还是离开了？”采访者问。

尼科尔移开视线，没看摄像机，沉默了一会儿。我又见到了她眼中那种熟悉的悔恨感。她惨然一笑。“那是我这辈子最大的悔恨。”她这么回答道。

采访者的言下之意再清楚不过：尼科尔也该受到责难。因为加里失去了她，应付不来，就杀了麦克斯·延森和本·布什内尔，而没有杀死这个弃他而去的女人。除了这个问题和这个结论之外，还有一个更阴险的暗示：无论如何，尼科尔都有义务和加里待在一起，继续承受他的暴力，以免他枪口对外，荼毒无辜的世界。换言之，采访者的意思是尼科尔有罪，因为她拒绝在生活中被那个男人肆意蹂躏。

生怕这一点不够明确，节目末尾，采访者又设置了一个双关性的问题。“这么冷血的一个人，你怎么还会说爱他？”他问。

“每时每刻，”尼科尔说，“他的名字都会出现在我的脑海中。他进入了我的生活，爱过我，又将所有的美好毁于一旦。”

“你是否愿意将加里·吉尔摩从你的生活中抹去呢？”

她又露出一个破碎的笑容，再次移开视线，摇了摇头。

“如果知道将加里抹去的话，那两个人就仍然可以活着，他们的孩子也不会没有父亲，”采访者问，“你还会这么说……”

尼科尔终于完结了这个问题。“没错，”她说着，点了点头，“我还会这么说。”

之后，镜头便切换到了主持人毛里·波维奇，他脸上露出自以为是的厌恶神情。“很难为她流下同情之泪。”他说。

这次我真的差点把电视机砸了。

我坐在那儿看着波维奇的脸，心想：尼科尔从没他妈稀罕过你的眼泪。我们才不会稀罕：加里不会，她也不会，我更不会。没错，如果有人值得为之落泪，那肯定是麦克斯·延森和本·布什内尔的家人；他们不仅值得我们为他们掉眼泪，还应获得我们的同情、支持和祈祷。但不仅仅是他们。如果你真要掉眼泪的话，我觉得你应该为这些人哭泣：他们从未真正想过谋杀为什么会发生，也没有想过如何防止这样的悲剧重演。你倒是更应该为自己哭泣，你这个道貌岸然的傻×。因为从某方面来看，你和我一样，也是这个孕育着谋杀的日常世界的一部分。而且，波维奇先生，如果你无法同情尼科尔，无法对利用她为你的节目增加收视率而感到内疚，你就应该试着同情那些年幼之时内心便已深深埋藏杀人之念的人，至少给予他们一些理解。毕竟对堕落的心灵而言，杀人好比啜饮甘醇。

我承认这时我内心的想法确实不怎么高尚，更谈不上有多理智。我怒火中烧，倍感受伤，因世界毫无悲悯心的评论而心力交瘁。

我关上电视，熄了客厅的灯，在黑暗中坐了好几个小时，一直思考着。在几个月前，我刚体验过一段人生中最惨痛的经历——搬往波特兰，没多久又搬了回来——此时，隔了一段时间，我再反思这件事，便意识到失败的根源主要来自我的过往。那是毁灭的回响，早在我出生前就已开始运转，事实上，那也是在我和加里的血脉中流淌的东西：我们都继承了一份超出掌控也无法理解的、与我们对立的遗产。显然，我们处理这份遗产的方式各不相同：加里最终将废弃外化，事实上，他把它带到任何所经之处，将之加于无辜者身上，加于尼科尔、自己的家人也包括我身上，加于世界及其正义的理念之上，最终又加于自己身上；而我将毁灭内化，因为没人允许、连我自己也不允许将之外化。无论外化还是内化，两者都极具毁灭性，生命中我第一次意识到，这种毁灭性的力量并不会真正终结。我的家庭的毁灭并不会与加里一同终结，因为这毁灭并非因他而起。

那天晚上坐在那里，我意识到我成长的这个家庭并不会绵延生息。家中虽有四个孩子，可我们之中却没有一个人拥有自己的家庭。我们无法经由子嗣来播撒遗产、建立家族、扩展或满足自身的任何需求，无论是出于仁慈还是残忍，出于破坏还是责任。我们不会有孩子任我们殴打或毁灭，不会有孩子再经历我们以前所经历的一切。尽管这么多年来我对所有人说我想要组建一个家庭，以期在某种程度上稍稍补救我家造成的毁灭性的影响，可事实上，我从来没拥有过家庭。我走一步错一步，与梦想渐行渐远，如今我不得不怀疑自己是否真的需要家庭。我们家那些不堪回首的过往还是在我们这儿止住为好，若是有了孩子，就要冒重蹈覆辙的风险。终结毁灭的唯一方式是自杀。从某种意义上说，加里和盖伦就是这么做的：他们在延续家庭之前便终结了自己，从而也终结了这个家庭。

要走到这一步实属不易：意识到你内心有些东西确实不该在这地球上繁衍生息，你也不该延续这样的生命。走到这一步，对自身和未来有所感知，确实使我的生命产生了变化。从此以后，我就不再是从前的我了，有时候，我怀疑我再也回不去了。

第三章　秘密与骨头

我决定再回一趟波特兰，这次是去找我哥哥。

弗兰克是我仅存的亲人，而我却弃他于不顾。我不知道他如今是否幸福，是否无家可归，是神智健全还是受伤残废。我在生命中已失去太多次我爱的和我在乎的人——有时是因为死亡将他们带走，有时是因为他们不再爱我，有时也因为我想要走开，从深爱着我、最需要我的人身边抽身而退，永不回头。有时这么做易如反掌，我几乎会不假思索地大步走开。这是我令人羞耻的秘密中的一个，对此我自己都没怎么想明白，不过现在我想好好正视这个问题。

但说实话，我十分想念弗兰克。这么多年来，我一直在设法寻找他。我得到过一些消息，有人看见他在某个地方上班，或从波特兰的某条马路上走过，但我就是哪里都找不到他。最近一次听说他的消息也是几年前的事了。那时有个朋友看见他在做保管员的工作。等我打电话给雇主时，弗兰克已经离开，不知所踪。

我不知道见到哥哥后会怎么样，但我还是很想见他。我想和他说说话，碰触他，希望看到他一切安好，试着公平地对待他，哪怕因此他会将我永远剔除出他的生活。

我在波特兰待了三个月，终于找到了弗兰克。我竭尽所能地寻找他，尽管我这辈子爱读悬疑小说，在寻找失踪人员方面却并不特别在行。我查过死亡证明，去过无家可归者的收容所，一个个检视马路上的行人，生怕其中就有我哥哥。后来，在圣诞节前不久的一天晚上，我和一个朋友、犯罪新闻记者吉姆·雷登共进晚餐。他说会替我打几个电话试试。次日清晨我起床时，雷登在电话答录机上留了言，说他找到了弗兰克的住地。那地方距我现在的住址有十个街区，就在波特兰的西北角。

我穿好衣服，朝弗兰克的住处走去。虽然只有十个街区，但走过一个个街区时，就仿佛从一个世界进入另一个世界。我居住的波特兰西北区曾经属于老城区，所见皆是翻新过的维多利亚时期的房屋。如今，这里是商铺、咖啡馆、酒吧林立的高端地段。最近十年二十年里，像这类做作、富裕的波希米亚街区如雨后春笋般出现于美国的许多城市。但当你沿着第二十三大道往北走去，会看到许多未经修缮的维多利亚时期的房屋。当你看到仍陈旧如当年的老宅时，你便来到了波特兰西北工业区的边缘地带。这片地区自二十世纪四十年代起就未曾改变、不受待见，聚居于此的大多是老人和穷困潦倒之人。他们在街角的杂货铺周边晃荡。那些杂货铺的窗户上都装了铁条，有狗看家护院，柜台里都藏了枪。这个区域里还有几家旅店，大多是苦力寄宿的地方。

弗兰克就住在这一带，住在一间吵闹的旅店楼上的破房间里。我以前见过这种地方；很像我小时候父亲外出联络销售员时带我住的地方。明亮的光线和新鲜的空气很难透进这样的地方，而且处处都能嗅到老年人的气息。他们已是风烛残年，也就看看电视，喝喝酒，发发呆。没想到这地方这么原始，我觉得很压抑。有那么一刻，我真想一跑了之。

我爬上台阶，找到朋友说的弗兰克的公寓，敲了敲门。没人回应。我又敲了敲门，这引起了公寓经理的注意。他说住在这里的人上班去了，要到半夜才会回来。

等待夜晚降临格外漫长，好像我这辈子从没等过这么长时间。我一直在想弗兰克住的地方究竟什么样。我试图想象他的生活现状。不管我遇到过什么问题，至少我过得还比较舒心，也有社会交往。从许多方面来看，生活还算待我不薄，我比家里其他人强多了。

让我觉得不可思议的是，兄弟俩的生活竟有如此大的差别。这实在很不公平。弗兰克一直待在家里照料母亲。确实，在兄弟们之中，只有他一直在尝试做正确的事。相比之下，我却只顾自己，一逃了之。我从未想过分担母亲的重担，纾解她的困境。弗兰克全心投入，结果落得凄惨境地，与流浪汉和外来者为伍。虽然我也过得不尽如人意，并非心想事成，但也不是一无所有。我有地方可以去，有事情可以做，银行里还存着钱。我肯定不会沦落到只租一个单间的地步。

现在我在这里狠命鞭挞自己、连连道歉是毫无意义的。即便是现在，我都不相信自己这辈子还能有什么变化。我认为我不得不逃离家庭是为了免遭拖累。眼见弗兰克的住所，我已清楚最近十年来他过着什么样的生活，我们之间的差距让我感觉很不舒服。对重回他生活的这一种前景，我也不觉得有多振奋了。

那天余下的时间里我开着车到处乱逛，满脑子想着这些事。我好奇过了这么长时间后，我们会对彼此说些什么。

晚上九点，我返回弗兰克的住所，在走上楼梯的时候差点和一个人相撞。那个人正拉起风衣拉链，压下绒线帽，准备步入寒冷的室外。我很快打量了一下他的脸——这是我最近几个月养成的习惯——发现这张脸和这么多年来我脑海里反复出现的相貌很相像：脸上纹路极深，可见早年饱经沧桑。我看见的是我哥哥的脸。

“弗兰克。”我叫道。他抬起了头。我发现他没认出我是谁。

“弗兰克，是我，米卡尔。”他愣在那里，紧盯着我，脸上现出疑惑的神情，好像不敢相信我说的话。我觉得就算他伸手把我推下楼梯，我也不会阻拦。我会觉得这没什么。

相反，他伸出手，抓住我的胳膊，紧紧抱住了我。那一刻，我们周围的肮脏都不重要了。那一刻，我只觉得自己融入了家的怀抱。

半小时后，我们已置身于我温暖的公寓中。弗兰克不想让我看到他住的房间。

弗兰克一进门就四处打量，看到了杂七杂八的书和CD，还有电子设备和电脑。“哈，”他笑嘻嘻地说，“你和妈还挺像的。好像什么东西都舍不得扔。”

我们坐在沙发上，喝着热饮，聊着天。弗兰克说他听闻我结了婚，想认识一下我的妻子。我解释说那段婚姻早就结束了，只不过是常人都会犯的一个诚实却可悲的错误。“唉，”弗兰克说着，搅了搅咖啡，“听你这么说，心里真不好受。没孩子？”我说没有，他瞬间陷入了沉默。

我问从上次见面到现在他过得怎么样。他耸了耸肩，清了清嗓子："我一直漂来漂去，这儿待几个月，那儿待几个月。妈去世后那几年，我喝了很多酒。她的死让我心里很不好过。我觉得某些方面我有责任，脑子里怎么都摆脱不了这个想法。她对医院又恨又怕，我却送她去了医院，让她死在了那儿。我想假如我没那样做的话，她可能还有活下来的机会。我卖了活动房就离开了。这些年我就是这么过来的：东游西荡，干这干那，喝喝酒。许多时候我就待在大街上，打过几次架，还断过两次胳膊。有一次我被一帮该死的光头党揍了一顿。他们把我所有的东西都抢走了。"

弗兰克停下来，微微笑了笑，这和他刚才絮絮叨叨说的那些惨状形成了鲜明的对照。"我觉得那些年里我真有点疯。后来我开始想起许多其他的事，想起盖伦年纪轻轻就死了，想起加里干过那么多坏事……我遇到过一些我根本不认识的人，他们直接就过来问我一些最可怕的问题：'你弟弟真干了那些坏事？你怎么能和那样的人住在一起？'有几次，我正在上班，有人猜出我是加里的哥哥。他们想和我打架，好像把我打败就可以显得他们比加里更强更狠，可以再羞辱他一顿。几个月前我在盐湖城上班，有人发现了我是加里的亲属，朝我开了枪。"

弗兰克讲述的时候，我觉得过去的岁月又回到了我们身边。也许他也感觉到了，因为他站起身，开始走来走去。他在我的公寓里四处走动，东看西看，最后来到餐桌边，桌上有我随意摆着的几张家庭影集里的照片。出于某种理由，我一直保存着这些照片。它们是我仅剩的家庭纪念物。最近我花了许多时间细细审视这些照片，试图从中解读出我们生命之谜的蛛丝马迹。

"我还在想这些照片怎么样了呢，"弗兰克说着，拿起一张照片端详着，"我留下来的不多。我去了很多地方，许多东西要么被偷，要么弄丢了。我觉得我这儿唯一剩下的应该就是一张你小时候的照片，你坐在小床里玩橡胶蟾蜍那张。你还记得吗？”

弗兰克放下一张，又拿起另一张。“我可以坐下来好好看看吗？”

我说他想看多久都行，他想要哪张照片我这儿都有备份。“不用麻烦了，”他说着，把椅子拉到桌边，“我不太想把这些东西带在身边。不过，看看还是挺有意思的。”

我们一起坐在桌边，细细端详这些老照片。弗兰克看照片的样子，像是关于每张照片他都知道一个不同的故事。我看照片时则像个外来者。这些照片描述的是一个特定的世界，而我则出生于那个世界的尽头。

弗兰克从照片中挑出唯一一张彩照。那是一张感恩节火鸡的照片。只有一只被煮熟的火鸡。没有人像，没有喜气洋洋的节日脸孔。

“我记得这只火鸡。”弗兰克说，“我记得等了好几个小时终于能坐在桌边吃饭，我们心里有多开心。我记得爸妈很快就吵了起来。我记得妈妈抓起火鸡，扔到房间的另一头。我记得火鸡撞到了地板上，砰的一下，上面的配料溅得到处都是。我记得那天火鸡就一直待在地板上，因为没人把它捡起来，因为大家都忙着骂来骂去。我记得后来再也没尝到它的味道。”弗兰克把照片放下来，叹了口气。“这火鸡看上去真不错。”

又看了几张后，弗兰克拿起一张只有父亲和加里的照片。照片里，加里戴了顶水手帽，胳膊紧紧搂着父亲的脖子，和他脸贴着脸，脸上是一副让外人无法信任的神色。这张照片看了令人心碎，不仅因为后来加里脸上一直是这副神色，还因为父亲的表情。那一刻，父亲正把脸扭开，脸上现出毫不掩饰的厌恶感。

弗兰克静静打量了一会儿这张照片，然后抬头看着我。“你知不知道，”他小心翼翼地说道，“加里有个儿子？”

我说最近我从拉里·席勒最后几次采访加里的录音带上得知了这个消息。我说我还从母亲的录音带里听到其实那个孩子没死，不是加里想的那样。

“没错，”弗兰克说，“那个孩子根本就没死。是爸妈告诉他孩子死了。事实上，我觉得几年前我应该碰到过加里的儿子。那次见面不太愉快。

“那应该是一个夏末的午后。我正在伯恩塞德路上走着，那儿离许多无家可归者游荡的公园不远。街边以北有家小酒馆。我下班出来，朝那家小酒馆走去，想去喝点啤酒。我刚到那地方，有个家伙就直冲过来和我说话。他问我是不是弗兰克·吉尔摩，我说对。他说：‘你弟弟加里是我爸爸。’我看着他说：‘我不知道你在说什么。’说完就想走开。

“他拦住我说：‘不，你知道我在说什么。你弟弟是我爸爸。你家把我整得很惨，现在我要来修理修理你。’他说完，就想一拳把我放倒。我躲闪了一下，抓住他，把他猛地抵到墙上。然后我看见他手里掉下来一根棍子。那玩意儿能把你打得很惨。我把棍子踢到马路上，说：‘妈的，你就不能像个爷儿们那样打架吗？’我松开他，往后退去。我见他没向冲我过来，就进了小酒馆，告诉服务生刚刚发生了什么。他说他也注意到这家伙在这儿晃悠了好几天，像是在等什么人。我坐在那儿喝啤酒，过了一会儿一抬头，看见他站在外头，透过窗子盯着我。我决定出去，想和他说上几句。我刚一出去他就走了，后来我再也没见过他。”

我问弗兰克：“你觉得那个人真是加里的儿子？他长得像不像加里？”

弗兰克静静地看了我一会儿，然后说："他看上去就像是加里。"

我想真他妈见鬼了。如果真是这样，如果弗兰克遇见的小伙子真是加里的儿子，那情况应该比我想象的还要糟糕。也许，血脉因袭的暴力或恶劣的传承会永无休止。也许，暴力会一直渗透到历史之中，渗透到世界之中，渗透到我们的孩子之中，渗透到源自我们血缘的每一样东西里。

我正想着这些的时候，弗兰克从桌上凑过来，对我说："对不起，这么多年我都没和你联系。并不是说我不知道你在哪儿，不知道怎么找到你。我一直都可以给你工作的杂志打电话或者写信。

"只是……我不知道。我认为你应该过得挺好。有时我出去干些脏活，睡在桥洞底下，就想：'我有个弟弟在其他地方过得很好。他是个作家，能和名人说话，也受人尊敬。他结了婚，说不定现在都有了孩子。对，我这时候说不定都当伯伯了。'我还想会是男孩还是女孩呢，会不会像你小时候一样，也是金头发蓝眼睛呢。我就那样思来想去，有时这还真管用。就像我说的，妈妈死后，我就失去了方向。但我一想到你就觉得自豪。我决定永远不打扰你，不去找你，不让你因为承认我而感到尴尬。我不想让你忆起那些不堪回首的往事。我心想：'我们当中有一个人，至少有一个，过得不错，他成功了。我觉得我应该离他远远的，让他幸福。不去打扰他最好。他没理由还要和这个家连在一起。'"

我一言不发。我也不知道该说什么。我坐在那里，看着哥哥，心想：这就是在这世界上我仅剩的家人了，但有这样的家人足矣。我无法真正理解这个人内心深处的想法，也无法理解他有多孤独，但也许，从现在开始理解还不算晚。也许，只是也许，我已准备好了解何谓血脉相连，这值得我去了解。

接下来的一年，我和弗兰克每周都会在我的公寓里相聚，谈论过往。弗兰克告诉了我许多我已在此提及的故事，通过他，我开始对我们的家庭有了更全面、更客观的理解。事实证明，弗兰克记忆力极佳，能将细节生动地再现，这一点令人印象颇深。他一次次引领我深入我从未细究过的家庭故事的细枝末节，而每当他没法回答我的问题，或不知道该对种种谜团作何解释时，他也会直言相告。在这期间，我也对哥哥有了全新的认识。我们彼此终于有机会能坦率地谈论那些难以启齿的经历和传承。想必极少有兄弟姐妹能如此坦诚相待。

我终于理解了弗兰克这么多年来身为我家的儿子和兄长付出了多大的代价。一天，弗兰克出现在我家门口，看上去特别生气。起先差不多有半个多小时，他都没法好好说话。等到终于能讲清楚的时候，他对我说了多年来一直困扰着他的那种恐惧。那是一种复杂的恐惧，部分是对羞愧或自我意识的恐惧。这种恐惧会不可避免地自我繁殖，变本加厉。但它也是一种对罪恶或审判的恐惧。在这种情况下，恐惧因不久前杂货店里发生的一件事而被激活了。柜台后的女人说了几句话，弗兰克觉得那个女人认为他是小偷。显然，他一直觉得自己每次去店里，都会被那个女人盯上。“我总是害怕被无中生有地栽赃。”他告诉我，“我怕那些人觉得我是贼，是杀人犯。有时我觉得自己在这种操蛋的生活里独自抵抗着这个世界。”

这不是什么无足轻重的恐惧。弗兰克认为那种恐惧部分源于他是杀人犯的哥哥。我认为很有可能还有更深的根源。弗兰克小时候和我们其他一些人一样，也相信自己对父母婚姻的不幸负有责任。孩子对此怀有的负罪感其实很深。后来，长大后，每次加里因自己的所作所为被父亲惩罚时，不管弗兰克有错没错，都得陪他一起受罚。这样的待遇——尤其在残忍地持续了这么多年之后——足以让人对被怀疑负罪的时刻心怀恐惧。

那天，我坐在那里看着哥哥号啕痛哭，这才意识到世界的评判已深深烙进他的心中。弗兰克比我们任何人都要悲惨，他一直在为我们家发生的事付出代价。他人生的每一天都在为加里、母亲和父亲还债，这种偿还让他过着心惊胆战、暗无天日的生活。

一九九一年年中，我和弗兰克去了一趟犹他。我想亲自去看看母亲成长的地方，父母的相遇之地，同时也是加里造成那么多伤害的地方。我还想与那里的亲戚达成和解。多年前，在加里出了那些事之后，我对那些亲戚太苛刻，也许不太公平。我认为他们该为发生的大部分事负责，可那时候，在那段艰难的岁月里，谁都可以像我那样轻易地指责他人。如今，我终于理解了姨父、姨妈和表姐妹，他们在如此可怖的环境下已经做得很好了。他们并没有让加里进入他们的世界，允许他把这世界颠倒过来，没让他去杀害邻居又撇清关系，以显示自己有多了不起。在那几个月，加里摧毁了许多人的生活。现在是时候让自己记住，那些人也是我的家人。

我和弗兰克分头行动。他想沿途停下来，见见朋友，而我想直奔目的地。七月的一天晚上，刚过半夜，我在犹他的奥格登住进了一家汽车旅馆。我打开电视，一边打开箱子拿东西，一边看新闻，正好听到一个记者说："死刑执行得很顺利，没有出现任何障碍，也没发生任何意外。"我坐在床上，目瞪口呆。威廉·安德鲁斯，该州知名的"高保真杀手"（因为他们在音响店里折磨并杀害了受害者）之一，本与加里同期被判处死刑，如今以注射死刑的方式被处决。

我并不知道他被安排处决，否则我就不会来犹他了。在这一点上我和母亲很像：一旦死刑发生，我就会逃离，躲藏起来。我再也忍受不了听到这种事了。

我心想，好吧，现在我才算是真的来到了犹他。然后我走进洗手间，吐了。

如果我没记错的话，第二天晚上我也吐了。我开车去了奥瑞姆，那是与母亲的出生地普罗沃相邻的小镇。我去了辛克莱加油站，也就是加里犯下第一起谋杀案的地方。老旧的加油站早已被拆毁，原地建起了一家自助加油站，里面有收银亭、油箱堆和一间洗手间。此情此景让我释然，这意味着我不必实际站在那间哥哥逼迫年轻的麦克斯·延森趴在地板上、冲人家后脑勺开枪的小洗手间里。但我仍然觉得这地方有某种令人难以承受又挥之不去的东西。这里是历史上曾倾洒过鲜血，夺走过生命的地方。我坐在车里，打量着这个地方，琢磨着母亲在过去多年中的想法：加里，你怎么能这样？你怎么能对那个人做这样的事情？我觉得我很清楚究竟是什么毁了哥哥，是什么使他想要杀人，但我永远跨不出那一步——将面色和善的陌生人抵在冰冷的地板，向他开枪。

我坐在那儿思考着，直到再也无法思考。我只觉得往昔所有的耻辱和震惊再次袭来。我开车去了普罗沃，找了个卖好酒的地方——要在普罗沃找到这样的场所可不容易。然后我回到汽车旅馆，吐了。

一两天后，我和弗兰克碰面，去普罗沃郊外的弗农姨父家拜访。我们还看望了他的女儿布伦达和托妮。艾达几年前去世了，弗农又结了婚，娶了一个和蔼又善解人意的摩门教女人。布伦达也失去了爱人：约翰不久前因癌症去世，就葬在普罗沃公墓，在艾达的身边，离我外祖父母、乔治和阿尔塔下葬的地方不远。

对我而言，这次走访就像重新发现那些人，那些以前从未真正亲近过的人。自从母亲带我回犹他参加她父亲的葬礼、拜访过农场之后，我和他们就没真正相处过。但对弗兰克而言就是另一回事了。他和这些人很熟，他们一起长大。看着他同布伦达和托妮说话，我意识到他把她们当作自己的姐妹。他们彼此相亲相爱，对此我很高兴。

后来，我开车带弗兰克去了盐湖城，在普罗沃迷路了，绕了会儿圈子，试图找到驶往高速公路的主干道。我停车看了看地图，过了一会儿，弗兰克说："就是那儿。"我抬起头。我们正好停在了"市中心"汽车旅馆的外面。就是在那儿，在加里杀害麦克斯·延森之后的那天晚上，加里又逼迫本·布什内尔趴到地板上，朝他开了枪。弗兰克和我默默地坐着，待了很长时间。最后，我深吸了一口气，说："你觉得我们是不是该进去看看？"

"不，"弗兰克说，"我不想去。"

我觉得一阵轻松。"我也不想。"我说着，就驱车驶入了夜色之中。

那天晚上在弗农家，姨父将我拉到一边说："我家里有几件加里的衣服。我有点东西想给你看。你想看看吗？"

我说下次再看吧，我觉得当着弗兰克的面，这么做不太合适。

又一天晚上，我去了弗农家，坐在他家的厨房餐桌旁。桌上放了一只很大的塑料袋。他从袋子里拉出一件黑色无袖汗衫和一条白裤子、一双鞋带红白蓝相间的网球鞋，把它们摊在我面前。这些都是加里在受刑那天穿的。我本以为上面会溅满血渍、残破不堪，可是并没有。所有的血渍都已经被洗掉了。我坐在那里，抚摸着这些衣物，觉得它们很柔软。不知何故，触摸的时候，我并没觉得有多悲伤，反而感到一丝欣慰。

弗农拿过汗衫，指着几个洞，那是子弹打穿的洞。子弹刺穿布料，撕裂了加里的胸膛。四个干干净净的洞眼，每个洞眼都能伸进一根手指头。

“看这个。”弗农说着，指了指另外一个洞眼，那个洞眼离其他的有些远。他说：“那也是弹眼。”

根据犹他传统——或许还有法律——行刑队共有五个人，但只有四个人的步枪里会装上子弹。其中一人的枪里装的是空弹。这么做是为了避免有人被良心困扰，他随时可以合理怀疑自己其实并没有真的向死刑犯射出子弹。

汗衫上本应有四个弹眼。实际上却有五个。显然在那天清晨，犹他一点机会都不想留给哥哥，只想置他于死地。

我在犹他期间，经常去看望表姐布伦达，顺便认识了她马上要嫁的那个男人，我也挺喜欢他。那个男人名叫杰克，强壮、聪明、脾气好。没过多久，我就意识到为什么几个哥哥都这么喜欢布伦达。她风趣、朴实，十分真诚，阳光乐观，充满爱心，绝不会做违背良心的事。说加里犯的最致命的错误就是相信了她，这种看法对她极不公平。布伦达爱加里，也替他难过，可一旦他开始杀人，她就绝不会窝藏或包庇他。她知道只要她这么做了，他还会去杀其他人。我很清楚她的感受，也知道她告诉警察在哪儿可以找到他，这是正确的。

我在犹他的最后一晚，布伦达给了我一个不透明的绿色密封罐子。透过绿油油的模糊瓶身，你能认出里面的东西：从火化后的余烬里捡出的碎骨片。

“这个我保存了很长时间，”布伦达说，“我想它应该归你所有。”

现在我拥有了加里·马克·吉尔摩仅存于世的一切。它就待在我的办公室里，最近几个月它与我朝夕相伴，陪我写下了每一个字。

但骨头并非是我从犹他带回的唯一一样东西。我还带回了一个秘密，这秘密令人震惊不已，我不知该拿它怎么办。

我先是从拉里·席勒和诺曼·梅勒借给我的录音带里得知了这个秘密。席勒和姨妈艾达交谈时，艾达对他说起了很久以前发生的一件事。当时我父亲正在坐牢，我母亲带着弗兰克和加里回到父母家的农场，住在屋子的后院里。一天，母亲给艾达看了几张照片，是贝茜无意中发现的罗伯特·英格拉姆的照片。“你是不是从没见过这么帅的男人？”贝茜问艾达，“我真的很想他。你知道吗，他才是小弗兰克的生父。”

贝茜还对艾达说，同父亲婚后不久，在老弗兰克经常把她独自留在萨克拉门托、与他母亲和他疏远的儿子做伴的那段时间，她和罗伯特有过一段短暂的恋情。贝茜和罗伯特两情相悦，再者，这段恋情也是他们报复老弗兰克弃他们而去的一种手段。怀孕并非贝茜所愿，可一旦怀上了，她也知道让老弗兰克相信那是他的孩子很容易。尽管如此，父亲一直对此事有所怀疑。讽刺的是，他认为加里才可能是罗伯特的儿子，或许这也可以解释他为何特别厌恶加里，为什么如此频繁地打他。或许，这秘密也能解释弗兰克小时候，贝茜为什么经常揍他。也许每次看见他，她都会想起那段恋情。也许她觉得内疚或耻辱，也许她把责任全都怪到了孩子头上。反正，我们之中只有小弗兰克经常被我母亲暴打。置身于她和父亲之间，小弗兰克与加里为这个秘密付出了许多代价。

我知道这件事已有一段时间，但我想有可能的话，最好还是让犹他的家人来确认一下。我没告诉哥哥弗兰克，我不知道该怎么说。但同时我和弗兰克达成了协议，无论得知什么真相或流言，都要告诉对方。有些让他觉得难以启齿的事，他也对我说了。来了犹他之后，弗农和布伦达尽可能确认了这段流言，还补充了一些细节。我意识到必须将我知道的这件事对弗兰克和盘托出。

最近一次去犹他时，我告诉弗兰克有话要对他说。

他坐了下来："很耸人听闻吗？"

我说对，没错。然后我告诉了他。他静静地听了一会儿。他开口说话时嗓音低沉："类似的事我听爸向妈暗示过一两次。当时他对她大吼大叫，说他很早就知道她和罗伯特有一腿。我都听见了，但我觉得他只是口不择言，存心为了气她。

"现在我总算弄明白了。我觉得这解释了为什么我这么敏感脆弱，也解释了为什么妈妈总是对我心狠手辣。我的意思是，爸爸死后，加里和盖伦一直在惹麻烦。他们把她弄得焦头烂额。但她还是对他们倾注了满腔的爱。我就得费尽气力，尽可能让她过得舒心，可换来的除了恨，还是恨。"

弗兰克停下来，看着我，表情很痛苦。"所以，这意味着爸爸不是我亲爹。意味着我同父异母的兄弟才是我亲爹，而我爸爸就是我爷爷。但我想知道，既然你我的父亲不是同一个人，那你是否还是我弟弟呢？"

“我一直都是你弟弟，”我说，“你也一直都是我的哥哥。什么都改变不了这一点。必须得告诉你这件事，我心里也很难受。我一直在琢磨是否该告诉你。这种事真的很难说出口。”

弗兰克低着头，拼命眨眼睛，想把眼泪忍回去。他说：“关于我们家，什么事都很难说出口。”

一封家信

最后那次会面之后，我就一直没见过弗兰克。我得赶回洛杉矶完成手头的工作，而他想留在波特兰。我们很少通电话，因为弗兰克没有电话。但我们时不时会互相写信。弗兰克的信写得相当好。

不久前他给我寄来一封信，写了他一直没时间告诉我的许多家事。这封信我读了又读。

信的内容如下：

> 你出生前的那段时间，我们都住在水晶泉大道上。我和加里在不远的地方上学。那段学校生活总让我不堪回首，因为它会让我想起当时目睹一个姓弗拉维尔的同学过马路时被车撞死的场景。
>
> 他的名字叫保罗，当时正好和他父亲走在路上。接下来，我就看见保罗奔过马路时，被一辆黑色的大车撞倒。我记得他父亲惊慌失措，还记得那一刻我才想起自己忘了去学校接弟弟加里。我应该和他一起回家，可当时为什么我忘了这回事，我

却记不起来了。

目睹保罗被车撞死令我极度震惊，困扰不已。我还以为那个人是加里。我一路跑回学校，大喊大叫，说弟弟被车撞死了。我记得有位站在校门口的黑发女士看着我，神情悲哀。我找到了加里，但内心仍然忐忑不安。我告诉他发生了什么，之后我们就一起回家了。我把这事告诉了母亲。她只是厌恶地看了看我，说："洗手，吃晚饭。再也别忘了你弟弟。"于是我明白了，就算有什么事想不明白，也千万别对父母说……

差不多这时候，我和加里都干起了送报纸的活儿。干了没多久，加里就厌烦了。一天，他没把报纸送出，而是直接扔了。于是他的送报生涯就此终结。他被辞退后，我记得爸爸很生气，狠狠地揍了加里一顿，揍了很长时间。我们这些孩子没一个完美无缺。然而可怜的加里，他不完美的程度似乎更严重一些……

我们住在水晶泉大道的时候，我弟弟米卡尔进入了我们的生活。那是在我们搬到犹他之前。我和加里正在听收音机，突然电话响了。父亲接起电话。几分钟后，他走进房间说道："孩子们，我不知道你们会怎么想，但你们又有一个弟弟了。"我和加里年纪比较大，明白家里要多一个孩子了，所以并不感到吃惊。不过，我们还是挺高兴的。

我记得几天后，我们去了波特兰西北部的第二十三大道，把母亲和刚出生的弟弟米卡尔接回家。我记得那个孩子比我预想中的要小，皱巴巴的，但我真的挺喜欢他。爸爸也真心爱这个孩子。爸爸真的很喜欢迈克，我也是。记得有一次迈克生病了，爸爸叫来医生。医生来了之后说没什么大事，我们都很高兴。毕竟，迈克是全家的宝贝。不过，医生说得给迈克打一针。我记得当时我特别担心，他给迈克打针的时候，我还跑了出去。

我还记得米卡尔有张小摇床，围栏高高的，这样他就不容易掉出来了。除了我，谁都不让他出来。他每次见到我都特别兴奋，伸手要我把他抱出去。我记得我每次把他举起来，他的腿就快活地蹬来蹬去。他一到地板上，唰的一下就没人影了。我是指到处都找不到，在整栋房子里，他一眨眼工夫就没影了。他好像想让家里的每一个人都知道，他是自由之身。

尾声

我的日子已经过了，我的谋算、我心所想望的已经断绝。
他们以黑夜为白昼，说："亮光近乎黑暗。"
我若盼望阴间为我的房屋，若下榻在黑暗中，
若对朽坏说："你是我的父。"对虫说："你是我的母亲姐妹。"
这样，我的指望在哪里呢？我所指望的谁能看见呢？
等到安息在尘土中，这指望必下到阴间的门闩那里了。

——《约伯记》，17:11–16

审判

最后一个梦：

我正在出席加里的审判。我们都在犹他法院那庄严的小法庭上，房间里都是不知宽恕为何物的阴沉沉的脸。他们都是法官。加里在这梦境中和在现实生活中一样，也在求死。法官问他为何要犯罪，为何如此暴力。这些问题似乎令他茫然不知所措，故而不愿为自己辩护。我是他辩护团里的一员，可能是律师助理，也可能是证人。我递了张纸条给加里的主辩律师。“让我来陈清这件事的实情，”我写道，“让我来辩护吧。”

我全都说了出来，认为这些话肯定能起作用：我告诉法官，加里小时候是如何经常挨打，被迫观看母亲横遭家暴，无数次遭到抛弃和虐待。

但似乎没人认为我说的话有什么分量。加里也只是耸了耸肩。法官判定我的证词与本案无关。“小时候发生的事无法为他开脱。”一名法官说。

但接下来，梦里的逻辑出了个奇怪的漏洞，或者说，至少是法官的逻辑出了问题。法官得知加里有个黑头发的女儿，大约三岁。他们都认为这个女孩作为加里的子嗣，也受到了玷污，不得存活。法官判定如果加里求死，他的孩子也必须随他一起赴死。加里接受了这个判决。

我对这个判决非常不满，愤慨不已，结果被拽出了法庭。我试图劝服每一个人，这个判决太不公正，太残忍，毫无意义。但似乎没人觉得这有什么大不了的。加里是自愿以孩子的死亡作为代价，以求实现自己的死亡。

现在我已不再关心哥哥会怎么样。我只想救那个孩子。我要战斗到最后一刻，直到我站在黑漆漆的监狱门口，有人过来告诉我："孩子已经死了。"

我一听这话就瘫倒在地，只觉得无限悲哀。我简直不敢相信会发生这样的事。我实在无法想象面对这样的损失，生活还怎么过得下去，怎么忍受得了。如此不堪承受的重负，我负担不了。

就在这时我醒了过来，觉得钻心刺骨地痛。我发现自己真的在哭。我就这么躺在黑暗中抽泣，尽管知道没有孩子真的死去，可仍止不住哭泣。我觉得好像真的失去了那个孩子，真的无法承受这一切。

我坐起身，看了看钟。是凌晨四点半。我来到厨房，给自己倒了杯威士忌，又回到床上，坐在黑暗中。我坐了很长时间。喝完威士忌后，我钻入被窝，用枕头蒙住脑袋，不想看到令我恨之入骨的可怕的晨曦。我蜷着身子，对自己说："再也不会好起来了。再也不会了。再也不会好起来了。"我就这么一遍又一遍地对自己念叨着这句话，直到从中觅得足够的安慰，才再次沉沉睡去。

致谢

我在发掘和讲述这个故事的期间，得到了许多人的帮助。

其中最主要的就是我哥哥小弗兰克·吉尔摩、劳伦斯·席勒和诺曼·梅勒。

一九九一年底，我开始寻找哥哥，那时候我们彼此缺席对方的生活已达十年之久，我不知道他的心境和心态是什么样，我也猜不出他对我写一本关于家庭过往的书会有什么感想，毕竟我们一直都在设法远离那样的过往。尽管弗兰克对挖掘那段过去、将其中不愉快的一面呈现给公众审视存有顾虑，但他仍乐意与我分享他所知道的那段不堪回首的历史的种种细节。最后，我和弗兰克进行了大约一百个小时的访谈——如果兄弟俩之间私密的交谈可以用访谈两字来形容的话——在这些讨论的过程中，我对自己讲述的故事的感觉产生了急剧的变化。弗兰克无意谴责我们家族历史中的任何一个人，也不想为任何一个人恢复名誉，包括他自己；他只想用平白、公正的方式讲述自己记忆中的那段故事。他生动而详细的回忆能力屡次让我感到震惊，他深沉又真挚的口才令我折服。

本书理应献给弗兰克。若没有他的帮助，我讲述的故事会变得截然不同，有失精确，而且意涵不深。更重要的是，若无他的关心，我就不可能找回自己本不该失去的最后一点亲情。我实在很幸运，并为有弗兰克这样的哥哥感到自豪。

席勒和梅勒也做出了巨大的贡献，这点甚至更出人意料。一九七七年，席勒为梅勒的《刽子手之歌》做了访谈，搜集研究资料时曾多次联系我，问我是否可以坐下来接受他本人和作者的采访。这样的请求我一概都是拒绝的，而且不见得次次都会很有礼貌。部分原因在本书的其他地方已经交代：加里去世之前那一周，我和拉里在犹他的沟通相当不顺，我心怀怨恨，这便是简单的真相。同时，我也对详尽无遗地探究我哥哥加里的病理状态是否有好处心存质疑（事实上，我还没有准备好面对面地审视那一切悲剧的源头）。后来，我读到成书时，印象深刻。梅勒讲述的这个故事很复杂，令人不安，但他并没有强加自己的声音或判断，而且席勒的研究工作也做得相当严谨。后来，席勒将小说拍成电影，请我提前大致看一下。我当时在为《滚石》写这部电影的影评，他还允许我对他进行采访。从某种程度上来看，我对自己早先没有接受他为《刽子手之歌》所做的采访颇为后悔——鉴于他的帮助，我不愿讲述自己哥哥的生活的做法确实不太地道。与此同时，我也开始对席勒有了尊敬，而之前我并没料到会这样——他对资料的应用求真求实，他和梅勒为此付出的种种努力结出了硕果。

一九九一年秋，我和席勒对一些问题进行了讨论，想要找出我的家庭史中更多隐匿的层面，这时拉里主动提出给予慷慨的帮助：他提议我借用他与加里和我母亲访谈的原始录音带。他认为通过这样的聆听体验，我可能会对故事更有感触，而且也可能会对一些令人困扰的谜团做出解释。显然，这个提议让我有些尴尬，毕竟，曾经他和梅勒寻求我的帮助时，我都是一概回绝，但我并没有因为尴尬而不去抓住这样的机会。只是时隔多年再次听到我母亲和哥哥的声音，就如同从弗兰克那里听闻那些令人震惊的故事一样，不仅改变了我对想要重现的那些人物的理解和感受，也加深了我和他们之间的关系。此外，当然，我也从磁带中搜集了许多重要的细节和陈述，在写这本书的时候，我设法在好几个地方承认了这些细节对我的帮助。（我尽可能地不与梅勒作品中涉及的内容重叠，但两书共用某些故事也难以避免。所以，如果你想深入了解加里在犹他的不幸遭遇，就应该阅读《刽子手之歌》；两本书讲述的故事并不相同，而且那本书的讲述相当精彩。）

另外，我在写作本书的时候，经常会给席勒、梅勒和梅勒的私人助理朱迪思·麦克纳利打电话，问他们能否帮我厘清我父母往昔生活中种种令人困惑的谜团。他们总是对我很有耐心，会尽己所能地帮助我，但有时候他们也会和我一样困惑不解。“你的问题也曾经是我的问题。”梅勒有一次就是这样回答我的，结果，许多那样的问题都没得到解答。我父亲和我母亲很好地隐藏了自己的轨迹。不管弗兰克和贝茜·吉尔摩夫妇有什么样的秘密，无论好坏，这些秘密都被他们深深埋藏，直至逝世多年。我怀疑自己是否也能如此幸运。

搜寻亡者生平的工作艰难而枯燥，这期间，还有一些人也帮助了我。下面这些人耗费时间埋头于文件和记录，在州政府和机构文牍之中寻找重要的资料，他们是：宝拉·简·布朗、詹妮弗·克里格－罗比安科、吉姆·雷登、希拉·罗杰斯、尼尔·汤普森、艾娃·沃奇亚克。

凯伦·埃塞克斯将我和哥哥弗兰克的访谈资料组织成文，通读分析，添加注释。她的评论和观察始终富有洞见，帮助我以崭新而坚实的方式思考弗兰克讲述的故事。凯伦还以许多其他暖心和善意的行为帮到了我。

除了我哥哥弗兰克之外，下面这些人也都愿意陪在我身边，分享他们记忆中与我家庭有关的各类人与事：史蒂夫·贝金斯、克雷格·埃斯普林、杜安·福尔摩、汤姆·莱登、格雷丝·麦金尼斯、罗伯特·穆迪、拉里·奥斯塔德、里奇·帕克、诺姆·里特、罗杰·雪莉。还有一些人也接受了采访，但出于各种各样的原因，我无法在此一一列出。对所有与我分享时间和回忆的人，我都要说一声谢谢。

早先，我还在纠结是否要写这本书的时候，有好几个人给了我亲切而重要的鼓励和指导。他们是：南希·克拉克、詹姆斯·埃洛伊、卡伦·霍尔、维多利亚·威廉姆斯。好友海伦·柯诺德为本作品提供了书名。那一刻，我就意识到这堪称无价之宝。两年来，这名字帮助我始终把握住故事的核心。

几年前，我为《滚石》杂志写了几篇文章，讲的是与哥哥的死刑有关的一些事，以及后来讲述哥哥生平的那部电影。那些文章中的部分内容经过修订之后，出现在本书的第五部分“血的历史”之中。我要对《滚石》杂志以下现任与前任员工表达谢意，他们在我撰写那些文章时给予了我很大的帮助：芭芭拉·唐尼、本·方－托雷斯、詹姆斯·汉克、莎拉·拉辛、特里·麦克唐纳、苏珊·默奇科、史蒂夫·庞德、鲍勃·华莱士、詹恩·文纳。

在我生命中最想让自己消失的那段时期，《滚石》杂志始终不渝地帮助我坚持写作。我要感谢杂志社的同事长时间以来对我的耐心和支持。

我还要对以下这些人表达谢意：李·扬曼，感谢她参观了麦克拉伦管教所，感谢她对青少年暴力富有教育意义的观点；俄勒冈检察长办公室的查尔斯·克鲁克姆与杰夫·范·沃肯－伯格，俄勒冈惩教署的罗比·D.埃尔德里奇，感谢他们帮助我获取我哥哥加里入狱期间医疗与精神病方面的记录；医学博士威廉·德鲁克，感谢他和我分享他对安定药物治疗方面的知识；大卫·科波菲尔与克里斯金，感谢他们帮助我厘清胡迪尼流言背后的真相；犹他韦伯州立大学的L.凯·吉尔斯皮，感谢他帮助我了解犹他摩门教的死刑史（吉尔斯皮的著作《不可饶恕：犹他的死刑犯》一书饱受赞誉）；哈里·克鲁斯，感谢他所讲述的那个精彩的故事，《父亲，儿子，鲜血》（见克鲁斯的经典作品《哈里·克鲁斯读本》一书），本书的第五部分便受了此文的影响，还有他的歌德引文，否则我应该无法找出这条引文；还有弗吉尼亚·坎贝尔、凯瑟琳·邓恩、史蒂夫·埃里克森、尼尔·盖曼、莱昂纳德·勒文斯坦博士、伯纳黛特·麦高文、香农·瑞斯克、拉里·瑞恩博士、米切尔·萨格，感谢他们抽出宝贵的时间与我交谈，向我提供建议和视角。我也要感谢艾伦·帕库拉很早就对我充满信心，给予了支持。

还有一些人也给予了我宝贵的帮助：我住在纽约的亲戚彼得·兰克顿和他已故的父亲克拉伦斯·兰克顿，感谢他们填补了我祖母菲伊的那段历史；我住在犹他的姨夫弗农·达米科和他的女儿们（也是我的表亲）布伦达·瓦格斯塔夫及托妮·格内。弗农、布伦达和托妮奉献出大量时间和回忆，这些回忆至今仍在他们心中造成实实在在的伤痛。我的传承让我对那片土地满怀仇恨，他们却使我在其上感受到了爱意。我还要向尼科尔·贝瑞特给予特别的感谢。她在自己人生最艰难的时候给予了我巨大的帮助和理解，她的友谊无可替代。尼科尔，谢谢你忍受了这么多困窘，这么多令人难堪的回忆。我不止欠你一份爱。

最后，我要感谢我的编辑大卫·格纳特、他的编辑助理艾米·威廉姆斯，还有我的经纪人理查德·派恩。这些人的耐心和慷慨超出了他们的职责。我要向理查德特别致以深深的谢意，在我长达数年的艰难岁月里无数次犹犹豫豫提笔之际，正是他富有耐心地给我以鼓励。如果不是他对我重现往事心怀坚定不移的信念，就不会有这本书。

一九九一年十月，在俄勒冈波特兰，我开始全力以赴为写作本书进行调研，一九九三年一月，完稿于洛杉矶。一九九三年二月至十月，写就此文。

图书在版编目(CIP)数据

利弹穿心 / (美) 米卡尔·吉尔摩著；张竝译. --
上海：文汇出版社，2023.1
ISBN 978-7-5496-3863-5

Ⅰ. ①利… Ⅱ. ①米… ②张… Ⅲ. ①回忆录-美国
-现代 Ⅳ. ① I712.55

中国版本图书馆 CIP 数据核字 (2022) 第 160480 号

利弹穿心

作　　者 / 〔美〕米卡尔·吉尔摩
译　　者 / 张　竝
责任编辑 / 何　璟
策划编辑 / 第五婷婷
特邀编辑 / 周雨晴　吕宗蕾
营销编辑 / 唐阅辉　王　靖
装帧设计 / 李照祥
内文制作 / 田小波
出　　版 / 文匯出版社
上海市威海路 755 号
(邮政编码 200041)
发　　行 / 新经典发行有限公司
电　　话 / 010-68423599　邮　　箱 / editor@readinglife.com
印刷装订 / 河北鹏润印刷有限公司
版　　次 / 2023 年 1 月第 1 版
印　　次 / 2023 年 1 月第 1 次印刷
开　　本 / 850×1168　1/32
字　　数 / 340 千
印　　张 / 15

ISBN 978-7-5496-3863-5
定　　价 / 68.00 元